MISA DE CORONACIÓN

JUAN LÓPEZ BAUZÁ

MISA DE CORONACIÓN

Planeta

Acaba de salir la luz un poco
y ya dicen que amaneció,
hizo adivinación para el cencerro largo
quien se hizo enemigo del palo.
El palo amenazó al cencerro.
El palo dijo que lo mataría.
El cencerro hizo el sacrificio.
El palo murió en el intento
y el cencerro salvó su vida.

Oyekun meji

1

—¡Prende la tele, César! —le gritó Lope desde su mesa mirando el reloj y quitándose los espejuelos de lectura para enfocar mejor la pantalla, cuando la encendiera. Codos sobre la mesa, torso adelantado, pies en punta como listo para saltar de la silla, todo en Lope era un nervio vivo presto a recibir una mala noticia. La espalda baja, espejo de sus emociones, comenzó a torcérsele como una culebra que peleara con un halcón, pasado ya el efecto analgésico del cuartito de Percocet con el cual, durante el día, amansaba su rebeldía.

Tras la caja registradora, Fela levantó la cabeza del periódico que leía y lo miró con cara de gallina desquiciada. A Fela no le gustaban los gritos ni los escándalos en el local, sin importar de quién vinieran. Lope se hizo el desentendido y siguió a la espera. César buscaba el control remoto entre el revolú de cosas alrededor de la caja.

—Aquí está —le dijo Fela con voz de mujer que pierde la paciencia, lanzándoselo, resbalando, por encima de la barra, sin levantar la vista de la lectura.

—Qué repugnante eres, Fela —le dijo César intentando tomar control del control que se le caía de las manos del apuro por apuntarlo al televisor. Al encenderlo, apareció en la pantalla el mapa del mar Caribe y el océano Atlántico hasta la costa occidental de África.

Con su delgado brazo perfectamente marcado desde el hombro hasta la punta del índice, la meteoróloga señalaba una zona de nubosidad con posibilidad de desarrollo cerca de las Islas de

Cabo Verde, allí por la nefasta latitud 10 grados norte donde nacían las bestias ciclónicas que destrozaban el Caribe.

—¡Mierda! —fue la única palabra que la boca de Lope pudo coordinar con su cerebro a la vista de la imagen satelital. Se echó hacia atrás en la silla y se incrustó la mano en la masa de pelo canoso.

Pese a la violencia climática que se vislumbraba, motivo central de sus preocupaciones, no pudo evitar que su atención girara hacia la belleza ecuánime de la meteoróloga, toda proporción y sutileza. Su torso, dibujado por la tela elástica de un traje rojo, igual que sus glúteos y sus largas piernas, destacadas por sus altos tacos negros, estimularon su deseo. Pensó en Magui, y en darle un timbrazo a ver qué hacía, por si estaba de ánimo para un encuentro, única terapia, fuera de la Percocet, que le aflojaba los nudos de la espalda.

—Para mí que ya nos toca uno —dijo César sin retirar la vista de la pantalla del televisor.

—Ave de mal agüero. Eso está lejos todavía —lo fustigó Lope, no por llevarle la contraria sino por pensar igual y no querer ser él el ave.

—Van diez años desde Mónica. Ya es hora.

—Deja la salazón, nene —intervino Fela—. Si lo conjuras y viene te voy a dar tres coscorrones.

Cómo el tiempo regresa, se dijo Lope, pareciéndole que Mónica fue ayer, estando aún vigentes las secuelas de aquel cataclismo, y comenzando a sentir la misma ansiedad de entonces, las mismas premoniciones. A casi diez años del evento y aún los toldos plásticos servían de techo y postes del alumbrado público seguían en toda variedad de ángulos. Viendo en la tele amasarse las nubes en África, las memorias de aquel evento se le crispaban. Veía a Patricia claritita en su memoria, con apenas tres años, presa de los calores durante los días posteriores al fenómeno. Se ponía como un tomate de roja, perlada de sudor la cara, jadeante como si el aire fuera demasiado caliente para respirarlo, mientras las noches de calor sin brisa oprimían tanto como el día. Lope jadeaba con ella, a modo de compañía durante el poco tiempo que pasaban juntos, debiendo atender él otras mil cosas en medio de la catástrofe (traer agua, conseguir gasolina para la planta, llevar la basura al basurero, y, en lo profesional, hacer turnos dobles de catorce y quince horas patrullando las calles). Lope culpaba la pobre condición de su espalda hoy al ajetreo de aquel entonces, última vez que patrulló en uniforme. Esta vez, si venía el huracán, antes renunciaba que patrullaba.

—Además —continuó César—, los aguacateros dicen que este año no nos despinta nadie la tormenta, porque los palos están tan preñados que no se pueden ni comer todos de tantos que hay.

—Pues yo recuerdo que para Mónica no había ni un aguacate en los palos —dijo Fela mirando a Lope y alzando los ojos en son de mofa a las ideas de su marido. Lope le sonrió por pensar igual que ella, que los aguacateros se equivocaban casi siempre, pero como nadie sabía a ciencia cierta si eran los palos preñados o pelados de aguacates que anunciaban tormenta, viniera o no viniera siempre la pegaban.

Continuó escuchando la explicación del fenómeno atmosférico, ahora totalmente enfocado en las piernas de la hermosa climatóloga, en completa negación de la información meteorológica que se ofrecía, no queriendo darle paso aún a pensamientos catastróficos.

Acabado el pronóstico del tiempo, César apagó la tele. Colocados de nuevo en el puente de la nariz los espejuelos de lectura, Lope regresó a la lectura, una revista en donde cotejaba los precios de un equipo de pesca que tenía en la mira, si bien con el que ya tenía podía arrancar sin preocuparse. Ahora, con el prospecto de una tormenta, la compra de la vara Hardy de nueve pies para la cual llevaba tiempo ahorrando quedaba definitivamente pospuesta. El dinero le haría falta si la tormenta los partía.

Cada año era la misma vaina, las mismas dos o tres amenazas ciclónicas, pero en esta ocasión, por coincidir con la ejecución de planes que llevaba tiempo fraguando, le resultaba peor. Planes que más bien eran cambios de vida, no siendo poca cosa pasar de policía despreciado y ninguneado por recto, a policía retirado con negocio de pesca turística y propósito de intentar retomar una carrera abandonada. Y cambio cualitativo sustancial ciertamente era, progreso neto, por incierto que pareciera. Su carrera en la policía era causa perdida, callejón sin salida, certeza de vida echada al desperdicio. En cambio, la lancha, acondicionada con tanto trabajo, las varas, la extensa colección de anzuelos, las líneas de pesos variados, los carretes (Abel, Odyssy, Orbis, lo mejor de lo mejor), su casita entre el mangle de Tallaboa, cosas todas vulnerables a huracanes y tormentas, cierto, pero realidades concretas, palpables, sin las cuales el drástico cambio de vida que estaba por emprender no podía ejecutarse. Si la tormenta los tocaba, se le descoñetaban los planes, al menos hasta nuevo aviso, teniendo que resignarse a la vida de policía durante varios años adicionales. Por eso la ansiedad que le causaba la posibilidad siquiera, este año, sobre todo.

—Siempre es la misma vaina, Lope, tú lo sabes, cada año te repito que no pienses tanto en eso porque los atraes —le dijo ahora el fresco de César, como si no los hubiera conjurado él hace apenas un minuto, hablando de los aguacateros y refiriéndose al historial de un huracán arrollador cada diez años.

Claro, tampoco César conocía los detalles de sus planes para entender su preocupación. Pocos los sabían. Ulises, Belinda y Vicente, su socio. Ni siquiera a su hermano Fermín le había dado cuenta, siendo el único con lancha en la familia. A propósito de Vicente, hizo nota mental de contactarlo mañana temprano, a ver cómo hacían para defender la lancha y la casa en caso de que… Suerte había tenido de contar con Vicente para su proyecto. Se lo repetía como un mantra. Sin él, ni de los macacos sabría, ni tampoco estarían tan adelantados sus planes. En el ajedrez de la vida, Vicente era su reina: el doctor de su lancha, el protector de su casa y el verdadero conocedor del negocio de pesca que estaban por emprender.

César tenía algo de razón. Estaba lejos el disturbio atmosférico. Mejor olvidar lo visto en la tele y disfrutar el momento. Pensó en Magui de nuevo. Con Magui era todo siempre más simple. La llamaba, y si mañana no trabaja muy temprano, a meterse en su cama y a olvidarse del mundo. Mientras realizaba estos planes mentales le entró un mensaje al teléfono. Su hermano, Fermín, que le urgía hablar con él. ¿Qué cosa tan grave podía tener Fermín para que le urgiera hablarle, él que apenas se comunicaba si no era para pedir favores?

Alzó la mano para pedir la cuenta. Ahora le sonó el teléfono. Ulises. A esta hora, se dijo. Sea la madre.

—No me digas.

—Sí te digo.

—¿Qué pasó?

—Asesinato múltiple. Varios pistoleros. Varias víctimas. Así que suspende los planes con Magui esta noche, si ya los tienes —Ulises lo conocía tan bien que casi podía adelantarse a sus propósitos, incluso a la distancia—, y arranca para acá tan pronto puedas. Urbanización Los Pargos de Peñuela. Te necesito. La situación está complicada y estoy solo con Belinda.

—Puta mierda.

2

El barrio estaba a oscuras. Había luz en las casas, pero no en los postes del alumbrado público. Apenas abrió la puerta del carro, lo golpearon como bofetadas las ráfagas de luces blancas, azules y coloradas que vomitaban los biombos de patrullas y ambulancias. Quedó petrificado un instante. Lope no recordaba cuándo comenzó a sentir náuseas con aquella ensalada de luces. Quizás la noche de la masacre de las niñas en Salinas; quizás la noche que los dos chamaquitos de Caguas picotearon a la mamá de uno de ellos. Anclando un pie en el asfalto blando de la noche caliente, logró evitar que todo le diera vueltas y se le disparara por la garganta como un cañón de plátanos el mofongo que acababa de atragantarse.

Atravesando la multitud compacta de vecinos y curiosos arremolinada en silencio, se movió en dirección a la casa empujando suavemente con el antebrazo las figuras alrededor como si más que personas fueran sombras carnosas. *Se dice con permiso*, escuchó protestar una voz de mujer perteneciente a una cabeza que acababa de apartar con cierta brusquedad de su mano.

—Policía, disculpen, abran paso, policía —repitió sin mostrar placas ni nada, convencido de que, cuando se corta a través de una mole de carne humana apiñada por la curiosidad, era siempre peor pedir permiso que perdón.

—¿Y esta penumbra? —le preguntó a Ulises cuando llegó jadeando, traído por el impulso de bajar la cuesta del *driveway* de la casa—. La tormenta apenas está saliendo de África y ya aquí estamos sin luz.

Ulises era su asistente. Treinta y dos años, saludable, atlético y delgado sin jamás levantar una pesa o correr media milla, cosa que irritaba a Lope que ganaba peso de mirar un pan. Era un chamaco bien parecido, tez criolla, facciones perfiladas, con una mata de pelo castaño ensortijado y rizado y trenza tipo *dreadlock* bajándole desde el occipital hasta mitad de la espalda. Ojos color miel, barba siempre incipiente, tatuajes de flores hawaianas en piernas y brazos, nariz destacada, parlanchín, alegre de ánimo, energético, sonrisa amplia de dientes grandes que al desplegarla abría puertas y piernas. Más que policía parecía músico o artista. Anduvo de relación seria en sus años veinte, pero ahora se la pasaba de novia en novia sin apuro por casarse. Llevaba el apellido más corto del país, Pi. Su abuelo tuvo por años el nombre más corto también, pues, aunque inscrito como Ulises igual que él, el *lises* quedó tan mal escrito y fue tan difícil descifrarlo en el acta que las autoridades lo dejaron U, U Pi. Ulises, además de su asistente, de tantas que habían pasado juntos, era casi su hermano. Era en quien único confiaba a cabalidad, como se confían las cosas entre los hombres. Y también un convertido por Vicente, como Lope, en fanático de la pesca de macacos, cuando el trabajo de mierda se los permitía.

A Ulises lo rescató Lope de las garras de la corrupción cuando casi estaba atrapado en Narcóticos. Allí le comieron el cerebro de que era normal quedarse con el *cash* que encontraban en las redadas, por lo menos con buena parte de él; y que tampoco era ninguna infracción confiscar parte del material para redistribuirlo en otros puntos de la isla controlados por ellos mismos, los agentes de narcóticos, ni pecado secuestrar parientes de bichotes durante las redadas para exigirles recompensa. Sí, así se batía el cobre allí, y, justo cuando Ulises estaba a punto de caer en aquella olla, se le presentó la oportunidad a Lope de formar la unidad especializada de investigación para casos de alto perfil, y lo reclutó. Fue como rescatar por el pellejo del cuello a un cachorro antes de que se lo tragara un remolino. A él, a diferencia de Lope, todavía le esperaba una carrera en la Policía, destacada si quería, por conservar todavía un poco de fe en la justicia del Estado. La de Lope, perdida totalmente, lo forzaba a la salida. No había futuro para él en la Uniformada. Su punto de vista en torno a la justicia había regresado a sus tiempos de adolescencia, cuando creía que la justicia se la procuraba cada cual a su manera. Claro, policía que pensaba así ya no era policía. Pero ni modo, había que comer, y había que dormir, y había que amar, y había que seguir andando, aunque fuera dando traspiés y sudando, o, como el salmón, contra el chorro.

—Esta vez no fue culpa de la compañía eléctrica. Unos chamaquitos borrachos regateando se llevaron un poste en la salida de Tallaboa. Aunque las casas tienen luz, acá está como boca de lobo —explicó Ulises señalando con el brazo las calles a oscuras.

—¿Y esos putos postes de qué son? ¿De calamina? —preguntó Lope mientras cruzaba bajo la cinta amarilla que Ulises le levantaba. El área acordonada iba desde donde se presume que estacionaron el vehículo los asesinos hasta el final del bloque—. Cuando ocurrieron los asesinatos, ¿ya estaba a oscuras?

—Sí. Desde poco antes.

—Wow. Qué suerte tienen los matones en esta vida.

—Sí. A menos que fuera un operativo suicida contra el poste para dejar esta zona sin luz, fue mera casualidad.

Lope dejó pasar un instante sin decir nada mientras escuchaba un llanto convulso provenir desde la casa.

—¿Cuántos? —preguntó.

—¿Cuántos qué? ¿Muertos o matadores?

—Ambos.

—Tres muertos, como verá, y tres asesinos, según la llamada al 911 —le contestó con la seriedad profesional que reinaba entre ellos cuando estaban ante un hecho de sangre—. Al parecer, un cuarto tipo era el conductor del vehículo —aclaró.

—¿Cómo sabemos que había un chofer?

—Los vecinos lo vieron.

—¿En la oscuridad?

Ulises alzó los hombros.

—¿Quién hizo la llamada al 911?

—La hija de catorce años.

—¿Y quién le indicó a ella que eran tres? ¿Los vio?

Ulises alzó los hombros de nuevo.

—¿Y los occisos?

—No, esos no lo vieron por estar occisos.

—No seas macabro.

—Macabro es lo que hay allá arriba. Deja que subas —Lope lo miró con cara de no tener ni puta idea a qué se refería—. Una niña y dos adultos, los occisos.

Decir niña fue cubrírsele al instante la piel de sudor frío y caerle encima una capa de terror paralizante. Detenido en el silencio que le obligó el malestar causado por la noticia, sus pensamientos volaron hacia su hija Patricia, a quien, por un segundo horripilante, imaginó allá arriba, tendida sobre la grama.

—La niña es colateral. De la mujer no sabemos si fue blanco o si fue colateral, y del hombre entendemos que fue el blanco original —desglosó Ulises.

De sus múltiples relaciones a lo largo de los años, algunas menos frugales que otras, a Lope le quedó una dificultad progresiva para bregar con los asesinatos de mujeres. Cada vez que debía atender uno, se enfrentaba a un abismo. Sudaba, temblaba, el estómago le crujía. De todas sus amantes había recibido siempre calor, dulzura, cariño, amor a veces, y siempre ganas de vivir. Solo una relación de tantas podía llamar tóxica, y aun en ella encontró compasión. Tales emociones crearon en él una intolerancia casi física por la violencia desatada contra cualquier *fémina*, término utilizado por la Policía que Lope, de paso, detestaba. Cuando le tocaba atender tales casos, le costaba mantener la compostura, la imparcialidad, el profesionalismo. Como detective de la policía, aquello representaba un gran conflicto personal, que, para todos los efectos, interrumpía su labor. Y si con las mujeres le era difícil, con los menores casi imposible. Nada, para Lope, superaba el horror de un niño asesinado. Nada. La cara pálida, los labios semiabiertos, el cuerpo violentado. El asco que sentía, el vértigo, las náuseas, la violencia interior, solo tenían de bueno hacerlo sensible al dolor, a la angustia, a la injusticia, dejarle saber que estaba vivo, que aún no era inmune a la barbarie. Estas intolerancias, agravadas con los años, y combinadas con otros factores, eran los mazazos que la realidad le daba para expulsarlo de aquel trabajo y lanzarlo de vuelta al mundo anterior al que vivía ahora, regresarlo a aquel oficio que quiso practicar antes y que fue la razón original para entrar en el actual. Porque escribir novelas de misterio o policiales, que fue su sueño hace quince años, sin bagaje alguno, sin experiencias vividas, sin conocer nada del sufrimiento, de la locura, de la maldad, era para Lope tarea imposible. Sabía que la experiencia no se adquiría sino pasando el cedazo de la vida dura, moliendo la piedra de la realidad y comprendiendo los entresijos de una profesión que entonces desconocía, y de la cual pretendía escribir con conocimiento. Aunque ciertamente le interesaba impartir justicia y castigar el crimen, fue por sumergirse en la sopa de la investigación criminal que ingresó a la Policía, y ahora que estaba en posesión de la experiencia que buscaba, aprovechando que las condiciones del trabajo se tornaban adversas, se sentía listo para retomar la ruta abandonada y revivir el viejo sueño.

Ulises sabía de su aversión por aquellas víctimas, de modo que rápido interpretó el silencio de Lope como el previo a salir corriendo.

—Lope, papi, arrepecha, sube conmigo la cuesta y haz lo que siempre has hecho, ser el mejor detective que tiene la Uniformada. Igual, sabes que te queda poco para irte, y no es que este caso sea el fin del mundo. Cosas raras tiene, como verás, pero para mí que aquí sacamos culpables y cómplices en un dos por tres.

—Pues ni tan poco me queda para irme, que ahora resulta que hay tormenta en el ambiente, y si nos toca, adiós planes de salida, al menos por el momento.

—Todos los años es igual, Lope, y nunca pasa nada —era la manera de Ulises alentarlo a seguir adelante—. Eso sí —cambiando súbito de tema—, prepárate, porque como este caso cuenta como masacre, significa que será escándalo público, aumentado por las circunstancias que ya verás.

—Asesinato múltiple es ahora el nombre oficial, pero los medios todavía lo llaman masacre. ¿Por cuál vamos? ¿La décima? ¿La novena? —Lope contempló con desgano la pesada tarea de remontar aquella cuesta para llegar al lugar de los hechos. Nada más pensarlo se le contrajeron los músculos de la espalda forzándolo a realizar movimientos de rotación del torso para aflojarla.

—La octava —le aclaró Ulises con la voz de alumno aplicado que a veces asumía.

Octava. Casi una mensual. En picada vamos, se dijo Lope. Asesinos campean por su respeto, debiera ser el titular de las noticias. Y para colmo, cero capacidad, o cero intención para enjuiciar. Apenas llegaban a un tribunal dos de cada diez asesinatos. ¡Dos de cada diez! No se puede así. Lope no sabía ni cómo seguía allí todavía. Allí mismo, en ese instante, tuvo la intuición de que con aquel caso cerraba su carrera.

—¿De qué edad la niña? —preguntó por fin, temeroso de la respuesta.

—Trece.

El terror gélido. Patricia, el ser que le daba vida a su vida, recién cumplidos los catorce, parada ante sus pensamientos. Cortando en seco aquella imagen, giró su atención hacia el tema de la prensa.

—¿Ya llegó el aura tiñosa? —así llamaban a Jorge Negroponte por su buen instinto para llegar donde había cadáveres, y por el dramatismo que le metía a sus reportajes, que eran, en su mayoría, ficticios.

—Todavía, pero seguro que ya olió la sangre.

—Hay que velarlo. Que vea lo menos posible. ¿Hay heridos?

—Tres también. Un chamaco que se llevaron para estabilizarlo en el hospital y dos señoras que están en las ambulancias —apuntó hacia las luces blancas y coloradas, de las cuales Lope hizo caso omiso—. El herido lo llevaron al Hospital de Damas, y las heridas las llevan al Hospital Dr. Pila…

—Ironías de la vida.

—¿Qué?

—El caballero a las damas y las damas al caballero.

Ulises puso cara de extrañeza, quedando un instante paralizado en mitad de un movimiento, pensativa la expresión, como realizando malabares mentales.

—Tengo un agente esperándolas en Pila para custodiarlas, y en Damas tengo a dos velando cuando saquen al herido de la sala de operaciones.

Lope abrió los ojos grandes.

—Wow. Estás hecho todo un señor policía. Ciertamente hay que evitar que nos rematen los testigos heridos en el hospital, como pasa a cada rato allá en San Juan.

—No queremos eso, ciertamente —concordó Ulises.

—La pregunta que se cae de la mata es: ¿de dónde carajos sacaste tú tanto guardia a esta hora para hacer esta vigilancia?

—Nuestro jefe no está de turno —no había más que decir: Marrón Ramero no estaba para entorpecer.

—Ahora condúceme al lugar de la barbarie, si eres tan amable. Pero llévame suave, que tengo todavía el mofongo atorado en el esófago —en su fuero interno sabía la verdad, pero ante el mundo Lope prefería siempre achacarle su desgano a la comida, al cansancio o a cualquier otra circunstancia, cuando correspondía achacársela a su hastío. Lope miró los zapatos deportivos de Ulises, su energía vital, su elasticidad, y los comparó con sus bodrogos negros, su cansancio perpetuo, la rigidez de su espalda, y sintió envidia. Quizás su nuevo cambio de vida deba incluir un plan de recuperación de las fuerzas vitales.

Empujándolo levemente por el omoplato, Ulises lo conminó a remontar la cuesta.

Apenas comenzaban el ascenso, escucharon una voz que reclamaba la atención de algún agente del orden público, y dado que la descripción les aplicaba a ellos, respondieron. La voz era de un hombre que, junto a otra figura que andaba a cuatro patas, nerviosa, a su lado, se acercaba velozmente por la zona acordonada de la calle.

—¡Oficial, oficial! —repetía mientras trotaba hacia ellos, cada repetición más próxima y mezclada con el tintineo de una cadena que se arrastraba—. Oficial, esta aquí es Miñi, la perra de la casa de don Pacho. Parece que ella y el macho se asustaron con los tiros y fueron a parar a la calle mía. Al macho, Pachi, lo mató un carro frente a casa. ¡El pobre!

A la luz colorida e intermitente de los biombos se dibujaba la silueta inquieta del animal asustado, atado por una cadena que comenzaba en su collar de puyas y terminaba en la mano del hombre.

—¿Dónde vive usted? —le preguntó Lope.

—A la vuelta de la esquina, por aquella calle hacia abajo —apuntó hacia detrás suyo—, el carro pasó volando bajito después de los tiros. Pegaron tremendo frenazo cuando vieron los perros en medio de la calle, pero igual le dieron al macho y lo mataron —la perra, agitada, jadeando, tiraba de la cadena como si comprendiera.

—¿Quién le dio permiso para cruzar hasta acá? —Ulises sacó pecho ante la evidente infracción de cruzar la línea amarilla al final de la cuadra.

—Pues nadie, porque allá, en la cinta de allá, no hay nadie a quien se le pueda pedir —señaló de nuevo hacia su casa, alzó los hombros y colocó en los labios una mueca de que qué podía hacer él.

Lope miró a Ulises con la mirada que él bien conocía, y en el acto Ulises les pegó tres gritos a los agentes que custodiaban la cinta de acá para que uno de ellos fuera a custodiar la de allá.

—Encárgate de que metan a la perra en su corral, o en su jaula, que eso parece más una pantera que una perra, y vete luego con el señor para que cotejes lo del otro perro muerto, mientras yo subo. ¿Quién está arriba?

—Belinda, entrevistando a la gente de la casa.

—¿Llegó el fiscal?

—Todavía.

—¿No sabes quién viene?

—Un tal fiscal Montes que está de camino.

Subió los ojos casi automáticamente.

—En su casa lo conocen.

—Es un fiscalito nuevo que está de turno el fin de semana largo.

—Nos jodimos entonces… ¿Alguien más?

—La Culona, que ya está aquí.

—¡No jodas! ¿Ya está aquí? ¿Y no que hay que hacer cola hasta de seis horas con Forense para que atienda a los muertos?

—Ya tú sabes… —Ulises lo empujó por el hombro como para sacarlo del campo de audición del vecino con la perra—. Parece que alguno de los cocorocos de Comandancia Central llamó y movió sus fichas…

—¿Cocoroco? ¿Comandancia Central? ¿Ya está la cosa así? ¿Cómo lo sabes?

—No lo sé, lo sospecho, porque quién más que Comandancia Central tiene influencia así en Ciencias Forenses. Seguro ya mismo Negroponte asoma la cabeza, porque el mismo cocoroco también le avisa a él. Todo está perfectamente coordinado. Pero bueno, al menos enviaron a Marcial, que sabe lo que hace, sin hablar de lo mucho que divierte.

Lope observó a Ulises y al vecino alejarse antes de iniciar el ascenso de la cuesta, primero con pasos largos para ganar impulso, seguidos por otros más cortos para mantenerlo. El cuerpo le pesaba un quintal, como si lo tuviera lleno de arena. No estaba aquella noche con ánimo de enfrentar hechos de sangre, pero tampoco le quedaban muchas alternativas. El prospecto de enfrentar a una mujer y a una niña asesinadas le robaba hasta el mínimo sentido del deber que lo trajo hasta allí. Ganas no le faltaban de darse media vuelta y poner pies en polvorosa, pero no podía dejar a su gente sola. Además, su intención era renunciar, no ser despedido. De modo que a hacer de tripas corazones, limonada de limones y a desafiar la inercia de su voluntad.

Arriba, jadeando un poco por la subida, mientras se dirigía hacia la frágil casucha de madera por cuya puerta abierta se derramaba un rectángulo de luz sobre el suelo, cayó en su campo visual, a la izquierda, tirado en el césped tapado con una sábana blanca, un bulto pequeño que debía ser el cuerpo vaciado de vida de la niña. Lo que sabía que le pasaría le pasó justo ahí, las piernas tembluscas, la cara enrojecida y un enjambre de hormigas por todo el cuerpo. Los pulmones se le vaciaron y el corazón, dándole latidos como pasos de gigante, quería salírsele del pecho. Sí, se dijo, obligándose a mirarla, era del tamaño de Patricia.

Decir que la Policía podía con el empuje de la calle era no saber nada de la Policía ni de la calle. Se fajaba Lope y se fajan otros cuantos agentes, sargentos, tenientes, pero de capitán para arriba la función era poner trabas. Claro, cuando metías al caldero los salarios de mierda, el engaño continuo de las horas extra, las pésimas condiciones de trabajo, el equipo de pacotilla y el adiestramiento de muñequito, sacabas la fórmula perfecta para la corrupción a gran escala. Pensó en el futuro que le esperaba a su hija, la tierra de nadie que eran las calles, y movía la cabeza en la negativa no queriendo aceptar aquella realidad torcida. Hubo un tiempo, sus primeros años y hasta hacía poco, cuando creyó que podía ser de otro modo. Hoy se planteaba dejar de formar parte de un fracaso prefabricado.

A la entrada de la escena del crimen, un oficial le extendió el registro con manos tan temblorosas que, de no ser por su evidente juventud, sospecharía de algún evento neurológico. Registro y todo, se dijo Lope con sorpresa, aquel protocolo casi abandonado. Se diría que alguien quería evitar que esta investigación se embarrara como tantas otras. O tal vez fuera lo contrario y el protocolo fuera el tape para el embarre. En sus más de quince años de servicio, Lope lo había visto casi todo.

La casucha, precaria y de madera, se ubicaba en la parte trasera de la casa grande, una estructura de cemento de dos plantas construida en la pendiente de la loma. Sosteniéndose con ambas manos del marco de la puerta de la casucha, inclinándose hacia delante, Lope le dio entrada a su cabeza en el recinto del crimen. ¡El olor! ¿Qué cruce de efluvios era aquel? Mirando alrededor rápido identificó agua de colonia o alcoholado, tabaco, ron, café, azucenas, cera derretida y, para coronar mezcla tan complicada, cordita y sangre coagulada. Era un aroma que se fijaba a la memoria como dejado por un carimbo.

Seis seres humanos ocupaban el estrecho recinto de la casucha, dos muertos cubiertos con sus respectivas sábanas, y cuatro vivos cubiertos con túnicas y gorros blancos, mascarillas y guantes de hule azules y cubre zapatos verdes. Uno de los cadáveres, el del hombre, a juzgar por el tamaño de los tenis visibles por la orilla de la sábana, ocupaba el espacio central del suelo, lo que obligaba a brincarle por encima para moverse dentro del cuarto. Del otro cuerpo, desde donde se encontraba Lope, solo alcanzaba a verle las piernas y, por una chancla amarilla que también asomaba por el borde de la sábana, supo que en efecto era la fémina. A la redonda, en las paredes, pegadas a ellas o colocados en repisas de madera a distintas alturas, observó estampas de vírgenes y santos católicos mezcladas con retratos de familiares o seres queridos, entre velones blancos y rosados que aún ardían y ramilletes de margaritas pintadas de colores, todo salpicado con pintitas de sangre de los occisos como por el hisopo de un demonio. Por el piso, entre el reguero de objetos, observó incontables círculos de tiza rodeando incontables casquillos.

—Saludos, muchachos. ¡Qué fiesta de balas hubo aquí!

Los técnicos casi ni se inmutaron, limitándose a saludar con la cabeza o confirmar de voz. Uno dibujaba un croquis desde una esquina. Otro tomaba fotos desde distintos ángulos del cuarto. Un tercero tomaba muestras de ADN y levantaba huellas dactilares. Marcial Colom, el cuarto, apodado por Ulises y por Lope *la Culona*, jefe de la Unidad Científica Región Sur del Instituto de Ciencias Forenses, estaba allí, inclinado sobre la segunda víctima, haciéndole o examinándole algo entre los dedos que Lope no alcanzaba a ver desde el lugar donde se encontraba.

Se dirigió a él con cuidado extremo de no dañar, mover objetos o traer material foráneo a la escena. Cosas puestas aquí, cosas caídas o lanzadas allá, cosas regadas por el suelo acullá, y la mesa larga plegadiza volteada contra la pared del fondo con las patas abiertas a cierta distancia del cuerpo del occiso, era el campo traviesa que enfrentaba. Lope sabía por sus lecturas de antaño que el ser humano puede atender un máximo de ocho eventos simultáneos. Para llegar hasta Marcial sin dañar la escena, tuvo que atender como doce: señaladores, vidrios, flores, colillas de tabaco, sillas volteadas, libros, *La Fe en la Oración* leyó en uno de ellos, potes con etiquetas de *Agua Florida* y *Brisas del Caribe*, y, por supuesto, las incontables pintas de sangre.

—¿Haciéndole la manicura a la occisa? —le preguntó sardónicamente a Marcial viéndolo forrarle con algún tipo de cinta adhesiva la punta de los dedos al cadáver. Los nervios de Lope ante aquel cuerpo lo llevaron a querer bromear. Marcial levantó la cabeza de golpe para mirarlo con cierto escándalo contenido que no se manifestaba en palabras, meramente dándole a entender con el gesto que no le parecía nada gracioso su chistecito. Pese a la situación, Lope debió tragarse el brote de risa que casi lo ahoga causado por su reacción.

Los movimientos de marioneta de Marcial divertían a Lope al punto de la carcajada. Parecía que unos hilos invisibles tiraran de sus coyunturas otorgándole el movimiento a su cuerpo. Para colmo, resoplaba, hacía potentes sonidos nasales, gemía con cada acción, lo que le daba mayor densidad a su persona. Tras cubrir con la sábana las manos del cadáver, se volteó hacia Lope con tal expresión de gravedad, sobre todo en las arrugas de la frente y la forma alrededor de la boca, que a cualquiera le daría con pensar que era su hermana o su madre o su abuela quien yacía allí. La expresión exagerada de Marcial, tan habitual en él, la forma de pera de su cuerpo, sus nalgas gigantes y los movimientos en bloque que realizaba con ellas al andar, eran asuntos que movían a Lope y a Ulises casi hasta el delirio de la risa.

—Habla, Marcial, manifiéstate, ¿qué tenemos?

—Un evento la mar de macabro y sanguinario —dijo sin disminuir en su rostro la expresión de gravedad, que ya estaba en el paroxismo—. Usted que es debilucho con la sangre, prepárese a tener pesadillas durante varios días consecutivos, teniente Laguna.

—Te he dicho un millón de veces que no es la sangre, que son los niños muertos o heridos lo que me pone mal. ¿Hasta las cuántas vas a seguir con eso, chico? —Marcial lo miró con ojos de no comprender lo que acababa de decirle—. Ahora háblame del crical que tenemos aquí.

—El crical que ve aquí no es nada —dijo señalando con el brazo el reguero en el interior del cuartucho—. Detrás de la cortina es que está el crical lindo —añadió, moviendo con el brazo una cortina que caía en mitad del cuerpo muerto de la mujer en el suelo y tapaba la entrada a otro espacio posterior de aquella estructura donde yacía la otra mitad de la mujer muerta—. Pase, pase, para que se le ponga de verdad la carne de gallina. Ya tomamos fotos y levantamos las muestras de ahí, así que puede caminar y moverse tranquilo.

—Tanta eficiencia, Marcial. ¿No será que tienes apuro de llegar temprano a casita esta noche? O me vas a decir que dejaste unos lechones al sol...

—¡Pero será lengüilargo, teniente, si el turno nuestro apenas comienza! —casi le gritó.

—¿Y qué es entonces? ¿Alguien los está presionando?

—A mí me llamaron del Instituto —contestó Marcial con la mano enguantada sobre el pecho y los ojos cerrados como haciendo un juramento—, para que llegáramos aquí e hiciéramos nuestro trabajo lo antes posible. Nos advirtieron que la escena era compleja: múltiples asesinatos. No sé más nada.

Alguien, entonces, aparte de ellos, sabía ya los detalles del caso. A Lope le pareció inusual que tan rápido comenzaran a moverse las manos detrás del telón. Alzó los hombros y procedió a cruzar la cortina sin mirar el cadáver, quedando en el acto impactado con la escena que se abrió ante sus ojos.

A primera vista, todo allí le fue extraño, irreconocible. Aunque no era, ni de lejos, la primera vez que llegaban a una escena de crimen donde ocurrían prácticas espirituales «un poco raras», por decirlo de algún modo, sin duda aquellas eran intensas y truculentas. En fila, contra la pared del fondo, bajo un cobertizo hecho de pencas de palma secas, observó primero lo que parecían tiestos o recipientes grandes tipo calderos similares a los que en películas y muñequitos usaban las brujas para hervir brebajes, cubiertos por fuera con una sustancia negra que recordaba el alquitrán. Todavía desde cierta distancia, Lope observó que de su interior brotaban, apiñados hasta lo imposible, objetos y elementos de diversas formas, tamaños, grosores y longitudes, tan aglutinados entre sí que era difícil distinguirlos por separado. Avanzando un poco más en el cuarto, un nuevo olor impactó su olfato, esta vez por completo inclasificable para su cerebro, pero ciertamente de origen orgánico. Algo podrido debía ser, pero no del todo, algo de azufre también, quizás de clorofila…

—Brujos —dijo.

—Dicen ellos ser santeros, o paleros. ¡Qué sé yo! Yo de estas cosas entiendo poco —dijo Marcial meneando la cabeza en la negativa y apretando los labios como si aquella laguna en su conocimiento le afectara a diario.

—Brujos —escuchó al fotógrafo corroborar detrás de ellos.

—Gente demente —escuchó a otro de los técnicos.

—Reprende —añadió el último, quien podía ser el más religioso, o el más charlatán.

Marcial se volteó con uno de sus movimientos dramáticos, mirándolos con una severidad que de nuevo forzó a Lope a tragarse la carcajada, inquiriéndoles con la mirada de piedra y su expresión habitual del fin del mundo que quién les había dado vela en aquel entierro.

—Yo tampoco entiendo tanto, pero no me asusta un carajo —le explicó Lope a Marcial, convencido de que aquellas cosas no podían representar peligro para quien no creyera en ellas—. Y decir que no me asustan es decir que hasta ganas me dan de esculcarlas.

—Pues a mí se me sube un no sé qué por el espinazo cuando me les acerco demasiado a esos cacharros —y se estremeció Marcial como sacudido por escalofríos.

—Te estás sugestionando, Marcial —escuchó al fotógrafo opinar de nuevo.

—Oye, ¿pero cuál es la presentadera tuya? ¿A ti alguien te ha pedido tu opinión? —dijo Marcial de nuevo con severidad castrense. El fotógrafo ni caso le hizo.

—¿Y ya miraste lo que son? —preguntó Lope.

—¡Pero no acabo de decirle que me dan tremendo tucutú nada más acercármeles, teniente! Para eso están los muchachos, que, según parece, como usted, no se quieren para nada —protestó con sorna Marcial.

—Bueno, como me dijiste que ya tomaste las fotos y recogiste las muestras…

—¿Las tomé yo? ¿Usted me ve a mí con una cámara?

—¿Y Belinda los revisó?

—Los miró por encimita y dijo que se los mostrara a usted cuando llegara.

—Entonces, me dejaron la papa caliente a mí.

Marcial asintió bajando y subiendo los párpados lentamente.

Pese a serle ajenos aquellos objetos, por su experiencia, por su mera vida en el Caribe, supo Lope que eran parafernalia de ritos pertenecientes a creencias africanas. Algunos eran calderos propiamente hablando, es decir, redondos, de acero, tres patas sobre el suelo; otros eran más bien tiestos grandes. A todos los cubría por fuera la misma sustancia tipo brea, que también se observaba por dentro. Y sobre esa sustancia, en los costados de los calderos, como sobre una pizarra negra, observó, pintados en líneas finas con alguna sustancia blanca, dibujos extraños, especie de lenguaje cifrado de flechas alargadas y sinuosas, flechas emplumadas con doble y triple puntas, círculos y cruces, estrellas, triángulos, lunas y calaveras.

Acercándose más a las urnas observó que los objetos protuberantes eran mayormente palos rectos, desbastados, colocados por la parte interior alrededor del borde del caldero formando un cerco, una especie de valla simbólica que delimitaba un espacio mágico. Solo uno de los calderos, visualmente el más imponente y, para Marcial, el más aterrador, era distinto, pues en este los palos se combinaban con pedazos de hierro para formar la valla. Por ser los palos el elemento común de todos los calderos o tiestos, Lope dedujo que de allí provenía el término *palero* que mencionó Marcial y que había escuchado anteriormente en relación con la práctica de un tipo de religión africana. Aunque el cerco de palos era el elemento más destacado de aquellos artefactos, en el centro había otro gran apiñamiento de cosas: cuernos forrados con cuentas de colores taponados por la boca con un manojo de plumas de algún gran pájaro negro; piedras de tamaños y formas distintas; semillas variadas; cuentas de colores; collares de cuentas y semillas combinadas en distintos patrones de colores; quijadas, huesos, dientes, colmillos que pudieran ser de perro, de puerco, de gato; carapachos de tortuga, arañas, escorpiones y caimanes disecados; pieles de serpiente; cráneos de pájaros, supuso que gallos, gallinas, palomas, guineas. Observó también, metido bien al fondo de la urna con los metales, un cráneo bastante grande con un aspecto distinto. Alumbrándose con la lámpara de su teléfono, acercándosele, atravesando su vista aquella zambumbia de metales (cuchillos, hachas, machetes, clavos de vías, herraduras, grilletes, cadenas, picas, flechas, pelotas de acero), Lope identificó rasgos que le parecieron de un cráneo humano. De allí, del fondo de aquel caldero, brotaba el particular hedor entre podrido y sulfúrico.

Al subir la vista de aquel monstruo de fierros, se percató de que, tras las pencas de palma, en la pared del fondo, se repetían los dibujos de los costados de los recipientes. Le extrañó que estos, grandes y evidentes, no los viera desde el principio, lo cual venía a corroborarle su tendencia en tiempos recientes a menguar su capacidad de observación, en particular desde que tomó la decisión de cambiar de profesión. Se preguntó si acaso su yo profundo, contento con la idea del cambio, optó por reducir algunos de sus principales recursos deductivos como mecanismo para acelerar su salida.

Al final de la línea de urnas y calderos, en la parte más oscura del cuarto, se abría un espacio hacia un fondo tenebroso que llegaba a una puerta sin candado. Lope la abrió y con la linterna del teléfono se abrió paso por un cuarto estrecho, más bien un pasillo o clóset grande, con tablilleros hasta el techo a ambos lados, que desembocaba en una ventana de dos hojas con celosías que se abría hacia el umbroso monte que comenzaba justo detrás de la casa. Frente a ella había una mesa alta, como para trabajar de pie aprovechando la luz que por la ventana debía entrar. Encima de ella había un verdadero reguerete de las mismas cosas que observó dentro de los calderos, además de morteros de varios tipos, uno de ellos con su almírez encima de un mazo de pelo rubio ondulado que Lope dedujo ser de mujer.

Mientras salía del cuartito, alumbrando los cientos de potes de los tablilleros, Lope sintió que una mirada lo seguía. Fue una impresión fugaz, que atribuyó quizás al efecto de la mera rareza de todo aquello sobre su persona. A pesar de no sentir miedo por nada allí, reconoció que tal vez una energía desconocida para él pudiera estar alojada allí. Los potes eran en su mayoría envases de formas y tamaños distintos, algunos totalmente opacos, otros traslúcidos, todos identificados por fuera mediante una etiqueta con caligrafía rústica: cortezas, raíces, animales, tierras, piedras. En los potes traslúcidos vio que flotaba en un líquido ambarino toda una fauna en estado de suspensión, arañas, escorpiones, sapos, además de otras sustancias, órganos (corazones, hígados, pulmones) y cosas blancas tipo cerebros, en fin, una colección de elementos naturales usados con propósitos sobrenaturales, o al menos eso dedujo Lope. Pero la culminación de aquella galería de espanto fue cuando alumbró los potes con los fetos humanos flotando dentro. Eran cuatro, dos blancos, uno negro y uno claramente amarillo. El amarillo llevaba los ojos semiabiertos. Debió ser de él de quien Lope se sintió observado. Parecían dormidos, o más bien descansando después de estar retozando.

—¿Le tomaron fotos al cuartito de atrás con los potes?

—¿Cuartito? —Marcial alzó una ceja.

—El de allá atrás, de las tablillas con las cosas raras e ilegales metidas en potes.

—No, señor teniente, todavía no hemos llegado allá —contestó Marcial mirando con cara de duda hacia el lugar donde señalaba Lope. Al parecer, no solo a Marcial sino a todos en la unidad forense les asustaban tanto los calderos que ni se percataron de la puerta que estaba detrás de ellos. Porque estar allí, tomar fotos y no ver la puerta era no haber estado allí, o haber estado lo menos posible.

—Pues no se olviden. Asegúrate de que les tomen buenas fotos a unos potes allá atrás con fetos humanos dentro —Lope vio a Marcial erizársele el cabello y encogérsele la piel de la cara del puro miedo que le dio aquello—. También tómenle al interior de los calderos, sobre todo el que tiene los cuchillos y los machetes. En el fondo hay un cráneo que, si no es de mono, es de humano. ¿Qué le pasó en las manos? —le preguntó Lope a Marcial en relación con los vendajes en las manos del cuerpo de la mujer.

—Curitas y esparadrapos. Debió lacerarse las manos y los dedos con objetos cortantes en días recientes.

Lope supo que tantas cortaduras solo podían producirlas vidrio en un accidente de carro, o una pelea donde le diera puños a vidrios.

El calor dentro del cuartito hubiera asado un pollo. Lope se cuestionó si tal vez los calderos emitían alguna irradiación, porque no era normal aquello. También el olor lo aturdía. Se aflojó la corbata y sacó del bolsillo trasero del pantalón un pañuelo que detuvo el chorro de sudor que le bajaba por mitad de la frente y el puente de la nariz.

—Esto aquí es un horno. Te espero afuera, Marcial, para que me des tus conclusiones de los hallazgos, si es que ya las tienes. No quiero meterte prisa, pero ya tú sabes cómo son las cosas con esto de los asesinatos múltiples…

—Pues queriendo o no queriendo, ya me la está metiendo, teniente.

Aunque apenas había brisa, afuera el calor no sofocaba tanto como adentro. Aspiró una bocanada de aire gigante que soltó poco a poco como si fuera humo de marihuana. A la segunda bocanada se le fue la asfixia. Necesitaba expulsar de los pulmones aquel extraño olor de las urnas que sentía alojado en los alveolos. Los calderos, el calor, las hojas quietas, la oscuridad, el llanto que se escuchaba en el interior de la casa grande, los gritos desgarradores, todo se sumaba para crear un ambiente tétrico que espesaba más todavía el caldo de la tragedia. Por fin Marcial salió del cuartucho quitándose los guantes de hule. Lope sacó su libretita de apuntes y se colocó los espejuelos.

—Soy todo oídos.

—Al primer cuerpo, el del hombre, le calculo unos treinta y ocho años —comenzó recitando Marcial con una seriedad de tribunal que, dadas la gravedad del momento y la informalidad de las circunstancias, casi sonaba ridículo—. Tiene once impactos de bala —continuó mientras sacaba del bolsillo de la camisa una cajetilla de Newport 100, extrayendo un cigarrillo largo sostenido precariamente con la puntita de sus dedos de salchicha y llevándoselo a la boca para encenderlo—. Todos son de entrada con salida —lo encendió y exhaló la primera nube—. Podrían ser balas blindadas. Habrá que esperar los resultados de balística. Tal vez una FN. Recibió tiros por casi todas partes del cuerpo. Al parecer se puso de pie mientras lo acribillaban, viró la mesa, tiró las sillas y se fue de cara contra el piso. La nariz rota y el hematoma de la frente lo confirman —exhaló la segunda nube—. Al segundo cuerpo, el de la fémina, le calculo unos cuarenta a cuarenta y dos años. Creo que es la esposa del dueño de la casa… Habrá que corroborar con él.

—¿Esposa? —preguntó Lope alzando los ojos de las notas para mirar a Marcial con sorpresa.

—Eso tengo entendido.

—Entonces los gritos que se escuchan adentro son los de él.

—Presumo que sí.

—¿Víctima colateral?

—Bueno, a mí no me parece —dijo Marcial más serio todavía—. Escuche bien: yo le pongo entre seis y diez tiros, voy a decir ocho para irme a la mitad, todos directos en la cara, casi uno encima del otro. Es difícil contarlos por estar la cara como está, pero extraña puntería colateral, si me preguntan a mí…

Extrañísima, se dijo Lope pensando en un brazo de hierro capaz de sostener una pistola sin que el rebote de cada tiro le quitara puntería.

—¿También FN?

—No, .40. Seguramente con *chip*. Como le digo, hay que esperar el informe de balística para confirmar, pero yo lo doy por sentado.

Lope tomó notas.

—El tercer cuerpo es el que usted ve allí —y señaló Marcial con los dos dedos y el cigarrillo el bulto tapado sobre la grama, hacia el cual Lope no se volteó para mirar—. Niña. Edad: doce.

Una de las balas que no alcanzaron al hombre, o que lo alcanzaron, lo traspasaron y traspasaron los paneles de la pared, entró en su cráneo y la mató al instante.

Lope dejó de escribir y se quedó como paralizado. Comenzó a respirar profundo intentando contener la náusea. Temblaba. No puedo seguir así, se dijo.

—Por la cantidad de casquillos, seguro usaron peines largos —continuó Marcial al regresar Lope de su breve periplo, mirándolo con cara de comprender sus penas—. Por el patrón de los impactos y los casquillos, y por el esparcimiento de la sangre, dispararon desde aquí —y se dirigió hacia la entrada de la casucha, colocándose en el umbral de la puerta—. Como puede ver, aquí adentro no hay mucho espacio, y con la mesa en el medio, no tuvieron paso más allá. Pero igual, ya aquí estaban bien cerca.

Marcial procedió entonces a recrear la acción, haciendo los falsos disparos, explicando los ángulos y adjudicando los rebotes de balas a los heridos. Al terminar, Lope se percató de que, en el suelo, a los pies de Marcial, había otro de los extraños dibujos o símbolos que observó pintados en las urnas y en las paredes de adentro, esta vez trazado como con un pedazo de carbón. El área lucía húmeda y los dibujos difuminados. Se preguntó si acaso el agua de algunos de los recipientes de cristal voló hasta allí al voltearse la mesa, o si fueron pies mojados, o quizás una mano culpable que los restregó con intención de borrarlos. En cuclillas, pasó el dedo sobre los trazos. En efecto, sustancia negra y polvorienta tipo carbón. Bolígrafo en mano, reprodujo en su libretita el dibujo lo mejor que pudo intentando completar más o menos lo borrado. Luego le tomó una foto con el teléfono.

—Disculpa que mande a quien deba obedecer —le dijo Lope a Marcial en ánimo de confundirlo—, pídeles a tus muchachos que le tomen fotos a esto aquí en el suelo, para el récord.

—Con todo el gusto del mundo, mi teniente —le contestó escondiendo una sonrisa. Llamó al fotógrafo, a quien Lope escuchó decirle a Marcial que ya fotografió el cráneo en el caldero. Seguro pensó que lo llamaba para eso. Marcial le explicó y señaló el lugar en el piso.

—Que le tomen desde varios ángulos, Marcial. Quiero tener una referencia de la orientación del dibujo en relación con la posición de las víctimas —Marcial afirmó con la cabeza como tomada nota de la instrucción de Lope—. Encárgate de que los resultados del estudio forense estén cuanto antes, por fa, Marcial. Mañana si fuera posible. Como tú sabes, este caso tiene todos los elementos de un escándalo. Piquemos al frente, gran amigo, que tarde que temprano los altos mandos nos lo exigirán. Ya casi estoy viéndole la cara a mi jefe Marrero…

—Todo eso suena muy bonito, teniente, pero si usted no llama a la doctora Orza o su jefe no contacta directamente al Instituto, estos cadáveres, como tantos otros, dormirán en la morgue el sueño de los justos. Sencillamente no tenemos el personal para avanzar tanto, y el gobierno se canta en bancarrota para contratar patólogos, expertos en balística o personal esencial. Allí se hacen verdaderos milagros a diario, mi-la-gros —y subió las manos al cielo implorando.

—Por lo menos la balística, que será lo más útil en este caso —Marcial no hizo gesto alguno, no afirmó, no dio muestras de hacer nota mental, nada—. ¿Entendido? —insistió Lope.

—Dígame usted cuándo yo le he fallado en algo. Le aseguro que si no yo, la doctora Orza le entregará los resultados a la mano, que estoy seguro tendrá muchísimo más gusto que yo en hacerlo… —y soltó sobre la cabeza de Lope una gran nube de humo mirándolo fijamente.

Lope lo miró en silencio un instante, como juzgándolo. Achinó los ojos y comenzó a negar con la cabeza, incrédulo ante la realidad de que en Marcial convivían en paz la seriedad profesional que proyectaba y la charlatanería que escondía.

—¿Tú te vas a poner con esas ñoñas también, Marcial? Yo que juraba que tú eras un hombre serio. Hasta ahora mismo te tenía en un pedestal… No te dañes, Marcial, que ya tú estás viejo para eso.

—Pero si el primer sinvergüenza es Ulises, su mano derecha, mi teniente, a quien usted le ríe todas las gracias. Él es quien instiga el relajito a sus espaldas, para que se entere.

Mientras se alejaba de la casucha en dirección a la casa grande, Lope observó de reojo a Marcial apagar el cigarrillo y regresar a su labor, moviéndose con premura en su andar de bloque, y se dijo que era de lo mejor que quedaba en el ambiente policial.

Se sintió raro. Algo en la garganta. ¿Se estaría enfermando? ¿Estaría incubando una monga? Si se estaba enfermando no sabía todavía, pero sí sabía que se estaba poniendo viejo para aquellas faenas. La imagen de Patricia en su mente intensificó sus escrúpulos. Ella crecerá, sin duda, madurará, por supuesto, dejará de ser la niña frágil que era hoy para convertirse en la mujer fuerte que será mañana, a diferencia de aquella pobre que yacía a sus pies, que encontró su final aquí sin más ni más, una triste noche, en este inocuo lugar. Quizás cuando Patricia creciera y su imagen ya no estuviera ligada con la niñez, quizás entonces le regresaría la sangre fría, la que antes le permitía entenderse con cualquier escena truculenta sin que le temblara un párpado. Pero ya poco importaba cuando le regresara la sangre fría. La decisión estaba tomada.

Al llegar a la marquesina de la casa pronto identificó dos puntos focales. El primero un grupo de mujeres vestidas de faldas y blusas blancas, tapadas las cabezas con gorros y pañuelos blancos o coloridos, y los cuellos y muñecas decorados con collares y pulseras de cuentas también coloridas. Formaban un cerco alrededor de una niña cuya edad estimó entre trece y catorce años, que lloraba sin interrupción, llevada por un motor de lágrimas, encajada en el círculo vicioso de un llanto perenne.

El segundo punto lo componía un solo individuo, cuarentón, camiseta y cortos blancos, brazos tatuados hasta las muñecas, engalanado con los mismos collares de cuentas coloridas, quien daba vueltas y vueltas alrededor de un sillón de mimbre como un tigre enjaulado alrededor de un eje invisible. Llevaba una pulsera hecha de cascabeles en un tobillo que emitía con cada paso, lo que le pareció a Lope un sonido demasiado festivo en medio de aquella tragedia. En la muñeca izquierda llevaba, junto con otras pulseras, una de cuentas amarillas y verdes que ya antes Lope había visto en los barrios y caseríos. Se frotaba nerviosamente las manos, enlazando y desenlazando los dedos, tapándose la cara con las palmas y emitiendo un rugido que debía evocar dolor y sufrimiento, pero que a Lope se le hacía enervante y fingido. De la nada, sintió una profunda antipatía hacia aquel tipo.

Aparentemente era el líder de las operaciones allí, responsable del evento que terminó en aquella matazón; además, era marido de la asesinada. Mirándolo gritar, Lope se percató de que, salvo por aquellos frémitos, su cuerpo no daba otra señal de dolor ni sufrimiento. Ni lágrimas, ni mocos, ni ojos rojos, ni expresión convulsa. Era un llanto en seco que no convencía. Solamente el alarido daba cuenta de su pena, que aumentó al percatarse de la presencia de Lope, fortaleciendo con esto sus sospechas de que era fingido. Lope pudo leer al instante, de un fogonazo, en cada gesto de aquel hombre, que entre él y su mujer fallecida ni una pizca de amor quedaba. Cariño quizás, costumbre tal vez, conveniencia a lo sumo, pero el volumen del grito, la prolongación, la estridencia, el lugar de la garganta donde se originaba, contenían la verdad de un desamor.

—¿Qué me dices, Belin? —le preguntó Lope a Belinda, quien vino a su encuentro desde el interior de la casa—. ¿Esta es toda, o hay más gente adentro?

Belinda Guzmán era de sus principales asistentes y pieza clave de la unidad especializada que él dirigía. Además de guapa, competente y valiente, era una dulzura de persona. Aunque delgada y en apariencia inofensiva, era experta en artes de defensa personal, lo que significaba que podía dejar parapléjico a casi cualquiera. Tamaño promedio, piel marrón oscura, ojos avellanados color miel, pómulos altos y pelo negro que llevaba siempre lacio y a veces coloreado con hebras rojas que la hacían lucir siempre femenina, aun en uniformes pensados para hombres. Además, tenía una sonrisa extraordinaria que regalaba con cautela, porque Belinda pasaba con facilidad de lo agradable a lo entorunada. Era la más seria de la unidad, y la que menos le preocupaba a Lope que cayera en malos pasos. Pero, a pesar de su apariencia de mujer fuerte, era sensible y femenina hasta el colmo. Era, además, lesbiana, con pareja, Juliana, que no solo Lope y Ulises conocían, sino que contaban entre sus amistades, por ser, en muchas cosas, el polo opuesto de Belinda. Juliana, pese a no ser tan bonita como Belinda, tenía una personalidad tan dicharachera, gritona sin ser vulgar, vaciladora sin ser pesada, inteligente sin ser prepotente, a la par con leal, buena amiga, justa y elegante, que la hacía muy atractiva. Era una presencia divertida y agradable para tener alrededor, y junto con Belinda formaban una pareja ultra admirable.

—Adentro no queda nadie. Acabo de cotejar.

—¿Y aquí qué tenemos? —le preguntó, teniendo que alzar la voz por encima del llanto seco del dueño de la casa—. El lloriqueo de este señor me tiene hasta los cojones.

—Teniente… —Belinda le abrió los ojos.

—Mala mía.

—No crea, a mí también me irrita, pero disimulo.

Todo en aquel tipo le resultaba desagradable a Lope, la facha, los alaridos, el ruido de los cascabeles, su andar.

—Los tres muertos están relacionados con él —libretita y bolígrafo en mano, comenzó a leer sus apuntes—, Pedro Luis Mejías Colón, alias Pacho, marido de la víctima, líder religioso y padrino de esta gente aquí —y lo señaló con el culo del bolígrafo por encima de su hombro.

—¿Padrino? De bautismo no será, a juzgar por la de cosas que se ven aquí —dijo Lope, alzando la voz de nuevo para que lo escuchara quien ya le adjudicó, por sus propias intuiciones y prejuicios, responsabilidad por lo ocurrido.

—Ssss… —lo regañó Belinda otra vez, arrastrándolo por el antebrazo fuera del área de la marquesina—. Tenga cuidado cómo habla frente a esta gente, teniente. Mire que rápido le sacan el librito, le mientan la libertad de credo, la Constitución americana y toda esa ñoña, se trancan a la banda de allá, dejan de cooperar y después hay que sacarles las confesiones abriéndoles las bocas con gatos hidráulicos.

—Tienes razón, Belin. ¡Pero es que los gritos de ese mariconazo me tienen los tímpanos al rojo vivo! —le aclaró por pura caballerosidad—. ¿Tú no te fijas que ese llanto es de embuste?

Belinda aceptó levemente con la cabeza y una mueca de la boca.

—Continúa.

—Son todos ahijados suyos de la santería, y también de lo que llaman *palo*, *palo mayombe*, *palo monte*, *palería* y no sé qué más. Yo conozco algo de esas cosas porque el esposo de una prima mía es *babalao*, pero no soy experta para nada.

—Y ese sancocho, ¿con qué se come?

—Se come empapándonos del tema, que seguro nos conviene para este caso y para otros en el futuro. No es la primera vez que nos topamos con estas cosas, pero sí la primera que están en medio de todo —Belinda pareció olvidar que a Lope había dejado de interesarle el futuro dentro de la Policía.

—Pues sean de palo o sean de santo, los calderos que están allá dentro nunca los he visto así tan elaborados. Te juro que en uno de ellos hay hasta un cráneo humano, y en unos potes atrás hay unos fetos humanos flotando en un líquido amarillo. Tú me perdonas, pero por mucha libertad de credo que haya, por mucha Constitución y muchos derechos, esos son delitos claritos.

—*Prendas* les llaman a los calderos, aprendí horita. Me mantuve a distancia de ellos.

—¿Prendas? Qué raro. Nada más lejos de una gema. ¿Qué más me tienes?

—El hombre muerto se llama Francisco Concepción Vega, alias El Bebo, treinta y seis años, natural de Ponce, Residencial Lirios del Sur. Residente de Peñuelas, ocupación desconocida, casado con Vilma Batista, con quien tiene un niño y una niña.

—Ocupación desconocida… ya sabemos lo que eso significa.

—Dice el padrino que trabajaba en la tienda de videos de un primo suyo en Ponce, al final de la calle Reina.

—¿Tienda de video? Sí, Pepe. Esas se extinguieron hace años. De todos modos, por si las moscas, hay que cotejar; y de haber algo allí, algún otro negocio transformado, cotejar que nunca trabajó ni trabaja allí ningún Bebo, como estoy seguro de que no trabajó, aunque aparezca en nómina —Belinda tomó nota—. Continúa.

—Ok. En cuanto a lo que aquí ocurría esta noche, esta es la que hay, hasta donde entiendo. Mañana iniciaban al Bebo en la santería. Lo que la gente llama «echarle un santo», y que ellos llaman «coronarlo». Lo de esta noche era la ceremonia preliminar, que, según él —y apuntó disimuladamente con la boca al hombre que gemía—, le llaman la misa espiritual, y como se hace previa a coronar el santo, pues le llaman misa de coronación. Según entendí, el propósito es informarles a los espíritus, que ellos llaman muertos, sobre lo que van a hacerle al individuo al día siguiente, y preguntarles si están de acuerdo y si quieren que se haga algo previo a comenzar. De lo que entiendo, la misa es lo mismo que los espiritistas llaman «velada», «tenida» o «tenida blanca». Se lo digo porque mi abuela era espiritista y me acuerdo de las veladas en su casa. Ponían una mesa con un mantel blanco, encima un recipiente de vidrio redondo y transparente lleno de agua y al lado un velón blanco encendido. A veces, debajo de la mesa, mi abuela metía un balde con agua, azucenas y un chorrito de Aguaflorida. Los espiritistas se sentaban alrededor de la mesa, comenzaban los rezos y los espíritus llegaban.

—De todas esas cosas que mencionas allá adentro hay un reguero.

—Ya lo vi. Según la descripción del padrino y de una de las heridas, doña Asunción, estaban todos sentados alrededor de la mesa realizando las oraciones iniciales, los primeros «llamados al muerto», cuando escucharon abajo en la calle un carro frenar y abrirse las puertas...

—¿Quiénes y cómo estaban sentados? —la interrumpió Lope en ánimo de apurar la conversación, percatándose, por encima de los hombros de Belinda, de cierta intranquilidad en el grupo de las mujeres con la adolescente que lloraba.

—En la cabecera de la mesa, a la izquierda de la entrada, estaba sentado el Bebo. A su izquierda, de frente a la entrada de la casucha y de espalda a la entrada de la segunda sección del «barracón» (como ellos le llaman a la sección de la casita donde están los calderos, además de un nombre en africano que no recuerdo), estaba Ángeles, la occisa, esposa de Pacho, de quien todavía no le he hablado.

—Así que las dos víctimas estaban de frente a la entrada...

Lope se percató de que las flechas del dibujo del suelo apuntaban hacia allí.

—Así es. A la otra punta de la mesa, a la derecha de la entrada, estaba el padrino, Pacho. De espaldas a la entrada, a la mano derecha del Bebo, estaba sentada doña Asunción, y frente a ella, a la derecha de Ángeles, el muchacho herido en el abdomen. El resto de la gente se encontraba dentro de la casa cuando se escucharon los tiros, excepto la niña, que jugaba con un gato en esa parte del patio —y le señaló con la boca y la cabeza el pedazo de grama donde yacía el pequeño cuerpo—, junto con una señora que la velaba y que cogió un tiro en el tobillo. Aparentemente, solo el padrino y el muchacho herido, que estaba de frente, vieron a los dos enmascarados.

—¿Y no fueron tres? Según Ulises, la llamada al 911 mencionó tres pistoleros. ¿Quién hizo la llamada?

—Lucimar, hija del padrino y la difunta, la niña que está ahí llorando desconsolada. El papá le dio el celular para que hiciera la llamada. Parece que la nena, en el ataque de histeria, dijo tres.

Estoy intentando corroborar el dato con ella, pero no para de llorar. Me contó el papá que se volvió como loca cuando se enteró
de su mamá, gritando por toda la casa sin control. Tengo entendido que se orinó y evacuó encima.

—Hay que indagar en el detalle.

Belinda torció la cara.

—No seas mala. Me refiero a la llamada, porque si nadie dentro de la casa vio nada, ¿de dónde salió el tercer asesino que se
menciona en la llamada? —Belinda subió las cejas, hizo gesto de
caer en cuenta del asunto y tomó nota del hecho—. Y el teléfono
que hizo la llamada, ¿quién lo tiene?

—No aparece. La niña no sabe dónde lo puso. Después del
ataque de histeria que le dio, no recuerda nada del teléfono. El
papá lo ha buscado con un desespero sospechoso. Presumo que
ya no tiene batería, porque lo hubieran encontrado.

—Pues hay que encontrarlo y confiscarlo de inmediato. También hay que interrogar mejor a la niña, a ver si fue la histeria que
le hizo decir tres pistoleros o si alguien se lo dijo, e insistir con
ella sobre el teléfono. Coteja también con el operador que tomó
la llamada. Tal vez fuera un error suyo —Belinda tomaba notas
apresuradas—. Y con la otra mujer herida, ¿hablaste?

—Todavía. La están tratando en la ambulancia —Belinda hablaba mientras tomaba notas.

—Hazlo tan pronto sea factible. Ulises que te ayude —miró
de reojo la pantomima del tal Pacho y sintió que le sacaba lo
peor—. Continúa.

—Pues estaban, como te decía, en los rezos iniciales, cuando escucharon pasos de gente que subía corriendo la cuesta del
driveway, y en menos de lo que nadie pudo reaccionar ya estaban los dos encapuchados dentro del barracón, pistola en mano,
soplando tiros. Aunque al parecer el blanco era el Bebo, uno de
ellos, según alega Pacho, perdió el control de la pistola y asesinó
a su esposa, «la madrina» que llaman ellos. Algún jovencito con
el brazo mongo y la pistola con *chip*.

—Lo mismo opina Marcial, que las pistolas tenían *chip*, al menos con la que la asesinaron a ella. No está seguro, ni tampoco yo, de que se le fuera el brazo. Los tiros son todos en la cara, casi uno encima del otro. Entre seis y diez.

—¿Seis a diez? ¿En el mismo sitio? —Belinda abrió tan grandes los ojos que a Lope le pareció ver cruzar por sus pupilas extraños destellos que tomó por sus pensamientos—. Ahí no hay brazo mongo que valga.

—¿Estás segura de que era al Bebo a quien querían? ¿Qué se sabe de ella?

—Ángeles Pérez Martínez, cuarenta y dos años, madre de dos niñas, ambas de Pacho. Una de ellas, Lucimar, de trece, la que hizo la llamada; la otra, de quince, vive con una tía en Connecticut. La occisa era ejecutiva en el área sur de una cadena importante de restaurantes. Buen salario y buenos beneficios.

—Y no te extrañe que también un buen seguro de vida. Es un cuadro frecuente a nivel mundial, mujer exitosa con marido vividor, asegurada a nombre de él, muere en extrañas circunstancias…

Aunque era algo que Belinda ya sabía, lo apuntó en su libretita con una enjundia y un profesionalismo que Lope siempre encontró admirables, siendo él tan desordenado.

—Raro que la otra hija viva afuera. Esa tía, ¿es por parte de padre o de madre?

—De madre. Dice el papá que la mandaron para allá porque tenía problemas de conducta en la casa y en la escuela. A mí también me huele raro ese asunto. Seguro sabremos de ella y de su tía mañana o pasado, para que nos aclaren esto.

—Y de la niña, la occisa, ¿qué sabemos? —preguntó finalmente.

—Agneris Maldonado, doce años. Se encontraba allí con su tía, ahijada de Pacho. Hablé con la tía y está intentando contactar a la madre en el trabajo. La madre es croupier en un casino y al parecer está desconectada. La pobre tía está hecha un nervio vivo.

No era para menos, se dijo Lope, imaginando esa llamada terrorífica de hermana a hermana.

—Bueno, por ahora estamos crudos en los motivos —dijo Lope tras un breve receso—. Podemos sospechar que hubo un saldo de cuentas del bajo mundo, pero los tiros en la cara de la mujer nos dicen que hay más. ¿Qué más? Ya sabremos. Mañana temprano vengo a visitar al padrino para entrevistarlo, lo cual ya sé, por la pinta que tiene, que no va a estar fácil. ¿Qué nos falta aquí?

—Los tres heridos. La señora Asunción y el muchacho, que estaban dentro, y la señora que estaba acá afuera con la niña —resumió Belinda.

Lope miró alrededor, miró hacia arriba como suplicando ayuda, y suspiró. Aunque aquella, por supuesto, no era ni de lejos la primera escena pavorosa de su vida, la combinación de niña muerta, urnas macabras, calaveras en calderos, fetos en potes y mujer asesinada a tiros en la cara lo habían afectado más que de costumbre.

—Me voy para casa ya, Belin, estoy muerto. Vengo de Comandancia Central. Llevo todo el día en San Juan. Nos reunimos a primera hora mañana. Aunque el caso es de Ulises, te dejo a cargo a ti. Él está abajo investigando otra cosa. Ya te contará. Aísla a este tipo de los heridos. Que no se les acerque —la instruyó mientras observaba al padrino con intensidad—. Pero antes de que te vayas, pregúntale cómo fue que llegó el agua que mojó el piso de la entrada de la casita, y qué significa el dibujo que hay ahí pintado y que el agua casi borra. A ver cómo reacciona y qué te dice. Seguro te dice que vino volando de una copa que estaba en la mesa cuando el Bebo la volteó, pero ya me fijé que los vidrios de las copas están para el lado contrario, y que el agua cayó para esa parte. Nada más chequéate su reacción.

—Vale.

—Por último, cuando llegue el fiscal, asegúrate de que se quede un agente velando la escena. Que nadie entre ni salga de la casucha.

Mañana quiero gestionar una orden de registro del pequeño laboratorio donde están los fetos y del caldero con la calavera.

Belinda apuntaba sin decir nada. Al terminar, cerró la libretita y se persignó. Lope la observó con rareza y recordó que Belinda de vez en cuando sacaba a pasear a la cristiana, sobre todo si sentía la presencia de energías extrañas. Lope supuso que Belinda relacionaba aquellas prácticas con el maligno. Siempre y cuando no se convirtiera en una fanática tipo Cruz, que hiciera lo que quisiera.

Dado que no estaba en ánimo de regresar al extraño olor del cuartucho, se despidió de Belinda y se retiró sin despedirse de Marcial. Al firmar el registro de salida, de manos del mismo oficial del principio, se dijo que ya entendía el porqué de su temblequeo. Bajó la cuesta con cuidado, pareciéndole más empinada de bajada que de subida, apretando las almohadillas frontales de los pies contra el frente del zapato para evitar la caída libre.

De nuevo cruzó la multitud de vecinos que seguía allí parada, murmurante, aunque menos concurrida que a su llegada, como a la espera de que ocurriera algún milagro. Por fortuna, todavía no había familiares gritando, ni tampoco las rapiñas de la prensa habían descendido, y ya los biombos se habían largado. Al pasar frente a los zafacones de la casa abrió las tapas y, con la linterna del teléfono, observó dos bolsas cerradas dentro. Frente a ellos, en el suelo, una caja de cartón. Abriéndola con la punta del zapato, descubrió dentro varios objetos rotos: vasos, platos, tazas, marcos de vidrio, estatuas de porcelana, muñecos de madera descabezados, retratos hechos pedazos. Dedujo que la mano que rompió todo aquello seguro sufrió también laceraciones, iguales o muy parecidas a las que mostraban las manos de la occisa, cubiertas con curitas y esparadrapos.

Caminando calle abajo, encontró a Ulises de cuclillas junto al cadáver del perro, acompañado por un fotógrafo forense que documentaba la escena gracias a una potente bombilla instalada en la cámara. Una serie de vidrios plásticos claros y amarillos regados al final de dos marcas de goma que culminaban en el cuerpo muerto del perro eran la única evidencia directa del carro usado para el asesinato.

—Hicieron un esfuerzo supremo para evitar matarlo —comentó Lope tras pedirle al fotógrafo que dirigiera la luz hacia el origen de las marcas de goma en la brea—. Desde bastante lejos pegaron freno.

—Podrán ser tremendos matones de gente, pero tienen el corazón blando para los perros —opinó Ulises, medio en serio, medio en broma.

—Ulises, ya sabes los pasos: fotos y huellas. A ver si en la Unidad Científica identifican el modelo del carro por los cristales. Tómale muestras de pelo al perro, por si acaso. Háblate con Belinda y con Marcial para que coordinen. Yo voy arrancando, que no me queda mucho más por hacer aquí. Además, quiero descansar esta noche para bregar con el escándalo de esta masacre mañana, que ya verás que me la endilgan a mí.

—Quién te manda a ser tan buen detective, papi. La chapuza paga.

Ni caso le hizo, a sabiendas de que aquella era, en efecto, la lógica imperante.

—Oye —le pidió antes de irse—, dale un vistazo a una caja de cartón que hay junto a la basura frente a la casa antes de irte. Chequéala y dime qué encuentras dentro. Además, ábrete las bolsas cerradas y échales una mirada. Mañana reunión a primera hora en mi oficina. Llámate a Cruz y avísale, que yo sé que a él le encanta que tú le avises las cosas…

Ulises soltó un gruñido como de perro molesto.

—Última cosa. Si aparecen Yolanda o Negroponte, ya sabes: lo mínimo. Esto mañana será la noticia del día en la prensa y la radio, te lo aseguro, a menos que los políticos tengan preparado un escándalo mayor. Así que vete haciéndote la idea de que tendremos que aguantar presión sin comprimirnos, y ya sabes de quién…

—Marrón Ramero —dijo Ulises con cara de resignación.

3

Lope cayó sentado en la cama con el timbre del teléfono que sintió como la campana de una catedral tocándole sobre el pecho. Lo contestó con voz jadeante, asfixiada, la voz de quien alcanza la superficie desde una profundidad oscura, para encontrarse al otro lado de la línea con un orangután parlante.

—¡Ja, ja, ja, ja! —le reventó el tímpano la carcajada malévola de su jefe—. ¿Te desperté, bella durmiente?

Lope permaneció en silencio varios segundos antes de contestarle. Le retumbaba la cabeza como de resaca sin haber tomado ni una gota de alcohol. De todos modos, no valía la pena contestarle. ¿Qué podía esperarse de alguien que abría una conversación de tan estúpida forma tan temprano en la mañana?

El capitán Marrero era el tipo de gente a la que le costaba respetar límites, o siquiera reconocerlos. Propasarse era, básicamente, su especialidad, que él justificaba como virtud y hasta cultivaba. Sus palabras, el tono al decirlas, la forma de enunciarlas, infringían casi siempre las normas de la convivencia elemental, metiéndose a cada rato en el terreno de lo personal para, una vez allí, ofender más. Era lo que se conocía comúnmente como un patán. Y también era un corrupto de altos vuelos, hablando abiertamente de sus traqueteos como si se tratara de asuntos que aumentaran su fama. Por eso Lope no le dejaba pasar una, ni le reía una gracia, ni entraba en vacilones con él. Pero eso no siempre fue así.

Hace años, demasiados ya para importar, mucho antes de que fuera nombrado capitán, existía entre ellos respeto, cordialidad relajada, hasta camaradería ocasional. Cuando vino el fiasco de su ascenso, y con eso el fin real de la carrera de Lope en la Policía, terminaron las buenas migas entre ambos. Fin real porque aquel nombramiento de Marrero fue el punto final a la expectativa de ascenso de Lope. Pero como nunca se sabía y nada jamás era seguro, Lope se consoló con la idea de que perdiendo también se gana, y que el ascenso a capitán que no le tocó más bien fue una bendición en disfraz. Se liberó de una carrera que nunca pretendió ejercer para siempre, forzándose a reencontrar de nuevo la vieja ruta. Y ahora que veía la transformación de Marrero, balón pateado por políticos y bichotes, comprendía mejor de lo que se libró.

Era lógico entonces que, con el ascenso meteórico de Marrero en la jerarquía y el lanzamiento de su carrera delictiva en la Policía, la relación entre ambos sufriera un deterioro dramático. Poco le tomó convencerse de que, bajo la supervisión de Marrero, mientras mejor trabajo quisiera hacer y mientras más creyera en la justicia, más aislado quedaría. Sería lo que ya era, un pájaro raro, un pez fuera del agua, un *Cerebro*, como Marrero mismo le llamaba y le llamaban también muchos otros con cierto dejo de desprecio. En medio de aquella vorágine sin compás ético ni moral creada por Marrero, Lope y su pequeño equipo eran una yola sin motor ni remos flotando en un mar de tormentas. Ya los jodedores habían intentado socavar sus voluntades en varias ocasiones. A Ulises quisieron comprarlo durante una investigación sobre un asesinato que implicaba a un socio de Marrero en Yauco. Como era el más joven y el más fogoso del equipo, y como venía de Narcóticos, pensaron que era sobornable. Cuando Lope se enteró no perdió tiempo y rescató a Ulises cuando casi lo tenían metido en la olla. Lo paró en seco, le dio un halón de oreja y hasta el día de hoy. Con Belinda también trataron, pero ella los repelió sola. Belinda estaba más que clara. Con Cruz seguro habían intentado también, pero Lope no sabía a ciencia cierta ni nada todavía se lo demostraba. Pensó que quizás Cruz rechazaría los avances más por temor a Dios que por principios. Sin duda Cruz era el eslabón más débil de su equipo. Y, por supuesto, con Lope ni lo intentaban. Y por eso precisamente no le podía dejar pasar una a Marrero, fuera en broma o fuera en serio. Su silencio, todavía encajado entre la pregunta y la contestación, se quebró al salir con sequedad el viento caliente de su respuesta.

—¿A qué viene el chiste y la risa, si se puede saber, mi capitán? ¿Hay algo de lo que podamos reírnos juntos esta bonita mañana?

—Tranquilízate, Cerebro, que tampoco es para tanto. Como lo dejé sonar más de veinte veces, se me hizo que estabas en sueño profundo…

Lope se consideraba una persona pacífica, sosegada, compasiva, en general civilizada, pero una cosa le disparaba la irritación como un cohete y le hacía decir cosas de las que después se arrepentía: que le pidieran que se tranquilizara sin estar intranquilo. Y si para colmo, a esa hora, le bajaban con un paquete de ese tamaño, era de esperarse que la perdiera.

—¡Veinte veces ni veinte veces! A la quinta sale la grabadora, capitán, deje de mentir. Además, mi sueño es bien liviano.

—Tres, cuatro, veinte, qué más da. La realidad es que anoche parece que caíste como piedra, o te tomaste alguna pepa, o te fumaste algo, porque lo dejé sonar y nada. Te lo puedo jurar por mi santa abuela, que está muerta. Mira para que veas que debes tener tres o cuatro llamadas mías.

Su certeza comenzó a preocupar a Lope. Sonaba convincente, aunque no lo aceptaba del todo. Recordaba dar vueltas en la cama, como de costumbre, pero no recordaba ir al baño, como al menos ocurría una vez por noche. Tampoco se dio los wiskis que se hubiera dado en casa de Magui. Tal vez fuera la yerba que se fumó al llegar a la casa que lo tumbó como un tronco, pero qué podía saber Marrero de esas costumbres suyas, o del cuartito de Percocet que se tomó antes de dormirse porque llegó con la espalda hecha un pretzel.

—Bueno, dígame… —dijo Lope para mover la conversación—. ¿Qué ocurre? ¿A qué debo el honor de su llamada a esta bonita hora?

—La masacre de anoche, Lope, no te hagas el bobito. Ya está en la primera plana de los periódicos, por la radio y por las redes. Tiene todos los condimentos necesarios para provocar la explosión de sabores del escándalo público que bien conocemos: bichote asesinado, niña y mujer muertas, magia negra, santería, bajo mundo. ¿Qué más quieres? ¡La bomba perfecta! El caso es del agente Pi, tu ayudante, pero necesito que tomes tú las riendas. Bernie mismo sugirió que te pusiéramos a la cabeza. Tenemos rueda de prensa a las once. Viene el superintendente. Tienes que darme un resumen de los hechos a no más tardar las nueve. Bernie está a cargo del caso en Fiscalía y tú de la investigación. Hay que producir resultados, Lope. Esta vez estamos en el ojo público y no podemos embarrarla. Y qué bueno que estás tú, porque en eso de producir resultados tú eres el titán de la llanura.

—Ay, sí, qué bueno… —le dijo con absoluto desgano, cancelando sorna con sorna—. ¿Algo más?

—Nada más. Te espero. Espabílate, que no tengo mucha paciencia hoy para gente con pestañas pegadas con legaña —le dijo, colgando antes de que Lope pudiera mandarlo al carajo. Ulises siempre tuvo la razón: Ramón Marrero es un marrón ramero.

Se requedó un rato en la cama mientras recuperaba la calma. Sentía la sien latirle, y también la espalda. La conversación, tan a despropósito, tan temprano, casi le dañó el todavía nonato día. Su tolerancia con Marrero, con la Policía en general, con su vida dentro de aquel esquema de corrupción y favoritismo, estaba rayando el límite. Su única utilidad allí era lavarles la cara con su prestigio de buen investigador. ¡Oh, por fortuna el detective Lope Laguna fue puesto a cargo del caso! ¡Oh, qué dicha, qué seguridad! Toda la ciudadanía respiraba complacida. Respiraban los políticos, respiraban los coroneles, respiraba su jefe porque sabía que, ante todo, Lope era un profesional y un justiciero, pese a saber que serlo, en aquel lugar, bajo aquel esquema, era cosa de pendejos. Como siempre, la rueda de prensa, el superintendente, Bernie, sería pura pantomima. Y pese a toda la fanfarria, por bien que hiciera la investigación, Lope podía anticipar que aquel caso se caía, como se caían tantos otros casos «importantes» en el saco del olvido, en los famosos ocho de diez que no llegan a nada. Y si el bichoteo que obviamente estaba de por medio en aquel caso tenía a Marrero o a cualquiera de los suyos cogido por el bolsillo, se podía dar ya por descontado que esta investigación arrancaría. Podrá fajarse buscando pistas, desvivirse entrevistando sospechosos, desenterrar la mejor evidencia, y aun así no pasaría nada. Igual podía sencillamente salir de aquello con rapidez, llegar al punto muerto de siempre y dedicarse a lo que sí tenía consecuencias palpables para él: defender su casa y sus pertenencias de los vientos y las marejadas que se acercaban.

Con una pesadez inusual, como si en vez de descansado el sueño le hubiera cansado más y aflojado el cuerpo como una toalla mojada, logró por fin sentarse en el borde de la cama. «Puta», se dijo. Aquel dolor permanente de la espalda baja, que ya dos o tres sabiondos le diagnosticaron como problema de discos, lo llevaba por el camino de la amargura. Aquella mañana se le había trepado casi hasta el hombro izquierdo. Las sesiones de gimnasia sexual con Magui lo ayudan un poco a evitar inyectarse bloqueos para soportar el dolor, pero siendo más esporádicas que periódicas, el efecto no se acumulaba. Magui era bien intensa, y en lo sexual siempre andaba en busca de algo más, de nuevas formas, de un nuevo cénit, lo que significaba para Lope realizar contorsiones y ejecutar acciones que le aflojaban las coyunturas como en una sesión de yoga. Pero la magia la hacía el cuartito de Percocet por las mañanas, que le reducía el dolor a menos de una molestia la mayor parte del día sin hacer ni una calistenia. La Perco, como le llamaban, se traficaba bastante en la calle, pero no fue hasta que escuchó a la misma secretaria de Marrero decir que su esposo padecía un dolor crónico que se controlaba con un pedacito de aquello, que el pensamiento penetró en su cerebro. Puesto que confiscaban tantas de aquellas pastillas en los puntos de droga y a veces las tenían por sacos en el almacén de evidencia, le era fácil pasar por allí y llevarse dos o tres sin nadie percatarse.

Se puso de pie con cuidado de no lastimarse. Estiró los brazos hacia arriba y hacia atrás hasta casi lastimarse. Luego, contrayendo y expandiendo el estómago, torciendo repetidamente hacia lado y lado el torso, destrancó poco a poco los músculos anudados. En la mesita de noche aguardaba el minúsculo cuartito de Perco, el cual se tragó con su propia saliva. Nada más tomárselo sintió el alivio psicológico. Apagó el aire acondicionado, que en días recientes sonaba como si lo accionara un güimo corriendo en una rueda, y llegó desnudo hasta el balcón.

Era una de sus cosas preferidas, recibir la mañana frente al mar a piel desnuda. Apenas comenzaba a clarear el cielo, rebotando los rayos oblicuos del sol sobre el azul del agua queda de la rada, penetrando en su cuerpo el calor puro y cristalino de aquella luz recién nacida. Aquel espectáculo de los sentidos le provocaba siempre una especie de goce ancestral, un furor que lo reconectaba con las cosas sublimes, con aquello que le rodeaba y que le era indispensable para enfrentar la miseria humana en la que tenía que hundirse cada día. Volvió a estirarse, desnudo. Estirarse desnudo era para él un acto de libertad suprema, que de paso le servía para ubicarse sus dolamas.

Desde el balcón miró hacia el pequeño muelle, vacío entre los mangles, y observó su lancha, fuera de su ambiente natural, inútil sobre su arrastre, como un cachalote varado en la orilla. Pensó en la cantidad de equipo de pesca que tenía en el cuarto debajo de la casa, una pequeña fortuna acumulada, y tembló con la idea de la tormenta. En ese cuarto estaba su negocio entero, su futuro. Si lo perdía, perdía lo que llevaba construyendo por los pasados años. Eran cientos de anzuelos preparados a mano durante horas enjundiosas, eran casi veinte varas, muchas de alta calidad, incluyendo una de bambú que estaba en los miles, eran decenas de carretes sofisticados, eran millas de línea. Y ni hablar de todo lo relacionado con la lancha, que siempre era un ojo de la cara.

El sonido de un motor aproximándose metió a Lope adentro de la casa. Vestido, regresó, sabiendo por el sonido del motor y la hora que era Vicente, de los pocos que andaban a aquella hora surcando el espejo líquido de la rada. Desde el balcón vio la lancha desaparecer y aparecer entre destellos de luz brillante que rebotaban contra la superficie del agua. Apagando el motor, Vicente se acercó con el impulso, abriendo un delicado surco sobre ella hasta casi debajo del balcón.

—Buen día, Vicente. ¿Cómo anda la mar esta mañana?

—La mar, extraña. Mucho rabojunco en los cielos. Poco viento, marullos cruzados, mucho mar de fondo. Deben estar los cayos turbios. Hoy no hay quien coja un macaco. Buenos días.

Vicente era una especie de filósofo natural, plenamente conectado con sus intuiciones, con el mar y la profundidad de la vida submarina. Rondaba los cincuenta y cinco años, pero la exposición continua al sol y al salitre lo hacía lucir mayor. Altura promedio, delgado sin ser flaco, fibroso, recio, agilidad superior a la que sugería su edad. Hablaba con la flema de quien ha visto mucho y está seguro de lo que dice, dejando pasar un suspiro de silencio entre oraciones como para darles tiempo a las ideas a que se acomoden. A veces daba la impresión de ser un oráculo viviente. Pese a su escasa educación formal, con Vicente se podía contar tanto en el plano físico como en el intelectual.

—¿Viste el boletín del tiempo? —le preguntó Lope en tono un poco tétrico, aunque no lo suficiente para influenciar su respuesta.

—No tengo que verlo para saber que algo viene de camino. En la mar, al menos, están las señas. Falta ver las de la tierra. Hay que llamar a Virginia.

Virginia era su exmujer, el opuesto exacto de él: agricultora con el mismo contacto íntimo con la tierra que Vicente con el mar. Vivía arriba en las montañas de Yauco. Se querían todavía.

Se llamaban mucho y, de vez en cuando, se arrejuntaban, pero no podían vivir bajo el mismo techo por las mismas razones que dos jueyes macho no comparten la misma cueva.

—Está lejos todavía. Hay tiempo. ¿Qué hacemos?

Vicente suspiró mirando el amanecer desde la popa de su lancha con una mano en el timón del motor.

—Primero, salvar el cuartito. Los vientos no se lo van a llevar, pero hay que impedir que le entre el agua si sube mucho la marejada. Segundo, amarrar la casa con tensores para evitar que se levante el techo. Y tercero, proteger la lancha, quitarle el motor, meterlo en el cuartito y amarrar el casco con tensores boca abajo contra el piso.

—Mucho trabajo, y ahora me han metido a investigar un caso de los mil demonios. Literal. Masacre, brujería, locura religiosa, satanismo, todas juntas.

—Sí, escuché por la radio esta mañana. Niña asesinada.

—Ni lo menciones.

—Yo me encargo —lo tranquilizó Vicente—. Usted ocúpese de impartir la justicia que a este pueblo le falta.

Lope calló por no romperle las ilusiones, por no decirle que aquello era pura fantasía, esperanza vacía, esfuerzo vano, y por no matarle la poca inocencia que le quedaba al viejo lobo de mar y tierra que era Vicente.

De regreso a la sala, el librero de la pared del fondo, hogar de su colección de novelas policiales y de misterio, era hoy un ojo gigante que lo escrutaba con preocupada mirada. Representaba lo que fue su pasión juvenil absoluta; hoy seguía apasionándole, aunque ya no de forma absoluta. Aunque la pesca también ocupaba una parte importante de sus pasiones, se mantenía más o menos al tanto de los últimos acontecimientos literarios en el ámbito de la *novela negra*. Era su escritura la que estaba en pausa, no su lectura, y aquel librero seguía siendo ese recordatorio perenne de las promesas consigo mismo, del compromiso con las pasiones que alguna vez lo movieron tanto como para hacer lo que había hecho, ingresar a la Policía. Pensaba en el librero, un poco ilusamente, como en un trampolín desde el cual lanzarse a la aventura de realizar sueños tanto tiempo aplazados, confiando en que aterrizaría en un mejor lugar para sí en este mundo.

Para completar, el aire acondicionado del carro apenas refrescaba. Más bien parecía que un pequeño dragón recorriera sus ductos y exhalara su aliento por las salidas. Sobre la brea, bajo aquel cielo despejado de septiembre, flotaba un tembleque transparente de ondas calóricas que le cancelaron en el acto la idea de bajar las ventanas. Por raquítico que fuera su sistema de enfriamiento, era mejor que aquel aire hervido sobre asfalto. Colocarse las gafas de sol lo refrescó, y también aflojarse la corbata. Para colmo, el tapón de la mañana en la carretera principal era de espanto. Un accidente, un derrumbe, algo lo agravaba. Mientras, para saber qué decían los medios sobre la masacre y escuchar el informe del tiempo, encendió la radio. Tras varios anuncios comerciales, la voz de la meteoróloga informó del fuerte disturbio atmosférico que salía de las costas africanas. Muy temprano para hacer pronósticos, decía ella. El Centro Nacional de Huracanes le otorgaba apenas un veinte por ciento de desarrollo ciclónico. Lope suspiró con cierto alivio. Luego vinieron las noticias. La Masacre de los Santeros le llamaban. *Escena dantesca, brujería criminal*, comentaba un analista. Apagó la radio. ¿Para qué envenenarse la mente tan temprano? Mejor aprovechar el rato para contactar a Pipo.

—¿Y este milagro que estás de pie a esta hora? —Lope se sorprendió de que contestara.

—De pie no puedo decir que estoy. Estoy de lado. El milagro es que esté despierto.

—A eso me refiero. Yo pensaba que el sol directo te mataba, como a los vampiros. Te llamo a esta hora por la urgencia, pero te confieso que jamás pensé encontrarte tan coherente.

—Pues aprovecha, que en cualquier momento dejo de estarlo.

—Imagino que estás bajo la influencia de una voluntad inquebrantable…

Voluntad inquebrantable le llamaba Pipo al perico, apodo que Lope adoptó, y Ulises también.

—Anoche la cogí larga, sí, y casi horita llegué. Tú sabes. Perreo intenso la noche entera. Y entre shot por aquí y fili por allá acabé cogiendo una rasqueta de apaga y vámonos. ¡Y tú sabes que quien no cuenta con al menos dos rayitas de voluntad inquebrantable no aguanta tanto perreo! ¿O de qué tú piensas que estoy hecho yo? ¿De marfil? ¿De granito? El que es de carne y hueso, y lleva mi tren de vida, necesita ese impulso al final del día, digo, de la noche —se escuchó un golpe, un quejido y un trío de maldiciones que incluyó un carajo, una puñeta y una cagada de madre. Lope imaginó que se le cayó el teléfono en la cara—. Bueno, dímelo, Faraón, que estoy a punto de ver si agarro el sueño.

Pipo estaba convencido de que Lope era la reencarnación del faraón que reinó en su natal Egipto antes de que fuera raptado por extraterrestres *de aquel pasado cercano a este presente remoto*. En ese nivel de locura estaba Pipo, pero solo en ese tema, porque en lo demás se mostraba coherente.

—Pues nada de agarrar ningún sueño, Pipo. Métete un café, date otro pase, métete una Perco, una pali, haz lo que tengas que hacer, que necesito un favor tuyo y es ahora. ¿Supiste de la masacre de anoche? ¿No? Pues léete los periódicos o préndete la radio. Resumen: tres muertes, una inocente y tal vez dos blancos. Tú que conoces a todo el que la lleva desde Ponce hasta San Germán, necesito que me averigües quién era el Bebo, un tal Francisco Concepción, bichote de dónde, quiénes sus enemigos, las jevas, los amigos, etcétera.

—A la soltá te digo que el único Bebo que conozco, que no sé si sea el mismo, es el que la lleva en la barriada Flores Secas, pero no sé mucho de él ni de sus asuntos.

—Pues averigua si es él, que no debe haber muchos Bebos bichotes en la misma zona —opinó Lope sin saber tanto.

—Tengo un panita que vive allí. Si quieres paso a visitarlo más por la tarde y veo si le puedo sacar algo. Si lo visito a esta hora va a sospechar. Como tú dices, mi mejor trabajo comienza cuando el sol cae… —silencio en la línea—. Déjame dormir un rato, Faraón, que yo te cuadro esa información horita.

—Pipo, hazme esa gestión, y no lo dejes para tan tarde. Mira que necesito datos ya. De esta noche no puede pasar.

—Tranqui, Fara, que yo conozco por dónde le entra el agua al coco. Y los muchachos tuyos de Narcóticos ¿no saben quién es el Bebo? ¡Imposible!

—Papi, ir a Narcóticos es ir a la cueva del lobo a preguntar por Caperucita.

—Cierto. Yo los he visto en acción y ni te cuento. Y la unidad de los *Juan Domingo* son peores todavía, esos son sinvergüenzas graduados… Pero bueno, no hay más que hablar. Déjamelo a mí. Te llamo por la noche.

—Dale. Espero tu llamada.

Apenas colocó el teléfono en el asiento del pasajero, entró una llamada. Fermín, su hermano. Recordó ahí su mensaje de ayer que no le contestó. De verdad tenía urgencia de hablarle, a juzgar por la hora. Lope no pudo evitar torcérsele el labio en señal de sospecha.

—Fermín, ¿qué hay? Mala mía que no te contesté ayer. Estoy como un loco con un caso malo encima. ¿Qué tal van las cosas?

—Ahí, ahí, más o menos. Menos como quisiera que fueran y más como no debieran.

—Eso no suena muy positivo que digamos.

—No, no lo es, hermano mío. De eso mismo quiero hablarte.

—¿De positivismo?

—No, chico, de negativismo, de por qué las cosas no van como debieran. Pero ahora no, prefiero en persona, tan pronto puedas, hoy mismo, si tuvieras un huequito para atenderme en tu complicada agenda —casi le imploró con la voz entrecortada, añadiendo lo de la agenda complicada como un toque de jocosidad para aliviar el nerviosismo.

—¿Qué te ocurre, Fermín? Mira que la última vez que me llamaste hermano mío fue cuando el lío de la tipa aquella que casi te cuesta el matrimonio.

—Esta vez no son faldas —dijo sin el menor rastro de liviandad—. Te cuento en persona. Dime cuándo y dónde nos vemos.

—¿Tan urgente es? Dame un la.

—Sí, tan urgente es. Y no, ningún la, no puedo decirte por teléfono.

La frialdad de la voz de Fermín casi le congeló el oído a Lope.

—Fermín, no me asustes. ¿Otra vez te quieres divorciar?

—Tampoco es eso. Dale, dime, ¿cuándo paso?

—Hoy tengo un día de locura. Tendrá que ser mañana. Te llamo después para darte una hora aproximada.

—¿Mañana? —Lope imaginó a Fermín abriendo los ojos desmesuradamente al otro lado de la línea.

—Sí, cabrón, mañana. Te dije que tengo un caso malo encima. ¿No has escuchado la radio? ¿La masacre de anoche? Pues ya me la endilgaron. Tengo reunión horita a las nueve, rueda de prensa a las once, entrevista a la una, recoger a mi hija a las dos y media, reunión a las cuatro y entrevista más tarde. No abuses, chico.

—Lope, no puedo esperar hasta mañana. Aunque sea esta noche, espero que no muy tarde.

—¡Anda! Entonces hoy, y no muy tarde. Debe ser grave la cosa para que tengas tantas exigencias.

Lope comenzó a sentir la sangre fluirle hacia los tejidos blandos de la cara.

—Es que no quiero que pase nada que impida vernos.

—¿Como qué?

—Te cuento en persona.

—Bueno, pues si no lo puedes contar por teléfono no lo menciones. Deja el drama. Espero estar ya en casa como a las nueve, si no es muy tarde para ti.

—Dale —acordó con voz de ultratumba.

Colgó el teléfono y lo miró con cara de entre desprecio y rareza, como si fuera una forma transmutada de Fermín. Además de molesto por las manipulaciones de su hermano, estaba seguro de que nada podía ser de tanta gravedad que no esperara hasta mañana. La última vez fue igual. La misma voz de ultratumba, la misma urgencia, el mismo drama. Lope se miró en el espejo retrovisor y se vio el ceño fruncido. Intentó desfruncirlo, mas no pudo. Se masajeó con la mano para forzarlo, pero nada. Por su reticencia a contarle nada por teléfono, Lope imaginó que el problema de su hermano involucraba al Gobierno Federal, quien único tenía facultad en ley para escuchar llamadas. Pero ¿qué problemas podía tener Fermín con los federales que implicara escucharle las llamadas?

Igualito que con la llamada anterior apenas puso el teléfono en el asiento del pasajero volvió a sonar. Genoveva, la mamá de Patricia.

—Dime.

—Primero que nada, buen día, que nosotros no dormimos juntos anoche, gracias a Dios y a la Virgen María —respondió con el tono regañón de siempre.

—Lo mismo digo yo… Dime.

Marrero y Genoveva eran los dos mayores peritos en sacar a Lope de sus casillas. A Lope le costaba entender aquella agresividad de ella, sus exigencias, su forma conflictiva de conversar, de confrontarlo, de exigirle, después de tantos años. Pensándolo ahora, no lograba comprender ni cómo llegó a juntarse con aquel ser que en todo era contrario a él. Y peor todavía, cómo pasó el calvario de enamorarse perdidamente. Decir que dejó de comer, de dormir, casi de pensar, cuando su obsesión por Genoveva, sería explicar el punto al que llegó. Pero eso, en aquel momento, mientras duró la pasión, se prendó irracionalmente de ella. Ciertamente, en lo físico, Genoveva era un mujerón, pero su personalidad le dañaba el *sex appeal*. Agotado el sexo, superada su obsesión con las partes protuberantes de Genoveva, Lope nunca pudo explicarse qué lo mantuvo pegado a ella tanto tiempo. Costumbre, tal vez, inseguridad, quizás, decisiones mal tomadas por una cabeza fofa todavía, seguro. Claro, al llegar Patricia comprendió que Genoveva era más bien el medio para que llegara ella a su vida, el receptáculo que la traería al mundo. Crudamente, se convenció de que el rol de Genoveva en su vida fue exclusivamente el de proveer el óvulo para, junto a su semilla, crear la maravilla de niña que era Patricia, luz de sus ojos, comienzo y final de su existencia. Así de sencillo. Porque quien veía a Genoveva y la escuchaba, y quien veía y escuchaba a su hija, se decía Lope con cierta sonrisa involuntaria, de una sabía que la aportación de la madre era mayormente de belleza.

—Acuérdate que tienes que recoger a Patricia en la escuela a las dos y media para llevarla al coro de campanas en la Playa —le recordó.

Lope respiró profundo mientras recorría mentalmente el panorama de actividades que tenía para el día y que acababa de recorrer con Fermín. El breve silencio de tal respiro disparó a Genoveva.

—¡Esto lo hablamos la semana pasada! —casi le rompió el tímpano—. Sabes que no puedo faltarle al *baby shower* de Tania. ¡Me matan Tania, José y la familia entera!

—Allí estaré, Genoveva. Tú vete al *shower* tranquila y pásala bonito —su tono era de no me jodas tanto, y no por buscar a Patricia, que estaba loco por verla, sino por el martirio que eran para él aquellos intercambios.

—No te escucho muy convencido. Te advierto que como llegue tarde al coro no la van a dejar practicar y va a perder la tarde entera. Ya tú sabes lo matraquillosa que es la *sister*. Además, Patricia odia llegar tarde.

¡Odia llegar tarde! Sería con ella, se dijo Lope, recordando que cuando estaban juntos querían siempre prolongar el tiempo, y siempre, por consideración, según sus propias palabras de vieja prematura, *llegar a todo un chin tarde*. Lope tenía con su hija una relación de compenetración absoluta. En ocasiones, cuando así debía ser, eran padre e hija, y en otras, tal vez las más, conversaban como viejos amigos, sobre todo de los casos que él investigaba, siendo ella la heredera de su avidez por las novelas detectivescas. Con frecuencia se burlaban de las cosas juntos, y reían hasta dolerles las quijadas. Aquella relación hacía que Lope tuviera casi una veneración por su hija, veneración de la que ella nunca se aprovechó, respetando siempre, aunque él casi nunca lo exigiera, su autoridad paterna.

—Ya te dije que yo me ocupo, deja la cantaleta.

—¡Tú siempre, chico! Relájate, hazme el favor, que no estoy para malos ratos tan temprano en la mañana.

—Te dejo, que estoy ocupado.

Lope le colgó sin despedirse. ¡Qué tipa!

4

Si poco conducente a la felicidad era dañarse el aire acondicionado del carro, en un país tropical, en mitad de septiembre, era suicidio que el aire central de la Comandancia siguiera averiado luego de tres semanas. En las oficinas se cocinaban sus ocupantes por dentro antes de tostarse por fuera. Entrando al edificio, una sargento le informó a Lope con gestos de incredulidad que hoy arreglaban el sistema. Pero lo mismo le dijo un capitán ayer, con seriedad, y antes de ayer escuchó el mismo cuento de boca de una teniente. El sudor, protagonista de los cuerpos, era el elemento que igualaba a todos allí por encima de los rangos. Sudaba el coronel igual que el agente. Todas las caras brillaban como untadas de aceite. Todos los sobacos marcaban óvalos oscuros en camisas y blusas. Todas las pollinas se aferraban a las frentes y casi todas las manos batían cartones o cartapacios.

La oficina de Lope y su unidad contaba al menos con una ventana por la cual, abierta y colocándole un abanico a modo de extractor, sacaban el vaporizo acumulado, procedimiento que les facilitaba trabajar con mejor concentración que en otras oficinas. Pese a ello, el apiñamiento de cosas creaba un ambiente claustrofóbico que no permitía concentración sostenida. El centro de la oficina lo ocupaban un escritorio grande, donde se sentaba Lope, y una mesa larga pegada al escritorio en forma de T, donde se sentaba el grupo. Contra las paredes, sobre sillas, o desde el piso, se levantaban torres de expedientes como columnas de templos de la antigüedad próximas a colapsar. La única zona libre en toda la oficina era entre el escritorio de Lope y la pared del fondo, donde apenas cabían dos personas paradas.

Un psicólogo que examinara la zona de trabajo de cada uno fácilmente determinaría que la vida más al garete era la de Lope. El lado de Belinda era todo orden y simetría, bolígrafos alineados, cartapacios acomodados en pilas perfectas, computadora acicalada, taza de té verde a la distancia exacta del brazo estirado tres cuartos, cartera sobre mesa igual que su arma de reglamento. El lado de Cruz estaba vacío, salvo por la computadora y una Biblia que a Lope le daba grima. Para Lope, Cruz era el eslabón endeble del grupo. Lo supo desde conocerlo. Su mente gravitaba siempre hacia lugares abstractos, hacia conceptos espirituales que impedían la clara visión de la realidad, por eso era un detective mediocre. Y, por supuesto, la culpa y el diablo que veía por doquier era cosa que a Lope le causaba repelillo tanto a nivel físico como intelectual. Tanto reprende y tanto alabado lo dejaban con ganas de romper cosas. En el lado de Ulises mandaban los periódicos, de hoy, de ayer, de la semana pasada, del mes pasado, además de su computadora, que era su herramienta principal. Ulises era su conexión con el mundo de la prensa digital, las redes sociales y todo lo que ocurría en el espacio cibernético. Y finalmente el lado de Lope, que, en lo que a orden se refería, era sin duda la parte más bochornosa de la oficina. A nivel de superficie, parecía el paisaje de una ciudad en ruinas: latas vacías, vasos de cartón con restos de borra en el fondo, bolas de papel de aluminio que envolvieron sándwiches, periódicos doblados o en revuelta, una libreta, dos bolígrafos, un lápiz, un sacapuntas, un pisapapeles en forma de rinoceronte, tres montañas de cartapacios, una regla, un mazo de llaves, una cartera de mujer dejada hace días por una testigo, la baqueta de una pistola y un peine. Y, sin embargo, pese al reguero, Lope era la cabeza de aquel equipo elite de investigación, el jefe, coordinador, organizador y detective principal.

Por el lado de la ventana, en una pizarrita blanca pegada a la pared, Lope daba seguimiento a los casos usando marcadores de colores. En aquel momento la ocupaban nombres en negro, fechas en rojo y lugares en verde, con flechas azules apuntando en distintas direcciones y subrayados en magenta que destacaban importancia. Lope borró con un pañito aquella información ya sin relevancia y dejó la pizarra de nuevo en blanco.

—El cabrón de Negroponte siempre tirando la mala —comentó Ulises sin alzar los ojos de los periódicos—. Aquí publica en *El Vocero* que el equipo de investigación está considerando recurrir a espiritistas y mentalistas para solucionar el caso.

Frente a él, Cruz, que escribía el encabezamiento de una página de una libreta amarilla en preparación para las notas que tomaría del evento de anoche, no habiendo acudido a la escena por estar en otro compromiso ineludible, alzó la cabeza y lo miró escandalizado. Seguro estaba en clases de biblia o sesiones de pandereta intensa, especuló Lope.

—La prensa está encendía —dijo Ulises repasando los medios digitales.

—Así parece. Escuché algo por la radio —comentó Lope mientras se aflojaba la corbata, sintiendo ya empapado de sudor el cuello de la camisa—. Fingen espanto, pero gozan cuando las masacres les suben los *ratings*.

—Como perro con tres rabos —añadió Ulises—. Que si los asesinos estaban poseídos por demonios o espíritus africanos cuando cometieron los actos. Ya mismo salen los cristianos a pedirle al gobernador que prohíba las religiones africanas.

—No está mal la idea —opinó Cruz sin poner ojos en nadie, sabiendo que su comentario no era bien recibido allí. Lope lo dejó pasar.

—Hay rueda de prensa a las 11 —les informó.

—¿Rueda de prensa, sin aire acondicionado, en el salón de prensa? Lo dudo —opinó Cruz, mientras hacía un gesto como si ahuyentara una mosca invisible con la mano.

—Algo se inventarán. Escuché que hasta el superintendente viene. Así que vamos a organizarnos. El calor está cabrón. Lo sé. Pero tenemos que ignorarlo si queremos ser productivos. Hay mucho que hacer hoy y no podemos derretirnos aquí. Si dejan de pensar en él, se siente menos.

—Hasta reírse hace sudar —dijo Ulises.

—Por eso mismo, cero chistes —terminó las instrucciones—. Belinda, empieza tú. Danos un repaso.

Con un suspiro de agobio profundo, Belinda repitió los nombres de los muertos y la relación de los hechos que fue leyendo de su libretita, mientras Lope apuntaba los datos en la pizarra y dibujaba un croquis de la casucha. Había algo en Belinda, un agobio que no respondía al calor, una vibración a nivel molecular que Lope, por conocerla, la percibió.

—¿A qué hora te fuiste del lugar? —le preguntó.

—Casi a medianoche. El fiscal se quedó un rato más.

—¿Y le advertiste que dejara la casita sellada y un agente custodiando? Quiero estar seguro de que la calavera que vi era de yeso y los fetos de goma.

—Sí. Fui bien enfática con eso.

—Esto está macabro con cojones —comentó Ulises al escuchar aquello, alzando la vista de la computadora y mirando a todos por turno, como acentuando en cada cual su punto.

—¿Y tú no estuviste allí anoche? —le pregunta Cruz a Ulises.

—Sí, pero estuve casi todo el tiempo abajo, en la calle, con las ambulancias. Apenas subí un momento. Y no entré al cuarto de las brujerías.

—A Dios gracias que yo no estuve, porque lo que cuenta Belinda se ve que esa gente son un chorro de ignorantes. El que juega con el demonio, ponle el sello que tarde que temprano arde en sus pailas —opinó Cruz, llevado siempre por afición pentecostal a culpar al diablo de todo.

—Pues yo no sé si son demonios, muertos o cuáles seres exactamente los que esta gente convoca. De esas vainas entiendo poco y me importa menos. Para mí todo es pura charlatanería. Pero la verdad es que las otras veces que nos hemos topado con esto, nunca, jamás ha sido tan pesado como allí —Lope intentó neutralizar a la bestia satánica que estaba siempre en los labios de Cruz—. De todos modos, nos guste o no, tendremos que conocer algo más del tema si queremos comprender cuál es el baile aquí, que sin mucho escarbar se ve a leguas que es otra de esas mezclas de brujería con bandidaje.

—¿Qué quieres decir con eso? —preguntó Ulises, alzando la mirada por encima de la pantalla de la computadora, como cuando se eleva la vista sobre espejuelos bifocales.

—Pues eso mismo, brujería utilizada dizque para ganar en la calle… No es nada nuevo, Ulises. Esto viene pasando aquí por décadas. Belin, ¿qué te dijo el padrino del dibujo en el piso de la entrada y el agua con que intentaron borrarlo?

—Uf, apenas mencionarlo le cambió el semblante. Fue como si en algún lugar se le desenroscara un tornillo. No sé ni cómo explicarte. Hasta un poco de miedo me dio. Después no quiso reconocer de qué hablaba. Cuando lo llevé hasta el sitio me dijo que yo no tenía derecho a preguntar de esas cosas porque era un conocimiento secreto, «esotérico», «hermético», que solo pueden saber los iniciados, los «rayados encima de una prenda», según sus propias palabras. Mira, aquí lo tengo todo apuntado.

—Puro satanismo, puros espíritus malévolos, pura adoración de Baal… —volvió Cruz con la matraca.

—¿Y luego? —lo interrumpió Lope, llevada su tolerancia al límite.

—Le advertí lo de siempre, que en una investigación criminal no hay secretos, que negarse a contestarle preguntas a la policía en la escena de un crimen era obstrucción a la justicia. Tuve que amansar la cara de perra que suelo poner, buscarle la vuelta y fingir paciencia hasta llevarlo a confesarme que el dibujo es lo que ellos llaman *firma*, una especie de trazo, a veces hecho con cascarilla, que es una tiza suave que venden en las botánicas, y otras veces con un pedazo de carbón. Se supone que esos dibujos tienen el poder místico de convocar las entidades que ellos veneran…

Deja ver… un nombre raro, lo obligué a deletrearlo… —explicó Belinda mientras rebuscaba entre sus apuntes—. *Mpungos.*

—¿Cómo es? —Ulises pidió repetición.

—*M-p-u-n-g-o-s* —lo deletreó—. Eso fue lo que copié.

—Hasta pronunciarlo es difícil —opinó Lope, repitiendo el nombre mientras lo copiaba en la pizarrita.

—Le pregunté por el agua y me dijo que cayó de la mesa —continuó Belinda, dándole la razón a Lope con un gesto de la cabeza—. Cuando le mostré hacia dónde estaban los vidrios rotos, se declaró ignorante del origen del agua. Le comenté que parecía como si se la hubieran echado para borrar el dibujo y se puso como un guabá pelú.

—Apretaste los botones que eran. Eso fue todo. Seguro que algo tiene que ver esa *firma* con lo ocurrido. Pongo el dedo en un picador —y Lope mostró su dedo índice como para que supieran cuál picarle en caso de equivocarse.

—¿Cómo que algo? —abrió los ojos Ulises temiendo que Lope estuviera considerando factores espirituales en aquel asesinato múltiple.

—Pues no sé, algo.

—¿Pero algo como qué, como posesión demoniaca? ¿Algún factor espiritual aquí trabajando?

—¡Qué factor espiritual ni qué ocho cuartos, que tú sabes bien lo que yo no pienso de eso! Pero aquí tenemos un ángulo religioso que, como detectives, tenemos que mirar, por más ateos o cristianos que seamos.

—Entonces a lo mejor Negroponte tiene razón —señaló Ulises—, tal vez recurramos a mentalistas.

—A lo mejor.

—Con el maligno no se pacta porque te enreda en sus artimañas, por si acaso —opinó Cruz desde su púlpito.

—Ay, Cruz, ¡suspéndeme el apostolado ya, hazme el favor! Mira que tengo la mecha cortita hoy para estas majaderías —reventó Lope—. Una cosa es investigar el fenómeno y otra es ser creyente o practicante del fenómeno. Una cosa es una cosa y otra cosa es otra. Por favor, vamos a separarlas, sobre todo tú, Cruz, que es a quien más le cuesta.

Silencio. Miradas al suelo. Nerviosismo general. Tras calmarse un poco, prosiguió.

—La gente de Marcial les tomó fotos a las urnas que tienen en la casucha, ya que dentro de una vi clarita una calavera, o algo bastante similar, lo cual, si fuera, como todos sabemos, es delito. También había potes con varios fetos, de varias razas, flotando adentro. Otro delito. Con esas fotos podemos pedir una orden de registro del cuarto entero, incluyendo las urnas.

—A ver si aparecen agentes dispuestos a traquetear con eso —opinó Ulises, ahora sin levantar la vista—. Mira a ver, Cruz, tú que no le tienes miedo a nada de eso porque tu fe en Cristo puede más.

—Ulises, puñeta, no le eches gasolina al fuego, me cago en la potoroca —protestó Lope.

Ulises hizo buche y puso cara de regañado.

—Una cosa es no tenerle miedo al Cuyo, y otra distinta es embarrarme con sus asuntos, untarme con su sustancia, lo cual no me interesa ni el comienzo de un poquito —dijo Cruz con voz calmada e inapelable.

—¿Te comenté que el esposo de mi prima está metido en eso? Es babalao, según entiendo, como la canción de Héctor Lavoe —intervino Belinda para conciliar.

—*Tú tienes un santo, pero no eres babalao* —cantó Cruz.

—¡A dios, Cruz, pero en qué quedamos! —protestó Ulises.

—Una cosa es la salsa y otra cosa es la religión. No confundas. El teniente lo dijo horita, una cosa es una cosa y otra cosa es otra —Cruz sonrió mientras Ulises lo miró en silencio, sonriendo también, mientras Lope miró a Cruz aprobando la estocada.

—Si quieres llamo a mi prima para preguntarle si el esposo nos puede orientar, aunque sea —continuó Belinda.

—El sargento Fernández, de Narcóticos, está metido en eso también. Lo conozco bastante bien. Quizás sea más fácil aprender con él —sugirió Ulises, con voz suave, más confiado en la gente de Narcóticos que su jefe Lope.

—Vamos a tratar con el marido de la prima de Belin primero, que el tal Fernández nunca me ha dado buena espina. Ese diente de oro que deja ciego a uno, el bigotito finito de mafioso del siglo pasado, las gafas siempre más feas y estrambóticas… El tipo me da repelillo. Además, ya sabemos cómo corren las noticias en Narcóticos, y en un dos por tres tenemos a Marrero reclamándonos por usar mentalistas en la investigación, como dice *El Vocero* —Ulises aceptó con la cabeza, sabiendo mejor que nadie el historial de Narcóticos y la razón por la cual formaba ahora parte de la unidad de Lope—. Llama a tu prima y sácame una cita con su esposo cuanto antes. ¿Y qué de la nena? ¿Pudiste hablar con ella? ¿Te explicó lo del número de pistoleros?

—Sí, y me confirmó que fue su papá quien le dijo que eran tres cuando le dio el celular para que llamara al 911.

—Hay que confrontarlo con eso. Hoy voy a verlo. Yo me encargo.

—¿Y qué con el seguro de vida? ¿El cabrón es beneficiario de algún seguro?

—Se cantó ignorante del tema —Belinda apretó los labios y se chupó por dentro los cachetes en mueca de descreimiento—. Dice que él personalmente no conoce de ninguno, pero que si acaso lo hay pues que ya se enteraría.

—Lo mismo dicen al principio los que se limpian al cónyuge para cobrar un seguro —aclaró Lope—. Eso hay que averiguarlo hoy mismo, Belin —impartió la instrucción Lope, volviendo su atención hacia el próximo informe—. Ulises, te toca. Dinos algo que no sepamos. La caja que te pedí que inspeccionaras en el zafacón frente a la casa.

Tras un breve recuento de la escena del perro atropellado mientras Lope dibujaba esquemáticamente en la pizarra, Ulises describió el contenido de la caja. Además de los mismos artefactos rotos que de pasada observó Lope, encontró varios retratos familiares picados a mano entre vidrios de marcos rotos con la sangre de quien probablemente los rompiera, seguro que en un estado de frenesí que ni se percató de los tajos...

—O en un estado de encabronamiento —aclaró Belinda.

—De acuerdo, Belin —la secundó Lope—. Los dedos y nudillos del cadáver de la mujer estaban vendados con curitas, obviamente resultado de alguna pelea unos días antes, donde presumo se rompió todo lo que estaba en la caja en la basura. Seguro que de algo se enteró que la lanzó en un ataque de esos que llaman los abogados de...

—Cólera y súbita pendencia —intervino Cruz, eficaz, imperturbable, sin que nadie le preguntara. Debió ser el típico estudiante que alzaba siempre la mano para recordarle a la maestra las tareas que asignó.

—Gracias, Cruz —le hizo Lope una genuflexión de agradecimiento con la cabeza, a la cual le respondió Cruz con otra similar—. Repartamos tareas entonces. Como son demasiadas gestiones para tan pocos, tendremos que separarnos. Belinda y Cruz irán sin compañía mía ni de Ulises, al menos por hoy. Tramiten una patrulla o carro. Belin, primero las mujeres heridas. Cógele declaraciones. Sobre todo a la que estaba adentro en la casita y que hirieron en la pierna. La segunda herida, la del tobillo, la que estaba afuera, a lo mejor vio a los pistoleros entrar o salir y puede confirmar si eran dos o tres. Averigua. Después vayan a Damas para cotejar la condición del chamaco. Mira a ver cómo salió de la operación y si está en condiciones para declarar.

Belinda apuntó todo en su libretita a velocidad de taquígrafa. Lope observó que hasta les ponía números a sus apuntes como estableciendo prioridades. La organización de Belinda lo hacía sentirse culpable de su desorden.

—¿Preguntas?

—Ninguna —contestó Belinda sin alzar la mirada de sus apuntes, acompañando la respuesta con un sonido gutural nacido en lo profundo de la garganta. Ulises miró fugazmente a Lope de cierta forma, uniendo las cejas como cuestionándose aquel sonido. Tragó grueso Belinda. Lo escucharon claro, aunque a Lope no le pareció que fuera exactamente por los asuntos que discutían.

—¿Todo bien? —le preguntó uniendo las cejas. Belinda dijo que sí con la cabeza, pero no con toda su persona. Obviamente no todo estaba bien.

—Ok. Nos vemos aquí a las dos de nuevo. Pendiente al celular.

—Dale. Si me da tiempo paso por el video de la calle Reina, donde alega el padrino que trabajaba el Bebo —se ofreció Belinda como si quisiera evitar que el tiempo se le llenara de ocio.

—Que Cruz haga eso. Tú dedícate a los heridos.

—Vale.

Cerrando su libretita se puso de pie, devolvió la Glock a la baqueta de la cintura tapándola con la chaqueta, tomó su cartera del escritorio y salió de la oficina con un «Voy gestionando el carro» dirigido a Cruz.

—Cruz, visita primero la tienda de videos que mencionó Belinda, donde se alega que trabajaba el Bebo, a ver si todavía existe. Final de la calle Reina. Estoy seguro de que ya esas tiendas desaparecieron, pero coteja. Y coteja que sea embuste la información, porque seguro es, en caso de que exista. Chequea los libros, si hay. Que no te pasen gato por liebre. De ahí ve directo a la casa del Bebo y entrevista a su mujer, la tal Vilma Batista que mencionó Belinda. Aquí tienes la dirección —y le apuntó con el dedo la pizarra donde la escribió al Belinda mencionarla.

—Seguro te vas a topar con la típica jeva de bichote, del tipo que llaman yal: jaquetona, agresiva, malcriada, a la defensiva siempre —comentó Ulises, que era el sargento de la unidad y el oficial a cargo del caso, en papel al menos—. Ya tú nos dirás, que eres el mejor de nosotros manejando a ese tipo de gente. Seguro está hecha completa: nalgas, tetas, abdomen, rubio el pelo, paisajes en uñas y hasta lentes de contacto azules o verdes. El empaque entero. Todas son iguales. No te la dejes montar. Trátala con firmeza, sin ñeñeñé.

—No se preocupe, sargento, que el machete de la cara mía le rompe el sello a cualquier secreto —aseguró Cruz con aquello que a Lope le pareció senda charrería y sin asomo de resentimiento porque fuera Ulises, menor que él en edad pero superior en rango, quien lo orientaba. Al menos eso tenía bueno Cruz, se dijo Lope observando el intercambio, respetar rangos, recoger velas sin quejarse y no ser resentido.

—Quiero nombres, Cruz, amistades, allegados, rivales, amantes, de ella, de él, trabajos, enemigos, sobre todo enemigos —subrayó Lope tocando con el índice de la mano derecha los dedos de la izquierda mientras enumeraba los criterios—. Cógela por los lujos: los carros y quién los paga, porque seguro tienen tremendos carrazos; la casota y quién la paga, porque seguro es una mansión decorada con tremendo mal gusto; los aires acondicionados y quién paga la electricidad, porque seguro son centrales y aquello es una nevera; los televisores, porque deben ser de plasma último modelo en el mismo número que las habitaciones, incluyendo sala, comedor y cocina. Sé estratégico. No dejes que te la monte, como te dice Ulises. Las yales de bichote son expertas en montarla, así que llévala suave al principio, con paciencia, que tanto va el cántaro a la fuente hasta que se rompe.

—Amén —contestó Cruz, emocionado con la cita bíblica. La mención de la cita tuvo, por supuesto, el efecto buscado por Lope en el ánimo de Cruz.

—Por último, quiero que vayas a las oficinas centrales de Ponderosa acá en el sur y preguntes sobre Ángeles, la occisa, en particular si tenía un seguro de vida corporativo. Al parecer, era una ejecutiva importante ahí.

Luego de tomar notas en el teléfono, Cruz se puso de pie y, dando un golpe sobre el escritorio con la palma abierta de la mano causándole a Ulises un pequeño sobresalto, promulgó la trillada frase «manos a la obra» y abandonó la oficina con ánimo de pastor que sale a rescatar ovejas descarriadas.

Viéndolo salir tan fresco, lozano, casi recién bañado, Lope recordó la manera sobrehumana como Cruz no se veía afectado por el calor de la oficina como el resto de ellos. Ni aquellas temperaturas lo convertían en un charco humano, ni lo sacaban siquiera de concentración. ¿Sería aquello atributo o defecto? ¿Control propio o avería del sistema? Tiene algo de reptil, se dijo. Sobraba decir que Lope nunca confió en Cruz cien por ciento. Pensaba que le escondía cosas. En medio de aquellas condiciones extremas de calor como las que ocurrían dentro de la oficina, en medio de aquel septiembre caluroso y húmedo, solamente un animal de sangre fría podía no sudar ríos.

—Ulises, te toca Ciencias Forenses. Apriétales el acelerador. Sabemos que allí la situación es caótica, pero usa a Orza. Adelántale que después de la rueda de prensa el superintendente dará directrices. Y, si te hace falta, úsame y dile que ya me tienes convencido, que me tienes con un pie metido dentro de esa olla que lleva tiempo preparando para cocinarme… —Ulises lo miró con cierta sonrisa y le guiñó el ojo—. Consígueme la balística también, y las fotos de la calavera en la urna y los potes que mandé a tomar. Y mira a ver si por los vidrios rotos del carro que mató al perro le sacan la marca y el modelo. Me estás escuchando, ¿verdad? —le preguntó con inusitada severidad dado que ni por aguaje Ulises tomaba nota de nada.

—¡Claro que sí, chico! ¿Qué te pasa? —le replicó alterado—. Recapitulando: autopsia, balística, carro que mató perro, fotos de calaveras y fetos, Orza, ¿algo más?

—Aquí a las dos, por fa. Voy a entrevistar al padrino. Quiero ver qué se trae ese pendejo, además de toda la sangre que tiene salpicada encima. Mantén el celular cerca. Ah, y una última cosa, háblate con el operador del 911 que tomó la llamada y asegúrate de que el número de pistoleros que se mencionó en la llamada fue de tres.

La oficina del capitán Ramón Marrero olía a creso con bencina, olor complicado para Lope por serle un detonante de memorias eróticas. Sin que pudiera evitarlo, el olor lo transportaba a los días de su adolescencia en el pueblo de Salinas, cuando una vecina lo inició en la vida carnal, marcándolo para siempre. Se llamaba Maite y era enfermera graduada, y la relación entre ellos permaneció secreta a lo largo de la vida, precisamente por ser tan prohibida. Vivía sola y tenía un cuerpo de diosa. La figura estrecha, los pechos apetitosos, la carne dura, las piernas torneadas, la piel tostada, las nalgas redondeadas. De ensueño. Además de enfermera, era una enferma de la limpieza, es decir, una enemiga declarada de todo tipo de bacterias y suciedades. De su casa salía siempre aquel aroma que el Lope adolescente, más que con pulcritud, asociaba con bellaquera. Porque donde único Maite era sucia era en la cama, donde le gustaba hacer cosas que muchos calificarían como asquerosas. Tenía un clóset ataponado de artefactos y vestimenta dedicados a intensificar los placeres. Con ella, y de ella, aprendió, a corta edad, casi todo lo concerniente al deseo sexual, el erotismo y el ejercicio sexual *extreme*. Desde entonces, en lo sexual, Lope sentía que solo había improvisado sobre los mismos temas que aprendió con ella. De modo que la irrupción de aquel erotismo en su memoria en medio de la oficina de su jefe, a quien despreciaba profundamente, tuvo un efecto negativo en su capacidad de concentración, causándole una incomodidad casi paralizante, al menos mientras el olor le revivía las memorias. Ningún espacio de la Comandancia olía así. Lope supuso que él daba instrucciones específicas al personal de mantenimiento para que usaran aquellos productos anacrónicos.

—Tráeme soluciones, Lope, no nuevos problemas, que estás hecho un especialista en convertir cada solución en un nuevo problema.

Con esas palabras recibió Marrero a Lope en la puerta de su oficina, ocultándole su sonrisa malévola que, al voltearse, Lope vio reflejada en el cencerro de aluminio sobre su escritorio con el cual, irritantemente, a menudo convocaba reuniones en su oficina, asunto que sacaba a Lope de quicio al punto de dañarle el día. Marrero, desde luego, lo sabía, y cuando le daba por llamar de improviso a Lope a su oficina, la sonaba más duro para joderlo más.

Entre ellos hacía mucho que no quedaba ni siquiera cordialidad. Incluso antes del ascenso de Marrero, gracias a su conexión con políticos y jodedores, se miraban con desagrado y desconfianza pero con deferencia todavía, sobre todo cuando nombraron a Lope jefe de la unidad de investigaciones especiales. Claro, como capitán su animosidad hacia Lope creció, y Lope sentía que desde que tomó la decisión de abandonar la Fuerza su intolerancia hacia su jefe también había crecido. Sin duda que, entre la llamada de esta mañana y aquel recibimiento de ahora que a Lope le pareció el colmo de la imbecilidad, tenía casi agotada la batería de la tolerancia con él.

La principal táctica de Marrero parecía sacada del manual de instrucciones básico de los mediocres con poder: reclamarles a los contrarios, los competentes, incompetencia, achacándoles los defectos propios para restarles credibilidad y ponerlos a la defensiva. Era una táctica que Marrero aplicaba a casi todo, promoviendo confusión y creando la nébula necesaria para esconder sus faltas, que eran infinitas. Con Lope, sin embargo, le funciona menos aquella táctica, y aunque no lograba siempre evitar que en ocasiones, como aquella mañana, provocara en él deseos casi criminales, en la Comandancia se sabía que el teniente Lope Laguna, subalterno, era mucho más confiable y competente que el capitán Ramón Marrero, jefe.

Al sentarse por fin de nuevo tras su escritorio y verle la cara a Lope, supo en el acto que aquel horno no estaba para panecitos. Sin embargo, superándose a sí mismo en idiotez, en lugar de suavizar, hurgó, en vez de agua a la herida, sal.

—¿Y a ti qué te picó esta mañana, Cerebro? ¿Una mariposa?

Era obvio que mortificarlo le daba gusto. Pero no estaba preparado para la respuesta.

—Sí, aquí en la punta del bicho me picó —le contestó Lope, con las piernas semiabiertas, mirándose los genitales—. Y a ti, ¿qué te picó en la nariz? ¿Un abejón? —añadió, taladrándolo con los ojos sin el menor gesto de jovialidad.

Marrero se quedó como si le hubieran metido una bofetada. Primero, porque le chocó que Lope le saliera con una suciedad de índole sexual, que no la esperaba venir por ninguna parte. Pese a su rivalidad, Marrero consideraba a Lope distinto al común policía, graduado de Río Piedras, más educado que el resto, con mayor nivel. Él fue quien, entre jocosidad y envidia, le puso el mote de Cerebro hace años, cuando todavía congeniaban. El apodo pegó y corrió por toda la Comandancia, y era hoy su segundo nombre. Sabía, no obstante, que la vulgaridad con que le respondió, habiéndolo empujado aquella mañana más de los límites, se la tenía merecida, y que mejor era hacer buche que ripostar. Pero también se quedó de una pieza por ser la primera vez desde que se conocían que hacía alusión del rasgo de su cara al que nadie osaba ni siquiera indirectamente a referirse, mucho menos de forma tan venenosa como Lope: su nariz, inflada como una fruta podrida, cundida de espinillas negras en toda su superficie, protagonista de sus facciones, objeto inevitable de atención cuando se platicaba con él, plática que dejaba a cualquier interlocutor mareado con el aliento fétido, complemento de su nariz asquerosa y sus dientes amarillos. El efecto, por supuesto, fue demoledor. Era evidente que existía susceptibilidad con el tema, porque la tonta sonrisa que permaneció en sus labios tras la palabra mariposa se esfumó al instante, sustituida por un rictus de labios y una mirada de fuego.

—Parece que sí, una mariposa te picó —dijo, obsequiándole una expresión facial huérfana de cualquier sentimiento de simpatía—. Y después te preguntas por qué no te hicieron capitán. No son solo los exabruptos de violencia, sino también las profundas faltas de carácter.

—Tú nunca sabes cuándo parar, Ramón. Pero parece que te llegó el día de aprender —tampoco en el rostro de Lope había la menor ternura.

Aunque esta pésima relación llevaba varias semanas subiendo de color, sobre todo a raíz del runrún que corría por los pasillos sobre una investigación relacionada a la corrupción rampante en la Comandancia, aquella mañana alcanzó un nivel superior de intolerancia mutua. Lo sabían ambos, pero al menos para Lope aquel nuevo nivel de intolerancia era casi garantía de que ya ninguna otra llamada de Marrero llevaría la misma sorna que la de aquella madrugada.

Blandieron miradas como espadas, hasta que Marrero bajó la suya.

—Bueno —se aclaró la garganta—, hoy tenemos muchas cosas en la olla. Como te dije, viene el súper, viene Bernie, vienen tus amigos de la prensa, hay tremendo berenjenal con lo de anoche. Quiero resultados, Cerebro, no las excusas de siempre.

—¿Tú me puedes indicar cuándo fue la última vez que te traje una excusa, que no lo recuerdo?

—El caso de los Pacheco me bajaste con que había que cerrarlo, que no había pistas nuevas, que los testigos se descalificaron, que la evidencia se jodió. ¿Esas no son excusas, según tú?

—Ramón, te puedo llamar Ramón, ¿verdad?

—Ya lo hiciste, así que vuelve.

—Gracias, Ramón.

—De nada.

—Tú sabes mejor que nadie que quien sugirió al fiscal Maldonado archivar el caso de los Pacheco fuiste tú. Tú lo convenciste a él, y después él a mí, tras una larga discusión, porque los mandriles que tú enviaste para hacer la investigación original la embarraron. Me la pasaste a mí para hacer el *show* de salvarla, a sabiendas de que estaba muerta, o más bien matada. Pero como necesitabas a alguien que no fuera de tu corillo para echarle la culpa, me escogiste a mí.

—¡Qué novela te has hecho, Cerebro! —dijo sonriendo—. ¡Sin duda te hubiera ido mejor escribiendo novelas, como tú querías, que siendo policía!

Lope maldijo mentalmente el día y la hora que tuvo aquella conversación amistosa con Marrero hace años, cuando su ingenuidad dejó que su lengua le contara su pasado. Ya sabía él que algún día aquella indiscreción lo perseguiría. En esta ocasión fue Lope quien hizo buche, es decir, caso omiso al malicioso comentario, convencido de estar totalmente ignorante de sus planes, pese a ser demasiada la coincidencia. Lope se conformó con la idea de que fue mera sincronía.

—Si quieres llamamos a Maldonado ahora mismo, que seguro te aclara la conversación que tuvo conmigo al respecto. Hazme el favor mínimo de respetar mi inteligencia…

—*Whatever*, Cerebro, dale pichón y vamos a lo que vinimos. Háblame de los brujos esos y de lo que pasó allí —cambió de tema súbitamente, que era su manera extraña de aceptar la derrota, y Lope decidió ser buen ganador.

—Vayamos a los brujos entonces…

Le hizo un recuento de los hechos como hubiera hecho cualquier perito ante un tribunal, sin emoción y sin regalar intuiciones, dudas o sospechas. Ya no era como antes. Hoy ya no era ayer. Antes, cuando ambos eran tenientes, compartía con él las materias primas de la investigación, sin miramientos, sin sospechas. Pero desde su ascenso, desde que se convirtió en su jefe, desde que comenzaron a relajarse las cosas en la Comandancia y él y otros muchos comenzaron a cometer sus fechorías, desde entonces Lope compartía con Marrero solo lo imprescindible. Lope, por supuesto, no estaba ajeno a las circunstancias extremas que enfrentaban los policías, sufriéndolas él en su propia carne. Ser policía era, sin duda, una apuesta desesperada. Mantener altos principios morales y éticos, con pistola y macana en mano, mientras todo alrededor sucumbía, en un ambiente laboral donde tampoco se cumplían los pagos de horas extras, ni aprobaban vacaciones, ni pagaban días por enfermedad, ni cotizaban para el retiro o el Seguro Social, era un acto de heroísmo. Y más cuando tus «amigos», o los «socios de tus amigos» eran también los acusados, que entraba entonces un Marrero para asegurarse de que las intuiciones policiales fracasaban en sus investigaciones, o no se afanaban tanto, o dejaban que el tiempo limpiara las culpas. Aquella conversación con su jefe aquella mañana le confirmó que su estancia allí alcanzó a su límite. Su espíritu se lo agradecerá, igual que su espalda y su estómago, que a menudo sufrían los embates de aquella carga.

—¿Tenemos algo de Forense?

Lope casi le suelta una carcajada, pero se limitó a sonreírle.

—¿Cuál es la sonrisita?

—Que todavía es muy temprano para eso, y tú lo sabes —contestó Lope sin mover las quijadas.

—¡Cómo arrastra los pies esa gente de Forense, puñeta! ¡Son un suero de brea! ¡Se la pasan el santo día echándose fresco en la crica y las pelotas!

Marrero era un cafre.

—Eres un lengüilargo, Ramón.

—Cerebro, allí puede que estén hasta el cuello y que no den abasto, pero allí también saben que esta masacre de anoche tiene prioridad. Llamaron de Fortaleza al superintendente para exigirle que se aclare el caso en el término de una semana.

—¿Una semana? Un mago buscan en Fortaleza, no un detective.

—Como escuchaste: una semana. No dos, ni tres. Una. Y no te escandalices tanto. La vida del policía es trabajo sin aflicción ni queja. Si lo tuyo era ser escritor, artista, echarte para atrás cinco años para acabar un librito, estás en la profesión equivocada.

Las neuronas de Lope tuvieron un momento de duda de si alambrarse para comprender lo que decía Marrero, a quien, en aquel instante, estimaban en calidad de simio, o si sencillamente permanecer relajadas y no interpretar las pulsiones sonoras de aquel primate. Lo miró con el mayor desprecio que fueron capaces de acumular sus ojos sin arderle las pupilas, mas no dijo nada. Era, además, la segunda referencia casi corrida que hacía en tan corta conversación de un tema que tocaron hace años y jamás tocaron de nuevo. Se diría que alguien recién le vino con el chisme de sus intenciones y lo tenía fresco en la memoria. ¿Pero quién, fuera de Ulises y Belinda, pudo venirle con esa información? Tal vez alguien los escuchó comentándolo y fueran con la noticia a Marrero. ¿Cruz? Era raro el asunto, y Lope tomó nota de ello.

—Así que mejor sea que Orza levante del asiento esas nalgotas negras suyas y se ponga en movimiento, que tenemos que conocer los resultados a más tardar esta noche —continuó diciendo Marrero, ahora con una sonrisa que era casi el comienzo de una mueca—. Mañana es tarde, Cerebro. Mira a ver, ejerce tus encantos, que aquí todos sabemos el poder que tienen tus encantos sobre esa carne prieta.

Obviamente, un tipejo como Marrero no iba a dejar pasar la ocasión sin meter su comentario ponzoñoso, pero tampoco Lope se dio por herido con aquella saeta.

—Una última cosa —comenzó a decir Lope, agrupando toda la paciencia de que era capaz en aquel momento—, no quiero que mencione mi nombre en la rueda de prensa de las once. Hacerlo reduce mi capacidad para resolver este caso, daña fuentes y espanta testigos. Manténgame en la sombra, si es tan amable.

—Cuenta con eso, Cerebro —le respondió sin siquiera alzar la vista de unos papeles enfrente suyo a los que de repente dedicaba toda su atención—. Ah, y prepárame un informe escrito de todo lo que me acabas de contar.

Lope salió de aquella oficina tirando puerta, con la espalda hecha un nudo marinero. Decidió posponer solicitarle la gestión

de una orden de registro para los objetos religiosos a sabiendas de
que aquello, en aquel momento, hubiera generado tal alud de estupideces y excusas de su parte que hubieran agotado las pocas
reservas de paciencia que le quedaban. Pensó gestionar la orden
directa con Bernie a espaldas de él, pero dejó la decisión hasta
ver qué encontraba en la visita que tenía por hacer a la escena del
crimen aquella mañana. Pensó también en tomar unos cursos de
yoga y respiración zen que vio anunciados en un cartelón con la
idea de encontrar mecanismos para descomprimir las presiones
a las que lo sometía aquel cavernícola, y también para descomprimir la espalda baja sin recurrir a las pepas.

La próxima media hora, contrariado, o más bien encabronado, Lope la dedicó a redactar el informe.

5

La escena del crimen aquella mañana, que solo conocía de noche, a la luz del día se le mostró a Lope tenebrosa y decrépita, con un aire pesado de misterio y depravación que seguro espantaba a los niños de la cuadra. El color, alguna vez marrón, era hoy un amarillo diarrea de bebé; las rejas, de noche fieros barrotes oscuros, eran de día débiles varillas carcomidas por el moho; las líneas de limo que chorreaban los desagües, de noche prietas, eran, a la luz del sol, verdes gargajos de catarro congestionado. La suciedad y los escombros acumulados en el patio de la casa, la falta de desyerbe, así como el monte umbrío que detrás se alzaba, daban al conjunto un aspecto de desidia, depresión y muerte. El cielo, limpio y sin una nube alrededor, lucía encapotado y ominoso encima de la casa, lo cual aportaba a la sensación de que allí no aplicaban las mismas leyes que al resto de la naturaleza, que allí el sentido habitual de las cosas estaba trastocado. Tal vez fuera el roce con la muerte que lo dejó todo en un estado de descomposición paulatina. Por alguna razón que Lope desconocía, la mera apariencia de la casa le hervía la sangre en las venas, avivándole el encabronamiento que aquella mañana le dejaron las estupideces de Marrero.

Con dos tostadas con mantequilla y un café en el estómago, sin el mofongo de anoche halándolo hacia el fondo, subir esta vez la cuesta del *driveway* le fue fácil. Además, la ansiedad de saber si arriba la escena del crimen seguía clausurada, dada la ausencia de patrullas frente a la casa, fue un impulso adicional. Arriba, por supuesto, encontró lo que se temía: cero agentes custodiando la escena del crimen, cero cintas amarillas sellándola, ninguna mierda de nada. Un carajo de caso le hicieron a Belinda.

Abrió la puerta quejumbrosa de la casucha y, como se temía también, todo estaba de regreso a su lugar: la mesa, de pie en sus cuatro patas; los vidrios, recogidos; las pintas de sangre en las paredes, limpiadas; el piso, barrido y restregado con mapo. El olor a lavanda que reinaba en lo que fue la escena del crimen le entró como una inyección de cólera que triplicó la irritación gestándose en sus adentros desde su reunión con Marrero. Si Forense no terminó de recoger toda la evidencia, aquello allí se jodió.

Debió calmarse, no obstante, para realizar su trabajo. Apaciguó la respiración, esperó a que le bajara a rosado el rojo de la cara y se dirigió a la casa.

—¡Buen día! —llamó por el portón lateral de la marquesina en un tono nada amistoso. Era un reto lograr que un saludo sonara como amenaza, pero cuando sus niveles de ira andaban tan por las nubes, le era fácil. Al nadie responder, repitió el saludo, subido el volumen y agravado el tono.

Una puerta de aluminio con tela metálica que chillaba al abrirse con lentitud dejó salir, tímida, dubitativa, a una mujer delgada, de escasa estatura y grandes senos, tez bronceada, labios gruesos, facciones aindiadas, ojos hundidos y pómulos altos. Vestía completa de blanco con pañuelo amarillo amarrado a la cabeza, la típica estampa de la santera del imaginario colectivo. Le respondió con otro «buenos días», más apocado que el suyo, desde luego. Llevaba en los brazos algo emburujado en telas también blancas que por la manera de sostenerlo dedujo Lope que se trataba de un bebé. La observó detenidamente intentando reconocerla de la noche anterior, pero no encontró en su memoria una imagen similar entre el grupo de mujeres. Pensó que seguro aquellos labios carnosos, aquellos senos aupados, le hubieran capturado la mirada. Pero tampoco era que anduviera anoche fijándose en tanto. Bebé tampoco recordó, de eso estaba seguro. Al preguntarle por el señor de la casa, ella le contestó con voz de pájaro que estaba acostado pasando el mal rato.

—Pues dígale que se levante, se eche agua en la cara y salga, que el teniente Laguna está aquí esperándolo, pasando también un mal rato.

Asustada, caminando hacia atrás, la chica regresó al interior de la casa, cerrando la puerta de aluminio con la suavidad con que se cierra la tapa de un sarcófago. Al cabo de un rato, que a Lope le pareció prolongado adrede para fastidiarlo, escuchó por fin la misma puerta chillona abrirse y salir el mismo hombre que apenas unas horas antes fingía, porque obviamente fingía, un ataque de pena. Ahora no mostraba ni rastro de aquella congoja, ni ojos enrojecidos por el llanto, ni patas de gallo o cachetes hinchados por los sollozos, ni flujo mucoso, ni desfiguración por amargura extrema. Al contrario, parecía recién despertado de un sueño reparador y tranquilo, como si nada turbara o espantara su espíritu. Aunque pudiera ser que estaba sedado por orden médica, Lope apostó a que era la desvergüenza lo que le daba aquella lozanía.

—Buen día, teniente, ¿qué se le ofrece?

Vino hacia Lope arrastrando las chanclas, como si la pesadumbre que vivía apenas le dejaba despegar los pies del suelo. Llaves en mano, se acercó con lentitud pasmosa hasta el portón y lo abrió con total desgano. Usaba pantalones cortos negros por debajo de la rodilla tipo baloncelista y llevaba camisilla gris a través de la cual se observaba, desenfocado por la tela, el lienzo de tatuajes que cubría su torso entero. Llevaba el pelo corto, casi estilo militar, con cerquillo. No lucía ningún tipo de vello facial. Calzaba chanclas de una sola tira gruesa y blanca que dejaban al descubierto dos series de uñas podridas de hongo que eran un asco. Para colmo, el sonido de la pulsera de cascabeles negros que llevaba en el tobillo izquierdo le causaba a Lope una irritación adicional a la que ya le causaba la persona entera. Un valentino de oro le adornaba la muñeca derecha, mientras la pulsera de cuentas verdes y amarillas y otros brazaletes plateados la izquierda. Un collar de cuentas negras le colgaba hasta casi el ombligo, y un medallón grande cogido por una gruesa cadena dorada que, por encontrarse detrás de la camisilla, Lope no veía qué representaba, le caía sobre el pecho. Dos pantallas minúsculas de diamante en cada oreja completaban lo que, a ojos de Lope, era una estética básica de caco. Pero no de caco solamente. Aquel gusto de vestimenta, el decorado de su físico, el lenguaje corporal de su dejadez, de no importarle un carajo nada, eran actitudes y estilos típicos de la gente sin escrúpulos. Tenía esa pinta de lo que en la calle llaman insecto, muchos de los cuales resultaban ser bastante peligrosos. Lope tomó nota, diciéndose que a esta clase de individuos se les trataba a patadas por el culo, o te pasaban por la piedra.

—No, nada, andaba por aquí dando un paseo y paré a saludarle y desearle un lindo día… —le contestó Lope, empujando con cierta violencia el portón que acababa de abrirle—. ¿Quién limpió la casita?

Acercándosele bastante, Lope lo miró en declive por ser más alto que él.

—Yo y mis ahijadas la limpiamos esta mañana —titubeó.

—¿Y se puede saber con el permiso de quién?

—Con el permiso de la policía, del fiscal creo, o de alguno de ustedes. ¡Qué sé yo! —contestó ahora con cierto aplomo, pareciéndole a Lope tal vez palabras verdaderas.

—¿Del fiscal?

—Sí, uno que vino anoche tarde, uno jovencito. Tengo la tarjeta por aquí… ¡Flaca! —llamó con autoridad, con mucha autoridad, con una autoridad que parecía más de amante que de padrino, a la misma chica del bebé que lo recibió.

—Dígales que salgan todas, hágame el favor —Lope ordenó más que pidió—. Quiero a todo el mundo que está en la casa aquí en la marquesina.

La Flaca se asomó azuzada, temerosa de lo que pudiera significar aquel grito.

—Búscame la tarjeta que dejó el fiscal. Y que salga todo el mundo para afuera —dijo sin rastro de compungimiento, como si la velocidad de los acontecimientos disipara la aflicción de su drama.

La Flaca regresó casi en el acto, tarjeta en mano, seguida de una fila india de cinco mujeres, ataviadas todas de blanco con pañuelos en las cabezas y collares de cuentas en los cuellos. La Flaca le pasó la tarjeta a su padrino, ahora seguro su marido, quien la acercó y alejó de sus ojos intentando sin éxito enfocarla, antes de pasársela a Lope para que la leyera él. Poniéndose los espejuelos de lectura que llevaba siempre en el bolsillo de la camisa, leyó: Arturo Montes, fiscal, Departamento de Justicia.

Uno verde, se dijo Lope. Sacó el celular del bolsillo con movimientos bruscos, sosteniéndolo con tal fuerza que parecía a punto de romperlo. Mientras marcaba el número de Bernie, con la mano le señaló al personaje frente a él que aguardara un instante, alejándose hacia el patio fuera del alcance de sus oídos y de las mujeres, más o menos por la zona donde los proyectiles fugitivos alcanzaron el cráneo de la niña.

—Fiscal Pérez Roig. ¿Con quién tengo el gusto?

—Bernie, es Lope.

—Qué bueno que me llamas, Lope. Tienes el caso asignado, me dijo Marrero. Estoy por entrar a la rueda de prensa. Esto nos ha caído encima como un saco de papas y…

—Como un millón de sacos de mierda. Un tal Arturo Montes fue quien atendió la escena de anoche…

—Sí, Arturo, joven, pero competente.

—Pues el competente joven dio órdenes anoche de abandonar la escena del crimen, cortar las cintas y llevarse al agente custodio, después de que le dejé instrucciones claras a Marcial y a mi agente Belinda Santos que debíamos obtener una orden de registro para unas urnas y un pequeño laboratorio de brujo que hay aquí, donde hay un cráneo humano metido en una de las urnas y unos fetos humanos flotando en unos potes. Ellos alegan que son artículos religiosos y se niegan a permitir su registro.

Lope tuvo que colar una mentirita blanca al final para Bernie agilizar la cosa, anticipando la reacción de los religiosos si intentaba llevarse el cráneo y los fetos.

—Pues no, no me mencionó nada esta mañana cuando lo vi. ¿Y quién le dio la contraorden? —la sequedad de la voz de Bernie denotaba perplejidad.

—No sé quién dio la contraorden, Bernie. Te llamo a ti primero para que sepas la que hay antes que nadie. Tal vez lo hizo el fiscal por su propia iniciativa, lo cual lo dudo. Belinda se lo dejó claro. Tal vez Marcial no le dijera nada, lo cual ya de por sí es raro, pero Belinda me lo confirmó esta mañana.

—Quien único pudo haber dado una contraorden es algún alto oficial de la policía, aprovechándose de que el fiscal está verde todavía. Algún capitán o teniente. Te averiguo.

Inevitablemente, la imagen de Marrero cruzó por la mente de Lope con la mera mención de la palabra capitán. Lo dio por caso adjudicado.

—Esperemos que esto no llegue a oídos de la prensa, porque ahí sí que nos pasan por la piedra, Bernie, a ti y a mí principalmente, aunque no tengamos culpa —bajó la voz y se alejó más todavía.

—Vamos a necesitar una orden de un tribunal para volver a entrar.

—Justifícala, por tratarse de artefactos religiosos. El tema de la libertad de culto, la Constitución, los derechos civiles y toda esa ñoña… En Forense le tomaron ya las fotos, pero el señor de la casa procedió a lavarlo todo muy afanosamente, y también muy convenientemente, con la ayuda de sus seguidoras, ahijadas que les llama él, que actúan más como harem que como religiosas. Seguro que ya todo lo tienen bien escondido.

—Pendejo le dicen… De todos modos hay que tramitarla, aunque sea para fines teatrales y el beneficio de la prensa. Recuerda que estamos en la página de Cheo por dañar escenas de crímenes, sobre todo después de lo del niñito Manuel y la señora Muros —le recordó Bernie.

—Haz lo que creas conveniente. Te dejo el tostón a ti. Averíguate, eso sí, de dónde vino la contraorden. Yo me encargo de preguntarle a Marcial.

Colgaron. Seguido llamó a Ulises.

—Llámate a Marcial urgente —dijo Lope sin contestar al «Hola»—. Pregúntale sobre el cráneo en la urna y los fetos, y si dio órdenes de sellar la casucha como le pedí mientras obteníamos la orden del tribunal para hacer el registro de los artefactos religiosos. Si no fue así, pregúntale por qué. ¡Mejor sea que tenga excusa, y las fotos!

—¡Ea! Lo llamo ahora mismo.

Ulises era bien eficiente cuando de corregir un huevo se trataba, y más un huevo de ese tamaño.

De regreso a la marquesina encontró a Pacho esperando calladamente el fin de su conversación telefónica con cara de santo en medio de su coro de vestales. Aquel silencio, aquellas caras serias, espectrales, el aplomo de su expresión, la gravedad de la escena, todo parecía un montaje para intimidarlo, lo cual casi le divirtió si no fuera porque aquella situación le tenía el ánimo avinagrado.

—Venga conmigo, hágame el favor. El corillo que se mantenga por allá afuera en lo que usted y yo conversamos —le instruyó Lope, apretando muelas y usando intencionalmente la palabra callejera para referirse al grupito de acólitas.

Pacho dejó pasar un segundo de silencio sin reaccionar, segundo que llaman del desafío, pero acató, volteándose hacia el grupo y comandando algo que Lope no escuchó, y luego hacia la Flaca, diciéndole algo distinto. Todas procedieron entonces a moverse hacia un sofá en la parte más distante de la marquesina, allá donde las voces de ellos no las alcanzaban. Sentados frente por frente en dos sillones rústicos de madera sin cojines, extremadamente incómodo, comenzó de lleno la entrevista.

—Ya he contado mil veces todo lo que sé. Anoche mismo se lo conté a la agente Santos cuatro o cinco veces —abrió diciendo el sujeto con obvio malhumor.

—¿Me lo contó a mí? —el sujeto negó con la cabeza—. Además, cuatro o cinco no son mil.

Silencio. Cara de regañado.

—Así que… —y dejó correr una pausa ahí, la pausa de la resignación—, tendrá que contármelo de nuevo a mí, gústele o no le guste, porque yo soy mi propia gente, por si todavía no se ha dado cuenta.

Con voz de falso entusiasmo, queriendo pintarse con matices de víctima como era común que ocurriera entre políticos y criminales, procedió a contarle la misma historia que le contó a Belinda y que Belinda les contó aquella mañana en la oficina. La tenía bastante ensayada, aunque tampoco era demasiado complicada. Para colmo, mientras hablaba, sobre todo al hacer cierto gesto de ignorar algo o de no importarle, mostraba las dos andanas de sus colmillos superiores, cosa que redoblaba la antipatía que sentía Lope hacia él. Como una flecha, le regresó de la memoria un consejo anacrónico de su tía, hermana de su mamá, la Mística que le llamaban en la familia por ser espiritista, recalcándole que las andanas eran rasgo de persona desconfiable. Prejuicio, sí, superstición, tal vez, pero allí, en aquel momento, lección útil.

Escuchada con paciencia la narración de los sucesos desde que comenzó la *misa espiritual* hasta que se fueron los pistoleros, y adjudicada la posibilidad de que fuera un error de su hija Lucimar haber dicho «tres pistoleros» en la llamada de emergencia, en lugar de «dos pistoleros» como, según él, fue su instrucción, Lope le pidió detalles sobre el Bebo.

—¿Qué? ¿Qué quiere saber?

—Quiero saber lo mismo que usted sabe de él. Y esa información me la contará sin quejarse, porque de lo contrario será mi trabajo sacársela. Espero que me comprenda —con la boca medio abierta del pasme, Pacho hizo un mínimo movimiento de la cabeza—. Me alegro de que nos entendamos. Arranque por el principio, que casi siempre es por donde mejor se arranca. ¿Le parece? Dígame cómo fue que conoció a Francisco Concepción, alias el Bebo, y hace cuánto.

—Lo conocí —comenzó a decir mirando para arriba como si le costara recordarlo— hará cuestión de tres años. Llegó a mi casa recomendado por alguien, no recuerdo quién. Pudo ser mucha gente. Recuerde que yo atiendo a un pueblo y tengo cantidad de ahijados y ahijadas que me recomiendan a otras personas...

—Eso no puedo recordarlo porque no lo sé. Siga —el hombre lo miró con cara de no entender lo que Lope le decía.

—Esto camina de boca en boca, radio bemba —continuó—. Ni nos anunciamos, ni hacemos cruza calles, ni alquilamos avionetas, ni vamos de puerta en puerta como hacen los Atalaya. Nuestra religión es voluntaria...

—Hace como tres años —Lope interrumpió su divagación—. Bastante tiempo para conocerse bien. ¿No es así?

—¡Pues claro que lo conozco bien! Lo conocía, más bien —bajó los ojos—. Era de los ahijados más religiosos y apegados a mí —y de pronto se alteró, como si le ofendiera la duda—. ¡Cómo no iba a conocerlo, si se pasaba aquí metido día y noche! ¡Casi vivía con nosotros!

—¿Haciendo qué?

—¿Cómo que haciendo qué? Jugando tortitas de manteca. ¡Qué iba a hacer!

Lope lo miró con cara de amarra ahí a ese buey.

—Le advierto que quien único tiene derecho al sarcasmo en esta conversación soy yo —le dijo, echándose hacia el frente en el sillón, pegándosele—. Usted limítese a contestar. ¿Qué hacía el Bebo aquí metido día y noche?, le pregunto de nuevo.

—Haciéndose obras, ¡qué iba a ser! El Bebo llevaba años en el camino de la verdad, comunicado con lo trascendente. Era hijo de *Tiembla Tierra* y *Centella Ndoki*. También era *tata nkisi*, con sus propios ahijados, su propia *nganga* y su propia casa de palo...

Así que obras para él, obras para su salud, obras para su estabilidad, siendo yo su mayor y su padrino... Eso hacía...

Aquellos conceptos fueron para Lope puro mandarín, pero dado que el padrino los espetaba como si fueran de conocimiento común, fluyó.

—Obras para sus negocios —añadió Lope.

—También, claro, eso forma parte de la estabilidad en la vida.

—¿Y cuáles negocios eran esos, si se pueden saber?

—Claro que se pueden saber: una tienda de videos en Ponce.

—¿Una tienda de quéeee? —preguntó Lope estirando el sonido para causar efecto de incredulidad y demostrar esfuerzo por no reírse—. ¿Y existen todavía tiendas de video?

—Sí. Aparentemente existen.

—Y era de él, presumo.

—Sí, suya —a Belinda le dijo que era empleado, que la tienda era de alguien más.

—¿Y cuándo es que atendía esa tienda, si casi vivía aquí con ustedes? Quizás no tenía tanta clientela.

—Es un decir, teniente, un decir, no me fastidie —dijo con una insolencia recuperada—. Además, tenía empleados...

—Vaya, tiempo libre ahora... —Lope se sacó una lagaña del ojo con el dedo meñique—. ¿Y qué otro negocio tenía?

—Más ninguno, que yo supiera.

—Bueno, ¿pero no dijo usted negocios, en plural? Eso creí escuchar. Sin mencionar que yo juraba que las tiendas de video estaban extintas.

El hombre reflejó en su cara los rasgos comunes de la turbación, en particular al no saber a ciencia cierta si en realidad mencionó la palabra negocios.

—¿Ex qué?

—Tintas, extintas, como los dinosaurios —dijo Lope con desgano.

—Ah —y se quedó en blanco un rato—, pues supongo que tendría otros negocios que no conocía...

—¿Y cómo que supongo? ¿Y no que el padrino sabe todo sobre su ahijado y lo aconseja en cada cosa? —especuló Lope sin conocer a fondo las relaciones entre padrinos y ahijados en aquella religión, pero imaginando que debía ser de igual cercanía y confianza que las relaciones familiares, o incluso más, por ser voluntarias.

—Se supone, pero no siempre pasa. Yo no conocía todos sus negocios, pero imagino que hay más que el video porque él, su mujer y el nene viven bastante bien, o debo decir vivían...

—¿No me diga que también murieron anoche la mujer y el niño? —Lope desorbitó los ojos en señal de irónica sorpresa. Al padrino, de nuevo, le costó un momento procesar la ironía.

—Usted sabe a lo que me refiero. No se haga.

—Usted se imagina que debía tener otros negocios porque también le pagaban bien las obras, las ceremonias o los rituales o lo que sea que es la especialidad de la casa. Porque todo eso cuesta un fracatán de dinero, según tengo entendido, y yo no sabré tanto del tema, pero sé lo que todos saben, que sale carísimo practicar estas religiones. Así que, si se la pasaba aquí metido, como usted dice, haciendo «obras», yo pensaría que estaba transfiriendo a su bolsillo buena parte de la torta que hacía en la tiendita de video. Porque de algo vive usted, y no es de la caridad pública.

Pacho intentó encontrar respuestas a las interrogantes. Realizó cálculos mentales acompañados de rápidos movimientos de ojos, pero no dijo palabra.

—¿Qué es lo que usted hace? ¿Consulta? ¿Tira cosas? ¿Caracoles, barajas? ¿Qué?

—Consulto, tiro caracoles, *chamalongos* y otras cosas más tiro.

—¿Tira tiros también?

El tipo miró a Lope con cara de estarle deseando la muerte, de modo que Lope, por si acaso, también se la deseó a él, por aquello de cancelar deseo contra deseo.

—¿Chama qué es lo otro que tira?

—Longos, *chamalongos*… —contestó con desgano.

—¿Y cuánto cuesta una consulta con esos *chamalongos* que usted dice, que presumo son deidades?

—Cincuenta dólares —contestó, haciendo con la boca gesto de que poco cobraba—. Y no, no son deidades los *chamalongos*, son cinco pedazos de cáscara de coco seca consagradas y preparadas para ser la boca de *la prenda*, el medio que utiliza el muerto en la *nganga mayombe* para comunicarse con el vivo. Son cosas que si no sabe de ellas no va a entenderlas ahora.

—Ya veo. No es barata la consulta.

—Menos que un médico.

—Sí, pero un médico es un médico.

—Si consideramos que un palero puede hacer las mismas curaciones que un médico, mientras que el médico no puede hacer ninguna de las obras espirituales que hace el *tata nganga*, pues debemos admitir que el palero es superior al médico. Así que barata es la consulta.

—Vaya —dijo Lope, resignado a no intentar combatir aquel delirio—. ¿Y qué más hace?

—Muchas otras cosas propias de la religión: baños, polvos, amarres, limpiezas…

—Las llamadas «obras espirituales», supongo. ¿Y cómo se llama esta religión que usted practica?

—La religión de nuestros ancestros, el culto a Inzambi, a los *mpungos*, a los *endokis* y demás espíritus del palo. El culto a Oloddumare y a los *orishas*. La *regla de palo monte* y la *regla de osha*, ambas practicadas en esta casa.

—¿Y con qué se come todo esto? —preguntó Lope con cara de haber mordido un tamarindo.

—Se come, señor teniente —suspiró profundamente—, con mucho sacrificio, con mucha fe y con mucha perseverancia. Esos son los acompañantes de ese plato.

—Y el bufé entero de las obras ¿en cuánto sale?

No le gustó la pregunta. A juzgar por las andanas que se mostraron y el chasquido de fastidio que hizo su lengua, no le pareció ni un chin cómica.

—Lo digo en serio —insistió Lope—. ¿Cuánto cuestan las obras espirituales, que presumo no son parte de los cincuenta de la consulta?

—Depende de cuánta envergadura sean. Hay obras sencillas que son más o menos baratas, como las hay complejas que son más caras. Depende de las circunstancias. El muerto o el santo determinan cuál debe hacerse, no yo. Mi papel es de intermediario. Soy quien realiza las obras que ellos ordenan —eso último lo dijo echándose hacia atrás en el sillón con aires de doctor o abogado.

—Pero el Bebo las hacía sin importar su costo, caras o baratas, según dice usted que se pasaba aquí metido haciendo obras. A menos que siempre le tocaran las baratas...

—Le tocaban de todo tipo.

—Veo. Y siendo él también ¿cómo es que le llama? ¿*Tata* dijo? Pues siendo él *tata* como usted y teniendo ahijados y seguidores como usted dice que tenía, ¿no podía hacerse las obras él mismo?

—No. Se necesita siempre a alguien mayor en la religión que se las haga.

—Vaya. Extremadamente conveniente. Y a usted, ¿quién se las hace?

Turbación. Desencajamiento. Con ambos pies en el piso, comenzó a brincarle la pierna izquierda, creando el irritante sonido de los cascabeles. Los nervios lo traicionaban.

—La piernita —dijo Lope mirándola directamente con cara de probar leche cortada. Pacho paró al instante, como de pronto consciente de aquel evento en su cuerpo.

—Yo ya estoy a otro nivel. A mí me las hizo por años mi padrino, pero ya alcancé otro nivel de conocimiento donde yo mismo me basto.

—Y ese padrino, ¿dónde está?

—Está en el pasado. Ese padrino quedó atrás en mi vida —Pacho calló, y miró hacia otra parte.

—Entonces no siempre se necesita a un mayor, como en su caso.

—Bueno, pues no siempre, pero en el caso del Bebo, sí —aceptó, atrapado entre mentiras y embelecos.

—¿Y por qué tanta obra? ¿Tenía muchos problemas el Bebo?

—Ni más ni menos que todo el mundo. Lo que sucede es que él era alguien muy devoto y le gustaba siempre estar encima de su muerto.

—Y las obras de anoche ¿eran de las caras o de las baratas?

—Las de anoche eran el comienzo de las más caras.

—¿Que son cuáles?

—Las obras de coronación del santo. La *regla de osha* que llamamos. La obra de anoche era la misa espiritual o velada que se hace la noche previa a la coronación del santo. Por eso se le llama misa de coronación.

Obviamente, esta no era la misa solemne de Mozart, ni tampoco aquella que Lope atendió alguna vez en su colegio católico cuando colocaron una coronita de oro a la estatua de una Virgen María en la capilla de la escuela.

Sin quitarle la vista de encima, Pacho continuó contestando sin reservas respecto a sus creencias, contrario a lo que imaginó Lope que se trataba de una secta hermética. Claro, imaginó que existía cantidad de cosas que sí eran secretas, pero la defensiva con el tema que se esperaba no se manifestó.

—¿Y para qué tanta obra cara? ¿Cuál es el efecto, el propósito más bien? ¿Alcanzar la vida eterna?

—En parte sí. La unión con el *orisha tutelar* de la persona. Es cara la ceremonia porque es la que te inicia en la religión como tal, en el culto de los *orishas*. Pero, además de iniciarte, la ceremonia tiene un efecto destructivo sobre los obstáculos y problemas que la persona enfrenta, de modo que pueda alcanzar una buena vida aquí en preparación para la de allá —dijo cruzándose las manos sobre el regazo, ahora a modo de profesor de filosofía y letras—. En fin, es la ceremonia principal de la religión, y la más elaborada, y por eso también la más cara.

—¿Y existe alguna razón particular para iniciarse en la religión? ¿O sencillamente por deseo, tradición, fe, interés?

—Casi siempre es por salud. Otras veces por tradición. Pura fe los menos. Interés personal los segundos menos.

—Y por protección, ¿también se inician?

—También.

—¿Y el Bebo qué buscaba? Porque muy filósofo no me parece que fuera. ¿No sería que el Bebo tenía problemas continuos, y cuando se le arreglaba uno por aquí le reventaba otro por allá, y por eso tanta obra, y por eso iniciarse? ¿O me equivoco con él y era simplemente alguien demasiado espiritual, demasiado místico, demasiado preocupado por la vida más allá de los portones de la muerte? —Lope apretó los labios y torció el rostro un poco hacia atrás queriendo transmitirle con aquellos gestos que no había margen para argumentar lo contrario—. ¿Qué cosa era? ¿Problemas nuevos, problemas viejos que no se resolvían, o pura beatería?

—El Bebo era un tipo ambiental, y en la calle hay problemas nuevos siempre. Usted mejor que nadie sabe cómo se bate el cobre ahí, no sea tan huele huele —le contestó de modo tajante intentando sulfurarlo sin conseguirlo.

—Conque ambiental, conque de la calle. Poquito a poco vamos llegando. Ve cómo ya nos estamos entendiendo. Y cuando decimos ambiental, de la calle, es que pertenecía al ambiente de la calle, a la economía subterránea, al mundo de la compra y venta de narcóticos fuera del alcance de la ley, por aquello de hablar con propiedad.

—Yo lo que sé es que el Bebo se las buscaba para empatar la pelea con lo que le dejaba el negocio del video, al que cada vez entraba menos gente, como usted bien sabe.

—Vamos a dejarnos de huele huelerías y de hablar en clave. Usted lo que quiere decir es que el Bebo era jodedor, bichote, caco, el mascaracachimba, el papaúpa de la matica… y que el negocio del video era un tape.

—Pues de nombres sabrá usted mejor que yo.

Aquello fue lo más cerca de un sí que Lope obtendría a su interrogante. Se le quedó mirando, taladrándolo con la mirada hasta casi dolerle la córnea.

—Dejémoslo ahí por ahora —dijo sin variar, no obstante, ni la fijeza de la mirada ni la posición de las moléculas de su cara—. Vayamos a los amigos del Bebo y a sus enemigos. Usted debe saber esa información, siendo su padrino, su casi padre, que, de nuevo, imaginamos cumple una función de guía en la vida del ahijado.

—Yo quizás sabía de algunas cosas, como le dije, pero de otras no. Sé que se clavaba a la mujer de otro jodedor, que a lo mejor este se enteró y lo quiso muerto. También sé, aunque no sé si él lo sabía, que a su mujer Vilma se la estaba clavando otro de allá de la Cantera en Ponce. Igual ese chamaco lo mandó a limpiar para quedarse con ella. ¿Amigos del Bebo? No le conocí ninguno. Era un tipo solitario. A la suya siempre. A su aire.

Era evidente que quería venderle el cuento de las mujeres.

—Así que sus mayores líos eran de faldas, según usted. Y aparte de eso, ¿le debía dinero a alguien? ¿Hizo alguna puercada? ¿Insultó u ofendió a algún otro bichote?

—No que yo supiera —otra vez mostraba las andanas y Lope confirmaba que su tía acertaba al decir que anunciaban la mentira.

—Oiga, ¡pero y qué poco sabe usted de todo! Y los espíritus esos suyos, o eso que usted consulta, ¿no le avisaron que venía la Flaca para arriba de su ahijado y de su mujer y de su familia?

La pregunta lo sobresaltó. Mantuvo en silencio un rato considerable, robada la cara de todo color.

—¿Cómo que la Flaca? —le preguntó, temeroso, mirando a lado y lado como a quien se le descubrió un secreto. Ahí cayó Lope en cuenta de que pensaba en su ahijada, que también llamó

Flaca, confundiéndola con la Flaca a la que él se refería, la Muerte. Inadvertidamente, se abrió una rendija. Lope miró hacia el grupo de mujeres y observó a la Flaca, en medio de ellas, bebé entre brazos, observándolos, más pendiente de ellos que del bebé. Las mujeres, cariacontecidas y murmurantes, andaban dispersas por la marquesina en grupitos de dos o tres como gallinas buscando lombrices. Era evidente que la Flaca poseía un claro ascendente sobre las demás, tenía mando, agencia, jerarquía, evidentemente otorgada por el padrino. Hacia ella gravitaban las otras, a veces solas, a veces en comitivas, buscando aprobación o consejo. Ella, la privilegiada, la favorita, opinaba y mandaba.

Se escuchó de repente a la perra, sobreviviente de anoche, combinar gemidos de llanto con ladridos de exigencia.

—Está echando de menos al perro —dijo Lope, aprovechando para introducir el tema de los perros—. ¿Eran hermanos, o pareja?

—Eran parejita desde cachorros —dijo dejando la mirada estancada en el suelo como si visitara recuerdos tristes—. Me matan a mi mujer primero, y para acabar de joderme, me matan también al perro. ¡Yo no me merezco esto!

Ojos llorosos, Lope presumió que por el perro, no por el Bebo, su ahijado querido, ni por la niña inocente, también su ahijada, y menos por su mujer, a quien seguro aborrecía. Daños colaterales meramente. Maldito infeliz.

—¿Y los perros? ¿Comprados, o regalados? —le preguntó Lope dejándole claro con la expresión que no era pregunta meramente curiosa.

—Regalados.

—¿Por?

—Un ahijado que se fue a vivir allá afuera hace ya como cinco años —contestó frunciendo el ceño y achinando los ojos—. Ya no tengo contacto con él. ¡Ni siquiera me acuerdo de su nombre! Indio le decíamos, pero el nombre…

—La mudanza conveniente y el olvido redentor.

Pacho subió los hombros como diciendo qué remedio.

—Pero estoy seguro de que va a hacer el esfuerzo por recordarlo. ¿Verdad que sí, que va a buscar por ahí, por sus apuntes, hasta encontrar el nombre de Indio y su teléfono? Porque me interesa hablar con él.

—Si usted lo pide, así lo haré, aunque no le prometo nada ni sé para qué cojones quiere hablar con él —y acompañó aquellas palabras con un gesto de las manos que le dio a entender a Lope que no esperara nada de él, que su amnesia sería insuperable y que su conversación con Indio nunca se daría.

—A usted no tiene que importarle para qué carajos quiero hablar con él. Limítese a buscarme el número —lo miró fijamente, posando luego su atención en las uñas de Pacho, más largas de lo que por lo común las llevan los hombres, con la del meñique izquierdo sobrepasando en extensión a todas las demás. Le extrañó no haberse fijado en aquel rasgo antes, el cual, en su mente, lo hacía aún más sospechoso—. Y su hija, ¿qué me dice de ella? No la veo por aquí —le preguntó, repasando con la vista entre el grupo de mujeres—. ¿Ya está bien del ataque de nervios de anoche?

—Sí, más o menos. Se fue con la tía, la hermana de mi difunta mujer, que llegó esta mañana de allá afuera —le contestó, luego de varios segundos de duda—. ¿Por qué pregunta?

A Lope le sorprendió que la tía llegara tan rápido, pero igual tomó un avión de madrugada directo hasta Ponce, o hasta San Juan y condujo directo hasta acá. De todos modos, le pareció apretado aquel itinerario de haber llegado ya, recogido a la sobrina e ingresado en el hotel, todo tan temprano.

—Quiero interrogarla respecto a la llamada al 911 y lo que escuchó. ¿Dónde dice que están hija y tía?

—No hay necesidad de interrogarla más. La niña está pasando un trauma severo. Está bien afectada de los nervios. La mandé con la tía para el hotel para que se despeje de la tragedia.

—Pues sufrirán un poco más sus pobres nervios, porque tengo que interrogarla de nuevo, por más que le disguste. ¿Cómo es que se llama la tía y en cuál hotel se encuentran, si es tan amable?

Esta vez, las aristas de su cara parecían navajas. Pacho lo observó con ojos achinados como diciendo cuán desalmado se puede ser. Poniéndose los espejuelos, Lope abrió la libreta, preparó el bolígrafo y lo colocó con la punta sobre el papel a la espera del nombre de la tía y la dirección del hotel. Capturó en la libretita el nombre de la tía, Carmiña, mas no la dirección por sabérsela de memoria. Quién por esta zona no conocía el Holiday Inn es porque no ha vivido aquí nunca, o viviendo aquí no ha vivido.

En eso se fijó que la Flaca había organizado entre las mujeres una especie de comité de búsqueda de los predios de la marquesina y la terraza, dirigiéndolo con evidente autoridad. Levantaban cojines, buscaban bajo los muebles, miraban entre los tiestos. Quien no sabía daba por hecho que la Flaca era la mujer de la casa. Tan afanada estaba en sus labores que apenas se percataba uno que llevaba al bebé durmiendo en el antebrazo.

—¿Qué buscan? —señaló Lope con la boca hacia la zona de la marquesina donde se realizaba el escrutinio.

Pacho quedó pensativo una micra de segundo más del debido, revelando saber sin mirar a qué se refería y cuáles eran las implicaciones de tan evidente inspección. Volteó la cabeza también una micra de segundo más rápido de lo que la situación ameritaba, como si lo tomara por sorpresa la acción de sus ahijadas. Se levantó de un salto del sillón y, dándole la espalda a Lope, les preguntó de mala gana que qué carajos buscaban. Alguna mueca o guiño les hizo para indicarles que se inventaran un cuento y dejaran de buscar, así que las chicas, regañadas, suspendieron la búsqueda y retomaron las expresiones sumisas de yo no fui, yo no sé nada, si algo pasó yo no estaba aquí.

Al voltearse de nuevo, encontró a Lope de pie, los brazos cruzados sobre el pecho, helada la expresión, escrito en el entrecejo el mensaje de haberlo sorprendido con las manos en la masa. Sin duda que buscaban el teléfono extraviado, y el afán con que lo buscaban, sumado al teatro del padrino, le indicó a Lope la mucha importancia que tenía para ellos.

El tipo me saca por el techo, se dijo Lope. Algo tenía que no lo bajaba ni con agua fría; su fingimiento tal vez, que era evidente, o su complicidad en todo aquel macabro evento, que ya era una certeza. Su cara, sus gestos, sus meros movimientos le irritaban hasta el espíritu. Sin pensarlo demasiado le encajó la pregunta que esperaba tal vez luego en la investigación, o quizás nunca.

—A propósito, ¿apareció el teléfono con el que se hizo la llamada? Necesitamos ocuparlo y es ya.

—No, no aparece —dijo mientras regresaba al sillón—. Nadie sabe dónde lo metió la chiquita. Ella tampoco recuerda. Hemos virado la casa patas arriba y no aparece. Obviamente está sin baterías, porque llamamos y no suena.

Por la continuidad de la búsqueda y su forma de explicarla, Lope supo que, en efecto, seguía extraviado. Era obvio que la niña, en su estado de casi catatonia, lo colocó en algún lugar errático sin conciencia del acto. Solo a fuerza de hipnosis, o que un espíritu se lo comunicara al padrino, que sería lo más apropiado en este caso, podría aparecer el teléfono. Pero por lo que observaba Lope, los espíritus no querían colaborar.

—¿Cuál fue la última pelea que tuvo con su esposa? —Lope se reacomodó en el sillón, irguiéndose. Otro *jab* que Pacho no esperaba.

—¿Pelea?

—Pelea, sí. Discusión, puños, patadas, bofetadas, tipo la que tuvo con su mujer hace apenas unos días. No se haga el sonso —dijo sin conocimiento directo de los hechos, apoyado meramente en la deducción que llegara de los escombros en la caja junto al zafacón y los tajos en los dedos del cadáver de su mujer—. ¿Cuándo fue la última?

Pacho titubeó, gagueó, tragó gordo, hizo amago de no saber a qué se refería, pero seguro convencido de que negarlo, habiendo vecinos y ahijados por testigos, era inútil.

—¡Y qué tienen que ver las peleas matrimoniales con el asesinato de mi mujer, puñeta! ¡Yo no fui quien la mató! ¿O me va a decir que fui yo?

—Mire, don Mejía —dejó escapar un sonoro resoplido y lo llamó por su apellido para fastidiarlo—, no se trata de conocer las peleas matrimoniales, pero usted, como buen brujo, sabe que muchas de ellas terminan en actos criminales, y sabe, además, quizás mejor que yo, que existen muchas formas indirectas de matar a una persona. De lo que se trata aquí es de conocer los eventos inmediatos al evento de la muerte de su esposa. Ahora, haga el favor de decirme sencillamente si estaba de buenas con su esposa, o si la llevaba por el camino de la amargura, como me sospecho.

—Y yo le repito que mi vida matrimonial nada tiene que ver con lo que pasó aquí. ¡Era mi esposa amada, cojones, aunque peleáramos! ¡Eso debe bastarle!

El tipo no parecía entender lo que era un interrogatorio policial. Poniéndose de pie, Lope se le acercó lo suficiente para que solo pudiera enfocar su cara, provocando que Pacho empujara el sillón hacia atrás para retroceder.

—Pues no, no me basta, señor padrino. Le repito que existe tal cosa como mandar a matar a alguien. De hecho, es bastante frecuente. A veces más frecuente que matar directamente. ¿O es que usted no conoce ese concepto tan famoso llamado el cómplice?

Empujando el sillón hacia atrás más todavía, mirando a Lope de arriba abajo como si lo observara por primera vez, Pacho soltó una pequeña carcajada que, si no fuera por el estiramiento de las comisuras de la boca, pasaba por carraspera de garganta.

—No me diga que la policía piensa…

—La policía no piensa —lo interrumpió—, la policía deduce y sabe que buena parte de los asesinatos de mujeres casadas lo realizan o planifican sus propios maridos, así que no se me sorprenda tanto porque ese dato lo saben campo y pueblo. Hasta en los programas de televisión lo comentan a cada rato, y usted seguro vive atornillado a la tele —le tiró esa última para joderlo, de nuevo disparando de la baqueta, pero a sabiendas de que era meramente un tipejo sin otro interés que la brujería y la tele—. Así que contésteme la pregunta sin tanta majadería: ¿estaba de buenas o estaba de malas con su mujer?

Miró hacia el suelo en silencio algunos segundos antes de hablar sin subir la mirada.

—Teníamos nuestras altas y nuestras bajas como todas las parejas. Cualquier pareja sabe que eso pasa. En los últimos días andábamos en baja. A ella le dio con que yo tenía un brete con una de mis ahijadas. Locuras. ¡Pero eso no significa que la mandara a matar! ¡Por el mismísimo Inzambi, que baje ahora mismo y me mate si miento!

Lope dejó pasar un segundo en lo que el rayo divino que no bajó bajara y lo incinerara frente a él. Pensó que aquel dios celestial infinito conjurado debía estar en compinche con el padrino terráqueo finito. Ganas no le faltaron de preguntarle si la ahijada del brete era la Flaca. Y más ganas tenía de preguntarle si el bebé era suyo, que más no faltaba.

Ahí, justo en ese pensamiento, se percató de una sed terrible que comenzó a secarle la garganta, alcanzando la suficiente intensidad como para que sus pensamientos giraran hacia ella.

—Andar en baja para ustedes equivale a dar gritos, golpes, romper cosas. ¿A eso le llama andar en baja? —consiguió insinuar, pese a la situación de la extraña sequedad.

—Baja es baja. ¿Qué quiere que le diga? ¿Que era todo besos, cucasmonas, abrazos y chocolates? —volvieron el desafío y la ironía que le colmaban la paciencia a Lope.

—Le pregunto de nuevo —y apretó la quijada—, ¿hubo golpes, gritos y cosas rotas?

—Hubo... sí —bajó los ojos—, más gritos y cosas rotas que golpes...

—Vaya, pero además de romperse cosas, hubo golpes también, ¿verdad que sí? ¿Verdad que hubo varias combinaciones de golpes?

—¡Ella que me cayó encima como una fiera, arañándome y mordiéndome! ¡Loca! ¡Loca! ¡Como una salvaje, le digo! ¡Me tuve que defender y meterle par de bimbazos para que se calmara!

—Como una salvaje, dice usted…, par de bimbazos —escribió Lope en la libretita, subrayando las frases varias veces a la vista de él, mientras hacía esfuerzos por generar la saliva que le suavizara la garganta.

Poniéndose de pie, con las manos atrás como si fuera un filósofo meditando un tema metafísico, Lope comenzó a marcar un perímetro alrededor de su interlocutor, forzándolo a casi torcer el cuello a la redonda para darle seguimiento con la mirada.

—Como una loca, dice usted…, para defenderse… Y dígame entonces, el portón de la calle, presumo que está siempre cerrado.

—Por lo común, sí —y abrió los ojos justo al decirlo de tal modo que Lope supo que algo en su respuesta lo comprometía.

—¿Y quién lo dejó abierto para que subieran los pistoleros?

—¡Oiga! ¡Está bueno ya! —salió a comérselo, cosa que no tuvo el menor efecto en la cara de palo de Lope—. ¡Eh! ¿Qué es esto? ¿Qué insinuaciones son estas? ¡Aquí nadie sabía que venían ningunos pistoleros, cojones! ¿Qué sabíamos nosotros que había peligro? Ese portón está siempre abierto hasta que nos acostamos. La que se mantiene cerrada es la reja de la marquesina.

—¡Ah! Ahora resulta que es el portón de la marquesina el que está siempre cerrado, no el de abajo, el de la calle. Decídase.

—El de la marquesina —confirmó con movimientos cortos y nerviosos de la cabeza. Hasta en los gestos mínimos Lope notaba la mentira.

—¿Y cómo que no sabía que había peligro? —insistió Lope metido de lleno en el terreno de la especulación—. El tipo era jodedor, estaba amenazado de muerte. ¡Eso usted lo sabía, según varios de sus ahijados que hemos entrevistado! Todo el mundo al tanto, y usted en Lalalandia…

—¿Quién sabía? ¿Quién lo amenazaba? Infórmeme, que según parece usted sabe más que yo. A mí no me pareció anoche que temiera mucho por su vida.

La respuesta le sacó una capa de sudor al padrino por toda la piel expuesta.

—Entonces usted, el padrino, no sabía quién era el enemigo ni cuán grave el acoso. ¿Y de qué sirven los espíritus, las obras, las consultas, los padrinos?

—Le dije que sabía algo, pero no que fuera grave.

—¿En qué quedamos? Me dijo que no le conocía enemigos y ahora me dice que sabe algo, pero pensó que no era grave. Le recuerdo que mentirle a un policía en una investigación criminal es un delito conocido como obstrucción a la justicia.

—Sabía algo, caray, ¡cómo no iba a saberlo! Pero tampoco como usted se imagina. Yo no pregunto tanto. Soy persona discreta. Me gusta respetar la vida privada de las personas. No me meto tanto en sus cosas. Conocía que alguien lo tenía en la mira, pero tampoco averigüé demasiado, y se me ocurrió que tal vez fuera el amante de su esposa o el marido de la amante de él o algún asunto entre cuernudos. Eso sí había mucho entre ellos, cuernos...

—Entonces no sabía si las amenazas eran por cuernos o por negocios... Usted la verdad que no sabe nada de importancia en la vida de sus ahijados. El pastor que ignora el destino de su grey, el médico desinteresado en las enfermedades de sus pacientes, el científico que le importa un carajo el resultado de sus experimentos... ¡Usted sí es un pájaro raro, don Mejía! —esto último logró decirlo apenas venciendo la seca que ya le arrasaba la garganta.

—Mire, teniente, yo no soy ni pastor, ni médico, ni científico. Soy guía espiritual para llevar a mi gente, a través del muerto, hasta Inzambi. Usted puede llevar el caballo al río, pero no puede obligarlo a beber... teniente —se interrumpió—, ¿le pasa algo? Lo noto raro. ¿Quisiera un poco de agua?

Se diría que le leyó los pensamientos, pero Lope se dijo que también resultaba evidente por la sequedad de su voz. Aceptó la oferta.

—Flaca, tráele un poco de agua al teniente —mandó él, volteándose hacia la Flaca, quien respondió en el acto. En pocos segundos tenía en la mano un vaso de cristal lleno de agua helada, que se tomó casi con desesperación. Tenía un raro sabor, como de agua con bicarbonato, quizás un rastro de jabón quedado en el vaso, pero le aplacó la sed en el acto.

Aliviado, recuperada la elasticidad de la garganta, miró fijo a Pacho sin continuar la conversación, observándolo directo a los ojos un rato prolongado, suficiente para forzarlo a desviarle la mirada y dirigirla hacia las mujeres, acurrucadas en la marquesina como palomas asustadas por la tensa conversación de los hombres. Y ahora que lo tenía blandito, Lope se prestó a asestarle un nuevo golpe.

—Y dígame algo más, amigo mío, ¿qué es la que hay con el dibujito en el piso frente a la puerta de entrada de la casita, que alguien quiso borrar anoche echándole agua y del que hoy no queda ni rastro?

El tipo regresó su atención al instante del lugar etéreo por encima de la cabeza de Lope donde se encontraba, para toparse con la incómoda pregunta.

—¿A qué se refiere?

—¿Qué es lo que no entiende? Porque anoche sí entendió a la perfección y hasta le indicó a la agente Santos que se borró sin querer con el agua que le cayó de los recipientes que estaban en la mesa cuando se volteó.

—¡Ah! ¡Usted dice la firma! Sí, la *firma*… Que ningún dibujito es, por eso me confundí. Es lo que en nuestra religión llamamos *firmas*, patrones sagrados usados para distintos propósitos religiosos.

—¿Y cuáles propósitos son esos?

—Múltiples. Miles…

Le vibró el teléfono en el bolsillo del pantalón a Lope. Haciéndole con la mano gesto al padrino de que aguantara su respuesta un minuto, e indicándole con el índice que no se metiera dentro de la casa, salió de la marquesina, fuera del alcance de su oído y de las mujeres.

—Teniente —era Ulises, que cuando lo llamaba por el rango era por tenerle información importante—, me dice Marcial que él y su equipo intentaron levantar anoche el cráneo dentro del caldero de los metales, pero que el padrino se puso como una fiera de que eso era violación a la intimidad y a sus derechos religiosos y se opuso totalmente. Marcial dejó la casucha sellada en lo que obtenía la orden de un juez. Dice que tuvo que ser el fiscal quien dio la autorización para remover las cintas.

—Aquí lo que hay es un berenjenal cabrón. ¿Te acuerdas cuando nunca pasaba esto y era un gusto llegar a la escena de un crimen? Te juro que desde que convirtieron a los fiscales en mandamases esto es desastre tras desastre. Y como muchos son politiqueros y politiqueras, pues todo empeora y nada se hace bien. Por eso, Ulises, entre otras tantas cosas, es que tengo que ponerle punto final a esta profesión en mi vida. ¡Y tú cuestionándome!

—Teniente —volvió a usar el rango—, también acabo de hablar con Orza. Me dice que la autopsia de la víctima adulta femenina revela que, uno o dos días antes, recibió una mano de golpes severa por todo el cuerpo, menos la cara. Al parecer tiene hematomas por todas partes. Las vendas de las manos, como sospechamos, fueron de múltiples incisiones en dedos y palmas típicas de cortes con vidrios. Y sí, Marcial tenía razón: ocho balazos certeros en el cráneo.

Tras colgar con Ulises, dudó un instante si utilizar la información que acababa de recibir. Regresó a la marquesina, a las andanas de Pacho, a sus mentiras y su cara de yo no fui y a la pregunta que dejó en el aire.

—Le preguntaba que cuáles son los propósitos religiosos que tienen los dibujitos —volvió a mencionar la palabra mortificadora y Pacho a fruncir el ceño como si algo le hubiera picado.

—Convocar a los seres —contestó finalmente con cara de basilisco, molesto con tener que responderle aquella pregunta.

—¿Cuáles seres?

—¡Pues cuáles van a ser! ¡Los seres, los seres! *Nkisisi, ndoquis, mpungos, Siete Rayos, Zarabanda, Tiembla Tierra, nganga Kalunga siete sayas burundanga mandioma cascara saki didi guarandanga...*

Mientras los mencionaba y mientras Lope intentaba comprender el concepto de «los seres», reflexionó sobre aquellos extraños nombres que por primera vez escuchaba y que se mentiría a sí mismo si no reconocía que le causaban cierto espanto. Volvió a vibrarle el teléfono en el bolsillo. Miró la pantalla. Bernie. De nuevo tuvo que salir de la marquesina.

—Lope, es Bernie —comenzó diciendo la voz—, acabo de colgar con el fiscal que estuvo anoche. Adivina quién dio la orden insistente de retirar el agente y las cintas de la casucha.

—No me digas.

—Sí te digo. Tu jefe.

6

Apenas se paró afuera de la fonda, César, con un grito de «¡teniente Laguna!» y un aleteo de la mano, lo conminó a pasar por medio de un grupo que esperaba a ser sentado. Con algunas excusas y pisotones, llegó hasta su mesita privada en el rincón de siempre, debajo de las canastas del helecho plástico y la mala madre real, pillada entre la parte dorsal de la nevera de los postres y la fuentecita de plástico cuyo sonido de agua corriente lo mantenía a salvo de los oídos curiosos de otros comensales.

Sobra decir que Lope era, con honor y gratitud, uno de los clientes predilectos de aquel emporio donde la veneración a la comida criolla era casi un tema de transubstanciación. Primero porque, para César, Lope era una pata de conejo. No hacía más que llegar, a la hora que fuera, que en quince minutos se ponía aquello que no cabía un alma. Y segundo porque, diez años atrás, le tocó salvarle la vida a César y a Fela una tarde en que entró un crackero loco con una pistola listo para llevarse por medio a quien fuera, y dio la mala pata, para el crackero, claro, que Lope se encontraba en el lugar, instalado en la misma mesita que hoy era su segunda oficina. Por ambas cosas, y por una amistad nutrida cada día durante años, gozaba de aquellos privilegios que César y Fela no tenían con nadie, ni siquiera con el alcalde de la ciudad, que frecuentaba la fonda y era acogido por ellos con gran pompa y circunstancia, pero jamás con tanta reverencia.

César vino hacia Lope con el semblante compungido, los labios y cachetes torcidos hacia abajo en u invertida, la tragedia en el andar y en la mueca facial, que, conociendo su afición a la radio y a la actualidad noticiosa, atribuyó a la masacre de anoche. Antes de llegar giró con la mano la dirección de uno de los abanicos del salón para que le llegara el viento directo a Lope. La protesta de los comensales afectados por la instantánea bola de fuego que los arropó César la neutralizó con una cara de perro inapelable, un manoteo y un sonido gutural.

—Eso de anoche tiene a la gente bien mala de los nervios, teniente —abrió diciendo, limpiándose con el dorso de la mano el sudor de la frente que le chorreaba por las patillas hasta la papada—. No se habla de otra cosa en la calle. La radio, la prensa, no saben qué más decir, o maldecir. Dígame usted, teniente, ¿hasta dónde vamos a llegar? ¡Una niña inocente con un balazo en la cabeza! ¡Una mujer inocente con ocho tiros en la cara! Y para colmo, usted, querido amigo, metido en ese bataclán de brujos y santeros. Es cierto, ¿no?

En menos de dos segundos se le pusieron las orejas rojas y calientes de la rabia. Lo único que le pidió a Marrero, no hacer público su nombre como quien estaba a cargo de la investigación, y se lo pasó por la entrepierna. Entró en un estado de encojonamiento que quiso tenerlo de frente para estrangularlo. Además, ¿cómo era posible que César, ¡César!, supiera los resultados de la prueba de balística que él acababa de recibir de Ulises?

—Sí, César, por desgracia, es cierto.

Marrero era un ser vil. Aparte de traicionar el acuerdo al que llegaron en su oficina, dejó servido el plato para que, en caso de que todo falle y no se capture a los asesinos, al menos en el período estipulado, cargarlo a él con la culpa.

—Fue en respuesta a la pregunta de un periodista, usted sabe, el impertinente de Jorge Negroponte, que le encanta meter la cuchara y ser la voz de la discordia —aclaró César, leyendo en la cara de Lope el desagrado que le causó el nombre—. Por lo menos está en sus manos y no en las de cualquier charlatán. La gente se siente más confiada.

—Ya ves, la rata de Negroponte haciéndole el juego a mi jefe, que es peor rata todavía. Pícher y cácher —le dijo mientras intentaba sacarse el celular del bolsillo del pantalón, maroma que, dado lo reducido del espacio de la mesita y lo profundo que se encontraba en el bolsillo, lo forzó a realizar una contorsión casi circense.

—¡Sssss! —César se cruzó el dedo índice sobre los labios—. Esas cosas no se dicen, teniente. Eso lo sabemos nosotros acá, en la mesita, pero no se dice en voz alta…

Tenía razón César, se dijo Lope, pero casi con un pie fuera de la Policía, qué le podían importar ya esas indiscreciones.

—Bueno, bueno, César, ¿qué tienes hoy?

—Hoy manda la chuleta jardinera adobada y amasada con romero y aceite de oliva desde anoche por Fela repitiendo su nombre —Lope sonrió—. Segundo al mando está un pollo asado que lo último que vio fue un retrato suyo que Fela le puso al frente antes de darle la picota…

—Deja la morbosidad, César, que ya el día está truculento —lo conminó con media sonrisa sin alzar la mirada de la pantalla del teléfono en la que buscaba un número.

—También tengo tasajo —sonrió, sabiendo lo mucho que le gustaba—, piñón de amarillos a la sartén, arroz guisado con garbanzos, arroz blanco con habichuelas rosadas o blancas, ensaladas, verde y de repollo, y lo de siempre: amarillos, tostones y mofongo de yuca, de plátano, de pana, aguacate…

—Tráeme piñón con arroz guisado y ensalada verde, si no te parece demasiado.

—Me parece poco.

—Pues hoy no me apetece tanto el tasajo.

—Añádele entonces una raja de aguacate.

—¡No demasiado grande!

—Así será.

—¿Y Fela, que no la vi al entrar?

—Allá al frente está dando órdenes, cantándole las verdades a todo el que entra por la puerta, aterrorizando a la clientela, que regresa como hechizada con sus malacrianzas. Usted sabe, la especialidad de la casa, ser repugnante.

—Sarna con gusto no pica, César, eso ya lo hemos hablado un millón de veces.

La clientela comenzaba a aglomerarse frente a la entrada del local y a formarse una fila en la calle. Entraron al salón cuatro mujeres guapas y bien arregladas que ocuparon una mesa frente a Lope. Por los atuendos se diría que trabajaban en alguna agencia de modelaje, pero como iban andando los tiempos igual podían ser empleadas de gobierno o secretarias de abogados. Zalameras, las cuatro se sabían atractivas, chicas de las redes sociales, con esa actitud *selfie* que César detestaba y le sacaba lo peor a Fela. No había cosa que odiaran más que gente sacándose *selfies* en la fonda o tomándole fotos a los platos. Una de ellas, alta, delgada, blanca de piel, pero facciones mestizas, combinación que a Lope excitaba, se sentó del lado de la mesa que le permitió a Lope una visión directa de ella. Sus piernas, escapadas por debajo de una falda más corta de lo que uno esperaría encontrar en trabajos clericales, le subieron a Lope lo rojo en la cara. Absorto en la contemplación de aquel fenómeno, sobre todo en los contornos de una piel que parecía de goma, al subir la mirada vio que su escudriño era observado directamente por la admirada. Sosteniéndole la mirada, ella le sonrió sin disimulo, acelerándole el ritmo cardiaco y excitándole el cuerpo entero. Él le sonrío igual, sin muestra alguna de arrepentimiento o disimulo de haberla admirado, hasta que ella devolvió su mirada hacia sus amigas. Lope bajó la suya hacia el teléfono y, pocos instantes después, pensando que tal vez fuera algo casual, la subió de nuevo para cotejar. Allí estaba la de ella otra vez de frente, directa, esperándola, acompañada ahora por una sonrisa de oreja a oreja. Él le sonrió con la misma amplitud. Sintió erotizarse su cuerpo. Movió la pierna para buscarle un acomodo razonable. El contacto estaba hecho. Fingió hacer una llamada mientras la observaba de reojo.

Interrumpiendo su campo visual, apareció César trayendo elevada por encima de todas las cabezas, como para que nadie se enterara de que al último que llegó se le sirvió primero, una bandeja con su almuerzo. Cuando por fin tuvo el gran plato ovalado de frente, era tanta la comida que casi se le quita el apetito. Un tercio lo ocupaba un cubo de piñón de amarillos y carne molida de tres capas inclinado como un edificio con las zapatas flojas de un lado; un tercio era un cerro de arroz guisado coronado con garbanzos que, sobresaliendo tras el piñón, hacía pensar que el derrumbamiento del edificio de piñón se debió a la erupción de garbanzos del pequeño volcán de arroz; y el último tercio del plato lo ocupaba una raja de aguacate rociada con sal a su gusto y de tales dimensiones que Lope pensó que la pepa debió ser del tamaño de una bola de béisbol. Era demasiada comida para una sola cavidad estomacal, y aunque se supiera de memoria la frase con que César justificaba aquellos excesos («¡teniente, lo que no le quepa se lo unta!»), aprovechó para recalcarle que había niños muriendo de hambre por todo el mundo.

—Sobre todo en Biafra —con esa charlatanería le canceló su más que justificada crítica a aquellas porciones exageradas—. Además, la razón por la cual la gente aquí acepta el trato estrujado de Fela es por las porciones exageradas de César —le dijo convencido de aquella teoría, y como si ese César no fuera él—. Yo te juro que, si además de las rebascadas de Fela sirviéramos poco, o la comida fuera insípida, aquí no entraba ni un perro sato. Fela es clave, claro, pues combina lengua viperina con sazón adictiva, pero los precios y las porciones las determina César.

Mientras devoraba aquellos manjares a bocados rítmicos y metódicos, buscó el contacto visual de nuevo con la chica de la mesa de enfrente. Apenas tuvo que esforzarse porque ella, a quien Lope calculó unos treinta y cinco años, seguía mirándole con insistencia y zalamería evidentes. Lope le sonrió otra vez. Ella le guiñó. Así de directa estaba la cosa. Se volteó para decirles algo a las amigas. Por la forma con que las amigas lo observaron era evidente que hablaban de él. Lope se percató entonces de que, entre la multitud de pulseras que llevaba en la muñeca, estaba presente la misma de cuentas amarillas y verdes que observó esa mañana en la muñeca de Pacho. Cuando enfocó mejor en las amigas observó que también llevaban pulseras iguales, además de collares de cuentas de colores. Demasiada coincidencia, se dijo, dudando llamarle a aquello coincidencia. Jamás antes se había fijado en las pulseritas y los collares, y de repente, desde anoche, estaban por todas partes. A no ser que fueran más frecuentes de lo que él, desatento al fenómeno, observara hasta entonces. Otra vez se le fue la mirada hacia aquellas piernas lujuriosas, hacia la sonrisa que se gestaba tan fácil para él, hacia los ojos avellanados que le guiñaron de nuevo. Costándole dejar de mirar a la hermosa hembra que le miraba de vuelta con insistencia, y contando con que todavía ni siquiera les habían servido, volvió al teléfono para disimular.

La operadora del Holiday Inn, donde se hospedaba Carmiña Pérez, hermana de Ángeles, la asesinada, le pasó la llamada a su cuarto.

—¿Diga? —respondió una voz joven, vigorosa, casi demasiado entusiasta para una situación tan trágica.

—Buenas tardes. ¿Me habla la señora Carmiña Pérez?

—Para servirle. ¿Con quién tengo el gusto?

—Le habla el teniente Lope Laguna de la Policía de Puerto Rico. Antes que nada, reciba mis condolencias por el fallecimiento de su hermana. Un hecho trágico muy lamentable.

—Gracias, teniente, muy amable. Ha sido terrible para mí todo esto.

—Me lo puedo imaginar, sobre todo si la relación con su hermana era cercana —Lope no sabía si lo era, pero sospechaba que no—. En relación con el incidente donde falleció su hermana, necesito entrevistarla cuanto antes.

—Estoy a su entera disposición, teniente. De hecho, estaba esperando su llamada —su voz aterciopelada le transmitió una voluntad genuina de comunicarse, aunque no sabía todavía en qué plano—. ¿Lo hacemos por teléfono o en persona?

—En persona, por supuesto. ¿Qué tal a la una, en el *lobby* del hotel?

—Muy bien. Allí lo espero.

Su firmeza, que Lope llamó ejecutiva, le chocó. Algo en su voz, en su tono de urgencia disimulada, le indicaba que alguna información importante quería compartir con él para el esclarecimiento del asunto.

En eso, observó Lope una conmoción que se generaba en la mesa de las chicas, protagonizada por la suya, la de las piernas largas.

—¿Qué tiene? —escuchó a una preguntarle a la otra, que intentaba controlar los movimientos erráticos de su amiga, sobre todo de los brazos y las piernas, que hicieron a Lope pensar en un ataque de epilepsia.

—No sé. Chari, ¿qué te pasa? —le preguntó la que intentaba controlar los movimientos espasmódicos de sus brazos. Parecía entre desmayada y poseída, según reconoció Lope posesiones de las películas. Los párpados le bajaban y subían con gran esfuerzo; la cabeza se le caía hacia atrás como un bebé sin fuerza en los músculos del cuello; iba y venía como de un vahído mientras las extremidades, en particular sus largas piernas, daban sacudidas intermitentes que parecían causadas por golpes eléctricos.

—¿Le estará dando *centella ndoki*? —preguntó una amiga.

—¿Pero aquí, así? —contestó la otra.

—Eso parece.

—¡Ay, santo! *Centella Ndoki fundi plaza lirí ntoto chamalongo yanza furi llandoki…*

Un grupo de personas se aglomeraron a su alrededor, unas soplándole aire con los menús, otras intentando que bebiera agua y otras secándole con servilletas el sudor.

—¿Es epiléptica? —preguntó alguien. No recibió respuesta.

—*Tere mene, tere mene, tere mene...* —repitió la amiga intentando controlar las cada vez más salvajes sacudidas que daba el cuerpo de su amiga.

Enfocada la atención del restaurante entero en el fenómeno, Lope quedó petrificado, observándolo todo desde su mesa a sabiendas de que no era asunto que requiriera intervención policiaca. Tras un rato de conmoción, dado que la concurrencia no le dejaba ver, se puso de pie, uniéndose a la pared de gente que observaba el suceso. Vio a Fela, haciendo muecas y gestos con las manos exigiendo saber qué pasaba. Vio a César acercarse para preguntar si la chica se atragantó con algo, momento en que salió de la boca de ella un grito corto pero agudo como de perro que se pilla la cola, el cual lanzó a César corriendo de regreso a la cocina.

Las convulsiones continuaron, igual que las sacudidas espasmódicas, así como los gritos extraños, cada vez más agudos y horripilantes. Lope, acercándosele a Fela, que miraba petrificada, la instó a llamar una ambulancia, y ella, como sacada de un encantamiento, brincó a buscar su teléfono. Mientras tanto, la chica seguía dando no solo gritos, sino voces queriendo decir algo, como intentando establecer comunicación, pero en una lengua incomprensible. De la chica solo veía Lope ahora las piernas temblándoles casi como por la fuerza de un orgasmo y el brazo con las pulseras zarandeándose con similar fuerza. Las chicas, forcejeando, la pusieron de pie para intentar sacarla del restaurante, haciendo fuerza particular para evitar que se lanzara salvajemente en la dirección donde Lope se encontraba. A Lope le pareció que, en efecto, sus ojos, desorbitados, esta vez sin rastro de simpatía, buscaban los suyos entre la gente, lo cual le hizo estremecerse con un temblor poco comprensible para un incrédulo como él. Pocas cosas le atemorizaban, pero aquella mujer, en aquel estado, lo estaba logrando.

En un intervalo del forcejeo, y debido a que el grupo de gente frente a él salió de repente en estampida del restaurante como buscando escapatoria de un fuego, quedó libre otra vez el espacio

entre él y la poseída. Y ahí, para espanto mayor de Lope, le clavó los ojos como dos lanzas. Todo en aquella mirada era ahora
odio puro, desprecio violento, ganas de atacarlo. Lope pensó que
en cualquier momento se zafaría del agarre de sus amigas para
intentar agredirle, y hasta buscó con la mano la baqueta debajo del sobaco. César se dio cuenta de la situación y lo miró desde la cocina con la maceta del pilón en la mano como diciéndole «Tranquilo, teniente, que si se zafa yo la someto con esta». Por
fortuna, en este punto, las amigas tiraron fuerte de la poseída y
la sacaron bruscamente del lugar. Lope respiró de alivio, mientras César bajó gradualmente la mano con la maceta a medida
que se alejaba. Afuera se escuchó un reperpero momentáneo, la
poseída causando estragos, pero adentro se disipó la tensión regresando todo a su lugar. Lope permaneció un rato sentado en
la mesa, meditabundo, sin saber qué pensar de aquel evento, fijo
su recuerdo en la mirada de pozo oscuro, de caverna, que clavó
en él aquella mujer.

7

El evento lo dejó afectado el camino entero hasta el hotel. Su experiencia con asuntos de índole paranormal era ninguna, y ser partícipe de ellos menos aún. Partícipe porque sin duda él fue el actor secundario de aquel drama inesperado, aunque nadie más se hubiera percatado. Mientras más lo pensaba más se convencía de que algo en él provocó aquella reacción. No sabía exactamente qué, tampoco cómo, pero sentía que algo en él fue el detonante de aquel exabrupto. Su hermoso rostro, transformado en el de una endemoniada, quedó tatuado en la retina de su memoria como quedan los recuerdos que impactan. Le pareció demasiado fortuito aquel encuentro con eventos relacionados a creencias religiosas de la noche antes de las que apenas conocía nada. Además, que la afectada fuera la misma que se interesó por él, tanto para coquetearle al principio como para espantarlo después, le dejó un sabor cruzado, mezcla de halago con terror.

A la una menos cinco de la tarde, como si fuera el motor que se atosigó de piñón con arroz y aguacate, el carro a duras penas logró remontar la cuesta de la loma que coronaba el hotel. Si no fuera por la brisa que venía directa del mar, aquel recorrido bajo el sofocón de septiembre hubiera sido para Lope un genuino martirio. A la una menos un minuto, puntual como solía ser, contrario al resto de la población, abrió con fuerte brazo la puerta principal del hotel y entró en aquella caverna refrigerada, tantas veces refugio de sus borracheras juveniles. El cambio súbito de la luz de acero afuera al ambiente mullido y sombrío adentro lo cegó un momento, pero pronto las formas se juntaron, la visión recobró foco y el hedor familiar de la alfombra, impregnada de tragos y cervezas, de humo de cigarrillo y cigarro y de tantas otras sustancias apestosas traídas por las suelas de miles de zapatos que por allí han cruzado, lo lanzó hacia el pasado. Hacía años que no entraba en aquel antro, pero las sensaciones que le asaltaron vinieron apareadas con recuerdos de primeros amores, de primeros besos, de primeros tragos, de primeros grullos y de primeras rayas. Aquí lo trajo incluso Maite, la vecina, una noche, siendo todavía un chamaco y ella ya una adulta. Estuvieron arriba en un cuarto durante horas sacándose los jugos sin darse tregua.

A la derecha estaba la zona amplia del vestíbulo, organizada en los mismos grupos de sillas bajas tapizadas con plástico de colores chillones en imitación de cuero, fieles todavía al gusto de los años setenta cuando abrió el hotel, aglomeradas alrededor de las mismas mesas bajas y estilizadas tipo Jetson sobre las que tantos tragos volteó o dejó olvidados y tantos cigarrillos dejó ardiendo hasta quemar sus bordes. Mirando el conjunto en general, se dijo que, en algún momento de los pasados veinticinco años, y siempre en estado de intoxicación etílica, sus nalgas se habían posado en todas y cada una de aquellas sillas.

De aquellos conjuntos de sillas apenas dos estaban ocupados en aquel momento: uno por un grupo de azafatas vestidas con uniforme azul de falda a la rodilla muy entallado, algunas no tan jóvenes para tanto entalle, y el otro por dos parejas de ancianos que, en silencio, tomaban con largos sorbetos tragos tropicales rojos y anaranjados como si estuvieran tumbados frente a una playa espléndida bajo un sol infinito. Que bajara el mismo Dios a decirle que aquellos no eran clientes del casino, se dijo Lope observando en ellos el zombismo de las víctimas de las tragamonedas.

El pensamiento del casino activó su percepción de los sonidos típicos que comenzaron a llegarle: el retintín de las campanitas que anunciaba los premios, los ruidos electrónicos de las tragamonedas, el golpe de la bola al caer en las casillas de la ruleta, los cantazos de la vara sobre la mesa de topos, todo combinado con

el murmureo de los jugadores y el chocar de las fichas al contarlas
o jugarlas. Giró su cabeza hacia la derecha y, en efecto, un poco
más allá de la zona del vestíbulo y la barra, observó la garganta del casino, fuente de los sonidos, vomitar un grupo de ancianos que acababan de tirar el seguro social y el retiro mensual en
las muescas del azar. Daba grima ver a los pobres viejos dejar sus
ahorros en las garras de aquel vicio, y no solo los ahorros, el dinero del diario vivir, del aceite y las medicinas. Para colmo, el lugar no era el mejor ni el único hotel de la región, y salvo las azafatas, allí nadie parecía provenir del extranjero. Lope se preguntó
a cuál línea aérea pertenecían aquellas damas, sabiendo que eran
tan escasos los vuelos que llegaban al aeropuerto local. Parecían
europeas, tal vez rusas.

Empotrado a la entrada del casino, el plasma de un gran televisor mostraba la imagen de una mujer sobrepuesta a las de África Occidental y el océano Atlántico, sobre las que apuntaba con
los dedos y realizaba gestos con los brazos como si nadara. Señalaba la posición y luego la posible trayectoria de una masa de colores anaranjados y rojos sobre el azul de fondo. Lope se acercó
para escuchar lo que decía. El Centro Nacional de Huracanes señalaba que la fuerte onda atmosférica ubicada a medio camino
entre las islas de Cabo Verde y el Caribe tenía un alto potencial de
desarrollo ciclónico. «Los puertorriqueños debemos observar de cerca el desarrollo de este fenómeno atmosférico», advertía
la meteoróloga con voz calmada pero de alerta. ¡Sea la madre!, se
dijo Lope en voz alta, volviendo mentalmente a Vicente, al cuartito, a la lancha y el equipo de pesca.

—¿Es usted el teniente Laguna? —lo interrumpió a sus espaldas la misma voz aterciopelada que escuchó por teléfono.

Sorprendido por la cercanía a su oído, pero atraído por la voz,
al voltearse, Lope quedó impactado por la belleza de aquella mujer que casi lo atropella.

—¡Ay, perdone, lo asusté! —le dijo con una sonrisa que,
para llegar a la superficie, tuvo que atravesar varias capas de

sufrimiento—. Hay algo formándose, parece —añadió, apuntando con la boca y la cabeza hacia el televisor sin demasiado interés.

—Una onda tropical saliendo de África que puede afectarnos, según la meteoróloga, aunque siempre dicen lo mismo y nunca pasa nada. Aguaceritos, ventiscas y ya. Algunos creen que la isla está bendecida.

—¿Y usted qué cree?

—Yo diría que son meras probabilidades. La isla no deja de ser pequeña en un gran océano.

—Pues yo hace años que no vivo aquí, pero recuerdo que era así también en mis tiempos. El tubo que chupa y la tranca que aguanta, decía don Cholito. ¿Se acuerda?

—¡Claro que me acuerdo! ¡Cómo olvidarlo! ¡Quien único noqueó a Mohamed Alí!

Ambos rieron de buena gana con el recuerdo de aquel comediante, contentos de reconocer que eran contemporáneos. Le soltó la mano a la adolescente que la acompañaba, a quien Lope vio por primera vez de tan ofuscado que estaba con ella, y se la extendió para saludarlo formalmente. Estrechó la de Lope con una firmeza, la misma o más que la de cualquier hombre.

—Carmiña Pérez Martínez, encantada de conocerle.

—Teniente Lope Laguna, para servirle. ¿Tan fácil fue identificarme?

—Esa manera apretujada de llevar la ropa es inconfundible. Yo trabajé varios años como secretaria personal del juez Santiago Belmonte, del tribunal de Carolina, y así fue como aprendí a distinguirlos —se echó hacia el lado con la mano un mechón de pelo que le caía sobre el ojo derecho—. Ah, y los zapatos —mirando un segundo hacia ellos con una sonrisita—, los bodrogos que el mundo entero ya reconoce.

En efecto, el tema de los zapatos policías parecía ser un tema universal. Ulises ya no los usaba. Le debía una actualización a su atuendo. De lo que no estaba tan al tanto era de la ropa apretujada. Mirándose un instante, reconoció a qué se refería la dama.

—Conozco al juez Belmonte. He tenido varios casos en su sala. Seguro fui yo uno de sus especímenes de estudio, porque pasé par de horas en ese tribunal. Lo cierto es que no recuerdo haberla visto, y la recordaría —dijo con un dejo minúsculo de coquetería—. A mí las caras nunca se me olvidan —y menos una tan bonita como la de ella.

Carmiña se sonrojó levemente. Era obvio que comprendía su intención de halagarla, pero pronto volvió a ensombrecerse su rostro, como si los pliegues de su cara quisieran regañar a su conciencia por el desliz de sentirse halagada en medio de la desgracia. Comenzaron a sudarle las palmas de las manos a Lope, igual que le ocurría cada vez que estaba ante la presencia de una mujer cuyo atractivo lo ponía en estado de alerta.

Era esbelta de cuerpo, aupado por unos largos tacos negros que, por su vieja experiencia con Genoveva, esclava que era de la moda, en particular de los zapatos, Lope reconoció como Versace o Ferragamo. Las piernas, que observó de reojo, cubiertas por medias negras, le recordaron las de la mujer del trance en el restaurante. Vestía traje también negro completo tipo ejecutiva, similar al de las azafatas en talle y extensión de la falda, pero más elegante, con una ristra de vistosos botones como de azabache que le corrían desde la olla del cuello hasta donde debía encontrarse su ombligo. Los mismos botones decoraban también los puños del traje y daban al atuendo un leve aire castrense.

Tenía los ojos verdes, la piel blanquísima casi marmórea, el pelo rojizo, la cara huesuda sin ser flaca, nariz delgada en el puente y ancha en las alas, dientes perfectos y ambos labios carnosos. Alguna actriz de cine le vino al pensamiento que no pudo ubicar al momento. No obstante, pese a sus atributos, bajo los ojos, unas bolsas que intentaba cubrir con maquillaje, un rastro del *liner* un poco corrido, le revelaron a Lope que había llorado amargamente, y que aquella tragedia la arrastraba como llevada río abajo por una crecida. Lope desvió su atención hacia la niña y procuró dirigir sus pensamientos hacia la investigación y sus sospechas.

—Lucy, querida, saluda al teniente Laguna —exhortó Carmiña a su sobrina, quien lánguidamente le tendió la mano a Lope.

—Mucho gusto, Lucy. ¿Cómo te sientes? —entre las suyas, Lope sintió aquella manita yerta como un pez muerto. Observándola, la lentitud de los movimientos, la pesadez de los párpados, Lope creyó que estaba medicada—. Horita tenemos que hablar tú y yo, Lucy, para que me cuentes lo que recuerdas de anoche. Pero primero voy a conversar con tu tía a solas. ¿Te parece?

—Sí, mi amor —la instó su tía—, si quieres vete al salón de juegos y allí te entretienes un ratito en lo que converso con el teniente —y le puso en la mano un billete de veinte que extrajo de la cartera mientras hablaba. Aceptando el dinero, la niña se retiró hacia aquella gruta del olvido de cuyo interior brotaban luces coloridas y sonidos electrónicos, luces y sonidos demasiado similares a los que salían del casino como para no pensar que uno era el campo de entrenamiento para el otro.

—Sentémonos por aquí, joven, si fuera usted tan amable.

Siendo casi una mujer de cuarenta y tantos, lo de joven fue un sutil cumplido para hacerla sentir mejor, dentro de lo que cabía, o quizás más relajada. Con la mano la invitó a tomar asiento en uno de los grupitos de sillas y mesita. Ella pasó delante de él. Su cuerpo parecía resbalar dentro de aquel traje que era como una segunda piel. Acomodados uno frente al otro, Lope se ajustó los espejuelos, sacó la libretita y el bolígrafo y, justo cuando se aprestaba a comenzar, apareció el mesero, casi traído por su conciencia para darle tiempo a su mente a poner los pensamientos en orden. Ella pidió una copita de Cointreau en las rocas. No come cuento la muchacha, pensó Lope, quien pidió un café negro.

—Antes de comenzar, acepte mis condolencias por el trágico fallecimiento de su hermana. Ha sido una escena la verdad que lamentable y le aseguro que en la Policía y el Departamento de Justicia haremos lo necesario para esclarecer este asunto. Qué bueno que pudo llegar rápido. Me imagino que de madrugada. ¿De dónde viene?

—De Connecticut. Conseguí vuelo saliendo de JFK en Nueva York esta mañana temprano.

—¿Directo hasta Ponce?

—No. San Juan. Alquilé carro y recién llegué.

A Lope aquello le pareció raro. Viaje largo de muchas horas para estar aquí tan lozana, y para ya estar con la sobrina. Tuvo la leve sospecha de que ya estaba aquí en la Isla desde antes de anoche.

—Yo me imaginé que esto ocurriría tarde o temprano. Lo vi venir hace años. Hasta lo he soñado —continuó ella, dejándose caer hacia atrás en la silla y hundiéndose en el respaldo como aplastada por el peso de los presagios.

—¿A qué se refiere?

—A lo que le pasó a mi hermana. A que ese tipejo con quien se casó, ese puerco con cuyo nombre no quiero ensuciarme la boca, tarde o temprano iba a asesinarla —dijo irguiéndose de nuevo, llenos de ira los ojos.

—Pues parece que el blanco no era ella sino un ahijado de él, un tal Bebo que estaba al lado suyo —alegó Lope, fingiendo no tener aquella entre sus sospechas.

—Duérmase de ese lado, teniente —soltó ella con aire de experta en la materia, tirándose de nuevo hacia atrás sobre el respaldo bajo de la silla—. Eso podrá hacerles creer a ustedes ese sinvergüenza, pero el blanco real era ella, fue siempre ella. Créame. Investigue bien y verá. El tal Beto, o Bebo, o como sea que se llame, fue la excusa. ¿Chivo expiatorio es que le llaman?

—Pues no estoy seguro a qué se refiere… —le contestó Lope casi como acto reflejo.

—A eso mismo, teniente, a que todo fue planificado y coordinado por él para deshacerse de ella. Si sabré yo como trabaja el cabrón… La niña dice que andaba como un loco buscando por la casa el celular que le entregó a ella para que llamara al 911. No recuerda dónde lo puso. El *shock* parece que le apagó la memoria del momento, porque sí recuerda el salpafuera que hubo entre él y Ángeles un par de días antes. Seguro que en ese celular hay cosas que comprometen al atorrante de su papá.

La imagen del grupo de ahijadas rebuscando la marquesina en la casa de Pacho aquella mañana le regresó al instante, junto a la cara de pocos amigos que le puso él al cuestionarle qué buscaban con tanto afán.

El mesero se acercó con la bandeja, en un extremo el Cointreau en las rocas y en el otro el café. Carmiña interrumpió su conversación, exhalando un suspiro de alivio. Tomó la pequeña copa de licor y, elevándola hasta la línea de sus ojos, le deseó salud a Lope antes de beberse la mitad de un golpe. Recorrió la lengua por sus labios intentando atrapar todas las gotas del preciado licor, pensó Lope, quizás ingenuamente, que sin intención de provocarlo. El mesero, con la mente un poco más adelantada, abrió los ojos de manera extraña. Tras Lope colocarle un billete en la bandeja y decirle que se quedara con el cambio, el mesero se retiró dándole una última mirada llena de complicidad.

—¿Salpafuera me dice?

—Sí, salpafuera. Él tenía otra mujer. Estaba con una de sus ahijadas —con los dedos le puso comillas a la palabra ahijadas—, a quien preñó, según supe. Eso no lo sé por ella, mi hermana, porque Ángeles dejó de contarme sus penurias cuando comenzó a sentirse abochornada de no hacerme caso. Eso lo sé por la niña, Lucimar, quien se enteró de todo en medio de la gritería que formó su madre al enterarse ella, varias noches antes de la tragedia.

Mientras hablaba, la memoria reciente de Lope recuperó la imagen de la Flaca con el bebé en la casa de Pacho tomando el liderato entre las mujeres. Echado hacia atrás contra el respaldo, cruzados los brazos sobre el pecho, mirando a Carmiña a través, observó en su mente, como en un cine, el cuadro que ella planteaba.

—¿A qué se dedicaba su hermana? —le preguntó, sabiéndolo ya.

—Era ejecutiva de la cadena de restaurantes Ponderosa —contestó ella, mirando el vaso con los dos bloques traslúcidos de hielo flotando sobre aquel líquido hecho como de nubes derretidas. Sin un respiro, procedió a zamparse la mitad restante del trago, convenciendo a Lope de que más le interesaba su efectividad alcohólica que su sabor anaranjado. Lope escuchó clarita desde su asiento la deglución del trago por la garganta de Carmiña y pensó que se debió escuchar por todo el *lobby* del hotel. Fue un sonido gutural que, por alguna extraña razón, abonó en algo al ambiente de erotización que ella, queriéndolo o no, provocaba.

—Se le enfría el café —le recordó a Lope tras limpiarse labios con lengua.

En su voz, un poco ronca y realenga, en su sonrisa, como fugada del reino del llanto, en su forma de entrecruzar las piernas, como sellando con ellas un secreto, en su manera de torcer la cintura para voltearse, en cada gesto suyo Lope leyó insinuaciones que le llevaron a pensar que se estaba sugestionando, que nada de aquella seducción estaba realmente ocurriendo.

—Se le enfría el café —le repitió.

—¡Ay, sí! ¡Tan malo que es el café prieto frío! —dijo saliendo de la bobera en que estaba.

—En algún lugar leí que quienes beben café negro sin azúcar son más propensos a ser psicópatas.

—Esa sí que es nueva para mí —la miró en silencio mientras endulzó el café y lo meneó con la cucharita, echándole bastante azúcar como para contrarrestar lo de psicópata con lo de diabético—. Quizás la tanta violencia que hay en este país se explique por lo mucho que gusta aquí el café prieto y puya.

—Parcialmente, quizás… —dijo sin chispa de humor. Peor. Los ojos se le aguaron y miró hacia abajo para ocultarlos. Seguro pensaba en el psicópata que mató a su hermana. Tal vez bebía café puya también.

—¿Sabe si su hermana tenía seguro de vida? —le preguntó Lope rápido como para sacarla de aquel marasmo. Vidriosos los ojos, los subió hasta hacer contacto con los suyos, contacto que se prolongó por más rato del que era apropiado, rompiéndolo él al tomarse lo último del café y colocar la tacita sobre la mesa.

—Alguna vez me lo comentó, que iba a cogerse uno que le ofrecían en el trabajo. Pero después no supe más. Ya le dije que dejó de hablarme de cosas importantes. Me llamaba poco. Hace meses que no hablamos de otra cosa que no fueran las nenas, la que está conmigo y Lucimar —se le acentuó la quijada al decir estas palabras, como si le pusiera represa al llanto.

—Y que usted sepa, ¿hubo episodios de violencia anteriores al que relata la niña?

—Físico, que yo supiera, ninguno; psicológico, miles. Todo ese trajín con los muertos y con los espíritus y con las prendas, en mi libro, es maltrato psicológico. Mi hermana nunca ha creído en nada de eso, pero según la niña, la que se puso violenta y armó la tángana fue ella. Parece que al final tuvo un episodio de rebeldía.

—¿Y a qué se debió la riña?

—¡No le digo que le descubrió el brete que se traía con la ahijada! —le abrió los ojos grandísimamente—. Y también algo que ver con la brujería esa que ellos practican, tengo entendido, con la que tenían a Ángeles emburujada, o embrujada, que en este caso es lo mismo. ¡Ella que no creía ni en la luz eléctrica cuando se enamoró de ese idiota! El tema religioso le repugnaba tanto como morder un hígado crudo. Y eso fue hasta el otro día. Pregúntele a la niña.

—Eso haremos ahora, pero antes hábleme de la otra niña, la hermana mayor de Lucimar, la que vive con usted. ¿Qué pasó que no vino y por qué vive con usted?

—Vive conmigo por las mismas razones —dijo luego de una pausa notable, tragando grueso, tirada de nuevo contra el respaldo de la silla, puesta la mirada en un lugar por encima y detrás de la cabeza de Lope—, porque, como yo, tampoco soporta a su padre. Nunca se llevaron bien. Desde pequeña, Yasyris era

huraña con él, desafecta. Es un fenómeno raro del que Ángeles me comentó cuando las niñas eran pequeñas. Pero fue así:
la niña no soportaba a su padre desde bebé. Era como si lo viera a través, como si pudiera penetrar en los recovecos perversos
de su interior.

—¿No será que hubo maltrato, abuso sexual contra ella?

—De niña nunca insinuó nada y de mayor siempre lo ha ne-
gado, pero yo no lo descarto. Quizás el trauma es tan profundo
que ni lo recuerda. Pero la pura verdad es que, desde recién nacida, era arisca a su padre —mientras hablaba, el coraje le ensan-
chaba las fosas nasales de tal forma que, pese a contener ciertos
rasgos de violencia reprimida, a Lope le resultó altamente atractivo—. Ella siempre ha sostenido que sencillamente no se llevaban. Chocaban en todo y dejó de soportarlo. Además, sabía
que no amaba a su mamá y no estaba para aquella pantomima.
Yasyris es una niña bien madura, muy avanzada para su edad, y
muy sensible. Siempre lo ha sido.

Lope tomó notas de sus palabras, asegurándole que tendría
que entrevistar a la niña mayor en algún momento pronto, aunque
fuera por teléfono.

—Me parece curioso que la dejaran ir así, tan joven, a vivir
fuera del núcleo familiar. Obviamente tampoco había lazos afec-
tivos muy fuertes con su madre y su hermana. ¿No piensa venir
para el entierro de su madre?

—Intenté convencerla, pero me montó una perreta de llantos
y gritos que no hubo forma. Hubiera tenido que traerla con una
camisa de fuerza. Decía que no quería ver a su padre ni en pintura, acusándolo de ser el responsable de la muerte de su mamá.
La dejé en la casa con su tío hecha una bola de gemidos.

—Dice mucho ese rechazo —cruzó los brazos sobre el
pecho—. ¿Segura que no hubo un patrón de abuso en el pasado?

—Segura de nada se puede estar en la vida, y menos cuando se trata de ese truhan, pero si lo hubo ella nunca me ha con-
fesado nada, y eso que tenemos bastante confianza. Tampoco se

lo ha dicho a la terapeuta, que lleva años tratándola y tienen una relación íntima.

—¿Y para qué condición es la terapia?

—Depresión. Tristeza. Rebeldía. Créame, a mí también me ha parecido extraño ese desamor desde niña hacia sus padres, más hacia su papá. Se lo hemos cuestionado mil veces, pero de esa piedra no brota agua.

—¿No tendrá la lengua sellada por alguno de esos espíritus de los calderos…? —Lope se aventuró a esa conjetura loca y especulativa.

—Ni lo mencione —la velocidad y seriedad con que le contestó le hizo sospechar que sí pudiera ser.

Lope se incorporó de nuevo en la silla, habiéndose escurrido mucho sin percatarse. Era pésimo el diseño de aquellas butacas. Se acomodó el pelo con una mano y planchó rústicamente la camisa con ambas.

—Bueno —dijo—, llamemos a Lucimar.

Carmiña se puso de pie al instante.

—Voy a buscarla.

Y partió hacia el cuarto de juegos con un andar fluido pero sensual. Viéndola alejarse, a Lope le pareció escuchar un sonido familiar que hacía cada dos pasos que no pudo identificar. Pensó que tal vez fuera un crujir del cuero de un zapato, o tal vez una de las pulseras que llevaba en las muñecas. Pero no, el sonido estaba relacionado a su andar, y era un sonido familiar por lo reciente, pero distinto. No estaría mal, se dijo, puestos ahora sus pensamientos en fantasías eróticas. Total, en dos o tres días estará de regreso a su Connecticut querido, y aquí paz y en el cielo gloria…

El café le espantó aquellos pensamientos, espabilándolo y poniéndolo a mirar sus notas y a copiar alguna que otra cosa de la conversación para recordar después. Al regresar ambas, ya Lope estaba otra vez en pleno control de la zona clara de su mente.

—Lucy, cuéntale al teniente todo lo que me contaste. Empieza con lo de la pelea, cuando tu mamá perdió la paciencia y casi rompe la casa entera…

Lentamente, como si la tristeza fuera una pasta espesa que apenas la dejaba moverse, subió la cabeza hacia Lope y lo miró con unos ojos lánguidos y húmedos que le confirmaron sus sospechas de que estaba bajo la influencia de un calmante. Le fue casi imposible imaginarse a una niña de su edad, que la noche antes perdió a su madre de la forma que la perdió, con tal desapego como para ponerse a jugar y tal madurez como para estar tan tranquila. Miró a su tía de nuevo como pidiéndole el permiso que ya le había otorgado, o quizás como juzgando si lo que fuera a decir afectaría negativamente a su papá. La tía le pasó la mano por el pelo varias veces mientras se miraban intensamente como si se hablaran en código, abriendo y cerrando las pupilas.

—Eso fue hace como dos días —comenzó a decir mirando todavía a su tía, antes de dirigirle a Lope la misma mirada lánguida de hace un instante—. Estábamos todos en casa más o menos tranquilos. Ellos llevaban peleando de gritos la semana entera, desde que volvimos de la ceremonia de los babalaos en San Juan. De pronto, le sonó el teléfono a papi. Preguntó que si ya. Colgó y le dijo a mami que tenía que ir al hospital a ver a un ahijado que acababa de salir de cirugía después de caerse de una moto. Y ahí fue que mami le pegó un grito, diciéndole que a quien iba a ver era a la pu... —se interrumpió para mirar a su tía en señal de aprobación, la cual recibió—, a la puta esa que había dejado preñada —susurró—. Papi rápido me miró a mí y, alzando la voz, me dijo: «Ya viene tu mamá con sus locuras de nuevo», y ella que locuras nada, y que dejara de meterme a mí en el asunto. Dijo también mami que debió hacerles caso a los babalaos cuando le dijeron que ella trabajaba para hacerle la vida fácil a él, y para que pudiera andar haciendo pocas vergüenzas con cuanta mujer se le cruzaba por en el camino...

Calló y miró hacia sus pies.

—¿A qué te refieres con que los babalaos le dijeron? —indagó Lope. La niña volvió a mirar a su tía buscando aprobación, la cual obtuvo de nuevo con un cerrar y abrir lento de los párpados de la tía.

—El fin de semana anterior fuimos a Canóvanas mami y yo, llevadas por papi, a una ceremonia que le llaman la Mano de Orula, de la religión. Es una ceremonia que hacen los babalaos, y como mi papá no es, pues él nos llevó donde ellos. Cuando veníamos de regreso en el carro, y después, durante la semana, me enteré de que los babalaos le advirtieron a mi mamá que ella era una esclava en su propia casa, que era como una mula, encargada del trabajo pesado y difícil, buena nada más que para pagar cuentas, cocinar y mantener la casa limpia. Le dijeron que mi papá tenía otras mujeres y otros hijos, y que ella debía irse rápidamente de la casa porque su vida corría peligro… —en este punto se le aguaron los ojos y quebró la voz.

—¿Y qué pasó? —insistió la tía acariciando con la mano la cabeza de la niña.

—Pues que a los pocos días —continuó— apareció una señora en casa con su hija, un poco menor que yo, creo, y le dijo a mi mamá que era hija de mi papá —apretó los labios como si fuera a llorar mientras la tía la tranquilizaba con la mano por la cabeza—. Mami se puso a gritar como una loca. La señora se fue de la casa arrastrando a la niña, que tenía cara de no entender lo que pasaba. Yo tampoco entendía en ese momento. Cuando llegó mi papá esa noche se formó una gritería horrible. Yo me metí en el cuarto, pero escuchaba a mi mamá decirle cosas y él negarlas y acusarla de estar loca, de estarse inventando historias para hacer quedar bien a los babalaos, que según él eran un chorro de descarados empeñados en separarlos a ellos y ponerlos en discordia. «¡A mala hora te llevé donde esa gente!», le decía papi. Esa noche mi papá durmió en el cuarto de los santos. Yo no entendía bien por qué decían aquellas cosas, si fue él mismo quien nos llevó donde ellos, los babalaos. Ahora se arrepentía porque no le gustó lo que le dijeron. Yo me convencí de que eran asuntos entre ellos que yo no podía entender. A mí, por lo menos, los babalaos me dijeron cosas bien bonitas.

—¿Y quiénes son esos babalaos que tú dices? ¿Dónde los encuentro?

—Son de San Juan. Papi es quien los conoce. Yo solo sé su nombre, aunque es también mi padrino. Le dicen Damián Ifa Omí. Hay varios babalaos que trabajan con él, pero él es el padrino principal.

Lope tomó nota, pidiéndole que repitiera el extraño título que acompañaba a su nombre que, para Lope, tenía un dejo de cosa diabólica.

—Cuéntale ahora al teniente Laguna lo que ocurrió anoche, lo que recuerdas que me contaste a mí —le pidió la tía a la sobrina, adelantándose a su pregunta. Volvió a mirar a su tía un rato con aquellos ojos lastimeros que habían comenzado a irritar a Lope un poco.

—Yo estaba en mi cuarto guardando en el clóset los juegos de mesa que estuvimos usando con las vecinitas por la tarde. Cada vez que había tambores y ceremonias en casa yo me encerraba en el cuarto y casi no salía hasta que se acababan. A mí no me gustan esas cosas, y eso que a mí también me rayaron. Lo favorito mío son los santos y los babalaos, porque lo de las prendas que hace mi papá me da miedo.

Entre prendas y babalaos Lope se sintió extraviado, apenas entendiendo de lo que hablaba la niña. Recordó, sí, que Belinda le aclaró que a los calderos del cuartito les llaman *prendas*.

—Pues yo estaba en mi cuarto. Papi y mami estaban en el barracón haciéndole la misa al Bebo para la ceremonia del santo, que era al otro día. En eso escuché un carro que se paró abajo con un frenazo frente a la casa, y después una carrera de pies subiendo la cuesta —se llevó las manos a los oídos, haciendo pucheros, poniéndosele vidriosos los ojos mientras su tía la abarcaba con el brazo por la espalda y la apretaba contra sí—. Entonces escuché afuera, en el patio, en el *munanzzo* —continuó con voz cortada—, algo así como el aullido de un animal salvaje. Se me pareció al grito del *perro de prenda* cuando se sube, solo que debió ser un perro bien grande. Me congelé por dentro. Después escuché los pasos bajar corriendo la cuesta, el ruido de cosas rompiéndose, vasos o platos o cosas así, y después el grito de papi llamándome ¡Lucimar, Lucimar! —se tapó los oídos como para no escuchar de nuevo los gritos en la memoria. Su tía la abrazó por la cabeza para tranquilizarla.

—¿Y los tiros? ¿Cuántas detonaciones escuchaste, si te acuerdas? —Lope retomó el hilo una vez calmada.

—Ninguna. Yo no escuché tiros. Creo que tanto me impresionó aquel grito horrible que los tiros ni los escuché. No escuché nada.

Obviamente la niña estaba traumada por la experiencia, al punto de tener lagunas en la memoria.

—¿Qué es eso de *perro de prenda*?

—Seres, espíritus del mayombe. Cuando se le suben a alguien la persona grita horriblemente, como un perro rabioso, o como un lobo. ¡Uy! ¡Por eso a mí no me gusta participar de esas cosas y me encierro en el cuarto en lo que pasan! Papi ni cuenta se da. Él está tan acostumbrado a ese revolú. Él también se monta y se pone loco, y tampoco me gusta verlo cuando se pone así. Me da miedo.

Lope recordó a la muchacha de la fonda de César, su cara de fiera salvaje mirándolo como a su mayor enemigo, transfigurada su coquetería como si un odio ancestral hacia él o una venganza monstruosa la llamara.

—¿Se suben? —preguntó, ajeno a aquel lenguaje. La mujer lo miró con cara de que sí, de que estas cosas existen, por raras que parezcan.

—Sí. Se le suben los espíritus del palo. A papi le da *Zaraban-da*, y también *Kalunga* y *Coballende*.

Para no gustarle la religión, sabe bastante la nena, se dijo Lope, presumiendo que por criarse en ese ambiente las veinticuatro horas algo debía quedársele.

—¿Y entonces? ¿Qué hiciste cuando te llamó tu papá? —preguntó, al tanto de que no iba a entender de una toda aquella jerga religiosa.

—Pues salí corriendo para el barracón y en la marquesina me encontré a papi que venía llorando, encharcado en sangre, pasándome su celular —mientras la niña contaba esta parte de la historia se le fue arresmillando la cara por el espanto que le causaba la visita del recuerdo—, gritándome que llamara al 911, que tres pistoleros, que varios heridos, que manden ambulancias... Casi no podía hablar.

Se detuvo como paralizada por las imágenes truculentas que la visitaban, mirando sin ver los zapatos de su tía.

—¿Y entonces? —le dio ella el empujoncito.

—Entré a la casa corriendo —continuó casi como si aquella pregunta le hubiera quitado el botón de pausa—. Había un corre y corre de gente con caras de espanto sin saber qué hacer. Una señora en el patio lloraba desesperada sobre el cuerpo de una nena en el suelo. Eso lo recuerdo. Llamé al 911. Me puse tan nerviosa que se me olvidó la dirección de la casa. Me temblaba la voz, las manos. Se me caía el teléfono. No recuerdo haber colgado. Creo que me desmayé. Lo próximo es que estoy sentada en el sofá de la marquesina, rodeada de las ahijadas de papi que me están pasando paños mojados por la cara y echándome fresco. Entre medio no recuerdo nada. Tenía otra ropa puesta. Ahí me dijeron lo de mami...

Dejó de hablar y rompió, por fin, a llorar. La tía, que también tenía los ojos llorosos, la abrazó, haciendo un esfuerzo sobrehumano por contenerse.

Ante aquella escena de tía y sobrina en trance de llanto desconsolado, Lope se echó hacia atrás en su silla, dándole espacio a que la angustia de las mujeres reunidas por la tragedia se manifestara, mientras analizaba aquella nueva información que acaba de brindarle la niña. Lo que más extraño le pareció fue el tema de no haber escuchado las detonaciones, o al menos no

138 JUAN LÓPEZ BAUZÁ

recordarlas, sobre todo estando tan cerca. ¿Cómo pudo solo escuchar el supuesto aullido de la bestia y no las detonaciones, que ocurrieron justo antes de recibir la noticia que le causó el *shock* emocional que borró de su memoria gran parte de los eventos que ocurrieron luego? Entre los gritos de la fiera y el *shock* desapareció el teléfono.

Gradualmente los llantos amainaron. La tía le susurró algo al oído y la niña asintió con la cabeza, recomponiéndose. Tras soplarse los mocos, se secó las pestañas.

—Ahora cuéntale al teniente lo de esta mañana.

—Esta mañana me despertó papi gritándome como un loco, buscando el celular. Yo había dormido por unas pastillas que me dieron y estaba como zombi sin entender nada, lo que hizo que me gritara más duro. Yo no sé lo que hice con el celu. Se lo juré, y la verdad es que no me acuerdo —se le aguaron los ojos y quebró la voz de nuevo mientras miraba a su tía—. Yo no sé lo que le pasaba —continuó—, porque anoche lo buscamos por toda la casa y no apareció, y como había tanto revolú, no pasó nada. Pero esta mañana entró a mi cuarto gritando para que me levantara y me pusiera a buscar el chavao teléfono. Cuando salí a la sala ya estaban sus ahijadas allí virándolo todo patas arriba. Hicieron un revolú de madre. Pero no apareció, lo que hizo que papi se pusiera como una fiera a romper cosas y dar patadas y a maldecir casi como cuando se le monta el perro de su *prenda judía*. Miedo me dio…

La niña se abrazó a su tía llorando a moco tendido. Lope le hizo un gesto con la mano para indicarle que era suficiente por hoy. Debía avanzar y añadir el teléfono a la orden de registro.

—Ya terminamos por hoy, Lucimar —Lope le tomó suavemente la barbilla haciéndole girar la cabeza hacia él para que lo mirara—. Está todo bien. Quiero que te quedes aquí con tu tía y que no tengas miedo —y entregándole su tarjeta a la tía le dijo—: Si al papá le da con que se vaya la niña para la casa, me llama para informarme.

8

—Antes de empezar, vengo de la escena del crimen. Aquello se jodió —dijo Lope hastiado, dejándose caer en su silla.

—¿Cómo que se jodió? —alzó la vista de sus apuntes Belinda sorprendida con la noticia.

—Cuando llegué no había ni cinta ni agente ni un carajo, y ya el sinvergüenza del padrino había limpiado la casita.

—¡Pero puñeta, si le dejé claro al fiscalito que había que preservar la escena porque necesitábamos la orden para registrar los artefactos religiosos! ¡Se lo recalqué! Tengo a Marcial de testigo. Los dos le hicimos hincapié, cojones —rara vez Belinda decía palabras soeces, y cuando las decía era señal de que estaban en apoyo a la verdad.

—Marrón llamó al fiscal después de que ustedes se fueron y le dijo que podía levantar la escena, que no hacía falta ya, que Forense tenía todo lo que necesitaba.

—¿Ramero? —preguntó Belinda, uniéndose, sorpresivamente, a la burla de Ulises y Lope de la que se reía pero nunca participaba. Belinda era persona más bien seria, pero al verle a Lope y Ulises las caras de sorpresa no pudo menos que sonreírles levemente.

—Sí, Ramero. Obvio que algo se trae. Y va a seguir haciendo todo lo que esté a su alcance para estorbarnos. Estoy loco por dar el salto y sacarme de encima a ese pendejo para siempre.

—Otra escena dañada adrede por los jefes —comentó Ulises.

—Prosigamos. Arranca, Belinda, que nos derretimos aquí adentro. ¿En qué estado se encuentran las heridas? —dijo Lope, de pie junto a la pizarra, marcador en mano, listo para realizar los primeros apuntes.

Abriendo su libreta con parsimonia, Belinda comenzó su informe adelantando que ambas estaban estables, en habitaciones separadas y custodiadas, por si acaso. Una, la herida en el tobillo, se llamaba Bernarda Castillo y tenía veintiocho años; la otra, Yalitza Pagán, treinta y dos, fue herida en la pantorrilla. La primera se encontraba en el patio, vigilando a la niña que resultó muerta; la segunda participaba de la misa dentro del cuarto, sentada a la mesa, cuando entraron los dos pistoleros.

—¿Dos? —preguntó Lope.

—Sí, dos. Dice que se pararon en la entrada del barracón, uno más adelantado que el otro. El adelantado apuntó contra el Bebo y en un segundo le vació la pistola como si en vez de pistola fuera ametralladora, según ella.

—*Chip* —intervino Ulises sin alzar la vista de la computadora—. FN, según el informe de balística. El cuerpo del Bebo presenta catorce impactos de balas blindadas. La quince atravesó el panel de madera detrás suyo impactando a la niña afuera, y la dieciséis también atravesó el panel, hiriendo a la señora de afuera en el tobillo. Asumiendo que el peine era de dieciséis, todas las balas encontraron carne humana.

Lope lo miró sin decir nada. Qué manera cruda de decir las cosas.

—Continúa, Belin.

Metódica, copió primero la información de balística en su libretita antes de continuar la relación de su entrevista con las mujeres heridas.

—El primer pistolero se hizo a un lado, según la testigo, entrando el segundo en acción, quien dejó a la madrina muerta en menos de un instante.

—¿Quiso rematar al Negro y por error la mató a ella? —indagó Lope.

—Bueno, según la testigo, un instante antes de que el segundo sujeto abriera fuego, escuchó al padrino mascullar en su dialecto africano algo que, según sus propias palabras, le heló la sangre en las venas. Y en ese momento la mano con la pistola del segundo enmascarado, como arrastrada por una fuerza invisible, dejó de apuntar al Bebo y dirigiéndose a la madrina, sentada justo al lado, se la vació encima. Ella murió primero, porque el Bebo, herido de muerte, catorce balas en el cuerpo, todavía se levantó como poseído por un espíritu, según la entrevistada, que algo sabe de estas cosas, y volteando la mesa gritó con una voz que parecía salida del fondo de una tumba «¡No dejes que me maten, padrino!». Y se fue de cara contra el piso, muerto.

—Esto está de película de terror —opinó Ulises sin levantar la mirada de la computadora.

—¿Y no te dijo si escuchó un grito de fiera, como de lobo, o como de un demonio? —indagó Lope.

Ulises levantó la vista de la computadora, alzó la ceja y torció el labio, cuestionándole, con aquella combinación de gestos, de dónde sacó aquello. Lope lo conminó con la mano a tener calma. Belinda negó que le hablara de gritos de demonios ni de lobos. Solamente de palabras en su idioma africano, que le parecieron espeluznantes por la voz y el tono que las dijo. Lope miró un rato a Belinda sin decir nada. Ulises observó aquel silencio reflexivo de Lope

—¿Qué te extraña?

—Me extraña que la hija de la difunta, Lucimar, a quien entrevisté horita, me dijo que escuchó un grito como de una fiera salvaje que la llenó de terror, justo antes de que saliera su papá gritando y llamándola. Imagínate si es rara la cosa, que dice no haber escuchado detonaciones. ¿Cuántas fue que fueron?

—Se recuperaron treinta y dos casquillos. Dieciséis de la FN y dieciséis de la Glock —contestó Ulises como un autómata.

—Pues treinta y dos detonaciones, a menos de veinte pies de distancia, y no escuchó nada, salvo el grito de una fiera que más nadie escuchó. Aquí hay algún tipo de evento sonoro que desconocemos, o un evento psicológico de la niña mezclado tal vez con este tema de los seres. Dijo que el gruñido fue como de *perro de prenda*, y después mencionó *prenda judía*, a saber qué coño es eso.

—Tenebrosos los nombrecitos —opinó Belinda.

—Tenebrosos es poco. Tenemos que buscarnos urgente a alguien que nos oriente en estos temas. Belin, averíguate con tu prima si su marido conoce a un tal Damián Ifa Omí, un supuesto babalao de San Juan que tiene información valiosa sobre este caso —dijo Lope, colocándose los espejuelos y sacando la libretita para corroborar la información.

En eso entró Cruz a la oficina.

—Disculpen la tardanza. Tapón y más tapón.

Lope lo miró con cierta severidad, mas no hizo comentario, procediendo a indagar más sobre la otra herida, la del tobillo.

—¿Apareció el proyectil que la hirió?

—No, ese no apareció, pero por la condición en que quedó el tobillo podemos concluir que fue bala blindada.

—¿Y ella qué vio?

—Nada. Alega que cayó al suelo con la primera ráfaga, junto a la niña, que cayó a su lado. Al verse el tobillo, se desmayó.

—Obviamente tampoco mencionó el grito demoniaco.

Belinda negó con la cabeza. Lope quedó pensativo un rato antes de volver a recalcarle a Belinda la necesidad imperiosa de contactar a su prima y de dar con aquel señor cuanto antes. La niña le confesó que los babalawos en la ceremonia le advirtieron a su mamá de lo que ocurriría una semana antes, pero que ella no hizo caso. Al menos esa era la versión de la niña. Lope insistió en la importancia de ser discretos con el contacto que hicieran con esta gente, temeroso de que los buitres de la prensa los acusaran de recurrir a mentalistas, como ya la dejó caer Negroponte en su programa de radio en la mañana.

Presionada por una gota de sudor que amenazaba con precipitarse desde su barbilla hasta el papel de la libreta, Belinda tomó nota de la encomienda con lentitud para evitar que el movimiento de la mano provocara la caída.

—¿Y el herido?

Francisco Herrera, alias Palito. Se encontraba en el Hospital de Damas, recién salido de cirugía aquella mañana. El tiro le entró por el abdomen, rebotándole en una costilla, la cual partió, y pasándole a pelo del corazón. Estaba vivo de puro milagro. La bala, calibre .40, cruzó por su cuerpo como esquivándole los órganos vitales. A lo mejor mañana podrían entrevistarlo, cuando saliera por completo de la anestesia. Estaba custodiado por agentes 24/7. De nuevo, por si las moscas...

—¿Y dónde estaba en relación con la escena?

—De frente a la puerta. Seguro vio venir a los pistoleros. Debe saber quiénes fueron —opinó Belinda.

—Muy bien. Estate pendiente para entrevistarlo tan pronto pueda hablar —ordenó Lope suavemente.

—Sí. Los agentes de guardia están al tanto de la urgencia y tienen órdenes de llamarme.

—Encárgate de esa entrevista tú, Cruz —dijo volteándose hacia él. Cruz asintió con la cabeza.

—Y en cuanto a la niña, la occisa, ¿qué más sabemos, Belin?

Aquí llegaban a la parte que a Lope lo partía. Belinda suspiró. También a ella le costaba.

—No mucho. Agneris Maldonado es su nombre. Hablé por teléfono con su mamá. Chica soltera, joven, ya tú sabes. Al parecer estaba empepada porque le costaba hablar. La niña estaba con su tía, con quien se quedó en lo que iba a trabajar, y como la tía tenía compromiso con el padrino esa noche, se la llevó para la misa. Y da la mala pata que justo cuando la nena sale al patio a jugar con unos gatitos, entraron los pistoleros. La otra herida, Bernarda, la del tobillo, amiga de la tía, al parecer se fue detrás de ella.

—A Agneris una bala blindada le quitó la vida al instante —reportó Ulises del informe de Forense—. Le destrozó el cráneo.

Lope se volteó hacia la pizarra y copió, intentando evitar que se configurara en su magín la descripción que acababa de hacer Ulises. Mientras hablaban de ella y ofrecían detalles sobre su cuerpito baleado sobre la grama, a Lope le volvió la taquicardia de la noche antes, pero más leve. El tema era intragable; venga huracán o venga terremoto, sus días en la Policía estaban contados.

—Trágico —dijo, mientras escribía el nombre de la niña entre las víctimas—. Bueno —cambió de talante y se dirigió a Cruz—, ahora tú, Cruz. ¿Qué tal te fue con la viuda?

—Pues tal y como pronosticaste, un espectáculo. La porfía viva, que poco a poco, con amenazas sutiles, fui ablandando como habichuelas en olla de presión. Y creo tener un sospechoso bastante definitivo, al menos si nos vamos por el tema de las faldas.

—Persona de interés, decimos ahora, porque así lo dicen los gringos —comentó Lope.

Ulises mostró aprobación a su ironía de los gringos, Belinda, apolítica, ni fu ni fa, y Cruz, proamericano, puso trompa y quiso rápido continuar. Según él, quedaba del todo claro que el Bebo era jodedor. La casa era de jodedor, los carros de jodedor, los gustos de jodedor, la mujer de jodedor. Vilma Batista era el nombre de la viuda, dijo Cruz indagando en sus notas. Veintiocho años, sola ahora con su nena de tres en una mansión. Guapa, corpulenta, altura promedio, rubia, senos hechos, varias angioplastias, uñas con atardeceres entre palmeras, prendas en cuello, prendas en orejas, prendas en muñecas, prendas en dedos, prendas en tobillos, anillos en los dedos de los pies, blusa a medio abrir, tetas semi expuestas, apretujada entera.

—¿Y el búmper? —preguntó Ulises mientras Belinda subía los ojos.

—Descomunal. Seguro que mandado a hacer en Colombia —contestó Cruz obviamente afectado por el asunto—. Si no fuera porque soy un siervo del Señor y estoy casado me la llevaba enredada.

Todos se quedaron de una pieza con eso último, mirándose con incomodidad y hasta avergonzados por aquel comentario tan a despropósito y fuera de carácter. Belinda hubiera querido que se la tragara la tierra en ese momento. Ulises lo miró sin conocer al Cruz que él conocía. Lope pensó que algo había revelado Cruz sobre sí, tal vez sin querer, que todos ignoraban. ¿Cómo que se la llevaba enredada? ¿De cuándo a acá Cruz, come santo por excelencia, panderetero por antonomasia, con aquellas destrezas?

—Claro, sí —añadió Ulises —, y también si la Tierra fuera cuadrada.

—Dale, Cruz, continúa, no te descarriles —intervino Lope.

Desde el arranque la viuda mostró pésima actitud, explicó Cruz. Todo era un no, un yo no sé, un no se puede, un qué sé yo. Pacientemente, metiéndole las cabras con el encubrimiento si no cooperaba y hasta amenazándola con prisión si falseaba información, fue soltando la sopa, a veces en seco, a veces entre lágrimas. Metiendo la mano en su maletín, Cruz sacó un retrato del Bebo en un marco de madera quemada de atroz gusto que la viuda le permitió llevarse para identificarlo.

—Olvídate del caso —observó Ulises la foto, pasándoselo a Belinda—. Un tipo así de feo no se lleva una mujer como tú la describes si no es porque está forrao. Y seguro que hasta cuernos le pegaba. Él a ella, quiero decir. Eso casi te lo puedo asegurar.

—¡Uy! —dijo Belinda al mirar la foto—. ¡Qué espanto de tipo!

Le pasaron la foto a Lope. ¡Ño!, se dijo. Hamacas jugosas bajo ojos saltones tipo Boston Terrier; pelo rizo, finito, rojizo, tirando a la calvicie con dos grandes entradas; chichones en cejas y boca cavernícola. Por la nariz y otras facciones, más que al hombre negro común del Caribe semejaba al hombre negro común del sur de la India o Sri Lanka.

—Pues parece que los tiros van por el asunto de los cuernos —ofreció Cruz su conclusión—. Como intuyó Ulises, fue el Bebo quien comenzó a ser infiel. Ella, que por su atractivo debió ser quien iniciara la infidelidad, se sintió ofendida en su orgullo al enterarse y de puro despecho se agenció un amante para hacerle fiero. Otro jodedorcito, por supuesto, bastante más joven que ella. Con lo que no contaba era con que el chamaquito se enchuló, pero enchuló a lo divino, de andar llorando por las esquinas, al punto de comenzar a perder el prestigio de asesino a sangre fría que parece tener y donde reside su poder.

—Y ya sabemos que, en ese mundo, poder y prestigio van de la mano —añadió Ulises.

—Sí. Porque aun con dinero —dijo Belinda para cerrar—, casi siempre hay que matar también.

—Al parecer fue ella quien quiso cortar la relación, pero el chamaquito no estaba dispuesto a escuchar nada de eso y se puso violenta la cosa. Dejó el lloriqueo y le advirtió, con la misma cara con que seguro picoteó a más de uno, que él había hecho muchas cosas locas en su vida, pero que por ella estaba dispuesto hacer otras más locas todavía. Figúrate. Ella dice que le vio la cara de puro demente que tenía y supo que decía la verdad.

Su nombre era Cristian Ramos Carlo, alias Cuquito, de la Cantera en Ponce. Blanco, estatura media, delgado, *baby face*, acicalado todo el tiempo, pelo negro, cerquillo semanal, ropa grande y gorra de los Yankees. Llevaba aretes de oro grandes y el brazo izquierdo tatuado a colores hasta la muñeca. Andaba siempre en corillo. El récord de adulto, que Cruz cotejó antes de la reunión, lo tenía limpio, aunque de menor tuvo un caso de escalamiento. Dirección exacta dijo no saber. Según ella, se veían siempre en los moteles.

Ulises sugirió hablar con el capitán Ayala, de Narcóticos, que tenía penetrada Cantera y seguro sabía quién era, pero Lope hizo cierto ruido de fastidio con la boca cerrada, puesta la mirada en un cartapacio rojo junto a Belinda que se alzaba cada vez que el aire del abanico le daba.

Vilma, continuó Cruz, también sabía de la amante del Bebo, una tal Amanda Bermúdez, alias Keka, mujer de otro bichote del área de Yauco, un tal Raulo, quien se alegaba ser el que la llevaba en aquella zona.

—Averíguate también de Raulo cuando hables con Ayala —le indicó Lope finalmente a Cruz, dándole a entender que tenía permiso para hacer el acercamiento. Desde que rescató a Ulises de las garras de la Unidad de Narcóticos, Lope le tenía siempre el ojo puesto a su relación con sus viejos compañeros—. ¿Qué más? ¿Negocios?

—De sus negocios ella alega no saber nada.

—Nunca saben nada estas tipas —dijo Belinda sudando mientras tomaba notas.

—Sabe, por supuesto, de la tienda de videos, pero dice que nunca se preguntó cómo era que aquella tiendita daba para tanta casa y tanto carro y tanto comer fuera y tanta brujería, que, según ella, sale carísima.

—La pobre, nunca se lo preguntó... —apretando los labios, Belinda hizo mueca de descreimiento.

—Y ¿cómo lo hacen? / Yo no sé. / ¿Cuál es el secreto? / Sepa usted... —cantó Cruz por lo bajo, quien, además de pentecostal, era salsero, como dicen, de la mata, cosas que en la mente de Lope no pegaban.

—¿Y sabía si su marido tenía deudas en la calle, si lo andaban buscando, alguna rencilla vieja? —le preguntó ahora un poco más insistente, colocadas las manos sobre el escritorio y mirando directo a Cruz como si él fuera Vilma Batista.

—Se hizo la sueca en todo eso. Dice que rencillas no le conocía ninguna, a no ser haberse peleado con su mejor amigo por una tontería. Pero eso pasó hace meses y ya se arreglaron.

—Y cogiste el nombre del amigo, presumo.

—Por supuesto.

Normalmente, Lope dudaba de las capacidades de Cruz. Sin duda que su cristianismo a ultranza era para Lope un estigma, señal de persona con pocas luces, marca indeleble que le hacía desconfiar. Para Lope ni el cristianismo, ni mucho menos aquellas

creencias africanas, tenían sentido alguno. Habiendo renuncia-
do de joven a la fe católica, Lope seguía encajado en la creencia
inculcada en sus tiempos universitarios de que, como un lagarti-
jo o una araña, recorrido el camino de la vida, más allá de nuestros cuerpos descompuestos no existía nada.

—El nombre ella alegó no saberlo. Un tal Jockey...

Eso tenía Cruz, se dijo Lope, que un instante te hacía quedar
mal, y al instante siguiente quedaba peor él.

—¿Un tal Jockey dices? —preguntó Ulises con los ojos como
platos.

—¿J-o-c-k-e-y? —deletreó Belinda en señal de sorpresa.

—Sí, Jockey —confirmó Cruz arrugando la nariz—. ¿Qué
pasa?

—Pasa el universo paralelo en que estás viviendo, Cruz —dijo
Lope sin darle tiempo a Ulises—. ¿De verdad que nunca has escuchado hablar de Jockey? —Cruz sube los hombros y pone cara
de yo no sé—. ¿Y dónde tú has estado todos estos años, mi hermano, en que Jockey ha sido de los principales archienemigos de
los muchachos en Narcóticos? —se agarró la cabeza de la incredulidad—. Jockey es un bichote grande grande de acá del área,
quizás el más grande. Nunca han podido acusarlo de nada. Al
lado de él, los demás son bichotines. El Papa del Sur le llaman.
Nadie habla de él. Nadie lo ratea. Nunca lo cogen con las manos
en la masa. Pero controla casi todo el negocio. Quizás los federales tengan algo, alguna llamada que le han grabado, pero hasta el
momento nada suficiente para un Gran Jurado.

Cruz miró fijamente a todos. Se sentía tonto, y con motivo.
Quizás en su mirada Ulises o Belinda vieron los destellos de una
reflexión profunda, de algún acto de enmienda, pero Lope sabía que con tanto servicio y tanto pastoreo y tanta Biblia bajo el
sobaco no había tiempo para profundizar en el móvil de los crímenes, ni llevar cuenta de los personajes nuevos y viejos de la ilegalidad boricua. Quizás, por primera vez en su vida, la situación
lo hiciera cuestionarse hasta qué punto su fe cristiana interfería

con sus destrezas profesionales, pero a Lope le pareció aquello poco probable.

—¿Y de qué se conocen? —preguntó Lope buscando el origen de la amistad.

—De la religión —continuó Cruz—, o más bien de la brujería, porque eso, comparado con el Cristo crucificado, de religión no tiene ni un pellizco…

Tenía razón con Cruz, se dijo Lope: reflexión, ninguna. Desbordado el vaso de su paciencia con él, le reprochó su vaina de creer sus creencias superiores a las otras, recordándole que cada cual cree en lo que le dé la puta gana y que otras religiones más practicadas que la suya él las consideraría diabólicas. Cruz se mantuvo callado, baja la mirada. Tras respirar profundo, calmarse y hasta disculparse por perderla, Lope le encomendó a Cruz que también averiguara con Ayala qué sabían de Jockey al momento, en qué andaba, por dónde pululaba, con quién jangueaba, si tenía algún caso pendiente, lo cual Lope dudaba. Le recordó también obtener las direcciones del amante y del cuernudo. Había que interrogarlos y saber si tenían coartada para a eso de las nueve de la noche anterior.

Intentando compensar regaño con eficiencia, esta vez Cruz escribió algo en la libreta sin pedir aclaraciones o repetición.

—Le dices a Ayala que vienes de mi parte —intervino Ulises en tono suave, sin ánimo de incomodar a Cruz, sabiendo la tunda que acaba de recibir.

—Sí, Cruz —aclaró Lope—, como yo no tolero ciertas cosas, a mí me tachan de intransigente. Hay que ser estratégicos. Cuando tengas los nombres y las direcciones pásaselos a Belin, a ver si visitamos a alguno de ellos hoy mismo por la tarde. Y en cuanto a la tienda de video, ¿qué encontraste?

—Un edificio vacío, presumo que hace tiempo, a juzgar por el nivel de abandono.

—De esperarse. Ni siquiera un tape para sus negocios tenía el Bebo —añadió Lope antes de girar su atención hacia Ulises—. Y ahora tú, Ulises, termina.

Ulises informó que la señora Ángeles Pérez, la occisa, recibió ocho impactos directos en la cara de una Glock .40, uno casi encima del otro. Debió tener un pulso cabrón, o una mala intención hija de puta, o unas ganas bellacas de joderla, según Ulises.

—O alguna brujería encima —añadió Belinda.

Nadie dijo nada, como mentada la soga en casa del ahorcado, pero Lope la miró con cierta aquiescencia dibujada en las cejas, rompiendo luego el silencio elogiando primero a Marcial que pegó el número exacto de los tiros, y cuestionándose luego cómo esa información pudo colarse a la prensa, dado que César el de la fonda la sabía desde la mañana.

Los tres quedaron pensativos un momento, hasta que Belinda especuló que Negroponte, quien llegó al poco rato de Lope marcharse de la escena, debió hablar con Marcial, quien le dio su estimado, que casi siempre era certero. Belinda hizo nota en su libretita de preguntarle a Marcial. Lope, sin embargo, no quedó convencido. Marcial no era de hacer aquello, y menos con Negroponte. Bien que lo conocía hace bastantes años. Marcial era un nerdo en su profesión, todo siempre *by the book*. ¿Compartir con la prensa su sospecha de que una de las víctimas recibió ocho tiros en la cara? Jamás.

Tras Ulises resumir el informe de balística (de las treinta y dos balas disparadas, veintiséis encontraron carne humana afuera y ocho rebotaron por el cuarto o atravesaron los paneles), Lope escribió en la pizarra el nombre de la difunta, la palabra Glock y el número 8, y bajo *Heridos* los nombres de los tres junto a las balas que les hirieron y las letras FN. Belinda lo copió todo. Era la única, porque Ulises se lo aprendía de memoria y Cruz no tomaba notas, para desesperación de Lope, quien debía repetirle a menudo las cosas. Dedicaba mucho tiempo al alma y poco al cerebro, y solo los informes que entregaba periódicamente y la libreta de notas que a veces sacaba le confirmaban su capacidad para redactar.

Ulises pasó ahora al informe de autopsia, que también se produjo en tiempo récord. Una de dos, o había histeria en Superintendencia con el caso, o Lope tenía palas brutales en Forense, añadiendo Ulises cómo la mera mención del nombre de Lope movía montañas con la directora, la doctora Orza.

—Continúa, incordio —le ordenó Lope sin voltearse de la pizarra donde hacía las anotaciones.

Ulises fue crudo: una de las catorce balas que recibió el varón le destrozó el corazón; a la fémina adulta, ocho balas le destruyeron la masa encefálica; y a la fémina niña, una sola bala hizo el mismo daño que las ocho de la adulta. Cruz se mostró impávido con el informe forense, como si el horror de lo ocurrido no lo alcanzara en el lugar mental donde se encontraba refugiado, mientras que Belinda bajó la mirada, echó hacia atrás las orejas y bostezó como si no le llegara el oxígeno a la sangre; Lope dejó escapar un gran suspiro.

En cuanto a la escena del perro, continuó Ulises con su informe, Forense determinó que, acorde con la distancia de las marcas de las gomas y la ondulación sobre la brea, el carro debió venir a unas cuarenta millas por hora cuando el conductor pegó el frenazo. Aparentemente hizo un gran esfuerzo para no matar a los perros. El perro era un rottweiler, de unos cuatro años, hermano de la perra que sobrevivió. El carro lo impactó en la cabeza con el lado frontal derecho, rompiéndose el cráneo del perro y el vidrio amarillo de la luz de señal derecha del carro. Estaban en el análisis de los pedazos de vidrio, o de plástico más bien, armándolos a ver si sacaban la marca y modelo del carro que, a juzgar por el tamaño del perro y el lugar de impacto, debió ser un compacto pequeño, tal vez japonés.

—Interrogué al viudo-padrino acerca de los perros —Lope ni mencionó el nombre del sujeto de tan sangrigordo que le caía—. Dice que se los regaló hace como cinco años un ahijado que luego se mudó, claro, y que le perdió la pista, convenientemente. Un tal Indio. Quedó en averiguarme su nombre de pila, pero con eso no podemos contar. Averíguate, Ulises, quiénes son los criadores de rottweilers de la zona; si buscas los de pitbulls verás que son los mismos.

—Eso te iba a decir, que son los mismos, o al menos nos puede llevar a los otros. Esas son las razas por excelencia de las peleas clandestinas. Conozco a un par de ellos. Claro, nunca admiten que son para peleas.

—Hazte una lista para visitarlos mañana. Llámate a Forense y apúralos a ver si nos descubren la marca y el tipo de carro.

Ulises tomó notas mentales.

—Lo último, la llamada del 911. ¿Hablaste con el operador?

—Sí. Lo recuerda claro. La niña que llamó habló de tres tipos que se metieron en su casa a disparar.

Tres entonces. ¿De dónde pudo sacarse esa cifra si no fue porque su papá se lo dijo? Debió saber de antemano que eran tres, se dijo Lope. El chofer debió ser el tercero.

Mirando a Cruz, que no había dicho más nada, recordó la última encomienda que tenía para él, visitar las oficinas ejecutivas de Ponderosa, donde trabajaba la occisa, indaga sobre ella, saber qué tipo de empleada era, y sobre todo si tenía algún seguro de vida provisto por la compañía del que su marido fuera el beneficiario. Casi por obligación, Cruz tomó nota. Por último, le encomendó a Belinda reportarse en la mañana con Bernie antes que nada. Necesitaban gestionar una orden de allanamiento para la calavera y los fetos, y para el teléfono celular desde el que se hizo la llamada al 911. La urgencia que tenía el padrino por encontrarlo era sin duda para desaparecer evidencia que lo incriminaba. Le tocaba a ella hacer el caso ante el juez en nombre de ellos. Belinda tomó nota de la nueva encomienda.

En eso Lope miró su reloj casi con horror recordando algo, y ese algo fue como el impacto de un meteoro que le cayera justo en la cabeza: ¡Patricia! ¡Puñeta!

9

—Te suplico, piragua de mis amores, que no le cuentes a tu mamá de mi retraso —le rogó a Patricia mientras Lope aceleraba por los atajos de las calles congestionadas en dirección al sector de La Playa. La urgencia de llegar a tiempo lo tenía tentado de sacar la luz y la sirena portátiles, pero a Patricia le abochornaba eso.

—Tranqui, papillo, *take it easy*, que tú sabes que por mí no se va a enterar. Preocúpate por la monja. Convéncela de que estuviste ocupado con el caso de los santeros. Si no lo haces, te aseguro que esta misma noche llama a mami y le cuenta. Y ni se te ocurra sacar la sirena, que ya te veo que lo estás pensando…

A Lope le pasaba con Patricia lo mismo que con Ulises, que sentía que le tenían el cerebro intervenido. Ambos eran capaces de saber lo que iba a pensar o hacer una fracción de segundo antes. Y no se trataba de hechos aislados multiplicados en la imaginación de Lope por el cariño de la amistad o el amor paterno, sino de eventos recurrentes corroborados.

—Tienes razón —concordó con su plan de trabajar a la monja para no ser delatado—, y como hubo varias víctimas inocentes, quizás se amanse esa araña pelúa que tiene por corazón.

—¡Papa! ¡Deja el morbo! —el vocabulario de su hija era una de las satisfacciones principales en la vida de Lope—. Aunque a lo mejor se compadece —continuó, aceptando la truculencia de su padre—. Hoy quizás tengas las de ganar con ella, pero solo porque todos los adultos están hablando de la masacre de anoche, y estoy segura ella también. ¡Hasta en la escuela nos habló la maestra! Como saben que soy tu hija…

—Se lucen. Quieren meterme presión a través de ti.

—Eso pensé yo —confirmó Patricia—, se lucen. Pero cuéntame, antes de que lleguemos. ¿Qué sabemos?

Aunque Lope le puso la misma cara desencajada que ponía cada vez que le preguntaba sobre sus casos bajo investigación, la realidad era que nada le complacía más que jugar a resolverlos con ella, costumbre que compartían en el más estricto secreto, habiendo desarrollado ella, a través de sus lecturas, cierta capacidad deductiva respetable. Su perspicacia, su intuición analítica, su interés investigativo, junto con su natural inteligencia, la habían convertido en una Nancy Drew más avanzada. A partir del divorcio, Patricia se convirtió, casi por su propio interés, en la verdadera heredera de la afición de su padre por la literatura de intrigas. Primero, fueron las novelas policiales juveniles, y ahora las negras, que ya eran dramas de adultos. Ese gusto compartido por los dramas detectivescos ficticios, que incidía en el trabajo y en los dramas reales de la vida detectivesca del padre, hizo de la conexión entre ambos algo más que meramente de padre e hija. A veces se pensaban almas gemelas, unidas por amor y admiración mutuos.

Siendo lectora precoz, Patricia era también, en consecuencia, adulta prematura. Entre sus amistades ella era la lumbrera, la jefa de grupo, la conectora de los corillos, el eje de la clase entera de octavo grado. Todos querían imitar la forma de hablar de Patricia, las palabras que usaba, sus ocurrencias, su manera de reaccionar; todos querían leer tanto como ella, sabiendo que era por ahí por donde se alimentaba su inventiva. Y de esa afición era Lope el único responsable. Fue el mejor regalo que pudo hacerle en su niñez previa al divorcio, y ha sido desde entonces el lazo más fuerte que los une, casi más que la paternidad. Aquellos primeros años de su vida Patricia los pasó viendo a su papá dormirse cada noche con el libro abierto sobre el pecho mientras intentaba leerle para dormirla a ella. «Al que lee, el cerebro le crece», le repetía como un mantra desde pequeña. Desde luego, crecer no crecía, pero Lope sabía de sobra que la lectura era ejercicio para el cerebro, siendo ella el mejor ejemplo de un cerebro bien ejercitado.

Patricia, por supuesto, al ser niña todavía, no sufría las mismas privaciones de tiempo para las lecturas que sufría Lope por ser adulto. Al contrario, su interés por toda lectura, en particular las tramas detectivescas, aumentaba con los años, al punto de convertirse para su madre en un fastidio por recordarle siempre a él, su exmarido. «Patricia, suelta el libro y ponte a comer, que te vas a poner más flaca que una manguera», «Patricia, cierra el libro y bájate del carro, que te va a sonar el timbre y vas a llegar tarde de nuevo», «Patricia, no leas tanto, que mira a tu papá cómo se tostó con tanta lectura», «Patricia, ¿tú no crees que los temitas de esa novela son un poco subidos para ti, querida?». Esta última pregunta cantaletera la mataba siempre con un simple no. Al resto de sus cantaletas, que incluían también peticiones de que fuera más normal y afín con sus tiempos, que jugara juegos de video, que compartiera con sus amiguitas juegos de niñas de su edad, que dejara de estar investigando por todo el vecindario quién mató a la gata de la vieja de la cuadra de abajo, ella les hacía caso omiso.

Pese a la contra campaña materna, había leído, a instancias de Lope, toda la literatura detectivesca juvenil y clásica disponible en la parte baja de su estantería. A los diez años quiso remontar los temas, así que escaló como una monita los estantes sin Lope percatarse, hasta que un día se le acercó con un libro abierto en la mano para hacerle una pregunta de índole bastante delicado. Cuando vio el autor se escandalizó. Vázquez Montalbán, no recordaba cuál novela pero sí que estaba fuera del alcance de su capacidad para comprenderla a cabalidad, además de ser inapropiada para una niña de su edad. Se la quitó y la colocó en su lugar, advirtiéndole que aún no estaba lista para esas lecturas. Sacó un libro de los hermanos Hardy que se encontraba en otro lugar de la estantería, más abajo. «¡Ay, Dios, estos bobolones!», protestó, refiriéndose a los Hardy, cuyas aventuras ya se las sabía de memoria, igual que las de Nancy Drew, que le gustaban más, como era natural por ser niña. Una tía de ella, hermana de Genoveva, al tanto de su afición, le trajo de España la serie entera de un tal Flanagan, a la que se prendió de manera casi obsesiva. Aunque no conocía estos libros, una mirada por encima le bastó a Lope para saber que la calidad de la escritura y de las historias era superior a lo que hasta ahora había leído. Para entonces, la hiperactividad imaginativa en que la ponían las lecturas ya había alcanzado en Patricia el punto de comandar a un grupo de amiguitas en la búsqueda de pistas para resolver incógnitas inventadas por ella, así que Flanagan no hizo sino acelerar su afición por los misterios.

Después vino Agatha Christie, que la arrebató, prefiriendo siempre los misterios en que participaba el detective Poirot a las aventuras de Miss Maple. Las ambientaciones, más que nada, la hicieron adicta a aquellas narraciones. Comenzó incluso a hablar en la casa como el detective belga, lo cual exasperaba tanto a su madre que le pidió a Lope que interviniera para que solo lo hiciera cuando estuviera con él.

El salto de Poirot a Sherlock fue casi inevitable, el paso natural. Además, era su primer encuentro con un estilo literario superior. En las aventuras de Sherlock Patricia se detuvo un buen rato, dado el reto que representaba la lectura, pero pronto la dominó y en poco tiempo el afamado personaje adquirió para ella gran prestigio. En más de una ocasión Genoveva se quejó de que Patricia le decía ahora mi querido Watson, y que aquellas novelas le estaban haciendo daño porque se pasaba viendo intrigas y conspiraciones donde solo había paz y concordia: el colmado, la farmacia, el cine, la escuela y, sobre todo, el vecindario. Temía que aquel jueguito se convirtiera en paranoia. Pero las preocupaciones de Genoveva eran música para los oídos de Lope, que reconocía en el interés de su hija, además de ser genuino, su manera de preservar un vínculo fuerte con él, un lazo grueso de afecto paterno. Para él era un triunfo doble.

—Consulta con la dura del detectivismo en Puerto Rico —comenzó de la manera como tradicionalmente pedía una consulta con ella.

—Diga usted, teniente.

—Asesinos acribillan a sangre fría a tres personas, se montan en carro, van embalados calle abajo, cuando de pronto, de la nada, se cruzan dos perros en medio de la vía. Asesinos frenan salvajemente intentando evadir los perros...

—Los asesinos son amantes de los perros. Seguro los crían —lo interrumpió ella sin titubear con voz de total autoridad, y a no ser por su timbre preadolescente, se diría que era la voz de una perita en asuntos forenses—. El asesino profesional, que mata a sangre fría, no tiene respeto por la vida, por ninguna. Que se muestre compasivo con unos perros, en esos momentos precisamente, significa dos cosas: que no son asesinos profesionales, y que viven entre perros. ¿Qué raza?

Obviamente las lecturas más maduras que llevaba realizando en los pasados meses estaban teniendo importantes resultados en los procesos deductivos de Patricia. Eran estos momentos los que ponían en evidencia el becerrismo de Genoveva al reclamarle que las novelas que le daba a leer le hacían daño.

—Rottweiler.

—Pago doble si no son criadores de perros los asesinos.

Lope tuvo que despegar la mirada de la carretera para dirigirla hacia ella y corroborar que realmente dijo pago doble. ¿Era una extraterrestre su hija? Patricia conocía de memoria esa mirada.

—¡Ay, papa, deja ya!

—¿Deja qué? —Se hizo el bobo.

—¡Tú sabes! ¡Lo de la extraterrestre! Te lo veo en los ojos que por ahí vas.

—¿Y me puedes explicar entonces de dónde sacaste eso de «pago doble», descaro de niña?

—Bueno —y cerró los ojos para decir lo próximo—, ya te aposté que eran amantes de perros. Después doblé mi apuesta a que eran criadores. ¿No es así como se dice? ¿Pagar doble si pierdo? Así dice Philip Marlowe…

—¡No me digas que estás en Philip Marlowe ahora! —le abrió los ojos de pura sorpresa.

—Sí, Chandler. Me gusta bastante. Hay cosas que no entiendo, pero me encantan los ambientes, el tono, los lugares tenebrosos…

Raymond Chandler a los trece. No está bien eso. Soy un irresponsable, un bárbaro, se dijo Lope. Incluso si Genoveva fuera persona leída tendría razones para preocuparse. ¿Estaría su emoción por la afición de Patricia hacia la lectura, las mismas que a él le apasionan, nublándole el entendimiento sobre qué era adecuado para cuáles edades de las niñas? ¿Sabría ella interpretar correctamente las escenas adultas, sobre todo las de índole sexual, por poco explícitas que fueran? ¿Estaría creándose una idea torcida de la naturaleza humana, aprendiéndola directamente de la ficción detectivesca? Porque tampoco se trataba de perforar una mente en formación con conceptos de la deformación adulta. Eran temas que le tocaba discutir con ella pronto, sacando un tiempo que ahora le faltaba. En la casa, un fin de semana que estuviera con ella. Pero ahora con el caso encima, que tal vez fuera el último, y sus planes a punto de caramelo, si el clima lo permitía, quizás no fuera en los próximos días.

—Tenemos que hablar después de esas cosas que no entiendes. Para explicártelas. Para que las entiendas.

Patricia asintió con la cabeza y le ofreció una de esas miradas hiperdulces que le arropaban el corazón. En ella vio el mensaje urgente de que era precisamente lo que esperaba de él, de su papá, que la guiara por el terreno desconocido de las pasiones adultas.

—Sí, papa, por favor.

—El próximo fin de semana, cuando estés en casa, hablamos. Me traes tus dudas y por ahí empezamos. ¿Te parece?

—Sí, papa. Ya tengo varias anotadas.

—Y mientras tanto, trata de mantener esos libros fuera de la vista de tu madre, para que después no ande acusándome de no saber medir lo que es apropiado contigo. Imagínate, y que yo no saber... Pero prosigamos con los perros... —dijo Lope para regresar al tema que les incumbía en aquel momento.

—Los rottweiler, igual que los pitbulls, son los favoritos de los criadores de perros en el bajo mundo para peleas clandestinas, que son frecuentes por aquí por el sur, sobre todo por las montañas de Yauco.

La misma información que le dio Ulises, y hasta más detallada.

—Y tú, enana del demonio, ¿de dónde te sacas tanta información? —fingió preocuparse.

—Del periódico, papa, de la Internet, y de un radio que tiene el papá de Sussy, la vecina, con el que escuchamos la frecuencia de la Policía —le confesó, obviamente confiada en que no la regañaría por tener la vocación del detectivismo.

—Papa, te tienes que poner más tecnológico. En el futuro, casi todas las pistas de los asesinatos y los crímenes estarán en la Internet. Tú verás. Por ahora búscate a los criadores de pitbulls y rottweilers de la región, que seguro llegas a los asesinos —concluyó Patricia confiada en su buen juicio.

Recibió su jactancia paterna con una sonrisota.

—¿Tengo o no tengo razón? —casi le gritó ella con aquella expresión de gozo que tan agudamente contrastaba con la macabra realidad de los hechos.

—¡Claro que la tienes, enana! —chocaron las manos en el aire y, sin poder contenerse, le echó el brazo por el cuello a modo de palanca, la atrajo hacia sí y le dio un sonoro beso en el centro de la cabeza, conduciendo mientras tanto con la mano izquierda, metiéndose por cuanto atrecho conocía para no llegar tan tarde a la práctica de Patricia del coro de campanas.

En el tope de la loma, el sol, al rebotar en ángulo contra el parabrisas de la camioneta de Pipo, lo cegó por un instante. Estacionó y se apeó rápidamente, al tanto de que sus demoras generaban ansiedad en su amigo.

—Pipo, perdona la tardanza, tuve que llevar la nena hasta La Playa y el tráfico está de pegarse un tiro. ¿Cómo andas?

Apartada, discreta, perfecta para tales encuentros, la cima de la loma ofrecía una vista directa hacia la cordillera al norte de la ciudad que, en aquellos momentos, coronada por imponentes nubes negras, parecía el umbral del fin del mundo. La camiseta roja extragrande, la cola de pelo lacio castaño cayéndole hasta mitad de espalda, la gorra blanca de los Yankees espetada hasta las orejas, eran los elementos visuales que mejor lo describían. Además, como siempre, los pantalones que Lope llamaba cortos-largos, porque si se los ajustaba a la cintura le llegaban a mitad de la pantorrilla, pero si los usaba a media nalga, como era su costumbre, les llegaban casi a los tobillos. Y todo aquel atuendo, sostenido sobre un par de tenis blancas gigantescas sin medias en las que sus tobillitos parecían patitas de canario.

Sin voltearse para recibirlo, observaba en silencio el fenómeno de aquel aguacero que pronto caería sobre las montañas a corta distancia de ellos, pero nunca sobre ellos. Su figura, diminuta ante el espectáculo geológico y atmosférico, era la imagen viva del desafío humano a las magnitudes naturales. Visto desde el ángulo donde Lope se encontraba, los nubarrones cargados de agua y descargas eléctricas parecían querer arroparlo en un nuevo rapto hacia dimensiones ultraterrenas.

—Una tarde como esta hace ya demasiados años para contarlos —y señaló hacia el fenómeno con el brazo extendido—, de nubes prietas, rayos y centellas como estos, fui raptado por Ellos allá en mi natal Egipto.

—No empieces con tus cosas, Pipo, que te me vas por ahí y no hay quien te entienda.

—Usted me entiende, Faraón, no se haga el bobito conmigo, que usted estuvo allá también y fue raptado igual que yo, solo que no lo sabe todavía, o no lo recuerda —Pipo estaba convencido de que Lope era el propio Seneferu, padre de Keops.

Pipo alegaba recordar su vida en Egipto como si fuera ahora, y en particular la ocasión cuando, en los comienzos de aquel demente proyecto de grandilocuencia arquitectónica que fue la Pirámide Roja, tuvo ocasión, a riesgo de perder la vida, de observar el perfil del Faraón, que, según él, era idéntico al de Lope. Eso fue poco antes de que, quienes ayudaban en la construcción de las pirámides, fueran raptados en sus naves y traídos al presente, historia inverosímil que, contada por él, parecía verdadera. Pipo tenía un alto concepto de sí mismo, considerándose casi aristocracia, y alegaba que la alcurnia egipcia de Lope era igual que la suya, con la diferencia de que su memoria de Egipto era perfecta por el hecho de ser raptado, es decir, llevado contra su voluntad, mientras que Lope vino voluntariamente, por lo que su memoria fue borrada y reiniciada.

—Deja eso, chico, que yo no fui ningún faraón ni tú ningún esclavo egipcio —moviéndose alrededor suyo y parándosele enfrente, interpuesto entre él y las montañas, le tendió la mano para saludarlo.

—Esclavo no, trabajador diestro —tomó su mano entre las suyas, se arrodilló frente a Lope y bajando la cabeza, añadió—: Alteza.

Lope arrancó su mano del agarre de las de Pipo, por estar a punto de besárselas, y se dirigió al área de los vehículos. Pipo lo siguió con una risita escondida y ambos se colocaron alrededor de la cajuela de su camioneta cuyo borde, por su altura, llegándoles casi al esternón, era la misma altura del tope de una barra.

—¡Cantinero! —alzó la voz Pipo hacia algún personaje imaginario detrás de Lope—, cerveza para los hombres y agua para los caballos!

—Deja el vacilón y dime lo que sabes.

Pipo le sonrió.

—Se dice de todo en el barrio —y giró la gorra al revés para ver mejor—. Unos que fue el marido cuernú de la tipa que el Bebo se estaba comiendo. Un jodedor grande de Yauco. Otros que fue un chamaquito de Ponce, de Cantera, loquito, que se estaba comiendo a la mujer del Bebo y se obsesionó con ella. Otros terceros que un tal Yawó lo mandó a matar por una deuda o por algo de mando en un punto. Parece que el Bebo era quien la llevaba en Flores Secas desde que mataron hace un par de meses al jodedor anterior. Yo sabía algo de ese chisme, pero como casi no visito ese barrio, ignoraba la última.

—¿Y quién era ese jodedor anterior?

—Un tal Chema. Nunca lo conocí de nombre, pero de vista sí. Uno trigueño, alto, musculoso, lleno de tatuajes. Averíguate allá en la poli. Ese fue el último que mataron en ese barrio.

—Sí, me acuerdo del caso, aunque no lo investigué yo. Y de ese Yawó, ¿qué se sabe?

—No mucho. Es la primera vez que escucho el nombre. Debe ser algún jodedor de la nueva sangre. Voy a ver qué saco por ahí, pero me tienes que dar un par de días, porque hoy ya pregunté demasiado.

—¡Par de días! ¡Estarás tú loco! —le encajó una carcajada contra la cual era difícil argumentar—. Esto hay que resolverlo ya. Vete por otro lado. Esculca entre tus fuentes, que pocas no son. Me tiraron el tostón a mí directamente. ¡Una semana me dieron de plazo los cabrones! Cuando nos veamos de nuevo te traigo el sobre, más preñado que de costumbre —esa era otra gestión que Lope debía añadir a la lista de seguimiento, el dinero del informante, otra mierda que odiaba de ser detective de la Policía, pagar a informantes, chiquitear precio, regatear con ellos, lo odiaba. Y más con tipos como Pipo, con quien había desarrollado amistad genuina. Ahora debía acudir al impresentable de su jefe para pedirle un aumento del estipendio por motivos de urgencia.

Sonó un trueno ronco y distante que pareció secundar las palabras de Lope. Pipo se volteó para observar de nuevo las montañas de tierra y, sobre estas, las montañas de aire cargadas de agua y alumbradas desde adentro por sus relámpagos de fuego. Estaban casi ante una escena primigenia.

—Ese trueno lo reconozco. Seguro por ahí, por entre esas montañas, las naves andan raptando a algún pobre diablo que anda solo por el camino...

—¿Quiénes?

—Ellos...

Sin añadir más, quedaron en encontrarse allí al día siguiente, a la misma hora. Tras despedirse, Pipo arrancó primero con brusquedad, disparando numerosas piedrecitas contra el pastizal. Lope lo dejó adelantarse bastante. No quería que abajo, en la carretera principal, vieran los dos carros salir juntos del mismo lugar. Y menos de aquel camino poco transitado, que solo conducía a una urbanización en construcción alrededor de la loma. Lope recordó que en los barrios los carros eran objetos de prestigio y focos de atención, y que era común identificar a las personas por sus carros antes que por ellos mismos.

Cuando estimó que ya Pipo se encontraba a cierta distancia, partió, pero alcanzando el tramo final que desembocaba en la carretera principal vio las luces rojas y la señal amarilla para girar a la izquierda de la camioneta que todavía esperaba para cruzar. Redujo la velocidad y puso la radio por si decían algo nuevo de la onda tropical. Casualidad o suerte, apenas la encendió se ofreció el pronóstico del tiempo.

«El Centro Nacional de Huracanes coloca a la onda tropical en la latitud 10 grados norte, longitud 32 grados oeste, moviéndose hacia el oeste-noroeste a una velocidad de traslación de diez millas por hora. Todos los modelos coinciden en que las condiciones del Atlántico están perfectas para el fortalecimiento de este sistema, colocándolo cerca de la Isla como huracán categoría 1 de entre tres a cinco días. La población debe mantenerse alerta al desarrollo de este fenómeno que se mueve velozmente en nuestra dirección...». ¡Sea la madre!, se dijo Lope, acomodándose en el asiento por acabar de recibir un fuetazo de la espalda baja.

Mientras escuchaba el boletín se fue acercando a la camioneta de Pipo y, cuando realizó por fin el giro a la izquierda, ya se había acercado demasiado, derrotando el propósito original. Dado que ningún carro se aproximaba por su carril, hizo su giro a la derecha, y justo al introducirse en la carretera principal, su vista se cruzó con la del chamaco que conducía en sentido contrario una 4Runner negra de aros oscuros que ahora iba detrás de Pipo. Justo lo que quería evitar. El rostro del chamaco se le quedó marcado en la memoria: ojos hundidos y pequeños, nariz puntiaguda, cachetes secos sobre pómulos protuberantes, piel como atacada de rosácea, dientes separados y pequeños como pedazos de tiza, casi el aspecto general de una calavera. Pese a no reconocerlo, tuvo la impresión de que el chamaco sí lo reconoció a él. Vaya a saber de dónde, de cuál ambiente, de cuál caserío o barriada entre las que llevaba casi quince años pululando como agente primero, como teniente ahora, pero siempre, para ellos, como puerco.

10

Apenas se acercaron al apartamento, sintió colarse por debajo de la puerta un fuerte y rico olor a marihuana que despertó
en Lope una sonrisa secreta. Adentro se escuchaban sonidos es-
truendosos: rifles, ametralladoras, explosiones, puños, patadas,
gritos guturales.

Recostado contra la pared del lado izquierdo de la puerta,
Belinda contra el del lado derecho, ambos con agentes uniformados a sus respectivos lados izquierdo y derecho, desenfunda-
das las pistolas, Lope tocó tres veces con los nudillos de la mano
izquierda.

—Baja eso, cabrón, que están tocando la puerta —se escuchó
una voz de mujer decir adentro.

Volvió a tocar. Esta vez a las risas apagadas siguieron recla-
mos de silencio hechos con eses prolongadas, pisadas apuradas
que corrían y el soplido de algún aerosol para tapar los olores.
Tras calmarse un poco el revolú, alguien por fin abrió cuidadosamente la puerta, asegurada desde adentro con cadenita. Era
un chamaco joven, blanquísimo de piel, sin camisa, tatuado en
pecho y brazos hasta las muñecas, aretes en las orejas, anillo
en el lado inferior derecho del labio, gorra de béisbol vuelta hacia el lado izquierdo, ojos marrón, cara lampiña, mirada desconcertada.

—Sí, dígame —dijo con bastante seguridad.

—¿Cristian Ramos Carlo?

El chamaco afirmó con la cabeza.

—Policía de Puerto Rico. Queremos hacerte unas preguntas.

—¡Acho, pero si yo no he hecho nada, puñeta! —se echó hacia atrás como si fueran a echarle el guante en ese momento por la rendija abierta de la puerta. Luego la abrió hasta el límite de la cadenita para mostrarse de cuerpo completo y demostrar que era inofensivo, dando la vuelta alrededor con los brazos arriba para dejar claro que su enclenque cuerpo, tapado solo con unos bóxer y medias blancas, no escondía arma alguna.

—Tranquilo. Solamente queremos hacerte preguntas. Ábrenos la puerta y vístete, por favor.

—¿Y traen orden de un tribunal?

—Amigo, no vinimos a realizar una búsqueda. Vinimos a hablar con usted en relación con un asesinato ocurrido en la noche de ayer.

La severidad de las palabras de Lope y el *usted* lo espabilaron. Miró a Lope un rato como juzgando la verdad de lo que decía y repitió la palabra asesinato varias veces.

—Aquí no entra nadie sin que lo ordene un juez —dijo el chamaco con tremenda guapería, cruzándose los brazos sobre el pecho.

—¿Ni siquiera sabiendo que el asesinado fue el esposo de Vilma?

Abriendo desmesuradamente los ojos, dejando caer los brazos, el chamaco corrió hacia la puerta para abrirla.

—Adelante, adelante… —dijo el chico acompañando las palabras con un gesto del brazo.

La primera impresión de Lope al entrar fue odorífica: el olor a lavanda con que intentaron sustituir el de cannabis; la segunda fue visual: un chiquero de adolescentes. El centro de atención era, por supuesto, el televisor de plasma gigantesco, que en aquel momento mostraba la imagen puesta en pausa de algún videojuego de perseguirse y caerse a tiros. El espaldar del sofá frente a la tele, cubierto con toda clase de piezas de ropa, hacía las veces de hilo para secar ropa, mientras por el suelo, esparcidos, observó un reguerete de zapatos, tenis, chanclas, carteras, pantis, calzoncillos, medias, artefactos de maquillaje, artefactos sexuales, envoltorios de condones, condones usados, controles del juego de video y bolsas de papel hechas bolas. Frente al sofá, en la mesita central, atiborrada de latas de cervezas y refrescos, papitas mongas, chocolates baratos, ceniceros desbordados, cachipa de tabaco, marihuana en bandejas despidiendo su potente olor, cajetillas de Newport vacías y llenas y un pote que decía Pali bien grande en la etiqueta, el crical era supremo. El chamaco se puso unos cortos y una camisa en combinación con los cortos. Luego los invitó a sentarse, limpiando con el antebrazo el reguero de cosas que tenían encima dos de las sillas. Algo sabía este chamaco de leyes para invitarlos a sentarse sin retirar nada del material ilícito desplegado sobre la mesa. Lope y Belinda entraron, permaneciendo afuera los demás agentes.

—¿Quién más está en la casa? —preguntó Lope antes de entrar.

—Un par de amigas que fueron al cuarto porque estaban en pantis.

—Diles que se vistan y salgan a la sala, para hablar con más calma —le pidió Lope al chamaco, quien, sin poner peros o siquiera mala cara, se paró, anduvo descalzo hasta el pasillo y les gritó a las muchachas que salieran todas para la sala. Parado en un pie en el pasillo, a la espera de alguna respuesta proveniente de los cuartos, recostó un pie contra la rodilla de la pierna parada, recordándole a Lope la forma de pararse de ciertas tribus africanas. Se percató de que tenía la planta del pie prieta de sucio, como si llevara días sin bañarse o calzarse.

—¡Escucho mucho silencio! —dijo el chamaco con voz perentoria.

—¡Ya vamos! —contestó la voz de una chica.

A través de la potente luz del sol que entraba directo por una ventana al fondo del pasillo, las siluetas de cuatro chicas, tomadas de las manos como de trompa y cola elefantes de feria, se acercaron temerosas hacia la sala. Eran todas menores. Venían descalzas, vestidas con camisetas blancas extragrandes hasta mitad de los muslos. Dos llevaban pantalones cortos debajo; una tercera buscó un momento en el sofá, encontró el suyo pillado entre dos cojines y con suma rapidez, tapándose detrás del sofá, se lo puso. A la cuarta, al parecer, le importaba poco andar en pantis debajo. Debía ser la jeva del muchacho, se dijo Lope, al menos la jeva fija.

Observando aquella escena, Lope vio el cuadro de mucho de lo que estaba mal en el país. Que aquello ocurriera era señal inequívoca de que ninguna institución pública funcionaba bien. Ni servía la policía, eso ya lo sabía hasta la náusea, ni servían los tribunales, vendidos jueces y fiscales a políticos y bichotes, ni servía el sistema educativo, entregada a la mediocridad y la politiquería, ni servía la protección de menores, que permitía a niñas menores estar con adultos, al parecer durante varios días, chingando y fumando y bebiendo sin que nada pasara ni las familias sufrieran las consecuencias. Miró a las niñas y vio en ellas la misma juventud física de su hija, pero cuán lejos la juventud mental. Y, sin embargo, eran estas niñas, no las Patricias, quienes conformaban la mayoría de la juventud del país, casi todas condenadas a la pobreza, a la inmovilidad social, a la vida del momento, sin luz de esperanza de una mejor vida. Eran las que no contaban, las víctimas de la negligencia del corrupto gobierno, incapaz de nada salvo robar y beneficiar a los suyos. Patricia era, sin duda, afortunada. Su educación, su cultura, su cerebro, en los que Lope había invertido a manos llenas, eran su salvación. Escenas como aquella que tenía de frente reforzaron en Lope su convencimiento de que era preferible el riesgo de volver a intentar hacer lo que alguna vez quiso y fracasar, que complacerse con seguir siendo y haciendo lo que ya sabía ser sacar agua en canasta. Miró el panorama de aquellas niñas, observó aquel porvenir en semilla y se convenció de que todo se descojonaba a una velocidad espectacular.

Paradas por fin las cuatro chicas detrás del sofá donde se encontraba sentado el muchacho como un sultán, Lope pidió a uno de los agentes que revisara el resto de la casa. No querían sorpresas en medio de la entrevista. Aunque la ley no los amparaba en aquella acción, era lo más prudente, sobre todo tratándose de jovencitos que eran impredecibles, y más si estaban embalados con pastillas o perico, cosa que no sabían pero sospechaban. El otro agente se colocó detrás del sofá, al lado de las chicas, mientras Belinda se sentaba en la otra silla, junto a Lope. Todos permanecieron en silencio un rato. Las chicas, pálidas como maquilladas para el teatro kabuki; el chico con los brazos cruzados sobre el pecho en gesto de desafío y de estar siendo víctima de un abuso. Al minuto regresó el agente de su búsqueda. No había nadie más.

—¿Qué tienes tú aquí? ¿Un harem? —le preguntó Lope al muchacho.

—¿Un qué?

—¿Eres mormón?

—¡Ey! ¡Qué pasa, cuál es la hostilidad!

—Mormón, no morón, morón —de inmediato miró a Lope con cara de entender que lo había ofendido un poquito, pero sin estar seguro cuánto. De lo que sí estaba seguro era de que Lope no iba a estar con paños tibios.

—¡Ah, bueno! No, no soy mormón. ¿Por qué pregunta?

Hubiera sido muy larga la explicación, así que lo despachó con la mano, mientras se puso de pie y caminó alrededor de la sala mirando el descojón que allí imperaba.

—Vilma Batista, ¿qué me dices de ella? —le preguntó sin el menor gesto o tono de simpatía.

—Vilma, la mujer del Bebo… —dijo el chico un poco atolondrado, puesta la mente en otros pensamientos.

—Eso lo sabemos, y sabemos también que te la estuviste comiendo hace un par de meses. No me vengas a decir ahora que no te acuerdas, porque por ahí se cuenta que estabas loquito por ella, diciendo que te ibas a quedar con ella sí o sí, y que el marido, jodedor y todo, tarde que temprano tendría que besarte la maceta. Esas cosas dicen que tú andabas diciendo por ahí.

El chico lo miró con ojos de qué carajos usted está hablando, como si fuera imposible que él dijera aquellas cosas que, en efecto, Lope se había inventado. De repente se mostró escandalizado, actitud que ni con su apariencia, ni con la de su casa, ni con la de la compañía que tenía, concordaba.

—Pues yo no sé a quién usted le está escuchando los cuentos, porque yo nunca he dicho ninguna de esas mierdas —dijo con evidente desafío en la mirada—. Puede que dijera que me mamara el bicho, pero eso de la maceta no.

—Ah, perdón, como hay tanta diferencia entre bicho y maceta solo un estúpido se confunde. ¿Cuándo fue la última vez que viste a Vilma?

—Lo mío con Vilma murió hace tiempo, papi. Chequéate las nenas que me gasto ahora. Cuatro pieles en vez de una. ¿Dime tú si necesito a esa vieji arrugaíta ya? —y señala con las manos al serrallo detrás suyo—. ¿Está bien Vilma? ¿Le pasó algo? —añadió con cara de azorado.

—A ella no, pero al marido sí. Anoche lo asesinaron, y muchos piensan que fuiste tú —intervino Belinda, lateralmente, como para sacar al chico de la posición cómoda desde donde pretendía retar a la autoridad.

—¡No jodas! ¡Mataron al Bebo! Wow. ¿Dónde? —se puso de pie de la excitación, volteándose hacia Belinda intentando contener cierta sonrisa de satisfacción.

—En la casa del Padrino. También Vilma jura y perjura que fuiste tú quien lo mandó a matar, o que lo mató, porque ya una vez amenazaste con hacerlo —le contestó Lope con la máxima expresión de severidad de que era capaz, lograda mediante un torcimiento de la boca que rara vez conseguía pero que, cuando sí, dejaba claro que no estaba hablando pendejadas. A saber si fue ese torcimiento lo que le impidió el ascenso a capitán, se preguntó allí, de pronto, en aquel momento.

—¿Que yo qué? ¡Ja! ¿Cuándo fue esto del Bebo?

Se sentó de nuevo, todavía bastante excitado con la noticia, obviamente colmada la mente de pensamientos morbosos relacionados con tener de nuevo a Vilma.

—Anoche, como a las 9:30 —le informó Belinda como una autómata—. ¿Por dónde andabas tú a esa hora anoche?

—Pues yo aquí metido con las *babies* desde el jueves, jugando videos, comiendo, fumando y chingando…, je je…, qué les puedo decir —y comenzó a hacer un movimiento pélvico en el sofá mirando con complicidad a Lope de hombre a hombre—. Si desea, puede preguntarles a ellas.

Belinda miró a Lope con gesto de poca paciencia con aquel caquito, envalentonado con su propia inocencia sobre el asesinato, de la cual ya comenzaban a convencerse.

—¿Y ustedes quiénes son? Las cuatro lucen menores. ¿De dónde son? ¡Vamos, sacando identificación todas, viene! —ordenó Belinda, lo que provocó que todas se movilizaran a ubicar las carteras en medio del reguerete de la mesita. En efecto, las identificaciones eran todas tarjetas de estudiantes, y el chico tenía veinticinco.

—Un adulto con cuatro menores. A esto le podemos llamar violación técnica —dijo Belinda—. ¿No le parece, teniente? —se volteó para preguntarle a Lope.

—Ciertamente aquí hay varios delitos ocurriendo al mismo tiempo. ¿Y ustedes también llevan aquí desde el jueves? —les preguntó Lope a las chicas, afirmando todas que sí—. ¿Y dónde piensan sus padres que están?

—Los míos que me estoy quedando el fin de semana en casa de ella —dijo la primera, la menos pálida de las cuatro, apuntando con la boca a la más pálida, la que no le importó quedarse en pantis debajo de la camisa grande.

—Los míos que me estoy quedando el wikén en casa de ella —la señalada señaló ahora con la boca a la recién señaladora.

—Los míos también en casa de ella —la tercera se expresó, gagueando un poco por timidez, señalando con el dedo a la segunda, la más pálida, quien era a todas luces la mente maquia-vélica del grupo.

—Y los míos que estoy en casa de aquella —dijo la *femme fatal* del grupo, la *darks*, la de las uñas negras, señalando con una de ellas a la tímida.

—¿Y ustedes no asisten a clases? —las tres subieron los hombros casi como una comparsa—. Belinda, contáctate al Departamento de la Familia.

El muchachito sacó el celular del bolsillo del pantalón y comenzó a buscar con desespero.

—¿A quién vas a llamar con tanto apuro? —lo cuestionó Lope, puesto en guardia por sus movimientos súbitos.

—A mi abogado —dijo el soberbio muchacho.

—Bien haces. Lo vas a necesitar.

El chico chistó con la boca de forma ofensiva, seguido de un «Mere» prolongado y retador, todo convoyado por una cara de quién se cree este pendejo que es. Lope sintió un impulso casi incontrolable de agarrarlo por el pescuezo y meterle tres pescozones que lo bajaran a su sitio de nuevo. Esas tácticas, sin embargo, aunque seguro más efectivas con aquel mocoso, igual acababan con su carrera de manera indecorosa, y ese no era el plan. Así que optó por una técnica más sutil, que fue mirarlo hacer la llamada y esperar la respuesta.

Aunque la aparente temeridad del chico pudiera validar las sospechas de Vilma, una de las niñas que declarara que estuvo con él anoche, por escandalosa que sea la situación, era coartada válida. Lope reconoció que la risita, la alegría contenida que recorría el cuerpo del chico, más bien provenía de no tener que ser él quien eliminara al Bebo, quedando por fin la pista libre para su aterrizaje no forzoso sobre la viuda desvalida.

—Yo no fui —dijo luego de que el abogado no le contestara la llamada—, pero tampoco era yo el peor ni el más peligroso de los enemigos que tenía el Bebo. Para empezar, que se estaba clavando a la mujer de un jodedor grande de Yauco, que juega pelota bien dura. También tenía riña con un tal Yawó, que no sé quién es pero que Vilma lo mencionaba a cada rato, y hasta con cariño al principio. Nunca conocí a ese tipo, pero algo hubo después que dañó la sangre entre ellos, por lo que Vilma me contaba.

—Me imagino que el jodedor de Yauco es Raulo, que es el único que conozco que juega esa clase de pelota por esa zona —recordó Lope la mención de Cruz.

El chico los miró en silencio.

—No están tan perdidos como pensaba —y sonrió.

Qué día largo, puñeta, se dijo Lope, acomodándose mejor en el incómodo asiento de aquella patrulla al que culpaba en gran medida de la ruina de su espalda baja. Y todavía le quedaba atender a su hermano a la noche en su casa. Lamentó en ese momento no haber traído el otro cuartito de Perco, regañándose en el acto, diciéndose que no por el día haber sido inusualmente largo y ajetreado debía subir la dosis.

En el carro, mientras se dirigían hacia Yauco, Ulises comentó que el fulano que iban a visitar era alguien de cuidado, que no sabía sonreír y con quien no se podía vacilar.

—Es un carnicero, un genuino sanguinario. Las truculencias que se cuentan de él empiezan y no terminan, pero no hay nada fijo en su contra, ni nadie tampoco se atreve pronunciar una sílaba para acusarlo —informó Ulises mientras conducía a exceso de velocidad, como siempre, con el pecho casi pegado al guía y la cabeza hacia el parabrisas como convencido de que aquella postura aumentaba la aceleración del carro.

Encendidos los biombos, destacados en la penumbra de la tarde lo suficiente para evitar la sirena, atravesaron la antigua carretera militar hacia el barrio el Cerro del pueblo de Yauco, la pintoresca lomita donde residía el temible Raulo.

—Dicen, o más bien cuentan, que pica en pedazos a los chotas. Los amarra por los pies a un poste y por las manos al bómper de un carro y los rompe por el medio —y sacó un instante la mirada de la carretera para colocarla en los ojos de Lope y transmitirle mediante ella la peligrosidad de aquella visita.

—Al estilo del gran circo romano.

—De eso sabrás tú, Cerebro.

Ulises no perdía la oportunidad cuando se le presentaba.

—Se dicen muchas cosas, Ulises, que tampoco es necesario creerlas a pie juntillas. Piénsalo. ¿Tú crees que si picaran a la gente así por la mitad no lo sabríamos hace tiempo? ¿De dónde sacaste eso? Al menos de un informe oficial no fue. Entiendo que en ese mundo sin leyes haya que ser policía, juez, guardia penal y hasta verdugo, pero llegar a tanto no estoy seguro. De todos modos, a pesar del fracatán de injusticias que me han hecho, sigo creyendo que lo único que preserva a la sociedad del salvajismo es el sistema legal. Sin leyes, lo que hay es la jungla, la ley del más fuerte —dijo aquello Lope y, en su fuero interno, no sabía bien si lo seguía creyendo. Ciertamente, la experiencia le dictaba que, en la mayoría de los casos, no se alcanzaba ni de lejos la justicia, y que, en una gran cantidad de ocasiones, ni siquiera se intentaba alcanzarla. Con los años la situación había empeorado, y aquellos cuentos macabros que antes le impactaban tanto, hoy no le impresionaban en lo más mínimo. Aparte de que, vez tras vez, se confirmaba que muchos eran exageraciones, a veces creadas por los mismos bichotes para instalar el miedo entre sus súbditos.

—Para colmo de cosas, dicen que también es brujo —continuó Ulises—, como parece que lo es todo el mundo en esta historia. Dicen que les sacrifica infantes a sus deidades. Figúrate tú. Eso dicen —añadió Ulises.

—¿Y qué se supone que hace este Raulo? ¿De qué vive oficialmente? —Lope no quiso opinar sobre las obvias exageraciones de las que Ulises era presa, no sabía ni cómo, siendo tan aguzado y escéptico.

—Es dueño de un par de gasolineras. Más nada que se sepa.

—La típica en tiempos recientes, los puestos de gasolina eran los negocios favoritos de los bichotes para lavar dinero.

—Sip —concordó Ulises—. Para colmo, el tipo se canta de muy padre de familia, hombre de bien y líder comunitario, aunque todos saben la que hay. Se dice que corre el principal negocio de *crack*, perico y tecata en Yauco.

Según Ulises, Narcóticos llevaba años tras de él, y los agentes federales llevan otros tantos escuchándole los teléfonos, pero jamás se le ha escapado ni una palabra que sirva para incriminarlo.

—Sabe que lo graban. Y como todos ellos, seguro tienen un teléfono limpio, que es el que graban, y varios sucios que las autoridades desconocen.

—Obvio —concordó Ulises—. Además, parece que desconfía hasta de su propia sombra. Se dice que da órdenes en persona, y que resuelve los asuntos con sus propias manos.

—¿Estamos seguros de que no es agente de la fiscalía federal? Mira que muchos de los más violentos y sanguinarios, hasta los más buscados, después resultaron ser informantes y hasta colaboradores cercanos de los federicos mientras realizan sus fechorías —le advirtió Lope—. Mira el caso del famoso Cascote, de La Perla, allá en San Juan. Cuidado que Raulo no sea un Cascote de acá.

—Ese detalle no te lo puedo dar. Tú sabes que esa gente no comparte la información con nosotros, por mucho que la pidamos. Eso sí, cuando son ellos quienes la piden, hay que dejarlo todo y salir corriendo para conseguírsela.

—Nosotros tenemos que tolerar aquí lo que no tolera nadie en ninguna parte del mundo. Otra razón para alejarme de este machucadero…

Ulises lo miró en silencio.

Por su educación universitaria que le hizo abrir los ojos a ciertas duras realidades, Lope no soportaba la injerencia de los gringos sobre los asuntos del país, y menos sobre los asuntos legales. Pero al resto de sus compañeros les daba igual, por lo cual aprendió a tolerarlo para no amargarse la vida por quince años.

Claro, ninguno de sus compañeros, Ulises apenas, entendía a fondo el significado de que gringos manden sobre ellos en su tierra, cosa que, en el campo policial, socavaba a diario la capacidad y el deseo de hacer justicia. Así no se puede ni se podrá nunca hacer nada bien, se repetía Lope, porque siempre estarán ahí los gringos para «arreglarlo» en caso de que salga mal. Casi cada hora que pasaba reforzaba su decisión, aunque algunos después opinaran que irse era abandonar el barco dejando las ratas al timón.

—Lo que más cuidado debemos tener es cómo abordar el tema —regresó Lope a lo que les incumbía en el momento—. Recuerda que vamos a estarle informando que su mujer le pegaba cuernos con el muerto, y que por eso lo estamos entrevistando, lo cual es siempre algo de cuidado entre esta gente. Aunque lo sepa, seguro no le gusta que se lo digan. Y si no lo sabe, puede tomarlo a ofensa y hasta tener un arrebato de cólera…

—Y súbita pendencia —Ulises completó la frase con la que se burlaban en secreto de fiscales y abogados.

—Creo que lo mejor será decirle que un vecino identificó a alguien de su tamaño y cuerpo salir corriendo del lugar de los hechos, y que otros en el barrio mencionaron su nombre. Tú sígueme a mí y no intervengas a menos que me veas en peligro de meter la pata. ¿Entendido?

—Entendido.

El barrio del Cerro se ubicaba en una loma solitaria cerca de la salida de la autopista. Las casitas, pintadas de colores vivos, a la distancia daban a la barriada un aspecto jovial, alegre, pueril, casi de juguete, pero al remontar sus callejas la miseria se hacía palpable, y lo pintoresco de las casitas de lejos era decrepitud de cerca, casuchas hechas con paneles de madera y techos de cinc que se desmontaban como barajas con la primera ventisca. Lope imaginó que muchas de aquellas casitas corrían peligro de quedar en los pisos y pilotes si la onda tropical hecha huracán las azotaba.

Pero no la casa de Raulo. La suya era una fortaleza de concreto ubicada en la parte más elevada de la loma, rodeada por una muralla alta en todo el perímetro con puyas en el tope que herían nada más mirarlas, por si a alguien se le ocurría la loca idea de escalarla. Había algo de feudal en aquella residencia, quizás sus proporciones casi de castillo, quizás su ubicación al tope de la loma, quizás las casas miserables que la rodeaban.

A través del portón de entrada, frente al cual estacionaron la patrulla, observaron la estructura de dos plantas, su diseño cuadrado básico tipo urbanización, aumentado con ampliaciones hasta alcanzar dimensiones de mansión principesca. En la parte baja se destacaban dos grandes puertas automáticas que corrían hacia arriba y que, evidentemente, servían de garaje para dos o más vehículos, sin duda de lujo. En la parte alta se destacaba un balcón a la vuelta redonda con baranda de balaustres de cemento estilo salomónico, de tamaño y número tal que daban a la estructura un aire de sobrecarga, de peso, de complicación que desbordaba la mirada. Aquel tipo de casas, con aquel estilo barroco criollo, abundaban por la zona. Muchas las construyeron boliteros durante los años ochenta y ahora las ostentaban bichotes y jodedores, los jeques del narcotráfico, que eran los boliteros modernos.

La patrulla sonó brevemente la sirena, suficiente, sin embargo, para que los habitantes de la fortaleza la interpretaran en relación con ellos. Caminaron hasta el portón y allí se colocaron a la espera de que alguien de la casa los atendiera. Con voz sonora, Ulises les deseó las buenas tardes. Los curiosos comenzaron a brotar como flores por las ventanas, puertas, marquesinas y portones de las casitas y patios a la redonda.

Tras sonar de nuevo la sirena, y tras un segundo y sonoro buenas tardes, se escuchó por fin un sonido seco dentro de los garajes, seguido por el ruido mecánico del engranaje de cadenas que comenzó a elevar una de las puertas. Mientras subía, se fueron revelando primero dos pies en medias blancas hasta los tobillos metidos en chanclas de banda negras, seguidos por dos musculosas pantorrillas paradas junto a dos gomas negras de un

carro que, al revelarse completo, resultó ser un Maseratti. Junto
al carro se erguía aquella torre de tipo vestido con ropa deporti-
va negra, que comenzó a andar en dirección al portón sin dar la
menor muestra de pretender abrirlo para darles paso. Cada dos
pasos que daba, Lope detectó otra vez un sonido familiar, apagado, contenido, pero el mismo sonido no sabía de qué. Miró su
cuerpo entero y concluyó que debía producirlo algo amarrado a
uno de sus tobillos, algo religioso tal vez que las medias no le dejaban ver. Quizás fueran cascabeles como los de Pacho. ¿Era este
el mismo sonido que escuchó con Carmiña, camino a buscar a su
sobrina en el salón de juegos del hotel? Podría ser, mas no estaba
seguro. De todos modos, a lo sumo se trataba de un artefacto de
moda, siendo poco probable que fuera algo religioso, conociendo la aversión de Carmiña hacia tales creencias. Acto seguido, del
fondo del garaje, salieron disparados como cohetes hacia el portón dos perros pitbull que llegaron antes que su dueño hasta ellos
ladrándoles salvajemente. Se trataba de dos especímenes alimen-
tados con excedente calórico, y mucha rabia, y criados, como su
dueño, bajo un régimen de ejercicios.

—Sí, dígame, ¿en qué puedo ayudarles? —preguntó el gi-
gantón, haciéndose escuchar sobre el ladrido frenético de sus
mascotas.

Lope quiso contestar, pero los ladridos se hacían más estri-
dentes y su cara se retorcía con cada uno.

—¿Podemos hacer algo con los amiguitos sobreexcitados?
—preguntó sin mala leche, pero imponiendo un cierto tono.

—¡Tuto! ¡Tito! ¡Casa! —tres palabras que obraron magia en
los perros, lanzándolos en frenética carrera exactamente en dirección contraria hasta perderse sus ladridos en el interior de la
casa—. Dígame ahora, ¿en qué les ayudo?

Raulo era un hombre en sus treinta y tantos altos. Daban
cuenta de ello unas canas incipientes que le alfombraban la cara
y un principio de calvicie que disimulaba con un recorte al ras.
De movimientos pausados, con el relajamiento típico de quien

no tenía dichas ni hechas, o del que tenía la conciencia tan sucia que no le importaba nada, se acercó hasta ellos arrastrando las chanclas. Era un mulato alto, más de seis pies sin duda, musculoso al punto de meter miedo, facciones que Lope clasificó de abultadas, como afectado por una alergia perpetua, y una cicatriz a través de la frente que tuvo que ser de machetazo. La ficha de inteligencia de la policía que trajo Ulises y que leyeron en el carro decía que en algún momento de su vida le llamaron Estornudo, precisamente por ese aspecto de estar con un ataque de alergia, pero que a él no le gustaba, y se encargó de que el mote se aboliera. Lope especuló que seguro ahora lo llamaban Chino, o quizás Oriental, como rápido les ponían en los barrios a quienes presentaban ojos rasgados, por leve que fuera el rasgue.

Colgándole de aquel cuello de toro que seguro aguantaba un par de banderillas, escondido por dentro de la camisa, Lope observó a nivel de la nuca un mazo de collares de cuentas de colores. Por fuera solo mostraba uno, de cuentas negras más gruesas que las demás, insertado con otras cosas, piezas de madera, monedas traspasadas y hasta unos huesitos pequeños que supuso eran de perro o de rata, pero que bien pudieran ser falanges humanas. Otro brujo entraba en la historia.

Evidentemente, la flema, la escasa urgencia de responder al llamado de la Ley, el paseo de su alma por el cuerpo antes de atenderlos, fue su manera de desafiarlos. A la vez, llevaba cifrado el mensaje de que, fuera lo que fuera que vinieron a preguntarle, no podía ser en su contra.

—Raúl Britto, ¿verdad?

—Afirmativo —a los jodedores les gustaba imitar la jerga policiaca.

—Tenemos que hacerle algunas preguntas relacionadas con el asesinato de Francisco Concepción, el Bebo, anoche en Peñuelas. ¿Sería tan amable de abrirnos el portón?

—¿Trae orden de un juez para entrar?

—No. Se trata de una visita informal —aquí vamos de nuevo, se dijo Lope.

—Pues hablemos informalmente desde aquí entonces —aclaró Raulo, evidentemente más al tanto de los procedimientos legales, por experiencia propia o ajena, que el chamaquito con las menores—. Me dice que mataron al Bebo, ¿cuándo fue eso? —preguntó con cara de sorprendido por la noticia. Obviamente se conocían.

—Anoche, a eso de las nueve y treinta. Para propósitos de la investigación, ¿podría informarme dónde se hallaba usted anoche a esa hora?

Raulo los miró y dejó escapar una especie de ¡Ja! desde el pecho, su forma de decirles que le daba gracia que sospecharan de él.

—Me encontraba en el restaurante Ponderosa de la avenida Las Américas comiendo con mi familia —contestó Raulo con bastante desagrado, acercándose un poco más al portón como para, con su físico, darles mayor veracidad a sus palabras—. Para propósitos de mi curiosidad personal, ¿qué tengo que ver yo con este incidente?

Lope no pudo evitar mirar un instante a Ulises como diciéndole que llegó el momento difícil.

—Vecinos del lugar identificaron a un individuo de su estatura y apariencia física salir del lugar de los hechos. Luego, en el mismo vecindario, comenzó a correr su nombre como el del personaje implicado. Según testigos, entre ustedes existía algún tipo de roce. ¿Me puede confirmar?

—¿Roce?

Alzó un pómulo y cerró un ojo en gesto de total incredulidad.

—Negocios, faldas, no sé…

—¿Negocios? ¿Faldas? Decídanse —los miró fijamente a ambos a través de la verja, dedicándole tiempo individual a cada uno—. Ustedes andan buscando a la persona equivocada. No tengo idea de qué me están hablando. Yo con quien único tengo negocios es con las compañías de gasolina que me suplen los

puestos, y con los distribuidores que me llenan las góndolas. Si
el Bebo vendía gasolina, a mí no era. En cuanto a las faldas, no
sé a qué se refiere.

—Bien —dijo Lope con obvia cautela—, aclarado el asunto
de los negocios. En cuanto a las faldas, ya eso es más difícil de
corroborar…

Raulo se mantuvo un rato en silencio con cara de muy pocos
amigos, torcido el labio superior hacia un lado y hacia arriba en
señal de asco, de puro desagrado. Luego se cruzó los brazos sobre el pecho y echó hacia atrás el torso.

—Hable claro. Diga las cosas por su nombre. ¿A qué se refiere? —ni Lope ni Ulises contestaron—. Ustedes deberían hacer
un mejor trabajo de cotejar sus fuentes la próxima vez que vengan con estos brincos. Por un chisme como ese se puede provocar una desgracia. Conmigo no tengan cuenta, que yo y mi mujer
somos una misma cosa, andamos juntos todo el tiempo, supervi-
samos los puestos y estamos siempre al alcance de la vista uno del
otro —el tono de Raulo era aleccionador—. Sin duda que tienen
al personaje equivocado —concluyó antes de darse media vuelta
y, sin despedirse, comenzar a caminar de vuelta hacia la casa—.
Ustedes a quien quieren es a Joey. Eso lo sabe todo el mundo por
acá —añadió sin voltearse ni detener sus pausados pasos de regreso a su fortaleza.

11

La entrada de Lope en la oficina de Marrero fue casi a modo de estampida. Sin anunciarse, jadeando por venir casi corriendo por el pasillo, abrió la puerta y se encontró a Marrero echado hacia atrás en su silla leyendo algún informe inocuo por el que Marisa, su secretaria, parada como una estatua mariana tamaño natural a su lado, esperaba.

—¿Qué? ¿Se te olvidaron los modales, Cerebro?

—Vengo con apuro y necesito hablar contigo ahora mismo.

Era tal el desencaje de su cara que Marisa lo miró con cierto espanto, haciendo nota mental del deterioro evidente de la relación entre ambos. Callada era Marisa, pendeja no.

—Espero que sea relacionado con el caso de los santeros.

Por la prolongación de su silencio Marisa entendió, pasándole por frente a Lope, echándole una fugaz mirada que Lope interpretó de complicidad y cerrando la puerta al salir sin hacer ruido.

—Si Belinda y Marcial y los muchachos de Forense fueron enfáticos con el fiscal, dejándole claro que había que mantener la escena sellada y vigilada, ¿por qué diste la orden de abandonarla?

—¿De qué tú me estás hablando? ¿Qué orden ni qué cojones? ¿Quién te dijo semejante disparate? —primera etapa, negación, se dijo Lope.

—De la llamada que le diste al fiscal para decirle que podía irse y retirar las cintas, que ya Forense y los agentes teníamos lo que necesitábamos.

—¿Quién te dijo esa loquera a ti? —abrió los ojos como dos huevos hervidos a modo de sorpresa.

—Bernie, que se lo dijo el fiscal. Si quieres lo llamamos para que se lo digas a él.

—Yo le sugerí que tan pronto Forense terminara su trabajo podía retirar las cintas e irse, si estaban todos de acuerdo.

Marrero era un mentiroso consumado, y lo peor era que ni disimulaba. Lo hacía sin pudor, a plena luz, con absoluta conciencia.

—O sea que sí llamó al fiscal.

—Bueno sí, como te dije, protegiendo a mis muchachos. Domingo por la noche, estaban cansados. No vamos a dejar a los agentes ahí, cogiendo sereno por gusto. A su casita cada cual tan pronto la escena se cierra.

A su casita cada cual, se repitió Lope casi espumando por la boca de la rabia.

—Dejamos claro que debíamos buscar la orden de un tribunal para registrar los artefactos religiosos, pues descubrimos lo que parecían restos humanos y fetos en un lugar adyacente a la escena.

—Ups. Eso no me lo explicaron —Marrero se puso el dedo índice a través de los labios como censurándose a sí mismo. En aquel momento, al borde casi de un desbordamiento de ira, contuvo a Lope el pensamiento de que pronto estaría fuera de allí y más nunca tendría que lidiar con aquel marrano.

—¿Y usted estaba de guardia anoche? —preguntó Lope con ingenuidad—. No creo. Me parece que era el capitán Ortiz quien estaba de guardia este fin de semana. ¿Cómo se enteró?

—Cerebrito, yo, como superior responsable y concernido, tengo el radio prendido 24/7, y cuando escuché la situación, llamé.

Mirándolo un rato en silencio con expresión de disgusto en la línea de la boca, a Lope se le hizo evidente que aquella pelea no iba a ganarla. Era obvio que Marrero, como en otras ocasiones, pretendía descarrilar su investigación. Sin duda protegía a alguno de sus compinches, que debía estar implicado. Optó por proseguir con su segunda gestión, la cual, habiendo fallado la primera, presumió que también la segunda fallaría.

—Necesitamos entrar de nuevo a la escena del crimen y a la casa —continuó diciendo Lope—. Hay que gestionar una orden de allanamiento con fiscalía. Estamos buscando el celular extraviado con el que se hizo la llamada al 911, que sospechamos contiene información incriminatoria, y, como te acabo de decir, estamos buscando osamenta y fetos humanos que yo mismo identifiqué en el lugar de los hechos.

—¿Y por qué no se hizo anoche?

—Porque cuando Marcial pidió acceso a los artefactos religiosos y a la trastienda, el dueño se opuso. Invocó la Constitución, la libertad de credo y no sé qué otra ñoña, y no hubo forma. Eso lo sabe el fiscalito que estaba en la escena. Haría falta una nueva orden de un juez para revisar los artículos religiosos, pero eso hasta el día siguiente, es decir, hoy, no se podía gestionar. Poco después mandó usted a liberar la escena del crimen, y por la mañana ya estaba el daño hecho, con olor a Fabuloso.

Marrero subió los hombros y puso los labios hacia abajo como desentendiéndose del asunto.

—Bueno, pues, pase de paloma entonces, como dicen. De todos modos, ya está todo limpio, así que de qué vale. ¿O tú pretendes que vaya ahora donde Bernie a pedirle que me tramite una orden nueva para entrar a la escena del crimen? Imagínate el escándalo público al saberse que metieron de nuevo la pata con la escena de un crimen.

Con ambos codos descansando en los brazos de la silla, Lope observó a Marrero a través de sus propios dedos cuyas puntas unía y separaba. Marrero era uno de ellos, dedujo, uno del clan mafioso responsable de la matanza de anoche. Cuando se entere de que ya la orden la tramitó directo con Bernie lo acusará de insubordinado. Mejor, se dijo, más fácil su salida.

—Por último, necesito pagarle mejor al informante que tengo trabajando en el caso. Por lo común se le paga tres y medio por información que le toma una semana obtener. Le quiero pasar quinientos para que me la tenga mañana. Es importante.

Marrero se le quedó mirando con expresión que pretendía asumir los contornos del gran pensador. En cambio, su reflejo deformado por el cencerro sobre su escritorio lo mostraba tal cual era su verdadera naturaleza, un esperpento.

—Pues tendrás que poner la diferencia de tu bolsillo, porque hacer una requisición de *cash* de hoy para hoy tampoco es tan fácil ni tan rápido —un pero tras otro. El rey de los escollos.

—Bueno —dijo Lope poniéndose de pie para salir—, pues no hay más que hablar.

Tras darle la espalda y estar casi por trasponer el umbral de la puerta, Marrero, con voz cortante, le preguntó si ya tenía a algún sospechoso o alguna pista en el caso. Sin voltearse le contestó que ninguno y que ninguna.

Apenas entró por la puerta de la oficina y acomodó el fondillo con lentitud para no lastimarse la espalda en la butaca, llamó al jefe de los fiscales, confiado en que la amistad con Bernie le permitiría saltarse la cadena de mando. Que ni se creyera el asqueroso cerdo de Marrón Ramero que se iba a quedar de brazos cruzados. Cuando se entere pondrá, como dicen, el grito en el cielo, lo insultará y le hará un memo por insubordinado. Y cuando se entere de que Lope renunciaba a su puesto, tendrá que enrollar el memo en tubito y metérselo por el culito. En esas cosas pensaba Lope mientras esperaba en línea.

—Bernie, es Lope. Buenas noches.

—Dime, Lope. Buenas noches también. ¿Cómo te va con el berenjenal de los santeros y la bestia de tu jefe?

Bernie y Lope tenían una larga historia de respeto mutuo. Trabajaron varios casos juntos cuando todavía Bernie era fiscal regular y siempre los resolvieron en un pestañar. Así se forjó una amistad que, aunque nunca se cultivó por completo, había resistido el embate de los años. De hecho, Lope pensaba que Bernie era una especie de vida paralela a la suya, pero en la Fiscalía. Como él en la Policía, allá también se destacaba Bernie por su rectitud y profesionalismo, actitudes que contrastaban con el ambiente de mediocridad, corrupción y favoritismo en el que se desenvolvían. El paralelismo se rompió cuando a Bernie lo hicieron supervisor de fiscales del área sur y a Lope le denegaron el ascenso a capitán. De ahí en adelante sus caminos divergieron, tanto por las nuevas responsabilidades de Bernie como por la desidia que nació en Lope a partir de ese momento de injusticia suprema. Aquel cambio los distanció, pero nunca los separó del todo. La confianza permanecía.

—Precisamente de eso quiero hablarte.

Tras ponerlo al tanto de algunas pistas que seguían y de ciertos sospechosos, le expresó su intuición de que la verdadera víctima era la mujer, no el bichote. Es decir, que tal vez el bichote fuera la víctima colateral. A Bernie le pareció interesante su teoría y lo exhortó a trabajarla.

—Lo de la osamenta y el feto es de escándalo. Espero que eso no nos meta en líos con el tema de la libertad de credo, pero sin duda que poseer osamentas y fetos al garete son actos criminales. En cuanto al teléfono, lo incluimos también en la orden, a ver si aparece algo ahí. Si el tipo anda tan desesperado buscándolo, es que algo en él lo compromete. Ya veremos. Necesito que el agente a cargo del caso, el agente Pi creo que es, venga conmigo al tribunal a primera hora mañana.

—Se supone que sea Ulises, Bernie, el agente Pi, pero ¿podemos transar con el juez para que sea la agente Belinda Santos quien haga la petición, que también trabajó la escena? Mañana temprano voy con el agente Pi a entrevistar sospechosos y al parecer tenemos tormenta encima. Mira a ver, Bernie, convence al juez. Explícale dónde andamos y que Belinda represente.

12

Noche cerrada, por fin en su casa, Lope se tiró en el sofá a relajar la espalda y contemplar lo que fue su día. Todavía le quedaba bregar con su hermano Fermín, a quien debía dar la mejor cara, sin todavía imaginar siquiera los brincos con los que le vendría. Porque seguro que al final de su visita tendría algo nuevo que añadir al listado de sus perturbaciones. En lo que descongeló unas colirrubias que le trajo Vicente hace unos días, enroló un tabaquito y lo escondió en la gaveta de los cubiertos para encenderlo tan pronto Fermín se fuera. Preparó las colirrubias al sartén con cebolla, ajo y mantequilla, acompañándolas con una montaña de ensalada de papas de Magui, la mejor ensalada de papa del mundo, que le sobró de ayer.

Contrario a su común retraso, esta vez Fermín llegó en punto a las nueve. Subió hasta el balcón sin anunciarse, donde encontró a Lope acabando de cenar. Se saludaron con la misma familiaridad de siempre y Lope le ofreció ensalada de papa, que era lo que quedaba, por si no había cenado.

—Cené, gracias. ¿Estás solo esta noche? —y miró por encima del hombro de Lope hacia el fondo de la casa.

—Sí.

Por la cara que traía Fermín, Lope dedujo que lo que fuera que estaba por revelarle le robaría la poca tranquilidad que le quedaba.

Viendo las varas arrumbadas en la esquina y el revolú de anzuelos y líneas saliendo de este o aquel carrete, Fermín le preguntó, como para romper el hielo, que qué tal la pesca. Lope le contestó que bien, sin expandirse demasiado, y sin entrar en sus planes inmediatos. Dado que Fermín se interesaba muy poco por su vida, Lope tampoco lo mantenía al tanto. Cada vez lo procuraba menos, si bien Lope tampoco hacía un gran esfuerzo por procurarlo ni compartía casi nada de su vida con él. Igual no le interesaba compartir planes con alguien que fuera a cuestionarle si tenía ahorros para la movida, si creía sabio abandonar una carrera de quince años para comenzar otra desde cero, y si podría sobrevivir con el negocio de pesca. Fermín era el tipo de persona que hacía esas preguntas. Así que después de agotar los temas banales, Lope lo invitó a sentarse en una de las butacas de la sala, ocupando él la otra casi de frente. Pero el extraño comportamiento de Fermín no incluía sentarse, estarse quieto, relajado, manos tranquilas, y sí comerse las uñas, sudar como un adicto y tener los ojos como inyectados con anestesia de caballo.

—Bueno, explícame qué te pasa ahora. La última vez que te vi con esa cara de vianda jojota fue por el lío de la chamaca aquella, la del equipo de voleibol que decía estar preñá de ti.

—¡Qué calor, por Dios, Lope! ¿Cómo tú vives en este horno? —en ese momento entraba desde el mar una brisa agradable que ni necesidad había tenido de encender los abanicos.

—Acaba y siéntate y dime qué te pasa, que estás empezando a desesperarme —pero Fermín seguía tomándose su tiempo. Por fin se acomodó en la silla.

—Le debo cien mil pesos a un bichote y está amenazando con limpiarme la picota a mí, a Nina y a las nenas, si no…

Se detuvo por la voz cortársele del miedo. Los hombros caídos, la mirada clavada en el suelo, la respiración agitada, todo en él era derrumbe, todo en él era angustia redoblada por la tensión de confesárselo a su hermano.

Sin decir una palabra o pronunciar un sonido, Lope empleó ese rato para estudiar a su hermano: zapatos sin medias, mocasines de los que llaman *loafers* con un chavito prieto incrustado en la costura del frente en imitación de alguna costumbre de sus amigotes blanquitos de Ponce; mahones casi nuevos, apenas con par de lavadas; camisa *button down* rosada con las mangas enrolladas hasta debajo de los codos. En fin, toda una combinación de elementos estéticos que a Lope le asqueaba. Para colmo, aquel maldito gusto gringo en el vestir lo complementaba con espejuelos de marco invisible, barbita incipiente perfectamente acicalada y cara de blanquito comemierda con la cual Lope no se identificaba en lo más mínimo. Por un momento se sintió a millas de distancia de aquel ser que decía ser su hermano.

Para colmo, tampoco se inmutaba o mostraba en ningún pliegue o movimiento de su cara señal genuina de arrepentimiento. Ponía, incluso, el propio trabajo de Lope en peligro, pidiéndole que interviniera de alguna forma, petición que no había hecho todavía, pero que seguro haría en los próximos minutos. Ya podía imaginarse las carcajadas de Marrero si se llegara a enterar de las andanzas de su hermano, regodeándose en la idea de que llevaba la podredumbre en la sangre, exhortándole a no luchar tanto contra la antigua práctica de la corrupción y a rendirse ante las fuerzas de su destino. Lope casi podía escuchar la voz de Negroponte burlándose en la radio de que el gran detective Laguna, paladín de la justicia, perseguidor de asesinos, azote de los narcos, nunca vio al asesino y narco que tenía en su propio seno familiar. ¡Vaya detective!

Levantándose de la butaca y yendo hasta la cocina, Lope abrió la gaveta, sacó el tabaquito que acababa de enrolarse, se dio la vuelta para enfrentar a su hermano y lo encendió. Boquiabierto, Fermín lo miró como si verlo fumar aquello lo paralizara de sorpresa y escándalo.

—¿Qué carajo haces?

—Nada comparado con lo que tú has hecho.

La sorpresa y el escándalo se le cayeron de la cara como una capa de barro seco. Aun así, sacudió los brazos alrededor suyo como intentando espantar un humo que ni siquiera lo alcanzaba.

—¡Fo! ¡Qué peste! ¿Desde cuándo tú fumas esa mierda?

—Desde chamaco, y nunca he parado.

Fermín lo miró como si lo viera por primera vez en su vida.

—¿Y no te hacen pruebas en el trabajo?

—Sí, me las hacen, de cuando en cuando, pero esas pruebas son un chiste. Llevo años truqueándolas con teses chinos y distintos trucos que tú no sabes. ¿Por qué? ¿Te espanta tanto? —Fermín miró a Lope frunciendo la boca como si su comportamiento lo abochornara—. Mejor sea que no te espantes, trangalanga, porque si pretendes que te ayude de alguna forma, tendrás que vértelas con el verdadero Lope, el hermano que no has conocido por los últimos veinte años, la bala perdida en la familia, el que quiso ser escritor y se metió a policía para ganar experiencia terminando detective de carrera. Y hablando de familia, ¿qué dice Nina de todo esto?

—Nina no lo sabe.

Lope no pudo decir nada, hacer nada, gesticular de ninguna forma, intentando, como estaba, poner orden a sus ideas. Es decir, que el estúpido de su hermano, que hoy casi ni hermano era, llevaba días exponiendo las vidas de su mujer y de sus hijas, y de paso la de su propia hija, pues Patricia y sus primas eran uña y carne, lo que a Fermín parecía no perturbarle. Y mientras intentaba comprender tales niveles de irresponsabilidad, se le fue subiendo una cosa mala por dentro que casi lo empujaba a la violencia… El humo, sin embargo, comenzó a hacer su efecto sosegador y a contrarrestarle aquellos impulsos.

—Si no fuera porque lo empeoraría todo, te daría el puto puño que te mereces. ¿Tú me quieres decir a mí que has puesto la vida de tus hijas, la vida de mi hija y la vida de tu mujer en peligro por pura cobardía? Obviamente te importan un bicho ellas y te importo un bicho yo. Estás aquí porque no te queda de otra.

Fermín, tirado hacia atrás con el antebrazo sobre la frente, lo miró primero con escándalo, como desconociendo a su hermano, como si acabara de decir una herejía o una vulgaridad gigante, y acto seguido, echándose hacia el frente en la silla con los codos en las rodillas y las manos en la sien, se echó a llorar.

Lope encendió de nuevo el tabaco apagado, inhaló y exhaló varias nubes de humo reparador mientras observaba con un desprecio impresionante a su hermano llorar. Si no fuera por el efecto apaciguador de aquel humo, quizás la cosa mala, el impulso violento que Lope sintió subirle por dentro, hubiera hecho aparición, terminando aquella reunión familiar en trifulca irreconciliable.

—Si Nina no lo sabe, presumo que tampoco papi, mami ni nuestra hermana.

Negó con la cabeza, que era contestar en la afirmativa.

Apagó el tabaco y regresó en silencio a la butaca, de frente otra vez a la patética figura de su hermano.

—Explícame lenta, esquemáticamente —exigió Lope mientras comenzaba a sudar fuertemente por la tensión de la circunstancia—, cómo cojones acabaste debiéndole cien mil pesos a un bichote. Hazme el dibujito, porque a esta hora estoy que no computo nada...

—Pues, así como te lo digo, fui por lana y salí trasquilao. ¿O cómo tú crees que se puede llevar el tren de vida que llevo yo, la casota, la lancha, los *jetskis*, los *four-tracks*, los carrotes? Si tú pensabas que todo eso venía de la tiendita, la verdad que no sé cómo puedes ser detective —subió la cabeza para decirle esto último.

Un golpe bajo, pero bien que el humo transformó su rabia en compasión.

—Mira, pendejito, que por lo visto lo eres, yo no les aplico mis destrezas profesionales ni a mis amigos, ni a mi familia. En ellos intento confiar —dijo temblándole la quijada—. Dedícate simplemente a explicarme cómo fue que te metiste en este lío, y déjame a mí con mis capacidades, si no es mucho pedirte, que no me parece que estás en posición de cuestionarme —Fermín se enderezó en la silla sin levantar la mirada del suelo—. Habla y no omitas nada, si quieres que te ayude, que todavía no sé ni cómo...

Por supuesto, durante aquellos años, Lope se cuestionó muchas veces la productividad de aquella tiendita de efectos de seguridad y espionaje que tenía su hermano en el *mall*. Pero dado que la criminalidad andaba rampante, la industria de la seguridad había florecido, y tomó por buena la explicación de Fermín de que supo capitalizar de aquel florecimiento de la actividad delictiva. Es decir, que mientras más eficientemente hiciera Lope su trabajo, peor le iría a su hermano.

Concentrado ahora en sus dedos, cuyas cutículas se arrancaba mientras hablaba, Fermín comenzó a narrar el proceso de cómo llegó a enfangarse tanto.

Al bichote Fermín lo conoció en su propia tienda, porque le compró el equipo de cámaras y grabadoras miniaturas que instaló por dentro y fuera de su casa. Si de vigilancia extrema se trataba, Fermín le aconsejó al principio que contratara una compañía de seguridad profesional que le diera el servicio. Pero el tipo alegó ser fanático de la nanotecnología, por lo que invirtió en los equipos de espionaje y vigilancia que ofrecía Fermín, a pesar de que eran mucho más costosos que los ordinarios que ofrecen las compañías regulares. Tenía un gran afán por lo indetectable y por pasar desapercibido.

Al principio Fermín no supo que el tipo era jodedor porque nada en él lo delataba. Pequeño, delgado, enjuto, más que jodedor parecía pescador. No ostentaba ni con carros, ni con vehículos, ni con prendas, ni con vestimenta. Un pequeño diamante incrustado entre los dos dientes frontales era su única ostentación, y solo cuando sonreía.

—¿Un diamante entre los dientes frontales? Bastante extravagante. ¿Eso no te dijo nada?

—Pues no. Tú sabes que yo soy bastante inocente para esas cosas.

Bastante pendejo, se dijo Lope.

—A propósito, ¿cómo se llama el tipo?

—Para mí siempre fue Edwin.

Edwin, nombre boricua por excelencia. Los había de todas clases y colores. ¡Qué mucho Edwin había conocido Lope en los quince años que llevaba de servicio, tanto policías como criminales!

Sus lujos grandes se los daba en la casa y viajando, continuó Fermín. Gastaba mucho viajando, aparentemente siempre a los mismos lugares: Chicago, México, Madrid. Aparte, era humilde, una pelota de vergüenza, según él, casi un hombre de la montaña, apegado a la tierra y a los valores tradicionales, o al menos así lo vio al principio.

En fin, que fueron tantas sus adquisiciones, tantas las visitas a la tienda, tan frecuentes sus llamadas para encargar equipo nuevo o darle seguimiento al que había encargado, tan meticuloso en la instalación, que, inevitablemente, trabaron amistad. En poco tiempo lo invitó a su casa, ya en ánimo social, dizque para de una vez inspeccionar el equipo instalado. Pronto se convirtió en visitante asiduo, y poco después, bajo el poder de varios tragos, se declararon amistad incondicional.

—A mí al principio no me gustaba tanto ir a su casa, porque esa gente es bruja y tienen la casa llena de calderos y soperas y pilones gigantes y muñecas y cosas raras de todo tipo, pero después dejé de prestarle atención a esos asuntos, y como no me involucraban ni intentaban convencerme de sus creencias, dejó de importarme. Una vez llegué y estaban en mitad de alguna ceremonia, algo bastante fuerte. Mi amigo tenía alrededor del cuello, como si fuera un collar o una piel de zorra para el invierno, un chivo vivo que lloraba como un niño mientras un grupo de hombres, presumo que los padrinos y hermanos de la religión, le hacían algo al chivo que no alcancé a ver. A la larga lo degollaron y vaciaron la sangre dentro de un caldero. Esa parte no la vi, pero me la contaron cuando pregunté.

La brujería visitándolo de nuevo, se dijo Lope casi boquiabierto por las coincidencias, si coincidencias podía llamarle a aquella reiteración de encuentros con asuntos relacionados a las religiones africanas durante las pasadas veinticuatro horas. O eran todos personajes de una misma intriga, o era él quien único no creía en esos embelecos y ahora se enteraba. Embeleco era la palabra que Lope utilizaba privadamente para referirse a las religiones en general, sobre todo las que pretendían violar leyes de la física y torcer la realidad.

La amistad, continuó Fermín, trajo, por supuesto, confianza, y la confianza, confidencias, y las confidencias, oportunidades que fueron de tal magnitud y llenaron tanto el ojo, que claudicó sin mucha resistencia a sus principios y valores. Así, como arrastrado por una crecida de río, se lo llevó la ambición desmedida de hacer grandes sumas de dinero sin mucho esfuerzo y con poco riesgo. Solo tenía que poner parte del capital de inversión porque Edwin hacía el resto. Ese era su *expertise*. Y aunque cobraba un porciento por los trámites, las ganancias eran de todos modos impresionantes. Así anduvieron las cosas durante varios años, los años de las vacas gordas que llamó Fermín, cuando se compró la lancha y se daba aquellos viajes y se metían en aquellos hotelotes, mientras Lope se rompía la cabeza para entender cómo demonios aquella tiendita producía tanto. Equipo caro, especializado, le decía Fermín cuando Lope lo cuestionaba. Servicio continuo y clientela exclusiva, añadía. ¡Y él creyéndole a pie juntillas! Eso sí, jamás se le ocurrió que fuera de la manera que le contaba, aunque sí daba por seguro que algún truco se traía, diciéndose que debía ser más bien un truco de contabilidad. ¿Pues quién no tenía un truco hoy día, en una economía en la que ganarse el peso adicional para cuadrar el mes implicaba para muchos realizar algún tipo de ilegalidad?

Y a todo esto, Patricia ahí metida, se dijo Lope, con las primas en lancha por Virgen Gorda, con las primas en Colorado esquiando, con las primas en Italia, disfrutando de aquel dinero mal habido, que era una forma de corromperse, aunque fuera indirecta e inconscientemente. Aquello le supo a verdadera mierda. A través de su hija, por mediación de su hermano, tenía el crimen de la corrupción más cercano de lo que jamás imaginó. Era un virus contagioso, una enfermedad que había infectado todas las clases sociales, todos los ambientes, incluso el ámbito familiar. Corrupción personal, en el caso de Fermín, además de comportamiento criminal. Corrupción pública en el caso de Marrero.

—¿De qué estamos hablando? ¿Perico, tecata? —preguntó Lope, echado hacia atrás en la silla, cruzadas las manos detrás de la nuca, mirando al techo.

—Perico, y a veces también droga, pero en menos cantidades, a pesar de que las ganancias son mayores —dijo con cierto tono de entusiasmo.

—Veo que te conoces bien el negocio —que le dijera droga a la heroína significaba que estaba más metido en el traqueteo de lo que admitía. Lope no soportaba que le hablara con tanta naturalidad de aquellas cosas. Fermín bajó la mirada, reconociendo la irritación de su hermano con el tonito, y prosiguió.

Su amigo, que así llamaba a Edwin, tenía dos lanchas de treinta y pico pies de eslora en las que su gente iba hasta Venezuela con dinero y regresaba con «trabajos». Sin embargo, debido a la presión política y pública, las autoridades locales y estadounidenses comenzaron a cerrarles el paso a estos transportes, apretando la vigilancia de las costas, interviniendo en sus comunicaciones, convirtiendo arrestados en informantes. Primero le confiscaron una de las lanchas camino a Isla Margarita con cinco millones de dólares en bultos escondidos en un doble fondo del casco.

—¿Y algunos de esos millones eran tuyos?

—No. Mi participación era pequeña, pero para restituirlos todos aportamos al pote.

—¿Todos?

—Todos los que poníamos el cascajo, que éramos varios.

—A los inversionistas te refieres.

—Sí, los de la tolta, como dicen —dijo haciendo con las manos un gesto como de contar billetes.

Poco después le confiscaron la segunda lancha, esta vez cargada con varios kilos de perico en los cuales Fermín sí había invertido bastante dinero. Ahí fue otro desembolso cabrón y una merma considerable de sus ahorros. Como las lanchas estaban a nombre de testaferros, también tuvo que invertir en abogados y fianzas para sacar a su gente del lío. Desesperado, buscando reponerse de tan enormes pérdidas, y más ahora que estaba sin transporte, Edwin consiguió una vía por el puerto de San Juan. Una línea de barcos que podían cargarse en Panamá y en una semana estaban acá. Había que pagar un poco más, pero era segura. La gente acá, en el puerto, era entera de ellos. El bichote los conoció a todos, los reunió y les leyó la cartilla, por si algo no entendían o algo fallaba. Nada falló las primeras veces. Y entonces, cuando más confiados estaban, el barco de Panamá, que no debía hacer escala en Santo Domingo, la hizo, y, al llegar aquí, el material ya no estaba.

Los muchachos del puerto juraron y perjuraron que cuando recibieron el número del contenedor y lo abrieron las maletas ya no estaban. Ahí fue que averiguaron que el barco hizo escala, cosa que jamás ocurría. Indagando si ocurrió una emergencia a bordo, se enteraron de que fue por insistencia del capitán, y sin razón aparente. Después se creyó que el capitán estuvo implicado en el robo y a saber quién más en el buque o en la República. Averiguaron el nombre del tipo y dónde se hospedaba acá. Lo secuestraron y torturaron para que hablara. Eran dos millones en material que estaban extraviados. El capitán, dominicano, a pesar de los golpes, jamás admitió nada del robo. Según él, aprovechando que estaban adelantados por varias horas en el viaje y que tenían puerto abierto, hizo escala en Santo Domingo para pasar una noche última con su madre, que se encontraba, dice él, más allá que acá, y temía no volver a verla. Puro drama.

—¿Y le creyeron?

—Claro que no. Un barco así no puede hacer escala en cualquier sitio como si fuera un carro. Le pegaron un tiro, lo picaron y a los tiburones.

Así no más lo dijo Fermín, y Lope, el policía, el detective añejado, maleado por la calle, fue quien se espantó. Jamás pensó ver a su hermano Fermín hablar como un matón. Cualquiera diría que estaba acostumbrado a aquellas salvajadas. O quizás pretendía presentar la situación lo más cruda posible en ánimo de ablandar a Lope para el favor que estaba por pedirle.

—Fíjate, me parece muy práctico ese amigo tuyo, cómo resuelve la cosa tan fácil: picadillo y a los tiburones —Fermín calló y respiró profundo. Parecía no estar en ánimo de ironías.

A los días de esto, prosiguió Fermín, comenzó un runrún por el bajo mundo de un perico de alta calidad que andaba corriendo por Caguas. El bichote amigo de Fermín no hizo más que coger el celular, hacer par de llamadas, pegar par de gritos, ofrecer par de pescozones y tiros, y lo supo todo. No fue el capitán. Pobre. Al parecer el barco sí tenía permiso para atracar en Santo Domingo una noche. Ni modo. Ya era muy tarde. Tendrían que vomitar los tiburones y pegar los cantitos para darle reversa al hecho. Resultaron ser los muchachos del muelle los estafadores, los sinvergüenzas (así dijo Fermín, como si todo aquel negocio fuera pura decencia), con las caras de bobitos y de yo no fui.

—¡Los nuestros! —dijo Fermín sin percatarse de la severidad de la cara de su hermano.

Pues resultó que los muy brutos le vendieron el material a un conocido de un amigo de Edwin en Caguas, pero cuando se enteraron ya habían revendido en octavas varios kilos y el resto los mandaron para afuera. En menos de dos días no quedó ni uno de aquellos muchachos con vida.

—Él mismo se encargó de despacharlos. Según supe los descuartizó vivos, a uno con una sierra, a otro amarrándole las manos a un poste y los pies a la Yukon. Te podrás imaginar el resto. Y los pedazos de cuerpo, a los tiburones —relató con total naturalidad, como si la manera cruda y desafecta como hablaba, sintiéndose hasta cómodo con aquellas atrocidades, debía ser evidencia de que decía la verdad. ¡Él no se iba a inventar una cosa como aquella! Al mismo tiempo, Lope hizo nota mental de que era la segunda vez en el día que surgía el tema de desmembrar gente con carros y postes. La primera la descartó por exagerada. Esta segunda le hizo repensar que la primera tal vez no fuera tan exagerada.

—Oye, pero ese amigo tuyo quién es, Acuamán, que lo resuelve todo con tiburones —Fermín lo miró sin gota de jocosidad, y hasta echadas las orejas un poco hacia atrás de lo pesado que le cayó el comentario.

El bichote le exigió entonces a Fermín cien mil dólares para cubrir los gastos de aquella pérdida, cantidad bastante por encima de su participación. Fermín, por supuesto, ya no tenía esa cantidad de dinero, habiéndola perdido en los fracasos anteriores. Pero igual el bichote pasó en un dos por tres de ser pana a ser agente de cobro, exigiéndole aquel reembolso, primero a las buenas, casi relajando, después con seriedad e intransigencia, luego a gritos y empujones, por muy chiquito y escuálido que era, y finalmente, ya cuando no se veían cara a cara, con amenazas de muerte por teléfono, contra él, contra Nina y contra las niñas.

—Te podrás imaginar cómo estoy… —concluyó Fermín con voz temblusca.

—Sí, me imagino, con las churras bajándote por las piernas —saliendo con lentitud del hundimiento de la silla, moviendo hacia el frente el torso, colocando los codos sobre las rodillas y las manos bajo la barbilla, Lope asumió la postura del adulto que se presta a dar un regaño—. ¿Hace cuánto que esto viene pasando?

—Varios meses.

—¿Varios meses, cabrón? ¿Y cuánto tiempo va desde la amenaza de muerte, a ti y a tu familia?

—Varias semanas.

Como drenándose por un desagüe, Lope sintió el color írsele de la cara al pensar en las veces que Patricia, durante esas semanas, anduvo en el carro con las primas y la tía Nina.

—Tú me estás jodiendo. ¡Varias semanas, *fucking* irresponsable! Yo juraba que fue ayer.

—Como te dije, no he tenido el valor de hablar con Nina, aunque hace días que me viene preguntando qué me pasa que ando tan nervioso. Se me nota, obvio.

—Entonces ella anda por ahí amenazada de muerte sin saberlo, de lo más campante con las nenas, y a veces hasta con Patricia.

Fermín hundió la cabeza entre las manos y no dijo nada. Lope sintió latirle fuerte el corazón. Se paró y se alejó de él. Si lo seguía mirando temía agredirlo. Le ardía la cara, ahora por un golpe de sangre que le subió hasta la cabeza como una erupción del cuerpo.

—Suerte tienes que la yerba me pacifica, porque lo que te mereces es que te jarte a puñetazos —Lope le habló desde el balcón, mirando la bahía, dándole la espalda—. Obviamente no has hecho ninguna querella por las amenazas de muerte.

—¡Estarás tú loco! ¡Eso sería firmar mi sentencia de muerte! Yo lo conozco. Si se entera, me descuartiza.

—Bueno, ¿y entonces? ¿Cuál es la situación ahora que vienes con tanta urgencia? ¿Qué puedo hacer yo?

—Ayer siguieron a Nina, que venía de Plaza del Caribe con las nenas.

—¡No te digo! Lo que te mereces es un sopapo, me cago en la mierda —Lope se volteó, hiperventilando—. Dijiste que Nina no sabía nada. ¿Cómo supo que la estaban siguiendo?

—No fue ella quien se percató. Fueron ellos quienes me escribieron un mensaje de texto en el que, como tú, me acusaron de ser un irresponsable por dejar salir a mi mujer a la calle como si nada, y con las nenas. Les escribí mintiéndoles de que mi mujer estaba conmigo y me respondieron que quien estaba conmigo debía ser una puta porque mi mujer estaba ahora mismo en la guagua Lexus con mis hijas pasando frente al Obelisco de la Abolición, y me enviaron la foto de la parte trasera de la guagua. Me dieron un plazo de una semana para pagar; si no doy cara, van por ellas.

Aquel era el tercer plazo de una semana que Lope tenía en un mismo día: para resolver el asesinato de los santeros, para la llegada del ciclón o la tormenta, y ahora para que su hermano pagara los cien mil pesos que le debía a un bichote.

—¿Qué podemos hacer? —Fermín preguntó con voz apocada, echado hacia atrás en la butaca con la mirada puesta en el techo.

—Lo primero es hablar con Nina y explicarle.

—Negativo —contestó Fermín al escape, como si aquella posibilidad ya estuviera ponderada y cancelada—. Eso sería el fin de nuestro matrimonio.

—Más fin de matrimonio serían varios pepitazos en la cabeza de Nina, y si los pepitazos alcanzan a las nenas entonces es el fin de tu vida, maricón.

—Pero es que tú sabes cómo es ella, tan come santo, tan preocupada por el qué dirán. Las nenas en el Colegio Ponceño, las amigas del grupito de las comemierdas del Club Náutico, la beatería que tienen todas con el padre Carlos. De repente verse convertida en la mujer de un traficante de drogas la destruiría, acabaría con lo nuestro.

—Qué jodío mamao eres, Fermín. ¡Qué carajo te va a importar el qué dirán y el puto matrimonio y el cabrón padre Carlos, puñeta, cuando están a punto de darles para abajo a tus hijas y a tu mujer! Estás fuera de la realidad, papi, ¡bien fuera!

Lope también estaba fuera, pero de sus casillas. Dio varias rondas por la sala, fue a la cocina, recogió el tabaco apagado, salió a la terraza, lo encendió de nuevo, le dio varios jaladas, expidió gigantes humaredas, respiró aire con salitre, se calmó.

—Lo primero que hay que hacer, después de que hables con Nina, es identificar al tipo, ver qué averiguo con los muchachos de narcóticos y el CIC. Además de Edwin, ¿tiene algún apodo?

—Jockey. También le dicen Jockey.

13

Se despertó azorado, sudoroso, jadeando, flotando en un mar de pesadillas que olvidó al instante. Apenas comenzaba la claridad a entrar por la ventana. Dormir de nuevo, ni pensarlo. Sentado al borde de la cama, masajeándose con las manos lo bajo de la espalda, echó mano seguida a la media Percocet sobre la mesita de noche. Haciendo cuenta del día, las muchas gestiones que le esperaban, el mucho entrar y salir de carros, pensó que tal vez fuera mejor aumentar la dosis para garantizar una espalda funcional hasta el ocaso, pero al final partió la media pastilla, bajó el cuartito con saliva y el otro lo dejó para la noche. Se levantó y apagó el aire acondicionado.

No estaba fácil la mañana. Muchas cosas en el plato, todas bastante pesadas. Además de escaso el descanso, de pesada la pesadilla y de amarrada la espalda, la cadena de eventos que tenía por frente aquel día era para espantar a cualquiera. Como al abrir una novela a la que se regresa, al Lope abrir los ojos regresó a la región clara de su mente toda la saga de su anterior día, cerrando con el desfile de las confesiones de su hermano sobre el lío bestial en que estaba metido.

Desnudo, llegó hasta el baño para hacer las descargas de la mañana. Con las líquidas no hubo problemas. Las sólidas no respondieron, por mucho que las llamó. Con lo bien que siempre daba del cuerpo en la mañana. Ni modo. Mientras vagaban sus pensamientos hacia Fermín, hacia Marrero, hacia Jockey, hacia el tal Joey que mencionó Raulo, hacia el plazo de una semana, le puso el tapón al lavamanos, llenándolo de agua hasta la mitad para lavarse la cara. Sin embargo, en vez, tomó el cepillo dental, le colocó la pasta y lo hundió en el agua para lavarse los dientes, escupiendo los buches de espuma en el agua con la que, minutos después, se lavó la cara. El mentolado de la pasta en los ojos lo sacó del estado casi hipnótico en que se encontraba. Extrañado de sí mismo, se observó un minuto en el espejo. Por un instante infinitesimal no supo a quién miraba.

Desnudo también llegó hasta la cocina, donde emprendió el proceso de preparar la greca para el café de la mañana, procedimiento tan automático que aprovechó para, mientras lo hacía, planificar el orden de los asuntos del día y el tiempo que dedicaría a cada uno. Dejada la cafetera en la hornilla fue hasta la terraza, pintada ya por los naranjas del sol que atravesaban el mangle. Tomando hondas inhalaciones de aquel aire cargado de un salitre liviano, dejó que la brisa le llenara cada alveolo y que la luz matutina le manchara de amarillo el cuerpo entero. Disfrutar de aquellas sensaciones mínimas, íntimas, en su terraza, en pelotas, protegido de las miradas de espíritus mundanos por aquel muro de mangles, era su momento de mayor libertad privada. Porque cagar, todos cagan, pero pocos pueden salir en pelotas a su terraza, frente al mar, entre pelícanos y gaviotas, a recibir los primeros destellos del alba. La mañana era la hora mágica de Lope, su momento vivificador por excelencia, aquello que le anclaba a la realidad y al mundo permitiéndole encontrar sentido a los eventos que habrían de ocurrirle durante el día. Era su hora de pensar claro, de estar consigo, de su café y su tabaco. A la espera de que se colara el café, encendió el tabaco que le sobró de la noche.

De los eventos del día anterior, fue la conversación con su hermano sin duda la que retumbó con mayor impacto. De que lo trastornó un poco, poniéndolo en la disyuntiva de si debió ser más agresiva su ira o más benévola su compasión, no cabía duda. Pero nada más pensar en el peligro al que Fermín expuso a Patricia con su negligencia, y a sus propias hijas, se convenció de que fue demasiado benévolo. Debió partirle la cara, cantarle las cuatro verdades, decirle que ya ni su hermano era. Ahora se arrepentía de haber sido tan blandengue. Al final, pese a lo que debió decirle que no dijo, lo peor era no saber qué hacer para neutralizar a Jockey y salvarle la vida a su hermano. Fermín quería que usara sus influencias en la policía para saber de qué manera se podía garantizar su seguridad y la de su familia sin poner a Jockey bajo aviso. Aquello era un imposible. Recurrir a la policía, con la pudrición que la infectaba, era igual que llamar a Jockey por teléfono para informarle. ¿Qué más podía hacer? ¿Seguridad del Estado? ¿Protección estatal a un bichote de otro bichote? ¿Programa de Protección de Testigos? Porque, a la clara, Fermín era un bichote, un bichote sin punto, un bichote sin muertos, un bichote sin cárcel, pero bichote. Aunque le rodara la cara por el suelo de la vergüenza, debía consultarlo con Ulises, para algunas cosas su asistente, para otras su asesor, y para otras su pana. Hizo nota mental de llamar a Genoveva tan pronto fuera menos temprano para ordenarle, sí, ordenarle, que no dejara a Patricia montarse en el carro con las primas. Algún pretexto se inventaría antes de llamarla, revelándole lo mínimo, prometiéndole información futura y, por supuesto, pidiéndole que no lo compartiera con Patricia.

Regresó del balcón sintiéndose dichoso de vivir en aquel lugar, al borde de aquella agua cálida y transparente, metido en la catedral de mangle que lo cobijaba con sus sombras frescas, rodeado por las yaboas grises de andar filosófico, los manatíes retozando como niños en las radas y a veces por los delfines que casi lo llamaban por su nombre. El pito de la válvula de la cafetera le indicó que el café estaba listo, aunque extrañamente no sentía su aroma. Al verter el café en la taza y ver aquella agüita marrón sin olor a café no pudo entender al principio qué mierda pasaba. Un repaso rápido del mostrador le dio la respuesta. En vez de echarle harina de café a la cafetera le echó azúcar morena. Tantos años preparándose su café en la mañana, y hoy esto. Se sintió extraño, se sintió otro, se sintió mirado desde adentro. Observó su propio cuerpo y le incomodó estar desnudo. Fue al cuarto y se puso unos cortos y una camiseta.

Preocupado por aquellos acontecimientos, y dada su naturaleza un poco hipocondriaca, casi al instante le vino a la mente la existencia de algún mal neurológico. Siendo la segunda ocasión en menos de quince minutos que se le invertían los procesos lógicos, se dijo que algo en él, sin duda, andaba desencajado aquella mañana. Cierto que los eventos de ayer fueron un alud, una sobrecarga, y quizás por ahí rompió la cosa, pero nunca algo así antes. Se trataba de hacer café y lavarse la cara, dos procesos elementales, se dijo a modo de reproche.

Tomándose su tiempo, se hizo otro café y buscó el teléfono para saber la hora. La sorpresa casi lo tumba al suelo al ver que tenía varias llamadas perdidas de Marrero entre las cinco y las cinco y cuarto de la madrugada. Examinó que no estuviera silenciado el teléfono. No lo estaba. ¿Cómo no lo escuchó, siendo tan escandaloso el timbre y tan liviano su sueño? De nuevo, todo extraño, todo raro, todo desfasado. Se sentía un poco inclinado hacia la izquierda, y como algo en la pierna que no lo dejaba andar bien.

—No escuché su llamada del amanecer —abrió Lope diciendo para matarle a Marrero cualquier comentario que viniera por esa línea.

—Parece que estaba buena la maloja de anoche —rio calladamente al otro lado de la línea.

Lope se quedó atónito. ¿Sabía?

—¿A qué se refiere, capitán?

—¡Ay, chico, Lope, no te hagas el pendejo conmigo que no te funciona!

—¿A qué se refiere, capitán?

Marrero dejó pasar un rato sin decir nada. El chasquido de su lengua se escuchaba claro.

—Lope, Lope, Lope, yo diría que tú y yo tenemos más en común de lo que quieres admitirte. Tanto que me condenas y me criticas y me masacras a mi espalda, y resulta que estamos cortados con la misma tijera.

La brújula del entendimiento de Lope comenzó a girar como una hélice. ¿Hacía referencia al lío en que estaba metido su hermano, del que quizás supiera por sus relaciones con el narco? ¿A esa tijera se refería, a que también Lope llevaba la corrupción en la sangre, aunque no la practicara?

—Lo que importa no es la tijera sino el patrón que recorta, y obviamente usted y yo tenemos patrones bien distintos.

—Tienes razón, Cerebro, lo importante no son las tijeras, porque tijeras pueden ser hasta de costurera, como seguro son las que te cortaron a ti —carcajada—. Vamos al grano.

—¿Qué se le ofrece?

—¿Cómo que qué se me ofrece? ¿Qué tú piensas que se me ofrece?

—Desearme buenos días y que pase excelente mañana.

—Sí, claro, y mandarte chocolates y un beso por teléfono —Marrero dejó pasar unos segundos de sulfuración que le causó aquella respuesta—. Se me ofrece esperar que tengas buenas noticias con el tema de los santeros.

—Ni buenas ni malas. Tengo pistas que me propongo seguir hoy, que espero que conduzcan a algo —le contestó Lope con un desánimo evidente en la voz.

—¿A algo? Tú querrás decir a los asesinos. Algo ni algo…

—Pues lamento defraudarte, estimado Ramón —lo llamó por su nombre para restarle autoridad—, no sé si lleguemos a los asesinos en el día de hoy. Nadie sabe nada. Nadie vio nada. Nadie quiere hablar. Así que estamos partiendo desde cero.

—Pues espero que andes por uno o dos sospechosos entrada la tarde, porque vienen los reporteros a cuestionarnos y hay que darle resultados al pueblo —ya venía con la amenaza de la prensa y el pueblo, sabiendo el repelillo que le tenía Lope a las entrevistas—. Y esas pistas que dices, ¿son cuáles?

—Criadores de perros de pelea y un jodedor de Yauco que estamos investigando.

—¡Criadores de perros! ¡Me salvé yo ahora! —gritó—. ¿Y tú pretendes que me enfrente a la prensa con criadorcitos de perros?

—Sí, eso pretendo. ¿Qué tiene de malo? Pistas son pistas. Cualquiera es tan buena como la otra, sobre todo cuando los testigos solamente vieron enmascarados. Además, ¿no son las pistas la base de una investigación?…

Le ardía la cara a Lope. Las venas del cuello se le brotaron de meramente tener que decir lo obvio.

—Te quiero esta tarde en mi oficina con mejor material que unos perritos y un bichotín de Yauco —dijo antes de colgar.

Dejó el carro en el estacionamiento de la Comandancia y se subió en la patrulla con Ulises. Dado que tenía los órdenes invertidos, no se sintió seguro conduciendo aquella mañana. Una hipernoción de sí mismo lo afectaba. Era él, se escuchaba él, se veía él, se sentía él, pero algo adicional lo acompañaba, no sabía si corriéndole por dentro o resbalándole por fuera. Y no era que viera o percibiera seres o cosas, pero algo le afectaba el juicio desde la mañana, algo más que las sustancias que consumía mínimamente, el café, el cuartito de Perco, el medio tabaco.

Ulises lo esperaba con los periódicos abiertos y el aire acondicionado al máximo. Tan asesino estaba el sol de aquella hora que el trayecto de un carro al otro fue suficiente para sentir que se le achicharraba la piel del cuello y la cara. Pensó en los calvos, y sintió pena por ellos. Entró a la patrulla sudando, lo que le sirvió para disimular un poco sus trastornos.

—No se mueve una hoja —dijo al entrar al carro hecho una fuente de agua viva.

—La tormenta que se está formando —opinó Ulises mirándolo de modo extraño—. ¿Tú estás bien? Estás más blanco que el sobaco de una monja. ¿Tropezaste con un aparecido?

—Con aparecidos no me he tropezado, pero sí he tenido muchos percances raros esta mañana.

—¿Percances? ¿Cómo percances? ¿Te hiciste pipi en la cama?

—Es en serio, Ulises. Una serie de eventos extraños que no sé ni cómo explicarte —y procedió a explicarle el cruce de sus actos aquella mañana—. No sé si me entiendes.

—No parece tan grave la cosa —lo miró Ulises con cara de que su preocupación era exagerada—. Un poco estar eslembado, un poco tener la mente en babia, más nada.

La verdad que sí, se dijo Lope, aliviado. La mente en babia, se dijo, sin saber Ulises todavía en cuál babia andaba. Igual, tampoco era gran cosa. Los eventos eran raros, cierto, pero tampoco era el fin del mundo. Sin duda que tener la mente en babia podía provocar aquellos trastornos. No obstante, la sensación de estar acompañado por un ente extraño, bien fuera rodeándolo por fuera o corriéndole por dentro, persistía.

—Antes de que hagamos la primera visita, pásame por la panadería, que salí sin comer nada y tengo el estómago colapsado. Para colmo, dormí como un perro, y lo poco que dormí vino con pesadillas.

—Pesadillas y todo —Ulises lo miró un segundo con cierta suspicacia desde la profundidad de sus ojos de pájaro que dividían el puente estrecho de su nariz aguileña.

—Sí, y bien malas que fueron, aunque no recuerdo bien de qué trataban —Lope dejo la mirada vagar a través de su ventana. Un silencio raro se posó entre ambos.

En la panadería, Lope pidió un sándwich de jamón, queso y huevo con ensalada, poco kétchup y poca mayonesa, mientras Ulises mató con un bocadillo. El café de ambos, oscuro; el jugo de china, natural; y el quesito para pisar salado con dulce. Miró el reloj. Las seis y media. Se dio hasta las siete para llamar a Genoveva y asegurarse de que la cogía de buenas.

—Dame el detalle —le pidió Lope a Ulises metiéndole el primer mordisco a su sándwich, cuya superficie lisa de pan tostado reventó en pequeñas placas tectónicas alrededor de sus dientes.

—Vamos a visitar cuatro criadores. Una en Peñuelas, dos en Guayanilla y dos en Yauco —le informó Ulises, también con la boca llena—. Tres crían pitbulls y uno rottweilers. Radio Bemba dice que participan en peleas clandestinas, pero no tenemos pruebas.

Lope probó el café primero. ¡Fo! ¡Qué malo estaba! Casi lo escupió. Ulises miró el suyo y le dio un sorbo, demostrando tranquilidad y hasta satisfacción. Estirando el cuello hacia el área del mostrador, Ulises identificó el problema.

—Estilo americano.

—¡No en balde! —protestó Lope—. Si fuera por el café nada más, nunca más vuelvo aquí.

—Ya mismo te quedas sin lugares para comer —Ulises alzó la ceja derecha recordándole todos los boicots que tenía en distintos comivetes.

—Para comer a la altura de la dignidad humana siempre están César y Fela.

El resto de los sándwiches los comieron en silencio, cosa rara entre ellos, acostumbrados a la plática continua. Porque cuando no era el tema de la jeva del momento de Ulises era el tema de los macacos de Lope, y cuando no el de las amigas de Lope era el de la familia de Ulises, sus padres fanatizados por la iglesia adventista y sus estúpidos hermanos. Lope no encontraba por dónde empezar a contarle la situación con su también estúpido hermano.

Al salir de la panadería, apenas dados unos pasos de la puerta, llegó volando de la nada una bola de baloncesto proveniente de un grupo de muchachos que jugaban en un patio justo al lado, pegándole a Lope justo en el centro de la frente y haciéndole caer sentado en el cóccix contra el suelo de la manera más ridícula y aparatosa. Ulises, que iba más adelante, acudió a su ayuda, levantándolo. Solo por ser la bola más o menos blanda, y por venir sin tanto impulso como para hacerle daño, fue que los chicos se reían mientras se excusaban, recuperando la bola sin otro arrepentimiento. Lope se limpió el pantalón por detrás, giró el tórax completo de lado a lado buscando descomprimir el dolor de la caída, y fingió no sentir nada. Pero no todo había terminado. De camino a la patrulla, otra vez de la nada, un perro sato salió a su encuentro entre los carros. Por su tamaño, no le amedrentó tanto, pero su rabia, su furia, gruñéndole con los colmillos expuestos como un lobo pequeño, fue suficiente para extrañarle, sobre todo cuando nadie más parecía ser objeto de aquella indignación canina. Lope caminó hacia la patrulla haciéndole frente, y cuando fue a entrar, la fiera intentó morderlo.

—Ahora sí estoy por creer que tienes algo encima —le dijo Ulises en broma y en serio, haciendo un esfuerzo supremo por no reírse, mientras Lope, con gritos y patadas, las cuales incidían dolorosamente en el lastimado cóccix, intentaba espantar la bestia al montarse.

—¿Algo como qué? ¿A qué te refieres?

—No sé. Una macacoa. Cuidado no sea el palero ese, el padrino de todos esos títeres, porque igual que tú le tienes el ojo puesto a él, él te lo tiene puesto a ti.

Miró el reloj. Las siete. Tocaba llamar a Genoveva, sin todavía pensar la excusa. ¿Cómo explicarle que no dejara a Patricia andar con las primas durante las próximas semanas, mucho menos ir con ellas a ninguna parte? Se paralizó un instante al no tener nada claro, y más sabiendo que, además de vivir cerca, Patricia y las primas eran muy unidas, sobre todo porque ella, la mayor, ejercía una influencia importante sobre las otras… Recordó de pronto que debía comunicarse con Vicente y cotejar los preparativos para la tormenta, en caso de que la hubiera, lo que le complicaba el día, conociendo que ese ser del pasado ni teléfono celular tenía.

Marcó el número.

—Dígame, jefe.

¿Dígame, jefe? ¿Genoveva? ¿Con aquella voz? Imposible. Miró la pantalla del teléfono y allí estaba la respuesta: Belinda.

Juró haber leído Geno en la pantalla. Pero igual hasta alivio sintió con la confusión, no estando preparado todavía para hablar con ella, y menos frente a Ulises, a quien todavía no había puesto al corriente del asunto de los cien mil de Fermín.

—Buenas tardes, Belin. ¿Te comunicaste con el esposo de tu prima, el babalao?

—En todo caso buenos días, que apenas son las siete de la mañana. Y sí, me veo con él horita. Dice que conoce al tal Ifa Omí, así que hoy consigo la información.

—Excelente. Métele a eso que nos hace falta. ¿Y el testigo herido?

—Sigue en recuperación de la cirugía. Espero que más tarde hoy Cruz lo pueda entrevistar.

—Súper.

Lope permaneció un rato callado tras colgar con Belinda. Llamó a Belinda en vez de a Genoveva; dijo buenas tardes a plena mañana. ¿No eran estas otras formas de inversión? Caviló acerca de aquella circunstancia, que de pronto se le presentó confusa y compleja. Recordando las palabras de Ulises sobre el palero, comenzó a cuestionarse la existencia de tal cosa como la brujería, y de ser positiva la respuesta, si era necesario creer en su poder para ser afectado por ella. Aunque los asuntos de mentalistas y brujos Lope los tachaba siempre como intentos de listos para exprimir incautos, sin duda que los eventos de las últimas horas comenzaban a sembrarle la duda.

Llamó a Genoveva. Observó de reojo a Ulises que conducía mirando directo hacia adelante con cara de andar metido en sus pensamientos.

—Hola, Geno, soy yo. Sí, estoy bien. Escúchame y no me pidas explicaciones. Después te las doy. No quiero que lleves a Patricia más a casa de su tío, ni tampoco que se monte en el carro con Nina… Te dije que después te explico, ahora no puedo, pero hazme caso. Te estoy hablando en serio, bien en serio. ¿Me estás escuchando? ¿Estás segura? De todos modos, no creo que Nina se ofrezca para nada a partir de hoy, pero ya sabes. Igual ella te comenta algo, igual no. Métele alguna excusa a Patricia y le dices que la veo en el fin de semana. Ok. Bye.

Miró de reojo a Ulises y lo atrapó mirándolo también de reojo con cierta suspicacia entre las cejas.

14

Entraron al barrio Junquillo por una carretera estrecha entre casitas de madera y árboles cargados de mangos como bolas navideñas. El asfalto roto, los boquetes gigantes y los mangos podridos casi impedían llamarle carretera a aquel camino para cabros. Ulises entró por ella a las millas, metiendo las gomas en un par de aquellos huecos como si en vez de hule fueran de titanio, estando a poco de romperle la punta del eje a la patrulla y a Lope la punta del cóccix. Tras un grito para que lo cogiera suave, convencido de que ahora sí se le había fracturado, Ulises redujo la velocidad de sopetón, lanzando a Lope hacia el frente tan bruscamente que el cinturón se le trancó encima espetándosele dolorosamente en el pecho. Lope miró a Ulises con ojos como los colmillos del perro que poco antes le gruñó.

—Bueno, payaso, ¿a quién es que buscamos por aquí?

—A Infausta Nigaglioni, criadora de perros, famosa por toda la zona. Seguro no tiene nada que ver, pero fue el primer nombre que me dieron. Es requeté conocida, y al menos puede dirigirnos hacia los que sí tienen que ver.

A la casa de Infausta llegaron justo al terminarse el caminito. Rodeada por una verja de *cyclon fence* de al menos diez pies de altura, rotulada a la vuelta redonda con avisos de cuidado perros bravos, de la estructura de madera destartalada y sus alrededores brotaba una hedentina a perro mojado y mierda seca que a Lope casi le provocó arcadas. Ulises gritó el nombre de la señora, que fue repetido por la voz de un hombre dentro de la casa junto con una explicación de que la procuraban en el portón de entrada. A esa hora temprana, el sol ya azotaba con crueldad salvaje, ablandando lo que quedaba de asfalto de aquella calle y creando espejos sobre ella. Aquella luz incandescente, atravesándole su pelo cada vez más fino, Lope la sentía sobre el cuero cabelludo como un casco de acero recién sacado de la forja. Soplaba poco, el mundo en pausa, la rotación de la Tierra detenida, los pájaros callados, enmudecidas las bestias, seca la tierra, derretido el tiempo bajo el peso de aquella luz amarilla.

—¿Que quién la procura? —preguntó la voz del hombre desde adentro.

—Policía.

—Voy ahora —dijo una voz femenina tras un silencio corto que le pareció a Lope más de sorpresa que de culpa.

Al poco rato se abrió la puerta del balcón y salió una señora de edad avanzada, Lope estimó que picando los setenta, delgada, alta, cuerpo espigado, pelo largo cano cogido atrás en moño, y una piel blanquísima llena de manchas de edad que, pegada a los pómulos y la faz huesuda, parecía un paño mojado. Ojos tan azules que incomodaba mirarlos. Vestía bata de florecitas hasta las rodillas y calzaba zapatos negros de oficina, de hombre, dentro de los cuales sus tobillos parecían palitos de madera. Nigaglioni, se dijo Lope, descendiente de los corsos que llegaron aquí en el siglo XIX, seguro tenía un temperamento del diablo.

—Díganme, oficiales, ¿en qué les puedo servir? —entre un gran mazo de llaves, la señora buscaba la que abría el portón de entrada—. Adelante —les indicó al abrirlo, tapándose la luz con la mano como una visera y achinando los ojos para verlos mejor—. Pasen, pasen, no se me queden ahí como dos estacas —los apuró con esas palabras, desesperada por que entraran en aquel recinto donde se advertía de la presencia de perros salvajes. Lope aceleró el paso lo más que pudo, pero no fue suficiente. Ulises, que le seguía, recibió de la señora un empujón por la espalda, apurada por cerrar de nuevo el portón como para evitar la fuga de unos perros que todavía no se materializaban, cayendo su cuerpo sobre el de Lope, que a su vez tropezó y casi se va de boca con el tuco de una mata recién cortada a ras del suelo. Estaba del carajo la vieja esta, se dijo, y aunque quisiera darle una mirada de reproche, ella ni se enteraba. Ulises estaba a punto de soltar una risa con la brusquedad de la doña, y Lope no pudo ni mirarlo por miedo a contagiarse.

—Suban, suban, ¡qué están esperando! —insistió gesticulando con los brazos como aspas ante la duda de Lope si remontar la escalera del balcón. Arriba, la señora se les adelantó para presidir la procesión hacia la sala de la casa, donde les conminó a sentarse, señalando con la mano dos sillones cubiertos con forros de plástico transparente, frente a una butaca reclinable que ella ocupó como un trono.

De alguna parte de la casa, Lope presumió que de la cocina, provenía un fuerte olor a carne de caballo, es decir, a comida de perro barata y enlatada. También llegaba un ruido como de ollas y platos y cucharas removiendo sustancias, mientras afuera se escuchaban ladridos lejanos. Por el pasillo, de donde provenían los olores, sonidos y llantos caninos, vieron pasar y perderse en la luz brillante del fondo a otra señora que lucía más antigua aún que Infausta.

—Es mami —se percató que la vieron.

¿Mami dijo? Mirando de nuevo con más detenimiento a su interlocutora, y recalculándole la edad, Lope concluyó que quien salió de la cocina era una momia egipcia.

—Tiene casi cien y ahí donde la ven, está como coco, y no rancio. Es quien me ayuda con la faena de los perros. Es un roble mi mamá. Lo único que le falla es el oído. Está más sorda que una tapia —buena cosa que aquella señora ya vieja tuviera siempre a alguien a quien llamarle vieja, se dijo Lope. Debía ser un mecanismo de rejuvenecimiento inagotable.

Desde un cuarto, a través también del pasillo, escucharon ahora una tos profunda y con flema, una tos masculina, seguro que salida de la misma boca por donde salió antes la voz que escucharon desde la calle. Ulises miró hacia allá buscando con el gesto una explicación.

—Es mi marido, Roberto. Está encamado hace cinco años.

Una brisa que andaba cruzando entre los árboles alrededor de la casa entró por el balcón hasta la salita, creando un ambiente propicio para la entrevista que aún no comenzaba. Aparentemente las papilas olfativas de Ulises y Lope se acostumbraron a la peste de los perros porque ya ni la percibían.

Construida sobre un garaje grande como para cuatro carros, la casa de estos ancianos apenas se sostenía sobre aquellos pilotes de cemento. Su interior hablaba de una vida paupérrima, colmada de miseria, escasez e incapacidad de sostener los niveles mínimos de limpieza. Una capa fina de polvo acumulado por semanas cubría como un manto las superficies. El sofá, también cubierto con forro plástico, y los dos sillones, la silla reclinable y una mesita de centro, desvencijada una y coja la otra, constituían la totalidad del mobiliario. Los paneles de madera con los que alguien, en algún momento ya bastante remoto del presente, tuvo la brillante idea de forrar las paredes de cemento de la sala, eran hoy un nido de polillas, criadero de insectos, origen de humedades que daban a la salita el aspecto de una granja derruida.

En las paredes se observaban cuadros de paisajes en acuarelas, viejos y despintados, además de un afiche enmarcado de la Virgen del Carmen, reconocible por las yolas de pescadores que la rodeaban, y otro del Gran Poder de Dios, que nunca faltaba entre la gente humilde. En una esquina se destacaba la presencia de dos estatuas de yeso tamaño natural de hombre y mujer, sentados en sendas sillas también de yeso que formaban parte del conjunto escultórico, ambos de piel negra, él pañuelo rojo amarrado al cuello, traje, pantalón y sombrero blancos, ella traje, falda larga y pañuelo amarrado a la cabeza, todos blancos. Frente a ellos, en el suelo, ardían dos velones rojos junto a un gran florero con azucenas secas y una gran variedad de otros elementos: una tacita de café negro con un tabaco sin encender cruzado sobre ella, una fuente con frutas, una botella de ron y distintos vasos con líquidos claros. Otra más que anda en prácticas raras, se dijo Lope. En definitiva, por aquella parte del país, quien más o quien menos pintaba o raspaba algo en algún culto.

Lope le indicó a doña Infausta el motivo de su visita, la investigación de un crimen que los llevó a los criadores de perros del área y que el nombre de ella salió varias veces en conversaciones sobre crianza de perros, por lo que decidieron visitarla primero.

—A mí me conoce medio mundo porque saben que soy la única por aquí que hace las cosas bien, como Dios manda —aclaró tras escuchar aquella introducción, al tiempo que se acomodaba en la butaca que, reclinándola, desplegó un alzapié sobre el cual cruzó sus pies, enfundados en chanclas de tela en patrón de flores tan por completo percudidas que las flores parecían mustias—. Si quieren pasar a chequear las jaulas pueden hacerlo. No encontrarán jaulas más limpias en todos los criadores que visiten.

Debían ser muchas las jaulas y los perros para que, a pesar de estar tan limpias, emitieran aquella hedentina que sintieron al principio.

—¿Qué clase de perros cría usted? —indagó Lope.

—*American pitbull terrier, razors* y *red-nose pitbull* —usó un inglés machacado, casi imaginario, pero entendible. Ambos quedaron paralizados con la mención de aquellas razas famosamente feroces que tanto contrastaban con aquella viejecita endeble, y con su madre, más antigua y frágil aún—. Llevamos años en esto —prosiguió—, toda una vida, para que sepan, toda una vida. A esto nos dedicamos mami y yo desde mi primer marido. Era su negocio, pero falleció joven. Patada de caballo en la nuca. Mami y yo nos hicimos cargo. Eso fue hace ya cuarenta años, y hasta el sol de hoy.

Infausta se refrescaba con un abanico de iglesia, un pedazo de cartón duro con una estampa de la Natividad pegada a una tablita de madera que le servía de mango.

—Razas de pelea… —comentó Ulises por lo bajo.

—Sí, pero yo no, esa droga yo no la consumo. Mis perros no se venden para eso —protestó ella como acostumbraba ya a aquellas insinuaciones.

—Bueno, que usted sepa —aclaró Ulises—, porque tampoco me dirá que le da seguimiento a cada perro que vende y qué trato le dan sus dueños.

—Claro que no, pero yo sé a quién vendo, y conozco a quienes compran para pelea o para criarlos para esa barbarie. Esa gente no viene donde mí porque mono sabe el palo que trepa. Yo solo vendo a gente seria, con buenas referencias y credenciales. A los abusadores, a los bichotes de caserío, a esos les veo la pinta desde lejos y ni les abro el portón. No se crea que yo soy ninguna pendeja.

—Y los rottweilers, ¿quiénes más los crían por aquí? —fue al grano Lope, interrumpiendo la conversación con Ulises.

—Hay varios en la zona que los trabajan. Nadie se dedica a ellos exclusivamente; casi siempre los crían con pitbulls para ponerlos más salvajes. Están los hermanos Meléndez de la Playa de Guayanilla, que están en eso desde hace tiempo y son serios. Está una pareja de Yauco, allá por el cerro Rodadero. Para el otro lado, está la gente de Ponce, que son varios: Pilar, la viuda, en Valle Alto; Luisito Matei, un muchachito que vive con su mamá y entre los dos se encargan del negocio, en Punto Oro. Estos que le digo son los criadores formales, como yo, aunque también se escuchan historias… Y entonces están los informales, los matarifes, los que lo hacen desde sus casas, sin papeles ni permisos. Ponen a las pobres perras a parir como bestias y venden los cachorros debajo de los puentes como si fueran aguacates. Sería bueno que la policía fuera por esos sitios y multara a esos animales, a los dueños me refiero…

—Sí, sería bueno… —dijo Lope como si él no tuviera nada que ver con la Policía—. Y entre esos animales que usted dice, ¿quiénes son los más notorios?

—Chispa, de Yauco, es el más famoso. No se sabe ni dónde vive para que no lo encuentren. Ese llega donde ti. Gente ratera y bajuna, abusadores. Lo suyo es perros para peleas, para matar y ser matados. ¡Yo no me explico cómo es que ustedes no saben de Chispa! También están los Martínez, unos hermanos de los montes aquí en Peñuelas que hacen atrocidades. Está Nildita Pérez, la más discreta, pero otra abusadora. Esa es de Guánica. No sé de dónde exactamente. Chispa, los Martínez y Nildita se dedican a los pitbulls y rottweilers, pero hay otros que meten a otras razas: akitas, dogos argentinos y mallorquines, etcétera.

Como su asistente, Ulises debió tomar nota de aquella catarata de nombres, aunque solo fuera por apariencia para que la señora supiera que les interesaba la información que les daba, pero como estaba acostumbrado a su memoria de elefante, no lo hizo. Lope se puso de pie y Ulises lo imitó. Infausta permaneció reclinada en su butaca como sorprendida por el súbito final de la entrevista.

—Muy bien entonces —dijo Lope cortésmente—, creo que con esto tenemos suficiente orientación. Gracias por su tiempo, doña Infausta.

—No me las dé, teniente, que el placer ha sido mío. Siempre que sea para agarrar a esos malnacidos que tan mal nombre les dan a los criadores, puede contar conmigo —enderezó la butaca y replegó el alzapié—. Una pena no poder darles direcciones específicas de los malparidos de Chispa, Nildita y los Martínez. Pero preguntando seguro que dan con ellos.

Al salir, pasaron junto a las estatuas y Lope se detuvo un instante para observarlas. Ambos tenían expresiones severas, ella más que él, quizás porque la barba blanca le daba una apariencia más bondadosa.

—Francisco y Francisca —lo ilustró Infausta al notar su curiosidad—. Dos espíritus de alta jerarquía de quienes soy muy devota y doy ofrendas y atiendo con mucho amor. Tienen grandes mensajes para la Humanidad —al decir dos espíritus Lope dedujo que se refería a dos espíritus representados por las estatuas. En efecto, las «ofrendas» en el suelo frente a las estatuas indicaban que los espíritus que ella «atendía» de algún modo ocupaban las estatuas, se acoplaban a ellas. Lope lo miró todo con bastante curiosidad, pero no comentó nada y siguió andando.

Ya en la calle, después de despedirse y comenzar a alejarse hacia la patrulla, Lope regresó al portón y llamo a la señora de nuevo, que todavía no se alejaba tanto.

—Doña Infausta, usted ama a los perros, presumo.

Volteándose, permaneció callada un par de segundos, mirándolo desde allá, como aquilatando el ángulo de la pregunta.

—Son mi vida —lo miró con curiosidad—. A veces lloro cuando vendo un cachorro. Todavía no he podido detener esas emociones, pese a los años.

—Y los criadores que usted conoce, ¿los aman igual que usted?

—Los criadores profesionales son todos amantes de los perros y de los animales en general. Los criadores informales, los que crían para peleas, esos los aborrecen y desprecian y abusan de ellos todo el tiempo para aumentarles la agresividad. Los odian y gozan verlos morir. Son unos malnacidos. No hay otra explicación.

—Gracias, señora. Que pase buen día.

—Una última cosita, antes de que se vaya, teniente —le dijo ella a él ahora, acercándose al portón—. Hágase algo, por lo más que quiera. Dese un baño de plantas, una limpia, algo. Le veo una sombra mala encima que no sé qué sea, pero debe ser algo fuerte. Mire que yo tengo ciertas facultades y puedo ver ciertas cosas, además de las que me dicen los seres al oído. Usted tiene, si no una causa, una enviación, pero sea lo que sea, para yo poder percibirla, está bien materializada.

Lope se quedó mirándola sin saber qué decir. Al instante le vinieron a la mente la cadena de eventos que le venían ocurriendo desde la mañana, pero no entendía bien de qué le hablaba la señora. Percibiendo su duda, Infausta le pidió que la esperara un instante. En lo que entró a la casa y salió, Lope se volteó hacia Ulises para hacerle un gesto de paciencia con la mano. Regresando de la casa, llegó hasta el portón y metió la mano a través de la verja para darle algo a Lope.

—Tome —Lope abrió su mano y ella le colocó en la palma un pequeño saquito como de seda verde tornasolada amarrado arriba con una cinta blanca, relleno de alguna sustancia que cedía al apretarla. Por la textura que sintió a través de la tela, pensó que se trataba de algún material vegetal—. Es un resguardo. No lo abra. Llévelo con usted en el bolsillo. Le va a ayudar en lo que logra hacerse una limpia mayor.

Lope dudó si darle las gracias o si rechazar el obsequio. Aceptarlo, en cierta forma, era sucumbir, a su entender, a la idea de que aquello pudiera ser, idea a la que Lope objetaba de plano. ¡Qué limpia ni limpia! En cambio, rechazarlo sería, además de un desplante a la señora, que lo hacía de corazón, tal vez quedarse desprovisto de una ayuda mínima, en caso de que algo sí hubiera. Aceptar aquella mínima posibilidad, era, no obstante, abrir una hendidura por donde pudiera colarse algo.

—Gracias, señora —le dijo, alzando el saquito en el aire.

—Vamos a chequear a los Meléndez primero —dijo Ulises por encima de la capota del carro al regresar Lope—. ¿Qué quería la doña?

—Me dice que estoy bajo un ataque de magia negra o algo por el estilo.

—La macacoa que te dije que tienes encima.

—Me entregó esto que ella le llama resguardo, para que me proteja en lo que busco ayuda. Me dijo que lo llevara encima siempre.

Ulises lo miró sin reacción. Lope tomó el resguardo y lo amarró con la cinta al retrovisor de la patrulla.

—¿El resguardo es para la patrulla o para ti?

—Para mí, según ella —Ulises miró el resguardo, lo miró a él, y puso cara de no estar correspondiendo sus palabras con sus acciones—. ¿Los Meléndez entonces?

—Sí, los conozco, a uno de ellos al menos.

—¿Sí? ¿Cómo?

—Hace par de años acompañé a mi hermana que quería comprarle un perro a mi sobrinito, pero no se atrevía meterse sola por ese barrio.

—¿Y qué recuerdas del tipo?

—Tremenda pinta de gatillero que tenía. No fue más que verlo y decirle a mi hermana que ella no iba a hacer negocios con ese títere.

—La doña dijo que son de los serios.

—Los serios, sí, los que se compadecen —dijo Ulises haciendo con los labios gesto de incredulidad—. De todos modos, ya verás la mala pinta que tienen los hermanitos y tú mismo me dirás si llevan un negocio serio o no. Igual eso no nos compete. Inspectores de Hacienda tampoco somos.

—Aunque no los seamos, tenemos facultad para requerir los permisos de uso —Ulises lo miró un segundo y regresó la vista a la carretera como cotejando si hablaba en serio o en broma.

El breve silencio entre ambos lo rompió el sonido espacial del teléfono. Fermín. ¡Ea! ¡Y Ulises frente a él! Ya tenía un adelanto de algo, por la conversación con que tuvo con Genoveva frente a él, pero la pura verdad era que le abochornaba contárselo. ¿Qué pensaría sobre su hermano, sobre su familia, sobre su crianza, sobre él? ¿Creerá que le mintió sobre su pasado, que no eran gente decente nada? Si tal cosa hacía su hermano, ¿qué impedimento moral lo detenía a él? ¿Se dirá que era una hipocresía exigirle pureza y honestidad en su conducta, estando él, Lope, podrido desde la cuna? ¡Qué papelón! Pésima propaganda para los valores que tanto promulgaba entre sus subalternos.

—Dime, Fermín.

—Lope —por la forma de pronunciar su nombre comprendió que había pitirre en el alambre—. Lope —repitió, aterrado—, persiguieron a Nina de nuevo.

—¿Cómo es, cabrón? ¿Tú estás en serio?

Ulises lo miró, intrigado.

—Les bajé con el mismo cuento de que mi mujer estaba conmigo y me mandaron fotos de la guagua de Nina dejando las nenas en el colegio. Llamé a Nina y era verdad, ahí estaba.

Con la mención del colegio dejó de escuchar a su hermano, dejó de entender sus palabras y la sangre toda se le fue al estómago. Un mareo sutil lo tomó mientras calculaba cuál debía ser el paradero de Patricia a aquella hora y a quién le tocaba llevarlas a la escuela por la mañana, si a Nina o a Genoveva. Y si Nina las estaba dejando, pues era a Nina. Palideció, pero presumió que Genoveva le hizo caso. Ulises debió notar la gravedad de su voz cuando apenas tuvo aliento para preguntarle a Fermín si Patricia andaba con Nina.

—No sé.

—¡Maldito maricón! —explotó con una fuerza que hizo saltar a Ulises—. O sea, que todavía no le has dicho nada a Nina y la dejas que se arriesgue, poniendo en peligro la vida de tus hijas y también la de la mía, puñeta, ¡la mía, que es la única que tengo! Y todo porque tienes miedo de decirle la verdad. Por fortuna, Patricia no estaba en la guagua hoy, porque yo sí puse a Genoveva sobre aviso. Yo sí amo a mi hija.

Silencio al otro lado. Y sin poder evitarlo, allí mismo le entró a Lope como una cosa mala en forma de golpe eléctrico, le subió por las piernas y se le esparció por todas las regiones del cuerpo. Sintió encogérsele la piel del cuerpo, como si la rabia le deshidratara los tejidos. Un calentón se le subió a la cabeza, culminando en una piquiña desesperada del cuero cabelludo. Le faltó el aire. Bajó la ventana y sacó la cabeza. Inhaló y exhaló varias veces, descomprimiendo. Regresó a la llamada que aún tenía en la mano, ahora con el volumen necesario en su garganta para expresarle al imbécil de su hermano la rabia que le daba su estúpida y homicida cobardía. Aunque intentó controlarse, el sobrecalentamiento del sistema estaba por volarle las tapas de la razón. Reconoció en ese instante que, pese a seguir siendo su hermano, la relación con Fermín cambió para siempre a partir de aquella conversación.

—Tienen razón los cabrones gatilleros en perseguirte y reclamarte. Eres un *fucking* pendejo —le dijo en tono seco, la voz temblándole—. Si yo fuera ellos también te caía a tiros. Y te juro que como a Patricia le pase algo por tu culpa, yo te voy a matar a ti primero que ellos, ¿me escuchas?, como a un perro, aunque seas mi propio hermano y vaya preso de por vida.

Los ojos de Ulises casi le caen en la falda, y la quijada le sonó como descoyuntada. Ciertamente había visto antes a Lope encabronado, pero jamás así. Dado que venía de Lope, su jefe, su amigo, su confidente, Ulises se cuestionó si aquello que acababa de escuchar constituía una amenaza de muerte dicha por un agente del orden público frente a otro agente del orden público. En seco lo era, en mojado era meramente una disputa entre hermanos. Bajó la velocidad. Pensó un instante estacionarse a la vera del camino en lo que terminaba el grave argumento telefónico, pero conociendo que a Lope le hubiera irritado y hasta salpicado con su ira, siguió la marcha.

Tras un silencio prolongado de parte y parte en la línea telefónica, se volvió a escuchar la voz de Fermín.

—Mala mía…

—No digas un carajo, hazme el favor —lo interrumpió Lope—, no quiero excusas ni lamentos. ¿Ya llamaste a Nina para asegurarte de que está bien y que ya no la siguen?

—Sí, ya dejó las nenas en la escuela y está de camino —Lope exhaló de alivio, bajándole algo por dentro desde la cabeza hasta los pies.

—¿Quién las recoge en la tarde?

—Le toca a Genoveva. Horita hablo con Nina, que ya no puedo ocultarle más mi ansiedad. Le dije que le iba a explicar hoy. Con eso se calmó más o menos.

—¿Y qué más te escribieron los jodedores, si algo más?

—Me recordaron que tenía cinco días para pagarles —dijo con una voz que parecía que tuviera un coquí atorado en la tráquea—. Cinco días —repitió.

—¿Y qué vas a hacer? Yo tú iba gestionando un préstamo…

—Ya traté. Nada. Tengo el crédito hasta el tope. Subí mis deudas a lo máximo para aparentar con Nina que nada pasaba con Edwin, supuestamente mi mejor cliente.

—Pues para acá ni mires, que yo soy un pobre policía a quien nadie le presta más de tres mil pesos. ¿Y el papá de Nina? ¿No que es millonario?

—¡Tú estás loco! —gritó Fermín—. Me deshereda el viejo si le tengo que explicar. Me separa de Nina. ¡Eso ni pensarlo!

—Estoy presumiendo que le dirás algún cuento chino, idiota, no la verdad. Algo tendrás que hacer para que no te maten, o maten a tu familia. Te sugerí hacer una denuncia de acecho o amenaza de muerte, pero ya me dijiste que de eso nada. No sé qué más puedes hacer por ti. Vas a tener que irte del país, y cuidado si te agarran donde te metas, porque así trabajan las mafias y las gangas, por si no lo sabías cuando te metiste en esto. Te dejo, que estoy ocupado —ante su silencio, Lope cerró conversación—. Hablamos luego.

15

Al llegar frente a la casa de los Meléndez, Ulises estaba sin palabras con la historia de Fermín que Lope le acababa de contar.

—Ese hermano tuyo es sendo morón, tú me perdonas. Un blanquito jugando con lanzallamas sin haber siquiera prendido un fósforo —opinó Ulises a modo de cierre mientras se acercaban a una verja de aluminio frente a una casucha de madera, tan desvencijada y echada a perder que parecía abandonada. Lucía en peor estado que la de la señora Infausta, y Lope se preguntó si era el destino de los criadores de perros ser paupérrimos—. ¿Y qué vas a hacer ahora?

—Tú quieres decir qué vamos a hacer. No pienses que me vas a dejar solo con este tostón —Ulises negó con la cabeza—. No tengo idea de qué es lo próximo. ¿Es aquí? —Lope subió las cejas ante la casa frente a la cual estacionó Ulises la patrulla.

—Sí, aquí. No te impresiones con la casa, que estaba igual de decrépita que cuando vine con mi hermana hace unos años.

Quiso decir que no se podía romper lo que ya estaba roto. Porque era difícil saber si, en efecto, aquello podía llamarse casa. Construida con tablas de tamaños y colores variados clavadas unas sobre otras, más bien parecía una instalación artística, una obra conceptual y metafórica sobre la pobreza. Aparte de la verja alta, relativamente nueva y bien anclada, lo demás lucía como si una ventisca pudiera echarlo al piso en un segundo.

Ulises pegó las voces habituales, identificándose como agente del orden público en misión de realizar algunas preguntas. Los gritos no surtieron el efecto deseado, pues brotó del interior de la casa un silencio profundo como un eructo. Ulises volvió a lanzar su voz, esta vez con el peso de la autoridad aumentado, y hasta cierto aire de amenaza en la desinencia de las palabras que más se captaba que decía.

Mientras Ulises esperaba una respuesta, Lope se movió calle abajo, lento, adolorido todavía por la caída sobre el cóccix, hasta colocarse en un ángulo un poco elevado desde el cual apreciaba mejor la extensión de la propiedad y el patio trasero. Pese a protegerse del sol de hierro con la sombra de un quenepo, la brisa que soplaba desde la costa llegaba como el vaho desde un horno.

También sobre pilotes de cemento, seguro que para evitar los eventos habituales de inundación de los caños del mangle que atravesaban la barriada, la casa se extendía bastante hacia atrás de modo rectangular. Por la parte derecha Lope observó un platanal tan tupido que las matas metían sus grandes hojas por las hojas abiertas de ventanas de aluminio que lucían petrificadas, y por el lado opuesto lo que le pareció un mero matorral. Más allá, detrás del platanal, vio una plazoleta de cemento sobre la cual se alzaban unas estructuras cuadradas hechas de metal tipo aluminio que especuló serían las jaulas de los perros. Detrás de estas, entre árboles grandes y palmeras, se alzaba otra estructura de madera tipo garaje. Por allí Lope se percató de un celaje, que poco después volvió a pasar. Sin duda había gente en la casa.

—Sigue llamando, que allá atrás hay gente —le informó a Ulises—. Amenaza si quieres.

Y eso hizo Ulises, fue a la patrulla, sonó dos veces la sirena y volvió a gritar más duro que antes, amenazando con una orden de allanamiento si no respondían por las buenas. Al poco rato, adentro, se escuchó un tronar de cacerolas o recipientes como de alguien tropezando con ellos en la oscuridad. Poco después se abrió lentamente la puerta y emergió de ella una cabeza cuadrada con gorra invertida, frente ancha con parches de rosácea en las mejillas, ojos pequeños y hundidos, pómulos casi sin carne, nariz puntiaguda y, finalmente, unos dientes separados que sellaron la certeza en Lope de haberse cruzado antes con aquel tipo. Su cuerpo flaco y casi cadavérico iba metido en un mameluco que le llegaba a la rodilla, manchado de grasa como si bregara con transmisiones y cigüeñales en vez de perros, dejando expuestas dos patas flacas como palos de escoba.

—¿En qué puedo ayudarles, señores? —con movimientos torpes pero enérgicos se acercó a la verja con un voluminoso mazo de llaves en la mano—. Estaba atrás con los perros y allá no se escucha nada. Si no fuera porque entré un momento a buscar un cacharro... Oí decir que iba a buscar una orden de allanamiento o algo así. ¿Me puede explicar qué pasa?

Pese a su apariencia delgada y famélica, el joven no era para nada desganado. Aunque ya lo sabía, Lope le preguntó si era uno de los hermanos Meléndez, a lo que le contesto que sí, que Luis. Luego le explicó el motivo de la visita: preguntas acerca de unos perros relacionados con una investigación en curso. Querían saber de su negocio, los tipos de perro que criaba, las condiciones sanitarias, los clientes, inspeccionar las instalaciones, entre otras cosas.

—¿Podemos pasar? —preguntó Ulises.

El tipo se quedó un momento parado sin responder, congelado en tiempo y espacio, observando la situación con movimientos rápidos de los ojos, su cuerpo entero dando la apariencia de en cualquier momento salir corriendo. Fue un instante de silencio tenso, sospechoso, raro, impresión que Lope le hizo saber a Ulises con una mirada fija. Era evidente que el chamaco realizaba cálculos mentales.

—¿Podemos pasar? —insistió.

—Sí, claro, adelante —y continuó su camino hacia el portón, el cual abrió con una de las llaves que encontró sin esfuerzo dentro del mazo—. Adelante, adelante. Tengo un reguero en la casa que me da vergüenza que entren, pero ni modo. Si quieren podemos pasar por aquí para el patio, donde están las jaulas de los perros, que me imagino que es lo que quieren ver.

De cerca, el muchacho tenía una cara mucho más alerta e inteligente. Los parches rosados en la cara, las cejas finas como dos filas de hormigas, el vello facial ralo, casi inexistente, la delgadez, la palidez, todo sumado daba la impresión de un niño entrando en pubertad. El pelo le caía lacio sobre la frente en pollina estilo taíno, pero el resto lo llevaba casi al ras y con cerquillo. Lucía aretes de oro en ambas orejas y, al hablar, se le observaba una pantalla dorada en la lengua. Tenía parte de los brazos tatuados con flores coloridas y, en una pantorrilla, llevaba las imágenes de un Buda flaco, casi famélico, que era como único cabía allí. Calzaba tenis de baloncesto de marca, inmaculados, sin medias, gabetes sueltos. Por su forma de arrastrarlos, cabe pensarse que pesaban como ladrillos de cemento.

En fila detrás del tal Luis, Ulises primero y Lope después, se dirigieron hacia la parte lateral de la casa, la del platanal, para atravesarlo en dirección a la parte posterior, pero al llegar al comienzo del terreno, seguro debido a algún desagüe o tubo roto de la casa, fue evidente que el cruce que el chamaco proponía implicaba atravesar un lodazal, actividad que pronto resultó impracticable, tanto para sus tenis inmaculados como para los bodrogos negros de Lope y las botas de Ulises.

—Ni modo —dijo Lope—, tendremos que cruzar por dentro.

—Es que adentro tengo un reguero… —dijo contemplando el fango como si quisiera secarlo con la mirada.

—El reguero es lo de menos. Enséñenos los perros —lo apuró Ulises.

Obviamente el muchacho estaba contrariado. Maldijo, se cagó en mil cosas, incluyendo, por supuesto, su vida gris, y comenzó a roerse la uña del pulgar derecho con los dientes. O era poco disimulado, o era pésimo actor.

—Bueno, está bien —aceptó a regañadientes, procediendo a dirigirse hacia la puerta de la casucha con pasos acelerados que Ulises y Lope siguieron con la misma celeridad—. Espero que no se ofendan —añadió nerviosamente—, pero igual a ustedes no les parece tanto reguero como a mí, que tengo ese vicio de la recogedera.

Lope se dijo que seguro la casa estaba inmaculada. Lo que no quería era que entraran, por las razones que pronto sabrían.

En efecto, apenas el chamaco abrió la puerta desvencijada que parecía a punto de desclavarse del marco, un aire glacial llegó hasta el primer escalón de la escalera donde se encontraban. Aire acondicionado central, se dijo Lope, calculando lo que eso implicaba dado el costo exorbitante de la electricidad. Antes de alcanzar el tope de la escalera, ya había llegado a conclusiones. Lope se le acercó por la espalda a Ulises y le dio dos tirones suaves a la parte posterior de la camisa. Ulises no se volteó, pero comprendió la señal, llevándose la mano al cinto donde estaba la pistola para darle a entender que su mensaje táctil fue descifrado.

La casucha, tal y como se sospechó Lope, que por fuera parecía un nido abandonado, era por dentro una residencia de lujo, con losa italiana, mesas de cristal, sofás de cuero, alfombras de área, jarrones, floreros de cristal biselado, cortinas de terciopelo con motivos de leopardo, cocina bien equipada con utensilios de alta calidad, todo en estricto orden, con un nivel de limpieza llevado a lo obsesivo, y con un mal gusto que daba miedo. Ambos se quedaron de una pieza, pero disimularon. A Lope le costó reconocer de dónde pudo surgir aquel escándalo de los cacharros que delataron la presencia de Luis en la casa, dado que no observaba ningún desorden por ninguna parte. Era la casa típica de jodedor, bichote o gánster moderno, solo que llevada al paso adicional de camuflarla mediante apariencia de decaimiento externo. Aquí la ostentación era hacia adentro de la casa, no hacia afuera como en el caso de la casa de Raulo.

Siguiendo al tal Luis, cruzaron un pasillo central hasta salir a la parte trasera de la casa. Ni Ulises ni Lope comentaron nada sobre el falso reguero que usó de pretexto para evitar que vieran las entrañas de la supuesta casucha, que resultó ser, como el chico bien sabía, un calentón, bandera roja inmediata para cualquier investigador o detective como ellos.

Afuera, en el patio trasero, el tinglado de jaulas para los animales, con sistemas de agua, aseo, alimentación y manejo de desperdicios, presentaba el aspecto de un negocio serio. Aunque tenía más jaulas que perros al momento, una perra preñada a punto de parir anunciaba que pronto las demás jaulas estarían ocupadas.

—Al momento no tengo perros para la venta, pero cuando para la perra, voy a tener las jaulas llenas. *Rednose* todos. Esos tres machos son los sementales —apuntó con el brazo a tres aparatos de perros que parecían competidores de fisiculturismo canino, iguales a Tuto y Tito en casa de Raulo.

Ulises se encargó de las preguntas de rigor, mientras Lope se deslizó hacia la parte más profunda del patio, donde se encontraba la estructura de madera tipo garaje viejo que observó desde la calle. Como quien no quiere la cosa, haciéndose el curioso, se percató de que, mientras contestaba las preguntas de Ulises, el tipo no le quitaba el ojo de encima, más preocupado por él que por las preguntas.

El garaje, detrás del cual se extendía un terreno plano y sin accidentes cubierto por una yerba baja y seca, era el foco de interés de Lope. Fácilmente podía conducirse un carro por aquel terreno, meterlo en el garaje y nadie vio ni supo nada. Seguro tenía entrada posterior, se dijo, y seguro en el terreno había huellas frescas de gomas de carro.

Con pasos casuales, ignorando el cóccix lastimado y la espalda baja conmocionada, se le perdió de vista a Ulises y su interlocutor, llegando hasta la parte posterior de la estructura. La pegó. En efecto, dos grandes puertas tipo garaje, por las cuales pudo discretamente entrar el vehículo cuyas huellas se mostraban en dos hileras de tierra recién seca y yerba recién aplastada. Descubrió también junto al garaje una pequeña casuchita de madera, no mayor en tamaño a la que albergaría un calentador de agua o un generador de electricidad pequeño, pero de una precariedad similar a la de la casa grande por fuera. El techito de pencas de palma secas le recordó las pencas que adornaban el altar donde estaban los calderos en la escena del crimen. Al acercarse un poco más, vio las mismas cruces y trazos, las así llamadas *firmas*, y en el acto supo que estaba ante el mismo fenómeno.

En el acto comenzó a sentirse raro, afectado de repente por una intranquilidad o picazón interna que no podía rascarse, que al momento se le mezcló con un jaleo estomacal, un escalofrío por la columna vertebral y el apretamiento de las sienes. Caminando en reversa, se alejó como por repulsión magnética de aquella casuchita.

—Despéguese de mi *munanzzo* —la voz severa del chamaco retumbó a sus espaldas.

Volteándose, en actitud tan severa como el tono de sus palabras, se encontró a Luis parado con los brazos en jarra, mirándolo como a un niño que sorprenden con las manos en la masa. Poco le faltó para mover la cabeza en señal de reprobación. Ulises, detrás de él, miraba con curiosidad qué cosa había Lope descubierto.

Lo extraño resultó ser que, al voltearse Lope y alejarse para enfrentar la voz, el malestar que se le enroscaba como una tuerca se esfumó.

—¿Palero también? —preguntó Lope, haciendo alarde de sus rudimentarios conocimientos.

—Sí, señor, *kimbisa bisikanda nsambianpungo* —y se cruzó los brazos sobre el pecho en señal de saludo ritual.

—Aquí en este pueblo parece que hay más paleros que cristianos —dijo Lope en ánimo de fastidiar, alejándose de la casita mientras se limpiaba con la grama las suelas de los zapatos de una caca de perro que pisó.

El chamaco dejó escapar un suspiro, seguido por un poco de silencio y por un cambio en la dirección de su mirada, como si ni siquiera valiera la pena mirar al autor del comentario.

—Quedan dos o tres cristianos por ahí… —contestó con actitud que comenzó a ponerse desafiante.

—Y me imagino que todos se conocen entre sí —concluyó Lope antes de voltearse de nuevo para observar el llamado *munanzzo*. No más hacerlo, al instante regresó el malestar. Ahora la sensación era de algo reptándole por dentro, o algo sobándolo por fuera. Pensó en un fuego frío que cortaba en seco, un humo espeso que dejaba sordo, sensaciones complejas, pensamientos extraños que le hicieron sudar y dar dos pasos en retroceso. Esta vez, al voltearse, se encontró a Luis riéndose.

—Sí, me imagino que siendo tan pocos se conozcan todos.

Se le puso listo el tipo. Culpa suya. Aquel malestar no le dejaba expresarse claro. Ulises miraba a Lope por encima del hombro del chamaco, sorprendido con su listería. Lope lo miró con seriedad, y haciendo un círculo en el aire con el dedo índice le indicó que diera una ronda y cotejara los alrededores del garaje. Comprendiendo el mensaje, tocándose de nuevo la cintura donde llevaba su arma, Ulises partió.

—Me refiero a los paleros, no a los cristianos. ¿O nos vamos a poner pendejos?

—¡Oh! No, no todos se conocen —le respondió, tras una pausa, con una sonrisita.

—¿Y a Pacho? Me imagino que sí lo conoce porque ese es padrino de medio mundo por aquí.

—He oído hablar de él, pero decirle que lo conozco, no. Mi padrino es de Nueva Jersey —le respondió casi antes de Lope terminar su oración, sin duda lista la respuesta de antemano.

—Qué raro. Alguien tan prominente en ese ambiente religioso de ustedes, que atiende a tanta gente importante.

El chamaco alzó los hombros en señal de importarle poco.

—Y aquí adentro ¿qué hay? —señaló Lope hacia el garaje.

—Es una covacha. Ahí metemos el equipo viejo de los perros… —dijo, haciendo un sonido raro con la garganta, como si un chorro de saliva se le hubiera ido por la tráquea. Se metió las manos en los bolsillos.

—¿Puedo entrar?

—¿Entrar? ¿Para qué? Ahí lo que hay son cachivaches.

—Sí, entrar —insistió Lope con tono lapidario y cara que no invitaba a réplicas, acercándosele al muchacho para aumentar con la inmediatez la intimidación—. Quiero ver los cachivaches.

Lope sabía no tener autoridad para exigir aquello, pero quiso ver cuán aguzado era el chico, y si les abría el garaje así no más, sin la orden de un juez. Un momento de turbación arropó al muchacho. Se puso colorado. Comenzó a sudar.

—Está cerrado. Tengo que buscar la llave del candado en la casa. Vuelvo ahora —y partió hacia la casa con pasos apurados, pasos que le indicaron a Lope que aquello no sería tan fácil como aparentaba.

Lo observó alejarse y ya cuando estaba demasiado lejos le llegó la duda…

Palero, pinta de caco, no conoce a Pacho, padrino de los cacos, me extraña y me araña, se decía Lope en voz alta mientras inspeccionaba la puerta del garaje.

—¿Y el chamaco? ¿Dónde fue? —preguntó Ulises regresando de su periplo.

—A buscarme la llave de este candado —dijo Lope mientras continuaba la inspección de la puerta. La cara de Ulises reflejaba todos los matices de la sorpresa y el espanto.

—¿Y lo dejaste ir así solo? —preguntó, yéndosele el color del rostro mientras desenfundaba la Glock de la cintura.

Allí, en ese instante, escondida en la juntura de la puerta derecha con el marco, colgada por un anillo de la cabeza casi imperceptible de un clavo, Lope encontró una llave. Un escondite nada sofisticado, se dijo. Si la encontró él tan rápido, un pillo la encontraba en un segundo, a no ser que hasta los pillos temieran robar aquí…

Ulises no perdió tiempo y corrió a cubrir el flanco derecho del garaje. Y fue Lope verlo, azorada su expresión al perderse entre la maleza que crecía por esa parte, que vio la luz, cayendo en cuenta de lo que ocurría, y por alguna razón oculta se dijo que tal vez aquella luz que él pensaba del entendimiento fuera en realidad la del momento final. Golpeado por aquel destello, corrió hacia la casa con la urgencia de quien reconoce un gran error, la mano buscando la SigSauer en la baqueta bajo el sobaco izquierdo, sabiendo, no obstante, que de Luis Meléndez ya no quedaría ni el viento que dejó su partida. Pero de nuevo se equivocaba.

Todo ocurrió en un instante. Un segundo corría en dirección a la casa y al próximo se arrastraba por el suelo, perseguido por balas disparadas por un rifle automático desde una ventana de la casa. La primera ráfaga la escuchó como si fuera un hecho ajeno a su circunstancia y hasta en el pasado. Pensó tratarse de algo por allá, en otro barrio, pero el zumbido de la bala que apenas le rozó la oreja le hizo comprender que él era el blanco de ella. Cayó al suelo detrás de una palma de cocos cuyo tronco creció su primera mitad a ras del suelo antes de remontar hacia el cielo su segunda, creando una barrera natural tras la cual encontró refugio. Escuchó otras detonaciones corridas. Sintió las balas pegarle al tronco algunas y perderse en la maleza otras. Por el sonido seco de las detonaciones reconoció la AK, el helicóptero que llaman en la calle, el rifle predilecto de las mafias y las guerrillas del mundo. Vio a Ulises arrastrase hasta un lugar seguro.

—Uli, ¿estás bien? —apenas tuvo aire para preguntarle.

—Sí. ¿Tú?

—También.

O al menos eso creía Lope, que se miró y palpó por todas partes para cerciorarse de no tener señales de dolor o rastros de sangre.

—Voy de nuevo por detrás del garaje para cubrir del otro lado —dijo Ulises con un susurro apenas audible, protegido detrás del garaje, donde no había ángulo desde la casa para alcanzarlo—. Quédate donde estás, que la palma te protege. Voy a pedir refuerzos por teléfono mientras doy la vuelta.

Aferrado al suelo detrás del tronco de aquella palma nacida como para salvarlo en aquel momento de su vida, recogido en posición fetal, casi mordiéndose las rodillas para evitar las balas que rebotaban a su alrededor, tuvo una epifanía.

Apenas duró nada, segundos, fracción de segundos, iniciándose con una explosión en su cerebro de la cual salió flotando lo que fue el pequeño cuerpo recién nacido de Patricia. Mezcladas, integradas, confundidas, simultáneas, surgieron ante su mente épocas y edades distintas, familiares y amigos, eventos y sucesos, mas no de su vida entera como dicen que ocurre antes de morir, sino de la vida entera de su hija. Una especie de gran collage en su cerebro exploraba cada momento y etapa de su vida, en todos apareciendo siempre llena de vitalidad y alegría, de bebé, en el *playground*, en la bicicleta de rueditas con aquel sombrero de vaquera, en su cama con la frisa al cuello leyendo. Solo en un momento lloraba, la etapa de la especulación futura, el momento ahora probable de la muerte prematura de su padre. Un llanto del fin del mundo que pedía a gritos regresar su papá o morirse ella, ahogada en la noche oscura de su dolor de niña. Aquella tragedia en la vida de su hija era un abismo del cual nunca quizás saldría, tragedia que estuvo a centímetro de ocurrir si aquella primera bala, en vez de rozarle la oreja, le hubiera besado el cuello. Estaría ahí, yéndosele la vida tras la palma, pensando en la estupidez que fue joderle la vida a su hija por cumplir un deber en el que ya no creía. Aquí él, dándolo todo, creyendo en lo que hacía, apostando a que el buen desempeño de su trabajo era vital para la existencia de una sociedad justa, y allá la alta jerarquía, casi olvidada de la justicia, premiándose entre sí. Vale la política, valen las conexiones con el partido, vale el bajo mundo, el de la economía verdadera. Para colmo, quince años sin plan de retiro, quince años sin cotizar para seguro social y debiéndole un fracatán en horas extras. ¿Por qué seguir poniendo su vida en riesgo por nada, por qué seguir arriesgando dejar a Patricia huérfana de padre? Debió coger sus motetes y largarse el día mismo que denegaron su ascenso para dárselo a Marrero, cuadro fuerte del Partido en la calle. Eso debió hacer. Pero entonces no le era factible, y no teniendo dónde caer, quedó atrapado en aquel trabajo que ya tanto odiaba. Ahora no sabía qué cojones hacía allí tirado en el suelo, a punto de ser malherido si no muerto, debiendo estar en su lanchita, llevando y trayendo gringos a pescar macacos. ¿Qué carajos le pasaba? ¿Qué lo detenía? Ulises, sin duda. La idea de dejarlo atrás en la batalla lo llenaba de remordimiento. Ulises no era su mero subalterno; era su hermano, su principal confidente, y siendo Lope persona de pocos amigos, temía que la amistad entre ambos sufriera con su ausencia. Ulises debía a Lope ser todavía un policía íntegro, rescatándolo de una Unidad de Narcóticos donde estaría hoy hundido en la ignominia. Igual con Belinda, aunque en grado distinto. Belinda tenía su pareja, Juliana, a quien Lope estimaba también entre sus amistades, existiendo cariño genuino entre los tres que iba más allá de la oficina. Pero no amistad que amara la pesca como Ulises, ni hombre soltero como él en quien confiar sus cosas íntimas. Conociendo a Belinda, aunque supiera defenderse, dejarla sola en manos de la bestia de Marrero sería una catástrofe para ella. Lidiar con aquella bestia macharrana no sería para Belinda guineíto en boca de vieja, no siendo ella de jugarle el juego a nadie, ni de quedarse callada. Cuando le tocara enfrentar a Marrero como lo hacía Lope a diario, lo mandaría todo al carajo el primer día. ¿Qué más lo detenía entonces? La duda, sin duda, el terror al fracaso, que el negocio de pesca no pegara, que la inspiración nunca le volviera para escribir nada.

A su regreso de estas visiones, el primer pensamiento de Lope fue admirar la buena puntería del tirador. La palma recibía un azote directo justo en el lado opuesto donde él se hallaba. En eso escuchó disparos de la Glock de Ulises del otro lado del garaje, y luego los del rifle, ahora las balas sin atravesar la maleza a su alrededor ni golpear la palma. El nuevo blanco era Ulises.

Lope aprovechó para levantar la cabeza sobre el borde superior del tronco de la palma y meter cinco tiros por la ventana donde veía los fogonazos del rifle dispararle a Ulises.

Al segundo volvieron las balas hacia él, acribillando la palma y llenándolo de cachipa. Fue tal la velocidad y la puntería que Lope dudó que fuera un solo pistolero moviéndose de ventana en ventana. Ulises volvió a la carga, respondiéndole al instante desde la otra ventana. Alzando la cabeza lentamente, Lope observó el fogonazo que le hizo bajarla de nuevo, a la vez que de la otra ventana le disparaban a Ulises, convenciéndose de que, en efecto, eran mínimo dos.

Un par de minutos transcurrió sin detonaciones de ningún lado. De pronto, una descarga intensa, de otra arma automática, tal vez AR-15, frente a la casa, seguida por el chillido de gomas quemando brea. Lope supo que aquella última ráfaga fue el intento de los pistoleros por convertir la patrulla en queso suizo.

—Creo que dimos con los tipos —gritó Ulises desde su esquina.

—Sí. Como que no les caímos muy bien que digamos —Lope permaneció sin moverse detrás de la palma.

Al cabo de un rato, Ulises salió cautelosamente, apuntando hacia la casa, mientras Lope se levantó del suelo apoyándose en la palma que le salvó la vida. La casa estaba vacía. Fueron cuarto por cuarto, cada vez más admirados. La extravagancia, el gusto caro pero pésimo, era de película.

En la calle, tal y como Lope imaginó, se encontraron con el intento de alquimia de los hermanitos Meléndez para transformar lata en queso. Las cuatro gomas planas, los seis cristales acribillados, la carrocería entera agujereada y, del tanque, vertiéndose la gasolina. El resguardo de Infausta, colgado todavía del retrovisor, pendulaba levemente con el viento que entraba por los cristales rotos. Lope miró a Ulises que también lo observaba y ambos se cuestionaron con la mirada, alzando las cejas de cierta forma, si acaso fuera el poder de aquello que los salvó.

Al principio Lope dudó si atribuir aquella reacción salvaje del hermanito Meléndez y su compinche a que dieron con ellos demasiado rápido y sin ellos siquiera sospecharlo, o que estaban sobre aviso y aquello fue una mera emboscada. Considerando la reacción del chamaco cuando llegaron y su lenguaje corporal, y viendo la inversión de aquel escondite, ¿no era demasiada pérdida hacer la emboscada allí y abandonar todo aquello? Pese a la pobre ejecución por parte de Lope, no viendo a tiempo aquella posibilidad de fuga, ¿qué ganaba el chamaco con liquidarlos, además de la ira del país y la de todo el aparato policiaco? Bien pudo negarse a abrir el garaje hasta tener la orden de un tribunal. O bien pudo marcharse de allí sin dejar rastro mientras esperaban por la llave. Ahora su identidad estaba revelada, y tal vez la de su hermano. Algo grande estaba en juego para tirarse aquella maroma. Y, por supuesto, la evidencia en el garaje era irrefutable.

16

Lope regresó a la Comandancia visiblemente afectado por la refriega. La cercanía con la muerte le dejó los niveles de adrenalina elevados y un temblor en las manos. Entró en la oficina como una estampida, dando un portazo que casi hizo a Belinda caerse de la silla del brinco. Ulises entró detrás, un poco menos excitado, pero nervioso igual. Lope se tiró en la silla. Le latía la cabeza como un globo que se infla y desinfla. También el corazón iba disparado, casi sin ritmo, un cencerro fuera de clave tocándole en la caja del pecho. Los músculos de su cuello recordaban los músculos de un caballo, por la manera autónoma de tensarse y destensarse. Los ojos, giroscopios luchando por reposar en sus órbitas, hacían bailar su visión como desde la borda de un barco. Lo que no sentía en aquel momento era la perpetua molestia de la espalda, ni tampoco el dolor del cóccix por la caída.

Razones sobraban, por supuesto, para aquella alteración nerviosa. Una, la más importante, que de los años de servicio que llevaba nunca una bala había estado más cercana de tocarle un punto crucial del cuerpo. Balas le habían rozado el brazo, la pierna, la mano, pero jamás la cabeza ni el cuello. A poco estuvo la Parca de cortarle el hilo, en aquel lugar tan sórdido, sobre aquel suelo impregnado de orín de perro, tumbado en un platanal ajeno.

Al ver el estado de excitación y de la ropa, Belinda bajó la guardia subida por el portazo y aflojó la mirada.

—¿Qué pasó?

—Casi nada, que por poco nos limpian la picota hace menos de una hora —contestó Ulises por los dos desde la parte más reclinada de su silla. Evidentemente no estaba enterada. La noticia no corrió tan rápido en Comandancia como pensaron.

—A mí, en particular, casi me traspasan el pescuezo —detalló Lope.

—Al menos tenemos identificado a uno, tal vez a dos de los implicados que iban en el carro, que también encontramos —explicó Ulises sin cambiar su postura, hablando hacia el techo, brillándole de sudor la cara.

—Bueno, están vivos. Y no solo vivos, ilesos. Y para colmo, aunque asustados, con varios sospechosos identificados, cosa que no teníamos hace unas horas. Y con una pieza clave de evidencia. Adelanto gigante, si me preguntan a mí. Yo aquí solamente veo buenas noticias —Belinda arqueó las cejas y abrió los ojos de forma que los hizo sentir estúpidos. Dándose cuenta, Ulises corrigió su postura, lo mismo que Lope, que dejó las muestras de nerviosismo extremo.

—Son dos, sí, los sospechosos —le explicó Lope a Belinda—, Luis Meléndez y su hermano, a quien no vimos, pero entendemos que está implicado también. Uno de los dos fue el que pegó el frenazo para no matar los perros. Eso tenlo por seguro. Estamos esperando saber si tienen récord; si no, hay que mandar a hacer boceto.

—Presumiendo que los dos fueron parte del trío asesino, uno conduciendo y el otro tirando, nos falta todavía el otro gatillero —Ulises encendió la computadora frente a sí mientras hablaba—, a menos que ellos mismos...

—Bien difícil —Lope se dirigió a la pizarra, donde escribió *hermanos Meléndez* en la parte de sospechosos—. Dejar el carro vacío en lo que van y vienen, eso nunca pasa. Un chofer siempre se queda, y ese fue uno de los dos. En el carro caben cuatro, aunque seguro eran tres, así que ya tenemos seguro uno y tal vez dos.

—Nos siguen faltando, por supuesto, los motivos —Ulises hablaba hacia la pantalla de la computadora—. Quién es la mente detrás de todo esto, que quizás esté o no relacionada con la

brujería, no lo sabemos todavía. Ah, porque también los hermanitos son brujillos, para que sepas.

—La brujería aquí es el denominador común —opinó Lope.

—Y el carro, ¿sin duda es el mismo? —Belinda cruzó los brazos sobre el pecho.

—Cien por ciento —replicó Lope—. Tiene el foco roto y el
guardalodos abollado del lado que es. Se lo llevaron para el Instituto, pero ya Marcial llamó para informarnos que encontró in-
crustados en la bombilla rota sangre seca y pelos compatibles
con los del perro.

Se respiró en este punto cierto aire de alivio entre los tres, habiéndose hecho un adelanto considerable y viéndose de repente de acuerdo en todo.

—Ni siquiera lo limpiaron, los muy brutos. Así de confiados estaban en que no daríamos ni con ellos ni con el carro —dijo Ulises.

—Lo que nos falta ahora es capturarlos. Casi nada —Lope
puso el toque de realismo dentro del positivismo exagerado del
momento.

—A propósito, me comuniqué con el esposo de mi prima
—Belinda se volteó hacia Lope—, y ya hablé con el tal Damián
Ifá Omí. Nos espera mañana por la mañana. Tenemos que salir
temprano.

—Perfecto. ¿Y de Cruz qué sabemos?

Y fue mencionarlo y verlo entrar por la puerta con una agitación como si acabara de lanzarse de un carro en llamas.

—Ya me enteré —Cruz jadeaba, acalorado, pero no sudando—. Pero veo que están bien. ¡Qué susto, Cristo Redentor!

—Gracias por el derroche de preocupaciones —dijo Lope,
convencido de que sabía de antemano que estaban ilesos, pero
optó por hacerse el nuevo.

—Sí, no pasó nada. Estamos en un solo pedazo —informó
Ulises.

—Por poco, pero nada —confirmó Lope—. ¿Qué hay con el
herido del hospital?

Irritantemente metódico, sacando una libreta con sus rústicas anotaciones de un maletín cuyos manguillos llevaba casi cosidos a la mano, Cruz procedió a relatar como una letanía los resultados de su entrevista y sus conclusiones. Francisco «Palito» Herrera era un pobre diablo, hijo de mami, vago de sofá y de marihuana, gay de clóset, espiritista, ahijado de Pacho, igual que su mamá y su hermana, que se convirtió en el muchacho de mandados en la casa de su padrino, la toallita de bajar la olla, el esclavito, por decirlo de algún modo, todo a modo de intercambio por el reconocimiento, por el sentirse importante para alguien, aunque fuera para motivos de abuso.

—Como sabemos —Cruz apenas miraba sus notas como si todo hubiera quedado en su memoria—, en estas relaciones de poder casi siempre hay uno que recibe los maltratos, incluidos gritos, sopapos y patadas. Pues ese era Palito para su padrino Pacho, el siervo fiel, el foco de burlas y vacilones, y en quien descargaba sus furias y frustraciones. Palito casi vivía en la casa de su padrino en relación de mutua dependencia, porque igual que al padrino le hacía falta siempre abusar del ahijado, al ahijado le eran indispensables también los maltratos del padrino.

—¿Cómo que indispensables los maltratos del padrino? —Belinda se mostraba bien seria aquella mañana. Algo le pasaba, se dijo Lope. Siempre profesional y seria, pero nunca reconcentrada y huraña.

—Bueno, pues que, por la conversación, concluí que este muchacho, venido de un ambiente tan limitado, con una madre adicta y una hermana sedada, gay de lo más profundo del clóset —poco le faltó para decir maricón pecador—, fue siempre un estorbo para todos. Era el típico muchacho pobre a quien nadie le prestó nunca mucha atención, que de repente se sintió importante en la casa del padrino sencillamente porque los maltratos del padrino lo destacaban, al menos a ojos de los demás ahijados de la casa, por loco que esto parezca.

—¿Y por qué hablas en pasado? —preguntó Ulises levantando la mirada de la pantalla.

—Pues porque no hay ser más desatado y vengativo en el mundo que el resentido —contestó Lope a nombre de Cruz, especulando—. ¿No es así, Cruz?

—Sí. Y no porque perdiera poder el padrino, que un padrino en estas religiones, según tengo entendido, mientras vive, ejerce poder. No, el resentimiento surge cuando el padrino, el «mayor» en la religión, viola un precepto importante o rompe algún tabú. Al parecer, ellos atienden mucho el tema de la prohibición, del tabú que llaman, y cuando un mayor, que es quien se supone que dé el ejemplo y lleve la vara moral, lo rompe, no hay vuelta atrás... Así que, sedado y todo como estaba...

—O quizás por estar sedado —interrumpió Ulises.

—Quizás. Pero sedado y todo, me soltó la historia entera, que va como sigue. Resulta que su padrino de *la regla palo mayombe* —Cruz recurrió a sus notas—, Pacho, es distinto a su padrino de *la regla de osha*, algo un poco complicado que todavía no entiendo bien...

—Nadie entiende bien, pero mañana estaremos mejor ilustrados en cuanto al tema, esperemos —aclaró Lope.

—¿Por?

—Belinda y yo vamos a San Juan a visitar a un babalao, una especie de cura de estos cultos que al parecer estuvo involucrado en el caso, según testimonio de la hija del padrino.

—Pues del babalao también me habló el testigo. Dice que su padrino de *palo*, Pacho, un descarado y una falta de respeto, andaba amancebado con una de sus ahijadas en la propia carota de su mujer, dejándola preñada. Ella, su esposa, vivía convencida de que su esposo jamás violaría la sacrosanta prohibición en los cultos africanos de relaciones sexuales entre padrinos y ahijadas. Pero, como en todo, la falta de educación, la falta de valores, las armas, el dinero, la lujuria, el bichoteo, las drogas, todo se combinó para que los preceptos se relajaran. Al parecer, el asunto reventó hacía dos semanas. Según el testigo, fueron a San Juan a recibir lo que ellos llaman *mano de Orula* —Lope dejó a Cruz que hablara sin interrumpirlo para saber hasta dónde su historia coincidía con la de Lucimar—, algún ceremonial santero que realizan los babalaos, y allí ellos le revelaron a la madrina, es decir, a la occisa, una mujer supuestamente muy guapa, la verdad sobre la vida secreta de su marido.

—¡Ea! —levantó Ulises la mirada mientras continuaba escribiendo algo en la computadora.

—Según el testigo, aquello terminó en la de Cristo es Rey.

—¿Y a qué coño se refiere con esa jerga cristiana? —interrumpió Lope.

—Que terminó como el rosario de la aurora —aclaró Belinda por Cruz.

—Es que nosotros no creemos en los rosarios… —protestó Cruz.

—Dale, chico, que no hay tiempo para un cursillo de catecismo pentecostal. Explica —lo cortó Lope.

—Pues que a los dos días de regresar de San Juan, se apareció una mujer en la casa con una niña menor que sus propias hijas reclamándole ser hija de él, de Pacho. Ese mismo día, Pacho se perdió por par de horas. Lo llamaron y no contestó. Una amiga de la esposa, que lo vio en el hospital dizque visitando a su ahijada que estaba de parto, la llamó para contárselo. Esa noche reventó la bomba nuclear en la casa. Según el testigo, que estuvo presente, la madrina entró en un estado de locura y comenzó a romperlo todo. Rompió platos, espejos, vasos, adornos; rompió cuadros, floreros, fuentes de loza; qué no rompió.

—Y la caja que bajó Palito a la basura justo antes de comenzar la misa eran los restos de ese salpafuera —dedujo Lope.

—Efectivamente —contestó Cruz—, y aquí viene lo interesante. Cuando el padrino le pidió, o más bien le ordenó a Palito llevar la caja a la basura, porque, al parecer, lo suyo eran siempre órdenes y gritos con ese pobre muchacho, también le ordenó dejar el portón de abajo abierto porque, supuestamente, venían unos ahijados a traerle unas bolsas de hielo.

—Fuego le trajeron, no hielo... —opinó Ulises.

—Fuego consumidor —añadió Cruz, circunspecto, como cada vez que se refería a las cosas del Señor—. A Palito le sorprendió aquello porque el padrino jamás dejaba el portón de la calle abierto. Era bien celoso con eso. Pensaba que, como estaban las cosas, era un peligro. Recordó un par de ocasiones en las que el padrino perdió la cabeza y comenzó a gritarle como un demente por olvidar cerrarlo.

Tras el informe de Cruz, hubo en la oficina un instante de silencio. El calor se sentía como un zumbido. Se contemplaron unos a otro. Los tres subalternos a Lope, su líder, como buscando respuestas, o quizás corroboración a las respuestas que ellos mismos ya sabían: que el padrino transó la muerte del Bebo, su ahijado, y que era obvio cuál fue el trueque.

—Y el muchacho está revirado contra su padrino porque... —dejó Lope la oración abierta para que Cruz la completara.

—Porque está convencido de que el padrino lo sabía todo, y peor todavía, que fue quien lo organizó, y no le importó si en el embeleco lo mataban también a él.

—Se llevó enredada a su mujer, qué iba a importarle llevárselo a él —Belinda impulsó sus palabras con el mismo desgano con que se abanicaba con el cartapacio.

—Ahí está el detalle —refutó Cruz—. Que, como nosotros, también Palito piensa que la madrina era blanco del atentado. El Bebo fue la excusa, el tape, según él. Cuando se enteró de la muerte de la niña, con quien compartió poco antes de la ceremonia, se echó a llorar, diciendo que la única víctima inocente era ella, la niña.

El silencio ponderativo se extendió un rato. Ya era cierto lo obvio, que también ella fue blanco de las balas.

—¿Cuántos pistoleros vio?

—Dos.

—¿Reconoció a alguno? Sabemos que andaban con pasamontañas, pero quizás dijeron algo, lenguaje corporal.

—No. Dijo que no hablaron y que llegaron de repente.

—¿Le preguntaste sobre el Bebo? —Ulises le robó a Lope la próxima pregunta.

—Por supuesto. Dice que el Bebo llegó a la casa del padrino de la mano de Yawó, cuando eran mejores amigos. Jodedores ambos. Al principio eran uña y sucio. Todo el tiempo juntos para arriba y para abajo. Ambos recibieron —Cruz cotejó otra vez sus notas— su *mano de Orula* a la vez. El primero en *coronar santo* fue Yawó, que según me explicó es una ceremonia principal de la religión. Así que Yawó empezó siendo ahijado del padrino, primero *de palo* y después *de santo*, según entendí. Aparentemente son dos religiones distintas que se practican juntas. No me pregunten cómo —se aferró Cruz con una mano a la cruz que llevaba colgada de una cadena sobre el pecho—. Después pasó algo entre Yawó y el Bebo que se enemistaron de muerte. El testigo alega que no supo nunca qué fue, pero de la noche a la mañana se hicieron enemigos a muerte.

—¿Así, de la nada? —intervino Belinda, quien escuchaba con detenimiento.

—Dijo nunca haberse enterado de qué se trataba la discordia. Cuando vio que ambos iban a la casa del padrino por separado y que se hablaba abiertamente de aquella enemistad, pues supo de ella. Poco después se enteró de que Yawó amenazó de muerte al Bebo, y que el padrino le iba a *coronar el santo* para ver si lo salvaba. Tengo entendido que Yawó le advirtió al padrino que no lo hiciera, que si le coronaban el santo al Bebo lo haría hermano de santo de él, lo cual impediría que lo asesinara. Pero el padrino siguió adelante con el proceso, como si nada. Así que, la noche antes de que ocurriera la coronación, Yawó actuó, y pasó lo que pasó.

—Y si el padrino estaba sobre aviso, ¿por qué siguió adelante? —continuó Lope las preguntas.

—Por eso mismo el testigo entiende que fue una combinación de los dos. El padrino cogió pon con la muerte del Bebo para sacar a su mujer del medio, que era un estorbo para sus planes con su amante y con su nueva hija, la bebé de la amante, que decía él ser suya.

—Y a todo esto —dijo Ulises—, ¿sabemos ya quién es Yawó?

—Pues Yawó es Jockey. Pensé que fue lo primero que dije.

Lope y Ulises se miraron como si acabaran de ver pasar un fantasma. Al instante reconocieron que esta era la puerta que faltaba por abrirse, no solo para ver mejor la escena del crimen, sino al mismo tiempo para sacar a Fermín de su lío. Dos cosas debía hacer al instante Lope. Una, llamar a Pipo para que cancelara sus indagaciones. Ya no hacía falta exponerse más. Y dos, llamar a Bernie, a quien seguro esta información le interesaría muchísimo más que a Marrero. Bernie llevaba años intentando echarle el guante a Jockey sin lograr siquiera acercársele. Hasta ahora era intocable. Hasta hoy.

—¿Jockey dices? ¿Estás seguro?

—Claro que sí. El notorio.

Lope se mantuvo pensativo unos minutos respecto al paso a seguir. Luego le insistió a Cruz sobre la entrevista en las oficinas de Ponderosa en el sur, donde fue ejecutiva Ángeles, gestión que aún no había hecho. Cruz se excusó alegando que la entrevista al testigo en el hospital le tomó más tiempo del presupuestado, pero que iría cuanto antes. Además, añadió Lope, necesitaban las copias de antenoche de los videos de las cámaras de seguridad del restaurante de la avenida Las Américas, entre siete y once, para cotejar la historia de Raulo, que para colmo decía que estuvo allí a la hora del crimen. Demasiadas casualidades.

Cruz tomó algunas notas rápidas, metió de nuevo con gran parsimonia la libretita de apuntes en su maletín y, encasquetándose la chaqueta verde oscura que llevaba siempre puesta sin importarle cuánto calor hiciera, que de todos modos no parecía afectarle tanto como a los demás, salió de la oficina con una actitud de importancia que hasta risa daba.

Tan pronto se marchó, le pidió Lope a Ulises que volviera al hospital y cotejara la historia de Palito, sobre todo la parte de la amistad entre el Bebo y Jockey, que ya sabían era Yawó. Y que cotejara, además, lo de la ahijada y el bebé, y si se trataba de la Flaca. Palito, por el momento, era su testigo estrella. Quedaron en hablarse, si no más tarde, seguro en la mañana.

A Belinda, tras quedar en la hora en que pasaría a recogerlo a la mañana siguiente, la mandó para su casa a descansar. Hacía días que se veía tensa y seria y no era la Belinda a la que estaba habituado. De todos modos, mañana les esperaba un día largo. El viaje de ida y vuelta a San Juan, aunque corto, por alguna razón cansaba bastante, y a saber cuánto les tomaba la entrevista con el babalao.

—A propósito, Lope —se volteó Belinda antes de salir de la oficina—, a ti que te obsesionan las tormentas y que tienes los planes que tienes, dale seguimiento a la que viene de camino, que esta tarde los modelos en la tele la colocan cerca de nosotros de aquí a cinco días.

—¡Ya sabía yo que tú los atrapabas más rápido que ligero, Cerebro! ¡Yo-lo-sa-bí-a! ¡A mí tú no me engañas con esa cara de bobo tan bien administrada que te gastas! —y procedió Marrero a cubrir su idiotez con una carcajada irritante, mientras tapaba con su gorda figura todo el umbral de la puerta de la oficina de Lope, que lo miraba como a un oso grizzli en dos patas. Exagerando el gesto de restregarse las manos, fingió estar sobreexcitado—. ¡Por algo te pasé la papa caliente! Cuando necesito resultados certeros, con Cerebro los encuentro. ¡Mi detective estrella! Mira aquí, en menos de cuarenta y ocho horas, ya les tenemos el lazo echado a los asesinos. Digo, los tenemos-tenemos todavía no, pero ya sabemos quiénes son los muy desgraciados y ahora lo que falta es que les eches el guante.

Dos de las grandes especialidades de Marrero eran, según Lope, adjudicarse éxitos ajenos, y joderle las investigaciones cuando no le convenían. Además, sabía que Lope detestaba que le llamara Cerebro, que era su forma de despreciar el pensamiento y el conocimiento, y también la honradez y la rectitud, y por eso la usaba cuando más le irritaba. Llevaba meses estorbando sus investigaciones, obstaculizando sus casos, empujándolo cada día hacia el exabrupto final que necesitaba para acusarlo de insubordinado. Sus intercambios diarios eran cada vez más cáusticos y agresivos. Ayer mismo se dijeron lindezas que no se engavetan así como tal. Aquel ritmo de deterioro en sus relaciones pronto les impedirá siquiera hablarse. Aunque era obvio que Marrero quería deteriorar aquella relación rápidamente, Lope no estaba tampoco en planes de dejarse empujar, de modo que ni hizo el menor gesto de antipatía por sus motes, ni de simpatía por su falsa efusividad.

—¡Ay, no te cojas tan en serio, Lope, que un día de estos te va a dar una alferecía! —¿Alferecía dijo? ¿Sabrá lo que era una alferecía aquel simio disfrazado de humano?—. Estás hecho un palito cagao. Cualquiera diría que me odias —y soltó otra carcajada del mismo tipo, de esas que podían incitar a espíritus menos ecuánimes que el de Lope a la violencia—. Además, no digo mentiras: tú eres mi mejor caballito en la pista, el que mejores resultados produce, y también el más sano.

—Sanano es lo que quieres decir.

—¡Eso lo dijiste tú! —aclaró con una sonrisa en los labios, señalándole de forma casi coqueta con el dedo índice—. *By the way*, me dicen que casi te cosen a tiros hoy. No sé cómo te pudo pasar eso a ti, tan zorro viejo que eres. Quince años en la Fuerza, no jodas… —añadió, ya en ánimo de echarle sal a la herida.

Lope mantuvo una actitud impasible de piedra primigenia ante aquellas provocaciones. Además, en esto último no estaba Marrero del todo equivocado. Ese pensamiento, el de que ya no estaban tan agudos sus sentidos como antes, llevaba días rondándole el cacumen. ¿Sería su gradual desinterés por el trabajo policial? ¿Eran síntomas de su proceso natural de irse desligando de aquella mierda, tomada ya la decisión de abandonarla tan pronto le fuera factible? Probable que sí era, bien probable, es más, casi seguro. Sin contar, por supuesto, con la brujería que lo tenía tomado... Lope se sonrió con la idea de estarse creyendo un poco todo aquel embeleco. Pero igual hacía rato que no tenía una «inversión de los procesos». Quizás el resguardo de Infausta funcionó y, además de salvarle la vida, debilitó la brujería.

—Nada —continuó Marrero ante su silencio—, gajes del oficio, asumo. A cualquiera se le muere un tío. Por lo menos identificamos a los asesinos y tenemos casi resuelto el caso. Y por fortuna, ni tú ni el agente Pi tuvieron que conocer el sabor del plomo para llegar al fondo de esto.

—Gracias. Qué considerado eres. Pero eso de casi resuelto es exagerar bastante. Todavía no hay motivos, ni cómplices, ni otros implicados. Seguimos tras algunas pistas, pero el padrino tiene mucho que explicar todavía —en este punto Lope mintió, tomada la decisión de no compartir nada de lo último con él, seguro como estaba de que a Marrero le llenaba el bolsillo un jodedor, y que ese jodedor seguramente era Jockey. Si así era, compartir la información con él era lo mismo que compartirla con Jockey.

Marrero agarró con ambas manos el tope del marco de la puerta, mirando a Lope con cierta cara de conmiseración, igual que se mira a alguien lleno de esperanzas ingenuas.

—Lope... Lopito... Lopitito... ¿Qué vamos a hacer contigo? O estás fumando demasiada yerba, o le estás dando demasiado casco a las cosas. Quiero que te metas lo siguiente entre ceja y ceja: tan pronto capturemos a los Meléndez, damos por cerrado este caso. La lista es larga. Tú mismo tienes varios casos pendientes todavía: la esposa del juez que asesinaron en Punto Oro la semana antepasada; el hijo del médico que apareció ahogado y golpeado en la piscina de El Monte, que de ese caso no hablamos hace siglos; el asalto y violación del ingeniero Romero. Hay demasiados casos abiertos y no podemos quedarnos pillados en uno. Además, lo mejor es salir rápido de los calientes, los que están en el ojo público. Nos quitamos al superintendente de encima, espantamos a los políticos y callamos a la mala prensa. Así que olvídate de los peces de colores: serán los hermanos Meléndez, sean o no sean.

Lope hizo nota mental de los casos mencionados y, como era de esperar, ninguno relacionado con el bajo mundo, con la jodedera gruesa de la que él era parte, que eran siempre los casos más truculentos y menos resueltos. Obvio que el arreglo de Marrero incluía desviar o dejar morir investigaciones que tocaban a sus benefactores. Hacía falta averiguar quién o quiénes sobaban la mano de Marrón, y saber si, en efecto, Jockey era uno de ellos. Ulises tendrá que asistirle en esto, penetrar las rendijas, tocar de nuevo base con sus conexiones en Narcóticos, donde todo se conoce. Se dijo que esa información sería pronto un arma necesaria para su defensa, y más ahora con el lío de Fermín encima. Ahora más que nunca le resultó evidente que Marrón Ramero era su principal contrincante y enemigo declarado, y que debía encontrar la manera de neutralizarlo.

—Con todo el respeto que usted se merece, mi capitán —le dijo con cara de diente de perro—, no podemos dar por concluida esta investigación. Puede que tengamos el carro con el que se cometió el crimen, pero todo lo que tenemos hasta el momento es circunstancial. No están las armas, no está la ropa, no están las muestras de ADN, no hay testigos… De lo único que podemos acusarlos hasta ahora es de caernos a tiros.

—¡Que no es poca cosa! Cerebrito, cuando agarres a los hermanitos tendrás las fuentes y las muestras que te faltan. A propósito, ¿ya entrevistaron al herido que estaba en recuperación, el del Hospital de Damas? —escuchar su pregunta sobre el detalle de la investigación de inmediato levantó bandera roja para Lope, que tomó nota con extrañeza. ¿Marrero, interesado en el detalle de una investigación? Jamás ni nunca, ni esta ni ninguna.

—Ulises está entrevistándolo en estos momentos.

—Muy bien entonces. Buenas noches. Y no te requedes demasiado, no te dé con hacer maldades por los pasillos como te da a esta hora —y diciendo esto salió del encuadre del marco de la puerta.

¿Hacer maldades por los pasillos a esta hora? ¿A qué cojones se refería? Al llegar a la puerta y asomar la cabeza por el pasillo Marrero ya no estaba, pero su olor a creso con bencina flotaba todavía en el pasillo como la peste de un zorrillo. Cerró la puerta y llamó a Bernie. Tenía suerte. Lo agarró saliendo de una reunión y entrando a otra. Se alegró de saber que había adelantos sustanciosos. Estaba por llamarlo, le dijo Bernie. Según parecía, acababan de discutir el caso de los santeros en los más altos niveles del Departamento de Justicia. El secretario de Justicia y el gobernador exigían resultados. La prensa estaba jode que jode. Quedaron en reunirse al día siguiente, tan pronto regresara de San Juan, en su oficina. Lope le adelantó que tenía algo que pudiera llevarlo a cumplir uno de sus máximos deseos. Lo dejó como a un nene chiquito, salivando con la promesa de un dulce. Bernie le informó que ya le tenía la orden de allanamiento. A Lope no le cabía duda de que, si una cosa le era favorable en todo aquel berenjenal, era su buena relación con Bernie.

Apenas colgó, sonó el teléfono. No reconoció el número, pero contestó.

—Teniente Laguna, le habla Carmiña, la hermana de Ángeles, la mujer asesinada antes de ayer —no hacía falta tanta introducción. La voz sedosa, aterciopelada, que, más que seductora, era casi erotizante, le resultó inconfundible—. Tengo algo que entregarle. Necesito verlo esta misma noche.

—¿Algo?

—Sí, algo de importancia que está usted buscando.

Lope quedó pensativo.

—Dudo que sean los fetos y la calavera…

—¿Fetos? ¿Calavera? —lo interrumpió ella con voz de escándalo, fingida, pensó Lope, seguro estando al tanto, por su hermana, de las cosas que hacía su cuñado.

—Debe ser el teléfono perdido.

Aparte de lo que tuviera que entregarle, su valor o su propósito, Lope reconoció que el prospecto de encontrarse con ella de nuevo le excitaba. Sería un loco, un enajenado, o supiera poco de la vida o las mujeres si no viera claramente que en aquella voz, que en ciertos gestos cuando la entrevistó, que en sus miradas y expresiones, aunque colmadas de pena, había cierto interés solapado… Igual era su forma natural de ser, un poco coqueta. No eran infrecuentes las mujeres coquetas con todos, con la vida en general, y él apenas la conocía de unos minutos. Sin embargo, algo en ella estimulaba las fantasías de Lope. Su cuerpo, la manera de moverlo, sus miradas, le ocasionaban cierto hormigueo extraño. Pensó en las mujeres con quienes había compartido en tiempos recientes. Astrid, que duró seis meses, Michelle, cuatro, Viviana, casi un año, y Magui, ahora, de vez en cuando, y se dijo que todas, de una forma u otra, mostraron, al momento de conocerlas, coqueterías similares, con la diferencia de que en esos casos no había luto de por medio, ni una investigación criminal.

Las mejores empanadillas de chapín las hacían en el restaurante donde Lope citó a Carmiña. Se llamaba Restaurante Las Cucharas por meramente ubicarse en el sector del mismo nombre. Era uno de los «mesones gastronómicos» más viejos de la zona, que así les llamaban a los restaurantes populares con aires de restaurante gourmet. Quien más, quien menos, por aquella zona, de chiquito, comió aquí, y quien más, quien menos, de chiquito, al pasar frente al negocio, leyó *Restaurante Las Cucarachas*. Por fortuna, su fama culinaria superó siempre la confusión que creaba su nombre.

Lope llegó con un poco de retraso por estar llamando a Pipo que no le respondía. De camino pasó por su apartamento, pero tampoco allí lo encontró. Carmiña llegó primero y ocupó una de las mesas de la terraza de madera frente al mar. Una brisa agradable, impregnada con una dosis fuerte de salitre y algo de material marino descompuesto, acariciaba el entorno. Arriba, en la bóveda celeste, ni una nube estorbaba el espectáculo de estrellas que empezaba a mostrarse.

Lo esperaba con un trago en la mano, un vodka o gin con limón o tónica, a juzgar por el color del líquido. La comodidad que mostraba con su trago le indicó a Lope que no era el primero, y que era una mujer que sabía beber. Recordó el Cointreau que se bebió de dos sorbos en el hotel cuando la entrevista y que adjudicó a la situación lamentable por la que pasaba. Quizás el trago de ahora respondía a lo mismo. Lo cierto era que lo meneaba en la mano con evidente gusto, sobándolo por fuera, haciendo girar sus hielos lentamente, observándolo con la intensidad que se miran los amantes.

Su expectativa parecía grande, a juzgar por la sonrisa ubicada entre la emoción y el alivio con que lo recibió desde la distancia. Era evidente que estaba nerviosa y tenía necesidad de ver a Lope. Se puso de pie, dejó el vaso en la mesa y salió a su encuentro con la mano extendida.

—Teniente, qué bueno que pudo atenderme esta misma noche. Gracias por venir.

Sus manos se encontraron primero, y luego ello lo besó en la mejilla en vez de dejarlo en las meras manos, como mandaba la prudencia. Pese a que le excitara su presencia, antes que de amigo o de amante secreto Lope estaba ahí en calidad de investigador de la policía, pero viniendo ella hacia él con una sonrisa no pequeña, el beso no pudo evitarse.

Tampoco de luto podía decir Lope que estuviera, o por lo menos no de luto cerrado. Más parecía una actriz de cine que la hermana de una asesinada en un barrio pobre. Incluso, su arreglo físico era menos para encuentro con policía que para cita amorosa. En el pelo nada más, moreno, largo hasta los hombros, hecho de grandes ondulaciones como cascadas de agua negra, había una inversión sustanciosa en *blower* y muñeca. Llevaba un traje vino oscuro de manguillos y falda a la rodilla, tan entallado a su figura que las curvas y los senos le resaltaban notablemente. Los cortes a ambos lados de la falda mostraban, además, un conjunto de muslos y pantorrillas como para írsele la mente en blanco a cualquiera. Y para completar, unas botas de cuero negras con múltiples hebillas, que, a ojos de Lope, la hacían lucir más apetitosa todavía.

—No tiene por qué darme las gracias, es mi deber atender sus necesidades. Además, es mi entero placer. Dígame en qué la ayudo —en lo de atender sus necesidades obviamente había puesto un poco de coquetería, y en lo del entero placer sin duda quiso echar el resto.

Enlazando su brazo derecho con el izquierdo de Lope, como si entre ellos existiera una confianza y una complicidad que todavía no existía, Carmiña lo llevó hacia la mesa que tenía ocupada susurrándole nerviosamente al oído.

—Ayer por la tarde llevé a Lucimar a su casa. La recibió su papá al son de grito y pandereta, y enseguida la mandó a buscar el celular y a hacer memoria. Otra vez.

—¿Y por qué la llevó? ¿Lo exigió el papá?

—Sí, él la llamó y pidió que regresara de inmediato a la casa.

Lope se detuvo y cerró los ojos, manteniéndolos así par de segundos antes de abrirlos de nuevo.

—¿Y no quedamos que me avisaría si el papá le pedía a la niña que regresara?

Ella, pasmada, miraba alrededor turbada y como intentando recordar el acuerdo.

—Bueno, sí, pero como no fue para que regresara a quedarse sino para que volviera a buscar el celular, pues pensé que no era necesario. Ella está de vuelta en el hotel conmigo.

Lope se mantuvo un instante callado, deliberando, calibrando aquella respuesta que dio por excusa válida, pese a sospechar que la inventó en el momento.

—Es obvio que le preocupa el contenido del teléfono —dijo Lope por seguirle la corriente.

Como para tapar su falta, apretó el enlace de brazos y reemprendió el camino hacia la mesa. Aquella cercanía impuesta por ella puso a Lope en alerta máxima, pese a que el roce con el lado izquierdo de su muslo le despertaba impulsos de cuidado. Ninguno de aquellos roces ocurría por mera casualidad, se dijo Lope. En el trayecto, volvió a escuchar el leve sonido, un sonido metálico emitido con cada paso izquierdo, especie de tintineo similar al escuchado en días recientes y que tenía fresco en la memoria.

Llegaron a la mesa y se acomodaron en dos sillas contiguas que ella hizo más contiguas todavía.

—Sí, obvio. Ya yo había puesto a la niña sobre aviso respecto al celular, explicándole que usted lo necesitaba también —aquí se tomó un sorbo del líquido acuoso que le quedaba en el vaso y se volteó para llamar la atención del mesero, lo cual hizo levantando su brazo delgado y fibroso—. A las dos horas me llamó la niña, llorando —continuó—. Que por favor la fuera a recoger, que se quería venir conmigo al hotel. Al fondo se escuchaban los gritos de Pacho. Ya usted sabe, maldiciendo, llamando a cuanto espíritu maligno pueda imaginarse, que si Papá Candelo, que si Tiembla Tierra, que si Siete Rayos, que si el Mabi. Bueno, todos esos seres, porque supuestamente el *muerto* le dijo que la niña sabía dónde estaba el celular y por eso el papá andaba como un loco detrás de ella. Así que salí volando para allá y no hice más que acercarme en el carro a la casa, que Lucimar salió llorando con una mochila sobre un hombro, huyéndole a los gritos de su papá que la perseguían desde el balcón.

El mesero los interrumpió para tomar la orden. Ella pidió una ginebra con tónica y Lope, aunque hubiera preferido cerveza, afectado por la inseguridad clásica de no lucir menos capaz de tolerar su alcohol que la mujer que tenía a su lado, pidió un wiski en las rocas. Tenía hambre, así que ordenó una bandeja de empanadillas de chapín, pese a ella insistir en que no tenía hambre, que estaba velando la figura, requisito que aparentemente aplicaba a la harina pero no al alcohol.

—Vamos, imposible que una empanadillita la vaya a sacar de forma.

Sonriendo, le dio las gracias, pero se reafirmó. Quedaba por verse cuán firme quedaría aquella resolución cuando llegaran los manjares.

—Cuando se montó en el carro y arrancamos —prosiguió—, la nena, llorando, metió la mano en la mochila —y mientras lo decía, también ella metió la mano en su propia cartera—, y de adentro sacó y me entregó esto —sacando y poniéndole el teléfono celular a Lope en su mano abierta.

Era, como supuso, lo que se conoce como una maraquita, un teléfono prepagado, sin registro de dueño y con pocas funciones. Por lo difícil que resultaba a las autoridades federales grabarlos, era el típico teléfono que usaban los jodedores para sus transacciones. La maraquita era, como le llaman ellos, *el caliente*, siendo *el frío* el que estaba a su nombre. Seguro Pacho tenía uno frío que usaba para sus llamadas habituales.

—¿Este es su único teléfono?

—Aparentemente. Es al que lo llama Lucimar.

—¿Dónde apareció?

—No lo va a creer, teniente, pero fue por pura casualidad. La nena se metió a su cuarto a buscar el dichoso aparato por vez número mil, a pesar de no recordar haber ido a su cuarto después de hacer la llamada. Y allí, buscando y rebuscando entre sus cosas, jalando y empujando, se cayó de la parte de arriba del armario el juego de mesa que había usado con las amigas durante la mañana del día que ocurrió todo, y dentro de la caja del juego, para su sorpresa, estaba el celular. Ella misma no sabe ni cómo llegó hasta allí.

Un rato estuvo Lope en silencio imaginando la ruta del celular hasta allí, y en ese rato lo visitó el recuerdo de Juana Matos, la señora de Cabo Rojo.

—No me extraña —la tranquilizó—. Es un fenómeno conocido. Al parecer, en ciertos casos, cuando ocurre un suceso
demasiado impactante, como ver a su padre ensangrentado o
conocer de la muerte de su madre, el sujeto entra en *shock*. En
ese momento pueden ocurrir muchas cosas, desde desmayarse
hasta ponerse a hacer otros actos, como fregar y barrer sin conciencia, que luego no recordará haber hecho. Recuerdo a una señora que mató a su esposo en defensa propia y que solo mediante hipnosis pudo recordar cómo lo mató y dónde se deshizo del
cadáver. Al parecer, el tipo era tan abusador y tan hijo de perra
que defenderse de él y matarlo fue demasiado para su mente y
su memoria. Aunque su cuerpo realizó los actos que su mente le
comandaba, no los grababa la máquina del recuerdo, o más bien
no los grababa en la fase superficial de la memoria sino en otra
más profunda a la que solo se llegó con el péndulo. Algo similar
debió ocurrir en este caso. En ocasiones, como tengo entendido
que pasó con la niña, las personas hacen sus necesidades encima
sin conciencia del acto.

Pegando un pequeño grito de espanto, tapándose la boca con
ambas manos, Carmiña se apartó un poco de Lope, como si estuviera un poco embarrado con las necesidades de su sobrina.

—No sabía. Nadie me lo contó. Ni siquiera ella.

—Como le dije, seguro que ella no recuerda nada de eso.
Cuando volvió en sí, quiero decir, cuando su memoria comenzó
a grabar de nuevo los recuerdos, ya la habían bañado y cambiado y seguro que hasta sedado.

—¡Qué espanto!

—¿Y sabe Pacho que tenemos su teléfono?

—No, no directamente, pero, como le dije, el supuesto muerto le dijo que ella lo tenía, y, como vemos, no se equivocó —el
muerto debió decirle también que estaba en la caja de juego, si es
que quería ayudar tanto, pensó Lope—. Le pedí a Lucimar que si
lo encontraba, bajo ninguna circunstancia se lo diera a su papá.
Tampoco ella tiene buena relación con él, así que me llamó para

pedirme que fuera a recogerla. Cuando la busqué me pasó el teléfono sin chistar.

Lope apretó la tecla del encendido y el teléfono comenzó a
funcionar.

—¡A dios! ¿Todavía tiene carga el teléfono? —Lope le mostró a Carmiña la pantalla encendida—. ¿Cómo fue que no sonó
cuando lo buscaron?

—No, no tenía carga, yo lo cargué un poco en el cuarto del
hotel con mi propio cargador, que le sirve —miró a Lope con
ojos entre pícaros y regañados—. Llámeme averiguá, teniente,
pero me moría de curiosidad por saber si había algún mensaje
comprometedor.

El teléfono era bastante anticuado, y no tenía código o sistema de seguridad.

—¿Y? —preguntó Lope mientras buscaba la tecla que lo llevara a los mensajes de texto.

—Mire el último mensaje que envió la noche del asesinato.

Lope quiso mirarla a los ojos, pero los de ella, dos bolitas de
azabache, volaban de una a otra parte como temiendo encontrarse con los suyos, no supo si por puro nervio, por coquetería natural o por otra razón. Por fin, cuando le sostuvo la mirada, lo hizo
con tal severidad que debió asumir que lo descubierto era evidencia contundente. Y, en efecto, lo era, aunque más para Lope
que para un tribunal. El último mensaje enviado decía claramente: *Ya está aquí. El portón de abajo está abierto*, y el receptor del
mensaje era Yawó.

17

Lope se levantó al rayar el alba y fue directo al radio. Se sentía
levemente afiebrado. Miró hacia arriba y el leve dolor de cabeza se lo confirmó. Soñó que corría por una planicie infinita perseguido por figuras geométricas colosales, un cubo ciclópeo, un
cono monstruoso, una esfera titánica, que se movían de forma
casi imperceptible, pero que lo acorralaban a cada rato al punto
de casi aplastarlo. Se levantó agotado, con la sensación de haber
corrido la noche entera, el cóccix y la espalda baja hechos sen-
dos majaretes. Apenas logró sentarse al borde de la cama, estiró
la mano, tomó entre los dedos el minúsculo cuartito de Perco
y lo bajó con saliva.

En cuanto a la tormenta, no pintaba bien la cosa. El disturbio
pasó de onda a depresión tropical antes de lo esperado. El Centro
Nacional de Huracanes le daba ochenta por ciento de desarrollo ciclónico, es decir, que se convertiría en huracán. Los primeros modelos de computación desarrollaban su trayectoria directa
sobre la isla, y sabiendo Lope los adelantos tecnológicos en vaticinios meteorológicos, motivos había para preocuparse. Lope
imaginó a Marrero prendiendo velas para atraerla, sabiendo que
la violencia de los vientos se llevaría la investigación y la urgencia de la recuperación la olvidaría.

Se bañó y vistió sin mayores contratiempos, procurando no
dejar la mente divagar demasiado ni permitirles a los procesos
invertirse de nuevo. Se hizo tostadas y preparó café sin los trastornos del día anterior. Al parecer, la confusión de ayer fue de
ayer. Si brujería fue, fue de medio día. Le esperaba un día largo,

eso sí. Tres horas ida y vuelta a San Juan, más el resto de las gestiones. Llegando hasta la mesa de noche, abrió la gaveta y sacó otro cuartito de Perco, pensando si subirse la dosis. Optó por llevárselo en el bolsillo, por si acaso.

Mientras esperaba a que Belinda lo recogiera para partir hacia la cita en San Juan con el babalao, colocó sus pensamientos en Pipo, a quien debía contactar para cancelar su misión... Cuando escuchó el claxon del carro de Belinda salió a su encuentro, pero a la hora de cerrar la puerta de entrada como todos los días, la cerradura no cedía. Lo intentó de varias formas, jugó con la llave y hasta la examinó por algún torcimiento. Volvió a intentarlo y la desesperación casi lo lleva a romperla en la cerradura. Finalmente, a punto de dejar la puerta abierta, volteó la llave en sentido contrario al que, obstinado, intentaba, y cerró sin dificultad. Años cerrando aquella puerta sin un tropiezo, y hoy su cerebro quiso cerrarla en sentido contrario. En aquel acto obtuso estuvo atrapado sin siquiera percatarse casi diez minutos. Comenzó a sentirse intervenido de nuevo, acompañado por aquello que no sabía decir qué era que invertía las lógicas sencillas. En aquel momento, sin anuncio, sin excusa, sin deseo, le entró un deseo casi irreprimible de llorar que logró contener por fortuna. ¿Qué le pasaba? ¿Otra vez la macacoa? La confusión con la llave era motivo de preocupación, pero no de llanto. A su edad, por supuesto, algún trastorno neurológico pudiera estar en juego, pero y si eran las fuerzas ocultas que regresaban para acecharlo... Lope sonrió para sí, y el deseo de llanto se esfumó.

—Tengo el celular —le dijo Lope a Belinda sin preámbulos cuando entró en el carro. Ella lo miró y juntó las cejas—. El celular perdido —aclaró Lope—. Apareció. La nena lo encontró y se lo dio a su tía, que me lo pasó anoche.

—¿Dónde estaba?

—Dentro de la caja de un juego de mesa en el cuarto de la niña. Parece que fue un fenómeno parecido al de la mujer aquella de Yauco, ¿te acuerdas? La que mató al marido.

—Juana Matos. Cómo olvidarla.

—Pues al parecer a la nena le dio un ataque de esos y borró cinta.

—¿Y lo examinaste ya?

—Por supuesto. Tenemos los autores del crimen, por lo menos los de uno de ellos, y tal vez los motivos.

—¿De ella?

—No, del Bebo. Entre la información que tenemos de Pipo, y que nos confirma el testigo de Cruz, sabemos que Jockey o Yawó es el enemigo del Bebo que está detrás de su muerte. Y sabemos también que el padrino es su cómplice. Sabemos, además, que al menos uno de los hermanos Meléndez es de los gatilleros, y quizás ambos. Tenemos que hablar con Fiscalía —le dijo a Belinda como si ella pudiera conducir y hacer la llamada a la vez.

Lope sacó su teléfono y llamo él.

—Buenos días, Bernie. Voy de camino a San Juan. Oye, tengo el teléfono extraviado. Sí, el del palero. Así que podemos sacarlo de la orden de registro.

—Wow. Lope, estás hecho una máquina. Lo incluimos ayer en la orden, pero no importa. Sencillamente van a lo otro cuando hagan el registro.

Todo lo malo que Lope podía decir de Marrero lo podía decir bueno del jefe de los Fiscales Área Sur.

—Necesito que aceleren el análisis forense del teléfono. Esta tarde te lo entrego. Usa tus influencias a ver si cogemos a estos bandidos antes de que el huracán llegue.

—Zafa, Lope, no lo menciones, que si viene para acá esa mierda esto se jode. Y lo primero que se jode es la investigación que estás haciendo. Tan pronto regreses nos vemos. A ver si hoy mismo ejecutas la orden. Me comunico con el Instituto para que me tengan a Marcial listo para el registro. Le entregas a él el celular para la autopsia digital.

Tras colgar, Lope quedó pensativo un minuto, mirando en lontananza por la ventana, contemplando las posibilidades reales de lograr un arresto de Jockey. Sería un palo para Bernie, un resuelve para él y su hermano, y una bendición para el país.

—¿Todo bien? —le preguntó Belinda sin desviar la vista de la carretera.

—Sí, todo bien —le contestó, saliendo de aquel ensueño—. ¿Y tú, Belin? ¿Qué tal? Estás bien seriota últimamente. ¿Pasa algo?

Belinda continuó conduciendo sin mirarlo, seriota, colocada la vista en la carretera y la mente en lo que la atormentaba.

—Juliana y yo nos estamos separando… —apenas logró decir antes de que el puchero que amenazaba con torcerle el labio detuviera sus palabras.

Lope la miró atónito, casi sin entender sus palabras. Era un golpe inesperado para él. La costumbre y los años lo habían llevado al error de ver a Juliana y a Belinda como una cosa indisoluble, una unidad, un hecho compacto de dos seres distintos unidos en amor y armonía. Aunque su interacción diaria era con Belinda, a Juliana la conocía de infinidad de intercambios sociales en los que se tomaron cariño y hasta formaron amistad. Juliana era menos seria que Belinda, que, más que seria, era circunspecta. Femenina, dicharachera, coqueta sin ser propasada, cómica, inteligente, alguien con quien se disfruta estar, en fin, un vacilón de mujer. Sus altos niveles de energía, su desbordamiento de alegría, hacían que todos a su alrededor se sintieran como energizados. Belinda, obviamente la parte dominante de la pareja, se babeaba con Juliana, quien convertía casi todo (una ida a comprar helados, una salida al cine, una visita a la playa) en una aventura épica. Las veces que Lope las recibió en su casa, después de un buen día de pesca, en el balcón, al fresquito de la tarde, Juliana riendo a carcajadas, Belinda friendo pescado, fingiendo escandalizarse con las risotadas de su compañera que eran de un nivel de contagio que ni ella, Belinda, estando todo el tiempo con ella, estaba a salvo, eran de los mejores ratos que Lope recordaba pasar con amistades en tiempos recientes. Por ello le entró tanta tristeza con la noticia, al punto de quedar turbado y casi mudo.

—¿Pero y qué pasó? —por fin preguntó, suave la voz, casi un susurro.

—Le dio con que quiere familia. ¿Tú puedes creerlo? Después de cinco años juntas, venirme ahora con esos brincos.

—¿Y qué les impide? ¿Por qué no adoptan? —preguntó, arrepentido casi en el acto, al tanto de la cantidad de escollos que enfrenta una pareja lesbiana en este país para adoptar un bebé.

—Ella quiere parir.

Silencio. Esa Lope tampoco la vio venir.

—Pues que se preñe *in vitro*. No veo cuál sea el problema.

—Es que no solo quiere parir, Lope, quiere una familia tradicional, con papá y mamá. ¡Por algo te digo que me vino con brincos!

—¿Se habrá enamorado de un hombre?

—Eso me temo, aunque no quiera admitírmelo —su expresión pasó del desconsuelo a la rabia.

—¿Pero le sugeriste adoptar juntas?

—No, no se lo he sugerido. Hablamos de *in vitro*, porque como ella quiere la experiencia de parir, pero…

—Pero sin mucho entusiasmo hablaron, sobre todo de tu parte —Belinda se volteó un segundo hacia Lope y lo confirmó con la mirada—. Piensas que no eres muy maternal que digamos y te preocupa —añadió, completando lo que a ella le costaba decir. Esta vez, la aceptación fue no mirarlo. Ya habían hablado de estos temas antes. Belinda llevaba años con la campaña de que no todas las mujeres nacieron para ser madres. Lope concordaba con aquello totalmente, pero, al parecer, su propia compañera no tanto.

—¿Y hace cuánto de este tranque?

—Meses. Pero en estos días está haciendo espuma. Parece que ya tomó la resolución de irse y lo tiene en planes. No sé qué hacer. Me siento desesperada.

—Tal vez debas demostrarle que quieres ser parte de sus planes. Si vas a querer quedarte con Juliana, van a tener que gustarte los niños.

—¿Y cómo sería la cosa entonces? ¿Un trío? ¿Papá, mamá A y mamá B? No sé… Para mí que vine con el *chip* maternal dañado.

—No, chica, mamá A y mamá B, qué papá ni papá. El papá biológico no está por ninguna parte en esta ecuación. Es más, jamás lo sabrá. En todo caso tú serás el papá, que instintos maternos dices no tener, pero a lo mejor paternos…

Belinda sonrió levemente sin sacar la vista de la carretera. Reflexionaba. Sus palabras parecían haberle tocado una fibra.

Con los años, entre Belinda y Lope se cimentó la amistad y el cariño. Aunque con Ulises era otra cosa, coincidiendo ambos en tantos intereses y tantas cosas de hombre, con Belinda había formado amistad genuina, más allá de la que había logrado establecer con ninguna otra mujer en su vida sin que la amistad degenerara en intimidad. Con ella, por supuesto, la tensión sexual nunca existió, entrando en su lugar la confianza y el cariño, pese a que, en tiempos recientes, no compartían tanto como antes.

En lo profesional, Belinda era a menudo su mano izquierda, y a menudo también su derecha. A ella podía confiarle su vida, como podía confiársela a Ulises. De modo que verla en aquel trance sentimental le partía el alma a Lope, sobre todo cuando pensaba que ella y Juliana habían sido para él motivo de esperanza y convencimiento de que el amor era posible y que, en algún sitio, en algún momento, algo de eso estaría esperándole. La noticia que le daba Belinda fue un derrumbe para él también. Por sus entresijos le sonó una sirena como de ataque aéreo sobre ciudad asediada, conminándolo a aceptar que la duda, el recelo, el desamor, eran fuerzas tan prevalecientes o más que la certeza, la confianza, el amor. A medida que aquellos pensamientos germinaban en su mente, una angustia genuina comenzó a apretarle el pecho.

—No sé ni qué decirte, Belin. Quisiera decirte que todo va a estar bien, que las cosas se arreglarán, que son loqueras pasajeras de Juliana, pero sería una estupidez de mi parte, conociéndola. ¿Crees que pueda hacer algo yo? ¿Quieres que hable con ella?

Belinda continuó conduciendo unos minutos sin apartar la vista de la carretera, los labios sellados como evitando a la zozobra escaparse por ellos. Luego lo miró con unos ojos como ahogados, donde flotaban la amistad y el cariño que los unía desde hacía tanto, y le puso la mano en la rodilla.

—No, papi, estoy bien, gracias por ofrecerte.

Se bajaron frente a una casa típica de urbanización en el sector de Levittown del pueblo de Toa Baja. Una sola planta, concreto, techo plano a ocho pies, ventanas Miami, pedacito de grama en frente como oasis en medio del cemento, árboles grandes en la parte trasera, balcón enrejado y marquesina para dos carros. La urbanización quedaba cerca del mar, por lo que la brisa que llegaba traía un lejano aroma de salitre. En el norte de la isla el cielo era de un azul más oscuro que el azul casi blanco del sur, y el calor, aunque menos intenso, era más hondo. Lope prefería el calor del sur.

Belinda llamó y al instante, como si los esperara justo detrás de la puerta, salió al balcón una señora morena, delgada, alta, erguida, pelo recogido con pañuelo rojo, ojos almendrados, sonrisa de dientes blanquísimos, grandes y un poco separados que, por algún motivo, invitaban a la confianza. Por la cara se diría que andaba por sus cuarenta, pero la piel de las manos y las manchas en los brazos delataban su edad real. Se conservaba de maravilla, eso sí. Sin duda que las pieles mientras más oscuras más costaba ajarlas. Abrió con entusiasmo el portón de la marquesina para ir a recibirlos en el portón de la calle, que abrió con el mismo ímpetu.

—Adelante, adelante, bienvenidos.

Les dio la mano efusivamente, aunque se notaba que hubiera preferido un abrazo. Todo en ella rezumaba cordialidad y dulzura. Al saludarlo, miró a Lope intensamente a los ojos y, al cruzar el portón, le puso la mano en la parte trasera del hombro con ese toque de enfermera que escolta al paciente hacia la inyección que tanto asusta. Volvió a mirarlo a la cara, ahora como si le viera un insecto raro caminándole por la frente.

Entraron a una casa clase media muy bien puesta. Juego de sala moderno, cocina bien equipada, mesa rectangular con florero en el medio y seis sillas para comer. Nada allí, a primera vista, daba señales de pertenecer al sacerdote de una religión africana. De las paredes colgaban cuadros nada despreciables, algunos de escenas campestres pintados con detalle, otros de abstracciones coloridas, ninguna reproducción, ninguna cosa cuya fealdad llamara la atención. Los estantes de libros, tanto en la sala como en los pasillos, llenos hasta rebosar, y la pila de discos de vinil en una esquina, le hablaron a Lope de gente con cierto nivel de cultura.

Lo primero evidentemente religioso que captó la vista de Lope fue un gran recipiente amarillo tipo porcelana china ubicado en una mesa de esquina de la sala, frente al cual ardían dos velones amarillos. El jarrón estaba tapado con una red de pesca, en cuyos nudos había amarradas plumitas diminutas color hueso que creaban alrededor del envase la apariencia de un vapor o nube. Sobre la tapa y sobre la red se destacaba una corona dorada bastante impresionante que Lope imaginó no ser oro, y recostado contra el recipiente un bastón de madera tallado con figuras de pájaros y serpientes. Varias plumas de pavo real adornaban la parte trasera del recipiente, y al frente, varios vasos con miel y una calabaza todavía verde lucían como una especie de ofrenda. Aquella mezcla de fuego, materia orgánica y materia inorgánica en un solo lugar fue para Lope señal inequívoca de relaciones inusuales, de eventos metafísicos.

La sala abría hacia una terraza y un patio de grama verde en cuyo centro se levantaba un bohío circular de madera cuyo techo, cónico, estaba hecho de pencas de palma. La rusticidad del bohío contrastaba con la modernidad de la casa, por lo que presumió que allí se llevaban a cabo las actividades religiosas. Detrás del bohío crecía un gran árbol, demasiado grande para espacio tan reducido, que eventualmente levantará los pisos de las casas aledañas. A su alrededor proliferaba un gran número de plantas distintas, obviamente para usos medicinales o religiosos, siendo evidente que no eran para mera ornamentación. La entrada del bohío, cuyo dintel lo cruzaba una cortinita corta hecha de paja, la tapaba una sábana blanca. De su interior salía un suave sonido acompasado de varios tambores acompañados por una lluvia de campanas.

—Damián está ahí haciendo una consulta. Siéntense por aquí en lo que termina —les dijo la señora haciendo con el brazo un gesto hacia unas butacas—. ¿Les puedo ofrecer un cafecito, agua, refresco?

—Un cafecito me lo tomo. Prieto y puya como en el campo —a aquella hora Lope prefería el café amargo y sin azúcar. La señora lo miró de medio lado. Debe ser de las que le echan cinco cucharadas de azúcar, se dijo Lope.

—Yo también, cafecito, prieto, pero con un chin de azúcar.

Era bueno que Belinda endulzara el café, se dijo Lope. El asunto de Juliana la tenía más seria que un chayote, a veces hasta huraña. Todo le apestaba, y no era para menos.

Mientras esperaban hundidos en aquellos mullidos butacones de cuero que querían engullirlos, debajo de aquellos abanicos de techo que hacían el calor soportable y hasta agradable el ambiente, Belinda y Lope se miraron y miraron alrededor, admirados. Lope, por sus prejuicios, esperaba una casa quizás más sencilla, un ambiente más empobrecido, oscuro y misterioso, y en cambio se encontraron con que, hasta allí, todo era luz, espacio y amplitud.

Al rato llegó el olor del café, y poco después la anfitriona trayendo una bandeja con dos tazas pequeñas en sus platitos, cucharita y pomito de azúcar morena. Belinda recibió el suyo primero y endulzó. El de Lope se lo puso en las manos.

—Espero que les guste. Damián los atiende en breve.

El café estaba exquisito, como de campo. Apenas lo terminaron, salió por la puerta del bohío una pareja, él un hombre mayor en sus sesenta y tantos, enérgico y activo, ella una joven en sus treinta, bajita, caderas anchas, piel bronceada tipo india, pelo moreno lacio muerto, falda blanca sobre mahones, la cual se quitó mientras hablaba vivamente con el señor. Al parecer, la falda era una especie de protocolo. Por su lenguaje corporal, era evidente que existía entre ellos confianza plena y cariño mutuo.

—Bueno, me despido, padri. Bendición —la escucharon decir antes de añadir unas palabras en otro idioma que no captaron, doblándose luego para tocar el suelo con la punta de los dedos de la mano derecha, posición en la que permaneció unos segundos mientras el padrino la tocaba por la parte trasera de los hombros con la mano derecha enunciando otras palabras en el mismo idioma. Erguida ya, ambos se cruzaron los brazos sobre los pechos, procediendo a tocarse hombro derecho con hombro derecho y hombro izquierdo con hombro izquierdo, abrazándose luego normalmente y despidiéndose con un beso de cachete.

—Madrina —dijo la muchacha camino a la cocina, saludando de paso con la cabeza a Lope y a Belinda—. Me tienes que ayudar a cocinarle algo al *muerto*.

Otra vez el dichoso muerto, se dijo Lope.

—Sí, Caridad —confirmó el hombre mientras caminaba hacia ellos—, enséñale a Maite cómo hacer *ekó*, *olelé*, *ekurú* y *moimoi* para que les ofrezca a sus ancestros.

—Ok —se escuchó la voz de la señora desde la cocina.

—Buenos días y perdonen la espera —dijo ahora dirigiéndose con la mano extendida hacia Lope y Belinda, quienes lograron escapar de las mullidas butacas y se encontraban de pie—. Damián Medina, babalawo, *Ifá Omí, Awó ni Orúnmila* —se presentó. Su apretón de mano era firme, de persona en plena salud. Lope se presentó y presentó a Belinda. Ofrecieron las referencias, que ya Damián conocía, y la razón de su visita, que también se imaginaba.

—Créanme, teniente —miró a Lope—, agente —miró a Belinda—, que esa historia me tiene a mí bastante afectado, sobre todo porque pudo haberse evitado —bajó los ojos y meneó la cabeza en la negativa.

Así como la casa no era tan africana como Lope se imaginó, tampoco Damián era el negrón alto, canoso, vestido de blanco que tenía en mente. Era más bien colorado, lo que aquí llaman cano, de estatura mediana, ojos oscuros, bigote canoso abultado y dientes enormes (se diría que entre su mujer y él existía algún tipo de correlación dental). Impresionaba su voz profunda, hipnótica, que recordaba un órgano, y Lope pensó que eso de ser babalao debía ser bastante beneficioso para no estar este señor detrás de un micrófono sacándole provecho a aquella voz que tanto llamaba a escucharla. Vestía de mahón y guayabera azul celeste. Llevaba puesto un gorro bastante extraño, mitad amarillo y mitad verde, similar a los gorros de cocinero, pero sin la altura. Andaba en chanclas tipo Crocs amarillas, fáciles de poner y de quitar. La cara de Lope debió reflejar algún grado de sorpresa ante la apariencia del babalao, quien no pudo evitar un comentario envuelto en sonrisas.

—Me río porque la cara que tiene usted es la misma que ponen casi todos cuando me conocen. La gente, mayormente ajena a estos temas, piensa que estas son cosas exclusivas de personas de tez negra, olvidando que esto es el Caribe, donde lo negro ya no es un mero asunto de color de piel.

Sin duda le leyó la mente a Lope, o más bien los pliegues de su cara donde se traducían sus pensamientos. Tenía a flor de piel su ignorancia sobre el tema, y ponerle fin a ella era precisamente uno de los propósitos de aquella visita.

—Ya poco a poco nos vamos enterando —le respondió Lope, consciente de que, salvo el Bebo, cuya piel era más negra que los demás, el resto de los implicados en este caso eran más bien criollos, es decir, boricuas mezclados comunes, algunos con fuerte componente de blanco.

—Vengan por aquí —les indicó con el brazo hacia la entrada del bohío.

De camino, Lope lo interpeló de forma amistosa, intentando crear un vínculo, un ambiente de entendimiento mutuo, a la vez que demostrándole su desconocimiento sobre el tema y su disposición para aprender.

—Venga acá, ¿cómo es la cosa? ¿babalao o babalawo, como le acabo de escuchar?

—Se dice babalawo, palabra compuesta por *baba*, que significa «padre», y *awo*, que significa «secreto» o «misterio»: padre de los secretos. Pero acá, usted sabe, la velocidad del habla ha hecho que se coman la doble u —por su contestación, Lope supo que no estaba ante un charlatán o un principiante, como presuntamente es la norma en estas religiones.

Atravesando la sábana blanca y pasando la cabeza bajo la cortinita de paja sobre el dintel de la entrada como un carro entrando a un *carwash*, ingresaron en un espacio más acorde con sus expectativas.

—Bienvenidos a la casa de Orúnmila. Siéntense, por favor. Pónganse cómodos —y les señaló unas butacas semirredondas, rústicas, construidas con tablones de madera entrelazados, asiento y espaldar de cuero, que resultaron más cómodas de lo que aparentaban.

Allí el ambiente era muy distinto. Igual que en la casucha de los calderos donde ocurrió el crimen, también aquí lo primero que impactaba era cierto olor. No estaba, por supuesto, la pólvora, pero muchos de los demás olores sí, pese a que no observaba allí, de primera vista, ni calderos ni cosa parecida que pudiera producirlos. Del centro del techo cónico del bohío, que por dentro era de vigas, paneles y alfajías de madera, colgaba un abanico eléctrico que repartía un viento parejo y hacía el ambiente agradable. Las paredes a la redonda estaban forradas de todo tipo de elementos y adornos, entre ellos el afiche de un hombre negro, fornido, vestido con traje rojo ceñido que dejaba al descubierto su musculatura, el cual Damián indicó a Lope que representaba al *orisha* Shangó, dios del rayo, el trueno, el fuego, el honor y la justicia.

En el suelo, a la vuelta redonda, contra las paredes, observaron el mismo tipo de jarrones chinos que observaron en la entrada de la casa, en distintos colores y formas, adornados por collares enormes de cuentas en los colores distintivos de cada jarra. De una viga, en orden de tamaño de mayor a menor, colgaban tres tambores de membrana doble tensados con tiras de yute. El más grande de los tres estaba, además, forrado con tiras de campanas de bronce a la vuelta redonda. Lope especuló que tambores como aquellos hacían la música que escucharon mientras esperaban.

En el suelo, contra una pared, iluminada por una lámpara como de escritorio colocada junto a una pila de libretas y libros sobre una gran estera de paja, había una piel de animal peludo tipo chivo o tal vez venado, un cojín junto a la pared, y frente a la piel y al cojín, una banquetita de madera. De la pared, colgando de un clavo grande, Lope observó gran cantidad de cadenas de distintos tamaños y tipos ensartadas con pedazos de coco y otras semillas o materiales. Junto a la estera había una mesa tallada en forma de elefante sobre la que descansaba una gran jarra de madera tallada con gran enjundia en los detalles. Sobre esta, casi tapándola, guindaba, boca abajo, tomado por la punta desde el techo, una especie de sombrero gigante color marrón oscuro que, si no fuera por los flecos de paja alrededor del borde, podría confundirse con una media para colarle café a un gigante. En otra pared, también junto a la zona de la estera, se veía una cartulina escrita con signos hechos de palitos, ceritos y crucecitas, identificados debajo con nombres irreconocibles para Lope: *Odi, Iwori, Oyekun, Eyiogbe*…

Finalmente, cerca de la puerta posterior, pues tenía dos puertas el bohío, Lope observó un velón encendido junto a algo en el suelo cubierto de plumas al lado de un cuchillo todavía ensangrentado. Damián, que se percató de su observación, fue hasta el cuchillo y lo metió en algo oscuro que estaba detrás de lo que fuera que estaba cubierto de plumas y que Lope no logró distinguir desde donde se encontraba.

—Disculpen el reguero. Acabo de darle de comer a *Eshu* con mi ahijada y como uno está acostumbrado... No fue mi intención causarle una mala impresión.

—No se preocupe, don Damián. Tampoco es que no hayamos visto cuchillos con sangre antes, aunque en nuestro caso nunca es sangre de gallina, como imagino que es esa —dijo Belinda un poco a modo de chiste, lo cual era poco común en ella.

—De pollo. A *Eshu* no le gusta mucho la gallina —aclaró, como si tal aclaración fuera necesaria entre dos legos de la religión.

Tras una breve introducción y explicación del motivo de su visita, el babalawo comenzó su recuento de los hechos.

—A Pacho lo conocí porque otro amigo babalawo me levantó para que le dirigiera un plante por allá por Peñuelas.

¿Levantó? ¿Plante? ¿De qué hablaba? Obviamente el semblante de ambos reflejaba sus dudas.

—Disculpe. Es la costumbre. Plante es una ceremonia donde se consagra un *orisha*. Un *orisha* es una energía tipificada en nuestra religión como una deidad que no es Dios, pero que proviene de él para asistirnos a nosotros, mortales, en el negocio que llamamos vida. En este caso, la ceremonia tiene una duración de tres días, en los cuales un grupo de babalawos consagran y entregan a varias personas el fundamento sagrado del *orisha* llamado Orúnmila. Este es el *orisha* de la sabiduría, encargado del sagrado oráculo de Ifá, que es nuestra guía. Fue testigo de la Creación, así como de los destinos individuales de cada ser humano. Es segundo en rango después de Oloddumare, Dios, por lo que viene siendo algo así como su primer ministro, en quien Dios delegó toda sus facultades y autoridad. El plante es una ceremonia compleja y llena de simbolismos, en la cual se consulta el oráculo de Ifá a fondo sobre las vidas de las personas que están participando y recibiendo el santo, que es como se le llama al *orisha* acá en América.

—¿Y levantar? ¿A qué se refiere? —preguntó Belinda, conectada con las mismas dudas de Lope.

—Levantar en lenguaje santero significa contratar a alguien para participar o para dirigir una ceremonia. Y digo contratar porque hay un intercambio monetario por el trabajo. En este caso, el levantado fui yo, para dirigir la ceremonia. Aproveché y fui con un ahijado mío, René, para que también recibiera a Orúnmila. La ceremonia la hicimos en la casa de Pacho, el palero, a quien conocí aquella misma noche. Le entregamos el santo a él, Pacho, y también a varias otras personas que conocí aquella noche.

—¿Y qué es lo que le entrega cuando le entrega el santo? —indagó Lope.

—La materia, debidamente trabajada, capaz de contener la energía primaria del *orisha*. Digamos que te entregan un teléfono para comunicarte con ese *orisha* en específico, que es lo que se conoce como *el fundamento* del *orisha*. Y cada teléfono tiene su propia tecnología, que son parte de los secretos que se comparten entre iniciados. Antes de proseguir, déjenme aclararles una cosa. En el mundo que llamamos de los blanquitos, el de la clase alta, los pudientes, existen muchos recursos para bregar con las presiones y los problemas del diario vivir que a menudo llevan a la enfermedad y hasta al suicidio: la desesperanza, la incertidumbre, el desamor, los fracasos, las carencias, el dinero. Los pudientes tienen psicólogos a su disposición, asesores, especialistas, médicos, palas e influencias. Los pobres, que buscan las mismas cosas, vivir mejor, ser felices, tener amor, familia, dinero, vivir con justicia, y cuyas circunstancias son siempre peores, también se afectan por las presiones de la vida y se enferman igual, pero acuden a otros recursos para obtener los mismos resultados. ¿O usted piensa que se van a quedar cruzados de brazos, necesitando igual que los pudientes? Así que acuden, en particular, a nuestras religiones, donde encuentran dichos recursos, porque nuestra filosofía religiosa presenta una vida terrestre que no es un valle de lágrimas, que no es un transcurrir doloroso hacia la otra vida. Les ofrece a los creyentes respuestas concretas a sus problemas, respuestas eficientes, no mera fe y esperanza. Esto ha hecho que nuestras creencias estén muy arraigadas entre los más pobres, en los barrios y los caseríos, y que estén también muy ligadas con los negocios ilícitos que sostienen la economía de los pobres. Recuerden que aquí, en nuestro país, donde no existe tal cosa como economía productiva ni nada que se le parezca, el negocio de la droga y el contrabando es la fuente de justicia económica para los pobres, que son los más, y, por tanto, el sostén de la economía en general...

—¡Me lo dice! —interrumpió Lope la disertación del babalawo con cierta efusividad, pensando más en su hermano que en los barrios y los pobres. Belinda, ajena a su situación con Fermín, lo miró extrañada.

—Y a esto súmele que, en su mayoría, las personas con menor nivel cultural, paradójicamente, también están más abiertos a aceptar que existe otra dimensión, que hay espíritu tras la materia y no solo en las cosas vivas. Quizás por estar menos influenciados por la razón pura, que es lo que se ejercita más en la educación, al menos en la educación secular. Todo esto se lo digo a modo de introducción, para que comprenda la energía de Orúnmila y su efecto en cualquiera que se le acerca, entendiendo que dicha energía no discrimina, y que todos merecemos la oportunidad de corregir nuestros errores y hacer las cosas bien. Por ejemplo, entre las personas que recibían el santo aquella noche había dos a quienes no conocía, que por la pinta y lo que decían me sospeché que vivían en el mundo de la jodedera: Jockey y el Bebo. Y no me equivoqué, porque Ifá no le tapa nada a nadie...

La explicación que les ofreció Damián respondía muchas de las interrogantes que Lope se planteaba, entre ellas qué hacía una deidad protegiendo la venta de narcóticos y drogas letales de un bichote. Apenas rozaron el tema, pero la forma como el babalawo lo introdujo, con precisión y lenguaje sofisticado, evidenciaba que estaban ante una persona educada, no ante el ignorante troglodita de Pacho. No obstante, pese a Lope sentirse

favorablemente sorprendido con Damián, su mención de jodedores, en particular de Jockey, fue como un bofetón inesperado. Se movió hacia el frente en la silla como para acercarse más
a sus palabras.

—¿Llegaron juntos Jockey y el Bebo, o se conocieron allí?

—No sé si llegaron juntos, pero allí no se conocieron. Eran
íntimos. Jockey es ahijado de palo de Pacho y fue quien metió al
Bebo en eso. Pacho es *tata nkisi*, pero también es santero. Cubre
ambos campos espirituales.

—Yo tenía entendido que eran religiones diferentes —obviamente, Belinda tenía más información que Lope sobre el tema.

—Lo son. Casi completamente. Pero algunas cosas en común
y algunas necesidades han hecho que se complementen. Así que
es frecuente ver paleros santeros y santeros paleros. Es otra forma del *sincretismo* que llaman *palo cruzado*.

Lope reconoció la palabra de sus años universitarios, refe-
rente a la práctica en América, sobre todo en Cuba, de fundir en
una sola entidad una deidad africana y un santo católico. Supuso entonces que el sincretismo al que se refería el babalawo era
entre los dioses santeros y los dioses del palo. Le preguntó para
cerciorarse.

—Primeramente, hay que entender que no son dioses. Ambas religiones son monoteístas. Nosotros creemos en Oloddumare, ellos creen en Inzambi. Lo que usted llama dioses, en nuestro
caso *orishas*, son espíritus superiores, energías trascendentales
que forman parte de la creación y son intermediarias entre Dios
y nosotros, y tienen como encomienda guiar las almas encarna-
das por el mundo de la materia. Ellos, los paleros, tienen sus propios espíritus superiores que llaman *mpungos*. Pero hasta ahí las
similitudes. Lo demás es distinto. Nosotros creemos en el destino individual, en el libre albedrío; ellos en la totalidad de Inzambi. El viento no mueve una hoja en un árbol sin que allí no se ma-
nifieste la voluntad de Inzambi. Incluso cuando creen actuar por
voluntad propia, también esa creencia es designio de Inzambi.

No era fácil para Lope darles seguimiento a aquellos nombres, pero algunas nociones se le iban pegando al cerebro.

—Entonces… —fue la señal de Lope para que regresara a los bichotes.

—Entonces hicimos la ceremonia, que realmente dura dos días de los tres días, el primero y el último, no haciéndose nada el día del medio. Dos días largos, de muchas horas compartiendo juntos. Al final, uno siempre intenta ayudarlos, aunque sus intenciones sean otras. Y también al final se establece una relación personal que a veces culmina en amistad —automáticamente, Lope pensó en Fermín—. En una consulta profunda con el oráculo se hablan muchas cosas delicadas, cosas íntimas, privadas, cuyo conocimiento crea lazos de afecto y complicidad entre los babalawos y quienes reciben el fundamento del santo. Además, en los días subsiguientes se hacen las obras que marcó Ifá, por lo que estuvimos en contacto para realizarlas.

—¿A qué se refiere con obras? —preguntó Belinda, al tiempo que Lope recordó el mismo término que usó Pacho.

—Las obras que marca Ifá son los trabajos que deben realizarse, dentro de la mecánica de nuestras creencias, para evadir un mal vaticinio o garantizar uno bueno. A las obras que marca el oráculo se les llama *ebbó*, que significa sacrificio. Debe entender que, a diferencia de los astrólogos y los espiritistas, Ifá no solamente le habla a la persona concernida acerca de sus vidas desde un punto en el futuro cercano, sino que posee la facultad de transformar la realidad en beneficio de las personas mediante ceremonias de alto contenido esotérico. A esas ceremonias les llamamos obras o *ebbó*, y cuando hablamos de *marcar* nos referimos a determinar dichas obras a través del oráculo —poco a poco, lentamente, la nube de confusión comenzaba a disiparse en la mente de Lope.

El babalawo continuó:

—Al final, regresando a los jodedores, todos quedaron muy complacidos. Le estoy hablando que esto fue hace como dos años. Pues resulta que hace apenas unos meses, el padrino volvió a comunicarse conmigo. Quería que le entregáramos la *mano de Orunla* a la esposa y a la hija, y me llamó para que organizara un plante. Ese plante lo dirigí yo también, en Canóvanas. Y allí, en la consulta de su esposa, Ángeles, *ibashé* —y miró hacia el cielo, Lope presumió que era su forma de decir que Dios la tenga en su santa gloria—, la cosa se puso bien difícil, *crispy* como dicen hoy.

—¿*Crispy* en qué sentido? —intervino Belinda.

—*Crispy* porque, al revelarse *el signo*, los babalawos nos miramos con el entendimiento de lo que significaba, y cuando la profecía advertía que *Ikú*, es decir, la Muerte, andaba a su acecho, pues más todavía. Al momento de hablarle a ella, quiero decir, al momento de los babalawos interpretar el mensaje de Ifá, entendimos que lo propio era pedirle a Pacho, su marido, que por favor abandonara el cuarto. Al principio se resistió, alegando poder sobre su esposa, pero ante nuestra insistencia de privacidad y que estaba de parte de ella compartirlo con él o no, aceptó. Creo que en ese momento perdió la confianza en nosotros, o más bien perdimos la utilidad para él. A mí seguro comenzó a verme distinto, porque fui quien más insistió en que no estuviera presente. El asunto fue que ella, blandengue al fin, o quizás bajo el poder de su marido, le permitió quedarse. Así que le dimos el mensaje de Ifá, como dicen, raspao: que ella ya no era nadie en su casa; que la engañaban con cariño; que pronto se enteraría de pasadas infidelidades de su marido; que estaba marcada por la muerte y que debía irse de inmediato de su casa que sería donde iría a buscarla. Se le habló de la mula, es decir, que solo sirve para llevar la carga pesada en la casa, pero para el resto de las cosas era despreciada y desatendida. Se le dijo que ella era esa mula en su casa, y que su marido era su mayor enemigo. Se le habló durísimo. Se le advirtió de una conspiración en su contra. Lloró. Renegó. Pero pronto se reconcilió con la idea, como si todo lo que le dijimos ya lo supiera. Se le marcó *ebbó* para evitar que la tragedia que anunciaba Ifá se manifestara.

Lope y Belinda guardaron silencio analizando aquel alud de información, en particular la conspiración en su contra urdida por su mayor enemigo, su esposo, idea que coincidía con la hipótesis que ya manejaban y con los testimonios, pese a provenir de un oráculo que Lope seguía sin entender bien cómo funcionaba.

—Obviamente Pacho es un creyente en Ifá y en las cosas que dice el oráculo.

—Por supuesto, aunque siempre desde un ángulo *ngangulero*, es decir, como complemento a su creencia básica de palero.

—Entonces, teniendo tantos secretos y cosas escondidas de su mujer, ¿por qué traerla a un lugar donde podían revelarse?

—Eso mismo comentamos después los babalawos. Por su actitud durante la ceremonia, era evidente que Pacho no quería entregarle aquello a su esposa. Según entendí, fue ella quien insistió, diciendo que él tenía de todo hecho y ella y su hija nada, lo cual era cierto, y también raro. Quizás creyó que tendríamos «la prudencia» de mantener callada cualquier información que pudiera ocasionar una catástrofe familiar, o que taparíamos sus descaros. Por eso le digo que dejó de confiar en mí, que me importa un carajo realmente.

—Y ella ¿tomó los consejos que le dieron? ¿Hizo las obras que le marcaron? —preguntó Belinda, apoderada ya del vocabulario santero.

—Las hizo, a la semana, lo que no hizo fue tomar los consejos. El *ebbó* lo hice yo por ser el más diestro en esa ceremonia. Fui a la casa de ellos en Peñuelas, una atmósfera bien pesada. Las caras cortantes, los rostros graves, las bocas invertidas. Pacho mismo se mostraba molesto con nuestra presencia. Me enteré de que, en aquellos días, llegó una mujer a la casa con una hija jovencita reclamándole a Pacho la paternidad de la niña, y que eso había causado, por supuesto, un caos, tal y como anunció Ifá que ocurriría. Al final del *ebbó*, Ifá insistió sobre la necesidad de que saliera urgentemente de su casa, y que el *ebbó* que acababa de hacer de nada serviría si ella permanecía allí. El *ebbó* creó las condiciones favorables, pero no iba a sacarla por los pelos de la casa. Eso dependía enteramente de su voluntad. Ella, nueva al sistema adivinatorio de Ifá, al parecer no tomó en serio las advertencias. Y trágicamente, apenas una semana después, ocurrió el desgraciado evento que hoy lamentamos.

—Y Jockey y Bebo ¿estuvieron en esta segunda ocasión? —preguntó Belinda.

—Solamente Jockey. Allí me enteré que estaban enemistados a muerte, aunque Jockey fue quien llevó originalmente al Bebo a la casa de Pacho. Entiendan algo: Pacho es de los *tata nkisi* con mayor renombre y rango en toda la parte sur de la isla. Todo el mundo lo conoce. Tiene una clientela de maleantes enorme.

Obviamente el hermanito Meléndez mintió al negar conocerlo. Seguro que hasta ahijado era, se dijo Lope, sintiendo, en ese momento, cierta dificultad para formular su pregunta. Le pesaba la lengua, como anestesiada. Por fortuna, Belinda fue al grano.

—¿Y qué eran? ¿Amigos? ¿Socios?

—Ambas cosas, pero el jefe era Jockey, y Jockey es bien religioso, y bien desconfiado. Les exige a todos sus socios o subalternos rayarse en palo primero y coger mano de Orunla después para conocerlos a fondo. Le gusta saber quiénes son los personajes más allá de lo que ellos mismos dicen. Para el segundo plante ya Jockey tenía el santo coronado, Obbatalá. Llevó también a un subalterno suyo, un tal Eloín, que en aquel momento era su hombre de confianza, su mano derecha, con quien único *amarraba fuego*, como ellos dicen. Era también su cocinero. Al parecer, Jockey se había vuelto bastante paranoico, al punto de no confiarle sus comidas más a que a este chamaco, ya fueran preparadas o compradas. Un muchacho bastante desequilibrado, según mi impresión, y según Ifá, porque también recibió a Orunla y vino con un signo de gente *asere*, de gente loquita, capaces de hacer las cosas más atroces con una sonrisa en los labios.

La intención de Lope era indagar sobre el tal Eloín, que podía ser otro de los pistoleros, pero al intentarlo ya la lengua estaba en huelga. Sus pensamientos seguían coherentes, pero su lengua era una foca muerta en la boca que le impedía juntar sonidos para armar palabras. Tal vez fuera algo en el café, se dijo, no muy convencido, y pensó en un derrame cerebral que aún no le había inundado el raciocinio.

Belinda lo miró espantada, como si lo viera por primera vez.

—¿Estás bien? —le preguntó. Lope movió la cabeza en la negativa.

Damián lo miró desde su silla con extrañeza, y hasta ladeó la cabeza como los perros cuando no entienden un comando.

—¿Quiere algo de beber? ¿Un poco de agua?

Lope aceptó con la cabeza, tras lo cual Damián se levantó y salió a buscarla a la casa.

Belinda lo tomó de la mano. Mediante señas, Lope intentó expresarle que la lengua no le respondía.

—¿Será un derrame?

Con boca, hombros y ojos Lope hizo expresión de que tal vez fuera, pero moviendo brazos y piernas corroboró que más ningún elemento motor estaba afectado.

—¿Alergia?

Levantó los hombros de nuevo, un poco fastidiado esta vez.

Llegó Damián con su esposa y el vaso de agua fría. Lo miraban, sobre todo ella, como si algo lo tapara, como si a Lope lo forrara una capa que le impedía verlo.

Al encontrarse con la lengua inerte, al principio el agua se le derramó por las comisuras, pero como estaba tan fría, pronto le espabiló el músculo dormido y en pocos minutos estaba normal de nuevo.

—Disculpen. No sé qué me pasa.

—Le pasa que está más prendido que un árbol de Navidad —dijo la mujer mientras recibía de vuelta el vaso de agua.

El ceño se le frunció solo.

—Yo no se lo veo, pero Caridad, mi mujer, se lo vio desde que llegó. Eso de la lengua es típico de quien está prendío por un palero.

—¿Prendío?

—Prendío me refiero que lo tienen metido en un caldero, en una *prenda*. Usted dirá que está aquí y que no está metido en ningún lado, y, además, que no cree en nada de eso. Pero igual su espíritu astral está atrapado, bien porque le cogieron algo que le representa, un pelo, una uña, hasta el rastro, es decir, su esencia, recogiéndola con un algodón húmedo de cualquier lugar que usted toque. Si el palero es diestro, con eso nada más lo entrega a la prenda y lo pone bajo la influencia de ese muerto. Y ni hablemos si le dio de comer o de beber algo —decir eso y recordar el vaso con agua que le dio a beber Pacho durante la entrevista y su extraño sabor alcalino ocurrió casi al unísono.

Con genuina preocupación, Belinda puso su mano en su antebrazo. A Lope le conmovió el gesto, saber que Belinda estaba ahí para él, pero igual seguía sin tener sentido todo aquello, pese a los muchos eventos que le indicaban que tal vez algo raro y nuevo le afectaba.

—Yo no creo en nada de eso —repitió su argumento—. Eso no puede tener poder sobre quien no cree.

Damián lo miró casi con ternura, y hasta le sonrió como se le sonríe a un infante al decir sus primeras palabras. Su mujer alzó los hombros y salió con el vaso de regreso a la casa.

—Eso puede que usted crea dentro de su ingenuidad, pero la cosa no trabaja de esa forma. Yo le puedo asegurar y advertir que, sin creer ni en la luz eléctrica, una prenda le puede partir la vida y hasta llevársela. Igual, a la larga, si no lo agarra a usted, agarra a alguno de los suyos.

Uno de los suyos era Patricia, se dijo Lope. Negar que tuvo un instante de preocupación sería mentirse.

—Usted, además de babalawo, ¿es también palero? Le pregunto porque parece saber mucho de eso —preguntó Belinda.

—No. En general, los babalawos somos más bien los enemigos tradicionales de los paleros, quienes únicos contrarrestamos sus trabajos y hasta desarticulamos sus prendas. Por eso usted verá muchas veces a los paleros prohibirles a los babalawos entrar a sus *munanzzos*, que son las casitas donde tienen metidas las prendas, *ngangas* o calderos… No sé si les estoy hablando chino. Si habrá visto Lope casitas de esas en los últimos días…

—Continúe —la lengua ya le respondía—. Sabemos a lo que se refiere.

—Bien. Pues, aunque muchos babalawos han sido paleros antes de hacerse Ifá, después ya deben abandonar esa práctica. De hecho, uno de mis más cercanos ahijados de Ifá viene de ser *tata nkisi*. Por él es que sé un poco del tema. Pero él jubiló sus prendas, queriendo decir que dejó de atenderlas formalmente. Sería servir a dos dioses distintos y hasta contenciosos, que es un contrasentido. Por encima de Ifá no puede haber otra corona.

Esto era más complicado de lo que Lope se sentía capacitado para entender de una primera entrevista.

—Y regresando a las ceremonias, dice usted que el Bebo no estuvo en la segunda ceremonia. ¿Sabe por qué? —indagó Lope.

—Bueno, el Bebo no estuvo porque no tenía que estar. Nadie de su familia estaba recibiendo nada y él ya tenía lo suyo. Además, como le dije, me enteré allí de que él y Jockey ni siquiera se hablaban. No sé qué ocurrió entre ellos porque no lo comentaron y a mí no me interesó indagar. Cuando esa segunda ceremonia, Jockey, que es el más religioso, como le dije también, ya estaba de *Iyawó*.

—¿De qué? —preguntó Lope, recordando una palabra similar

—*Iyawó* es el nombre dado al recién iniciado en el culto *orisha*. Significa esposo o esposa del santo. Durante un año y seis días tienen que guardar una serie de restricciones, prohibiciones y reglas de comportamiento en todos los aspectos de la vida.

—¿Se dice *Iyawó*, o *Yawó*? —indagó más.

—Es lo mismo. *Yawó* es la forma veloz de decirlo, la contracción que llaman.

Confirmado y entendido: *Yawó* era Jockey.

—Y el Bebo ¿también estaba iniciado? —intervino Belinda.

—No, estaba de camino de serlo. La noche que ocurrió lo que ocurrió era la noche previa a la iniciación, lo que llamamos «coronar el santo». La muerte lo tomó antes de que se consumara la ceremonia. Para mí que Jockey, dada su enemistad, antes que tenerlo de hermano de santo, lo cual impedía matarlo, actuó. Así de fácil. Jockey estaba molesto, encabronado de que el padrino fuera a hacerle el santo a su enemigo. «Deja eso, padrino», le contestaba con la cara montada cada vez que Pacho hablaba del santo del Bebo. Ahora me pregunto si aquello todo fue una pantomima.

—La falta debió ser grave —comentó Lope—, porque la primera vez parecían hermanos, y la segunda, par de años después, no podían verse ni en pintura.

—Y entonces, el padrino, sabiendo que existía esa rencilla, insistió en hacerle la ceremonia al Bebo, en contra de la voluntad de su otro ahijado, Jockey, que aparentemente es quien manda ahí —resumió Belinda.

—Y aquí entran en consideración entonces las profecías de Ifá. Yo he pensado mucho sobre esto en los pasados días y créanme, aquí se eliminaron dos pájaros de un tiro. El Bebo era el blanco original, pero el blanco secundario era Ángeles.

El babalawo estaba claro. La hipótesis era teoría. Ocho tiros en la cara, uno encima del otro, la pantomima de los llantos de Pacho, los rastros en la basura de la trifulca con su esposa días antes, el teléfono perdido y ahora encontrado con la evidencia de la complicidad entre padrino y ahijado, y para completar la profecía del oráculo, ¿qué más querían?

—¿Qué es una firma de palo? —preguntó Lope.

El babalawo, que le hablaba a Belinda, se volteó hacia él bruscamente. Definitivamente no se esperaba aquella pregunta.

—Una firma es un dibujo esotérico que comunica al muerto de la prenda con Inzambi. Dibujo esotérico es una imagen, que no tiene que ser de una figura, casi siempre son flechas, cruces y círculos, a veces hechas en blanco con cascarilla, a veces en negro

con carbón, dependiendo de la intención, que establece el vínculo con el *mpungo*, que son las deidades intermedias. Por medio
del *mpungo* se llega a Inzambi.

—¡Ea! ¡Qué revolú! ¿Y puede una firma «secuestrar» —hace
con las manos señal de comillas— la voluntad de alguien, aunque
sea temporalmente, convirtiéndolo en esclavo del palero, como
una especie de robot suyo?

—Creo ver por dónde va, y sí, puede.

—Encontré una firma de esas en la entrada de la casita donde
ocurrió la misa espiritual, justo donde se pararon los pistoleros.

El babalawo se mantuvo pensativo un instante.

—Esa es una forma. Colocas al individuo encima de la firma, recitas el encantamiento, las palabras esotéricas que activan
la firma, y ocurre la posesión.

Lope sacó del bolsillo de la chaqueta la libretita de notas donde copió de forma rústica lo que quedaba de la firma al descu-
brirla.

—Sí, exactamente, una firma de palo. Y si sobre esa firma se
paró el asesino, o uno de ellos, quizás pudo poseerse con la in-
vocación del padrino.

—La hija pequeña escuchó un grito como de fiera, tipo lobo,
o peor, algo aterrador que no la dejó escuchar las detonaciones.
¿Qué pudo ser?

—Pudo ser el espíritu mismo que poseyó al sicario que estamos hablando, lo que llaman *perro de prenda*, un espíritu oscuro, violento encadenado a lo que también llaman *prenda judía*.

Lo de *perro de prenda* Lope recordó habérselo escuchado a
Lucimar.

—Conceptos todos como para irse a dormir tranquilo —dijo
Belinda, erizada como estaba con aquellos nombres.

—Sí, esa gente tiene muchas cosas raras —concordó Damián—. Yo sé lo que sé porque no me ha quedado de otra que
aprender. Gracias a Oloddumare tengo a mi ahijado Joel, que me
enseña. Los grandes brujos de nuestra sociedad son los paleros,

y no todos, por supuesto. Muchos llevan su religión según preceptos serios, encaminados a transformar la voluntad de Inzambi en beneficio propio o de sus allegados y allegadas, ahijados y ahijadas. Pero hay otros que la utilizan para matar, robar, tener amantes, vengarse. Ese tipo de cosas…

Lope miró a Belinda con desconcierto. Iba a estar difícil probar todo aquello en una corte.

De regreso a Ponce, hablaron sin parar por el camino de lo que acababan de vivir. Central fue el tema de la «consulta» de Lope con el oráculo, para la cual lo convencieron el babalawo y su esposa, y luego hasta la misma Belinda, asegurándole de que casi sin duda sus síntomas raros respondían a una fuerte brujería de la que era víctima, la cual podía incluso causarle la muerte o una desgracia a los suyos. Y fue por insistencia de ella que aceptó, y por el mínimo de curiosidad que le latía por dentro. Además, las circunstancias lo obligaban a reconocer que, en efecto, algo extraño le sucedía que solo se explicaba o como un desorden neurológico, o como una afección espiritual.

—Te admito que estuvo muy curioso todo lo que pasó allí, y más verte a ti, la estaca donde se amarró la madre de la duda y la poca fe, sometiéndose a los misterios del oráculo —comentó Belinda sonriendo.

Y cierto era, porque si una constante había en la vida de Lope era su desapego espiritual, su rechazo a las religiones, al concepto de una existencia posterior, a la noción misma de Dios, de cuya existencia no tenía ni siquiera una cintila de evidencia circunstancial. Pese a asistir de pequeño y de adolescente a colegios católicos, la hostia de la primera comunión la masticó con las muelas de atrás y sin entusiasmo, de las bofetadas de la confirmación escapó aprovechándose de la mala memoria de sus padres, y del nudo perpetuo del matrimonio católico se libró gracias a los oficios de un juez y de una mujer tan antirreligiosa como él, que ahora era católica. Ni siquiera se sometía a los métodos de comunicación espiritual tradicionales del país, la baraja, el tarot, los caracoles, los espiritistas, los mentalistas, todos tan metidos en la cultura que se hacía difícil rechazarlos.

—A mí me dejó bastante impresionada. Esa historia del palo y el cencerro es casi exacta. Igual que el palo se declaró enemigo del cencerro y quiso su muerte, Pacho te ha declarado su enemigo y procura la tuya, o al menos tu tragedia, por medio de su brujería. Yo tú, igual que el cencerro, hago el sacrificio y evito ser la víctima de un brujo demente asesino.

El oráculo reveló para Lope la historia de un cencerro que comenzó a sentirse extraño y debilitado y a salirle todo mal, por lo que fue a visitar a un babalawo en ánimo de conocer qué opinaba el oráculo sobre su situación. El oráculo reveló que tenía un enemigo poderoso, el palo, y que el palo había jurado golpearlo hasta la muerte dondequiera que lo encontrara. Ifá le recomendó al cencerro hacer sacrificio con un gallo, ropa sudada, tela roja y tela negra, un muñequito de trapo y dinero, para evitar ser víctima de la maldad y las maquinaciones del palo. El cencerro obedeció, le trajo al babalawo los materiales, se hizo el sacrificio y a partir de entonces ocurre que, por duro que el palo pegue al cencerro, siempre el palo se rompe primero. Acorde con lo revelado en la adivinación, Lope estaba en la misma situación que el cencerro, y se le avisó de tragedias mayores y hasta muerte prematura si no atendía debidamente su situación. El sacrificio que el oráculo le prescribió a Lope para librarse de la brujería del palero, que era su palo y buscaba su destrucción, fue el mismo que se prescribió para el cencerro. El babalawo le dijo, además, que, como el cencerro, también él había sido golpeado continuamente a lo largo de la vida, que las injusticias, los desengaños, las promesas rotas y los desamores habían hecho estragos en su vida. Aquella, por lo menos, fue la explicación que le dio el babalawo, explicación más que certera considerando su pasado y su presente. Según él, Ifá hacía referencia a la idea del tiempo circular, es decir, que los eventos que alguna vez fueron serán de nuevo. Lo que le «sucedió» alguna vez al cencerro, le estaba sucediendo esta vez a él, le resumió el babalawo.

Se mentiría Lope si dijera que comprendió la mecánica de la consulta; se mentiría igualmente si dijera que le pareció absurda. Por el contrario, reconocía una metodología, una estructura compleja que no admitía improvisación. Belinda, que sí había visitado cantidad de brujas y espiritistas con cantidad de mecanismos para comunicarse con los seres, desde borra de café hasta zapatos y dóminos que lanzan para interpretar su caída, quedó impresionada con la certeza del oráculo. Claro, siendo aquella su primera experiencia, a Lope quizás le impresionó más la novedad del asunto. De hecho, aunque le resultó bastante abstracto todo, en particular porque implicaba conocer un lenguaje extranjero para comunicarse con las deidades, sin duda lo que le pasó al cencerro le estaba pasando a él, aceptando la brujería de Pacho por buena, cosa de la que Lope todavía no estaba tan convencido. Ahora, de ahí a que llevara los gallos y los materiales para el sacrificio quedaba un largo trecho.

Por supuesto, apenas el babalawo mencionó el cencerro vino a su mente el que tenía Marrero en su escritorio con que lo convocaba cuando quería irritarlo. La mera casualidad de que Marrero tuviera la misma campana de metal entre sus cosas preciadas, combinada con aquel mensaje del oráculo, le daba a entender que también era enemigo suyo, lo cual de nuevo acertaba el oráculo, y que tampoco era tan casual aquel objeto allí, siendo ahora más bien señal reveladora para Lope de una conexión entre Pacho y su jefe. El oráculo, al parecer, hablaba en varios niveles. Pensó que, igual que el palo golpeaba el cencerro, Marrero era culpable de algunos de los peores golpes que había recibido él en tiempos recientes, golpes que ahora lo impulsaban a abandonar la Policía. Quizás Pacho era palero ahora, pero Marrero lo fue antes, y lo seguiría siendo mientras Lope permaneciera en la Uniformada.

—Yo en tu lugar haría ese sacrificio que te dijeron, Lope, y pronto. Mira que según pinta la cosa tenemos la tormenta encima en unos cuantos días, y después sabe Dios lo que pase. Buscamos la forma, o la excusa para regresar, y lo hacemos. Cuenta conmigo.

Que Belinda fuera testigo de su consulta oracular y de aquella corta vivencia espiritual estrechó la confianza entre ellos al punto de ella sentirse responsable por el bienestar suyo. Lope le prometió darle pensamiento.

18

Belinda dejó a Lope en Fiscalía y lo siguió para Comandancia. Bernie lo recibió en su oficina, no la oficial sino la del quinto piso, donde estaban los baños y los cuartos de almacén y donde se le permitía fumar con la ventana abierta. Pese a la ley que prohibía fumar en edificios públicos, en Fiscalía tuvieron que hacer un arreglo especial con Bernie para no perderlo. De modo que le asignaron su oficina, la oficial de jefe de Fiscales Área Sur, donde recibía las visitas y hacía sus gestiones formales, y la otra, la de trabajo, la pequeña del quinto, donde podía fumar sin afectar a nadie. Allí lo recibió porque a Lope no le molestaba el humo de cigarrillo. De hecho, en ocasiones, cuando se daba un trago o lo vencía la tensión, podía fumarse uno.

—Adelante, Lope. Siéntate por ahí y perdona el reguero —le estrechó la mano efusivamente—. ¿En dónde estamos? Cuéntame.

Hablar y estar con Bernie era transportarse a una película de los años setenta. Fumaba como un camionero, moviéndose nerviosamente con el cigarrillo perenne entre el labio o los dedos, esquivando el reguero de expedientes y el caos de los libracos de derecho colocados en torres o derramados en los libreros. Tenía siempre la misma expresión y gestos de gravedad y de urgencia que tendría de saber que en ese instante aterrizaban extraterrestres en la Plaza Las Delicias. Vestía chaqueta satinada azul oscura entallada a la cintura con cortes de picos exagerados, pantalones de campana, corbata ancha verde y marrón, y una camisa azul celeste con cuello de picos largos abierta en el botón del cuello. En cuanto al estilo facial de Bernie, lo que más se destacaba era su bigotón, grande y abultado sobre el labio superior, y una masa de pelo negro peinado hacia atrás al estilo Gallito de Manatí. Pero lo que más impresionaba en él era que, sin ser un hombre mayor, lo cual explicaría su afán por aquella época y el haberse quedado atrapado en ella, era un hombre joven, apenas rozando los cuarenta, que decidió adoptar el estilo y la apariencia de una época que nunca vivió, con todo lo que eso implicaba. Había, sin duda, un alto nivel de vanidad en Bernie para llevar aquella moda a ultranza, llamada hoy estilo retro. Lo lucía, sin embargo, con tal naturalidad, sin traerlo a empujones del pasado para convertirlo a la mala en la moda del presente, y lo recreaba todo con tal exactitud que Lope se sentía en aquella oficinita como en una máquina del tiempo.

Llevaba apenas cinco años en la Uniformada cuando tuvo su primer caso con el recién estrenado fiscal Bernie Estrada. En aquel momento era un joven brillante, recién nombrado por el gobernador, que prometía mucho. Desde entonces, su estilito retro lo distinguía, pero más que eso lo distinguían su inteligencia y personalidad afable, atributos ambos que prometían una carrera destacada dentro del sistema de justicia criminal. Rápido hicieron buenas migas, y aquel caso, un asalto a mano armada a una cooperativa, lo resolvieron en un dos por tres. Trabajaron otros cuantos casos juntos con gran éxito. Y, como era de esperarse, al sumarse sus atributos, a los pocos años lo nombraron jefe de Fiscales Área Sur.

Para Lope, el caso de Bernie contrastaba duramente con el suyo. La corrupción política, al venir de arriba hacia abajo, estaba más entronizada en el Departamento de Justicia, pese a que sin duda percolaba a la Policía, mientras que la corrupción mafiosa, de la calle, de los jodedores, al venir de abajo hacia arriba, estaba más entronizada en la Policía y cuando llegaba hasta Justicia era porque llevaba presión más fuerte y concentrada. Por supuesto, comparada con la corrupción violenta del bajo mundo, la corrupción política era una monguera. La cosa se ponía intrincada cuando ambas corrupciones se juntaban, como en el caso de Lope que nunca obtuvo el ascenso que merecía por no contar con las conexiones políticas, ni tampoco contaba con las influencias mafiosas que necesitaban a Marrero de capitán. Bernie tuvo la suerte de que, dentro de la corrupción un poco más monga que le tocó, su inteligencia y capacidades superaron las trabas políticas; a Lope le tocó también la corrupción dura de la calle, la que mata. Bernie entendía todo esto, por lo que existía entre ellos siempre la complicidad que tanto Lope apreciaba.

—Puede que te tenga algo más grande que los meros santeros.

Con el cigarrillo en la boca, tapada media cara detrás de la humareda que salió de su boca, Bernie se echó hacia atrás en la butaca a la espera de sus palabras.

—Soy todo oídos.

—Tal vez por aquí puedas por fin echarle el guante a Jockey.

Bernie permaneció donde estaba, sin hacer un gesto ni un movimiento, como si aquella noticia tuviera un efecto congelante en su cuerpo.

—Cuéntame —dijo por fin, destrancando la quijada, inquieto del entusiasmo que lo desbordaba y que Lope percibía en una vibración de los contornos de su silueta creada por la luz amarilla que entraba directo por la ventana a su espalda. También por ella entraba un calor como de la boca de un horno abierto que le pegaba a Lope en la cara. Bernie lo combatía con un abaniquito de acero inoxidable estilo retro, por supuesto, colocado encima del escritorio y que lo refrescaba solamente a él.

Jockey era de las mayores frustraciones de Bernie y de toda la Fiscalía decente que quedaba en la zona sur. Sin duda, era el más notorio de los bichotes, y el más escurridizo. Tenía en la Playa de Ponce un negocio de importar pescado que le producía suficiente para justificar su no muy ostentoso estilo de vida. Pagaba sus impuestos, siempre bien y a tiempo. Todas las auditorías de Hacienda hechas a su negocio, que pocas no habían sido, concluyeron siempre con que se trataba de un negocio *bonna fide* bien llevado. Vivía alquilado. Casota, pero alquilada. Era un tape, por saberse que tenía varias casas a todo lujo bajo testaferros. Tampoco tenía récord criminal, por lo que no se le conocían ni las huellas dactilares. Se le conocía sí una esposa oficial y varios hijos con ella, igual que varias amantes, con quienes también tenía hijos. Era un hombre pequeño de estatura, poco más de cinco pies, dos pulgadas, delgado, piel oscura, aindiado de facciones. Le decían Jockey por su físico, y también, quizás simbólicamente, porque iba montado sobre el negocio más lucrativo de toda el área sur: la venta de *crack*.

Y no por nada le decían el Príncipe de la Piedra Mágica. Jockey tenía en su posesión, según los agentes de Narcóticos, la fórmula mágica del *crack*. Es decir, una forma particular de fabricar la piedra que sencillamente acaparó el mercado. Al parecer, la calidad, el poder de la nota, los efectos superiores que provocaban la piedra de Jockey, ningún *crackero* los conocía, de modo que se volvieron locos con aquello. La probaban una vez, ya no querían más nada. Como era de esperarse, al principio aquello causó roces en los puntos de la zona. Sacaron a Jockey de casi todas partes ante las protestas de los demás vendedores de la sustancia, pero mantuvo uno o dos puntos en Ponce y Guayanilla. Se corrió la voz y allá fueron a parar los usuarios de la zona buscando la Piedra Mágica. No tuvo que tirar ni un tiro para quedarse con todo de nuevo. Los demás claudicaron. Era de esas pocas instancias de la vida en que la calidad supera a la cantidad. Aparentemente, cuando las leyes del mercado, incluso del mercado negro, actuaban sin intervención, libremente, eran implacables, desalmadas, producían monopolios, como el que encumbró a Jockey en toda la zona y pulverizó a la competencia.

Por supuesto, ese poder que le otorgó aquel monopolio conllevó, casi obligatoriamente, otras formas de violencia. En cualquier negocio al margen de la ley, el negociante debía ser también policía, juez y a menudo verdugo. En la protección de sus intereses, debía jugar las posiciones que, dentro del sistema legal, juega el Estado. Pese a ello, ni la policía del país ni la policía federal habían logrado jamás implicarlo directamente en nada. Sabía perfectamente lo que hacía. Era extremadamente cauteloso. Jamás caía en provocaciones ni en trampas sencillas que a menudo le tendían los federicos. Nunca le habían pinchado el teléfono sucio, y por el limpio solo hablaba linduras. Era de las más grandes frustraciones del sistema, o de lo que quedaba limpio del sistema, como Bernie.

Con pocas interrupciones de su parte, todas para aclarar asuntos puntuales, Lope le narró los acontecimientos hasta el momento y las acciones tomadas, lo cual apuntaba a que quien ordenó y coordinó directamente el asesinato del Bebo fue Jockey, escondido bajo su nueva identidad de Yawó o Iyawó, que era lo mismo, y que el padrino, en intercambio por el asesinato de su mujer, se convirtió en su cómplice. Al mostrarle el teléfono y el último mensaje dirigido a Yawó, Bernie quedó pensativo un rato, como intentando que el raciocinio dominara sobre la emoción. Por supuesto, Lope se reservó la dimensión personal de Jockey para sí, que era más bien el problemón que tenía su hermano con Jockey.

—Qué te digo, Bernie, no quiero que pienses que estoy perdiendo la chaveta o creyéndome loqueras, pero no sabemos aún si el asesinato ocurrió directo, en conciencia, o si fue por gestión de algún *espíritu de prenda* que le movió la mano al asesino y apretó su dedo sobre el gatillo. Todo apunta a que la única muerte no premeditada fue la de la niña. En cuanto a los asesinos, sabemos de al menos uno, para quien ya hay orden de captura, y tal vez de dos, pero falta identificar un tercero, el que se quedó en el carro esperando y debió ser el conductor.

Mientras le narraba a Bernie los hechos hasta ahora conocidos, fue enfatizando más en la captura de Jockey que en la de Pacho, el padrino, llevado ahora, por supuesto, por la necesidad de resolver dos asuntos separados pero relacionados por un mismo protagonista. Sin embargo, al recordar el cuerpo de la niña sobre la grama, inerte, cubierta por la sábana manchada, recordaba también que el padrino fue realmente el artífice de aquella desgracia. Él era la primera causa de aquel atroz asunto, y lo de Fermín era, como menos, un hecho paralelo.

Bernie encendió otro cigarrillo, Camel, por supuesto, y se paró frente a la ventana sacando por fuera la mano que lo sostenía, presumió Lope que en mínimo gesto de consideración. En toda su expresión corporal reflejaba excitación de poner tras las rejas a uno de los elementos más nocivos de la sociedad. Se tomó un buen rato, entre humaradas, cavilando la información antes de proponer un curso a seguir.

—Me parece que lo próximo será entrevistar de nuevo al palero, ahora con la evidencia del teléfono en mano. Tengo aquí la orden de allanamiento que gestionamos ayer. Todo nos fue bien ahí. Una jueza colaborativa. La orden incluye el teléfono, pero puedes ignorarla. Ejecútala y aprovecha para confrontarlo. Primero, pregúntale quién es Yawó —era exactamente el plan que tenía Lope en mente—. Cuando te diga que no sabe, confróntalo con el teléfono, el mensaje, el día y la hora en que fue enviado. Llévalo en el *ziplock* como evidencia incautada y finge que lo encontraron en el registro. Después se lo pasas a Marcial para el examen forense. Haz el teatrito.

—De acuerdo.

—No creo que sea nada difícil establecer que Jockey y Yawó son el mismo individuo. Tenemos nuestro testigo estrella herido en Damas, que además sabe sobre la enemistad entre el Bebo y Jockey y cómo el último juró matar al primero antes de…

—Coronar el santo —completó Lope la frase—. Al parecer, esa coronación hubiera impedido que el asesinato se consumara. Hubiera hecho que a Jockey se le hiciera imposible eliminar a su examigo, ahora hermano en la religión, por lo que esperó hasta el último momento, la noche antes de la ceremonia.

—La pregunta es, habiendo tenido oportunidades de hacerlo antes, ¿por qué esperó a ese momento?

—Para aprovechar y convoyar esa muerte con la muerte de la esposa del padrino, que fue el trueque que se hizo.

—Claro. El padrino le dirá a usted que para salvarlo quiso coronarle el santo antes de que pudieran matarlo.

—Sí, pero el mensaje en el teléfono lo desmiente.

—Según vaya la entrevista con el padrino, habrá entonces que visitar a Jockey —un brillo en los ojos de Bernie le dio a entender a Lope que por fin veía un rayo de esperanza real de sacar de circulación a aquel personaje. Lo próximo sería ver cuán fuerte estaba plantado Jockey dentro de la Policía.

—¿Y qué hay con la presión pública? ¿Te están apretando las clavijas para que se cumpla el plazo de la semana? ¿Secretario de Justicia? ¿Superintendente?

—¡Ay, bendito Lope! Los profesionales aquí somos tú y yo. Los que de verdad y en serio creemos en la Justicia somos nosotros. Los otros, los de arriba, los cocorocos, solo creen en la ley y el orden, aunque esa ley sea un desorden. Solo creen en ellos mismos, en sus posiciones, en sus beneficios, en sus lucros secretos. *Money talks*, y no es mentira. O, como decimos en buen castellano, poderoso caballero es don dinero. Esa gente, la que nos manda, sabe que en un país con tanta incertidumbre, tanta pobreza y sin democracia, pasan muchas cosas malas que se tapan. Y a la gente no le queda otro remedio que olvidarlas, archivarlas en la memoria inactiva para abrirles espacio en la memoria activa a las nuevas memorias que, por lo común, duran ahí un par de días antes de ser desplazadas o archivadas también. El tema de los santeros sigue activo porque todavía no ha ocurrido algo similar o peor en el país que lo eclipse, y porque la tormenta que viene de camino todavía no sabemos si nos azota, nos roza o nos evita. Cuando sepamos, y sobre todo si son las primeras dos, despídete del caso y vete a lo tuyo, sorullo. Y si es la tercera, y en vez de tormenta es huracán lo que nos azota, olvídate de todos tus casos. Asume que los malos ganaron y punto.

Bernie y Lope eran de un mismo pensar. Por eso la afinidad que los unía. La diferencia radicaba en que dicho pensamiento no había truncado aún las posibilidades profesionales de Bernie dentro del Departamento y, por tanto, no lo había amargado tanto como a Lope. Su suerte en la Policía estaba echada: de teniente no pasaba, a menos que se acomodara con el Partido y se relajara con la calle, presiones que no estaba dispuesto a aceptar, ambas opciones canceladas de antemano. Quizás en otras regiones de la Isla el mérito se tomara en consideración para los ascensos, pero en su zona al menos el mérito era escollo para la promoción.

Le sonó el teléfono a Lope. Belinda. Le colgó para llamarla cuando saliera de la oficina de Bernie, pero al segundo volvió a llamar.

—Contesta, Lope —dijo Bernie, caviloso—. A lo mejor es una urgencia.

—Dime, Belin.

—¿Adivina qué? —abrió fuego Belinda sin mediar saludo.

—¿Qué? —el corazón le dio un brinco y sintió un calentón en la cara.

—Nos acaban de matar al testigo estrella, aquí en el hospital.

—Tú me estás jodiendo.

—No te estoy jodiendo. Ya vienen Marcial y su equipo de camino. Paso a buscarte.

No era la primera vez, ni sería la última, que mataban a un testigo en su cama de hospital. Escenas como esta se veían en San Juan, algunas en el Centro Médico mismo, como también se veían escenas de pacientes secuestrados de hospitales, bien sea por miembros de su propia banda o por una de las contrarias. Lope recordó la ocasión cuando, en el Centro Médico, individuos vestidos de enfermeros, en ambulancia robada y con médicos reales, sustrajeron a un bichote herido y lo llevaron a un hospital clandestino, donde lo estabilizaron, para luego sacarlo en lancha para

Santo Domingo, donde lo operaron. En comparación, el asesinato de su testigo fue un paseo, pero suficiente para destruirle el caso, al menos contra Jockey.

Mientras los dos agentes encargados de su seguridad bajaron a la entrada a recibir una caja con donas, café y refrescos que les enviaban de Comandancia, un hombre vestido de médico, identificado por las cámaras de seguridad, sin que nadie lo detuviera, entró al hospital pasándole por el lado a los agentes que conversaban de lo más animados con los agentes en la patrulla que trajeron los *munchies*, subió por las escaleras hasta el tercer piso, fue directo al cuarto del testigo, reconocible por la silla para el agente frente a la puerta, y con una pistola calibre .22 que casi ni ruido hizo, hundida en la almohada sobre la cara del sujeto, terminó fulminándolo con un tiro certero entre las cejas. Nadie escuchó nada, pese a que la bandeja de comida cayó al piso en el forcejeo con la almohada en la cara. Ni sangre botó casi, y como ya no estaba conectado a ninguna máquina, se vinieron a enterar media hora después, cuando los agentes, tras comerse las donas y tomarse el café, regresaron al cuarto a chequear al paciente que encontraron como durmiendo de lado, sintieron el olor a pólvora y descubrieron lo sucedido.

—¿Lograste hablar con él anoche? —Lope le preguntó a Ulises, quien se hizo cargo de la escena.

—Sí.

—¿Y corroboraste todo lo que le dijo a Cruz?

—Sí. Sin duda este era nuestro testigo más valioso —Lope se cagó en su vida gris mil veces. Todo echado a perder en un segundo. ¡Ni qué donas y ni qué refrescos enviados por Comandancia ni qué mierdas! Todo aquello apestaba a Marrón Ramero.

—Envía los videos del hospital a Comandancia y siéntate con un dibujante rápido mientras tienes la memoria fresca de tu conversación para ver si sacamos algún boceto. No te extrañe que sea uno de los hermanitos Meléndez, u otro pistolero que todavía no conocemos. Seguro uno de los originales, los del carro quiero decir. A no ser que Jockey tenga un ejército. Pero si es tan cuidadoso como dicen, son dos o tres sus sicarios cercanos.

—Sí, teniente —le contestó Ulises con la formalidad que ameritaba cuando había otros agentes o personal médico presentes—. Están en proceso de identificarlo, pero le adelanto que no se ve con claridad el video. Parece que sabía dónde estaban las cámaras y se cuidó de no dar la cara.

—¿Te dijeron ya nuestros dos idiotas cuánto les pagaron? —le preguntó ahora, ciego de cólera con lo ocurrido, sobre los agentes.

—Chacho, ahí están los dos con caras de ñame sancochado cantándose inocentes de todo.

—¿Y te explicaron por qué fueron los dos a la misma vez a buscar algo que podía ir uno? ¿Y por qué, abajo, dieron tanta cháchara?

—Alegan que los de la patrulla insistieron que bajaran ambos porque eran par de cajas y tenían prisa.

—¿Prisa? ¿Y la muela que dieron?

—Lo mismo me pregunté yo. Una vez abajo, según ellos, los de la patrulla los retuvieron primero con preguntas, después con comentarios y al final con chistes, el tiempo suficiente para cometerse el asesinato.

—Claro, me imagino, carmelitas descalzas son ahora. Y con los de la patrulla que trajeron las donas, ¿hablaste?

—Sí. Alegan que no les dijeron nada de eso de las cajas y de que bajaran ambos.

—Como era de esperarse: también santos varones —sin duda que los de la patrulla picaban aquí, y a saber si los del hospital también, concluyó Lope, marchando de arriba para abajo a lo largo del pasillo mientras los técnicos entraban y salían del cuarto—. ¿Les preguntaste de quién fue la tan humanitaria idea de traerles vituallas a los centinelas?

—Sí. Y que de ellos mismos.

Por supuesto, las palabras de Ulises iban acompañadas de gestos en cejas, en ceño, en comisuras, para indicar que aquello no se lo creía ni el presidente del club de los pendejos.

—Lo supuse —se detuvo y suspiró—. Te digo, Ulises, que así no se puede. Míranos no más, investigándonos a nosotros mismos, las ovejas entre los lobos. ¿Cuánto te apuestas a que todo esto empieza en el reino del creso y la bencina?

—Donde todo lo que es *crippy* en la Comandancia comienza.

—Para colmo, aquí se esfumaron las posibilidades de neutralizar a Jockey. Sin este testigo, conocedor de la dinámica interna de la casa del padrino, no tenemos nada. Sin este testigo y su testimonio, tengo que retomar mi preocupación por Jockey desde el ángulo familiar. Ya vemos que el tipo tiene el brazo largo y puede llegar a todas partes. ¿Qué procede?

Lope se sintió perdido. Miraba sin ver. Daba vueltas tocándose la barbilla, cavilando. Ulises lo miró sin saber qué decirle en ese momento, viéndole la cara que, sin duda, decía mucho de su estado de ánimo.

—Tengo que salir de este nido de escorpiones y es corriendo —rompió el silencio—. ¡Tarde estoy! Y tú mira a ver qué haces, porque si te quedas aquí, o te corrompes como los otros, o te pasan el rolo como a mí, que para ascender de agente a sargento me tomó una eternidad. Y si eres recto, como somos nosotros, quizás a teniente llegues, con gran esfuerzo, pero jamás a capitán. Así que aprovecha la ventana. Móntate conmigo en el negocio. A saber si los macacos nos hacen ricos.

Llamada. Belinda otra vez. Estaba en Comandancia, donde fue a llenar informes.

—Dime, Belin.

—Parece que estoy condenada hoy a ser el ángel de las malas noticias.

—No me digas. Qué me tienes ahora.

—Otro asesinato, en Flores Secas. Creo que conoces a la víctima.

19

De lejos reconoció la camioneta, rodeada ahora por hombres en batas blancas que tomaban fotos y marcaban círculos de tiza en el suelo alrededor de los casquillos. Identificó con facilidad a Marcial, su cuerpo de pera gigante, fumando su largo cigarrillo mentolado sostenido en la punta de sus dedos de salchicha. Del negocio de la esquina, frente al incidente, salía un fuerte rugido de reguetón. Hasta las formas básicas se habían perdido, se dijo Lope, la sensibilidad mínima. Música a todo trapo con un muerto en frente. No había respeto.

—Le borraron la cara —le dijo Marcial antes de que llegara hasta el cadáver—, y no con borrador de pizarra.

Lope le sonrió con media boca al chistecito. Pipo no era meramente un informante, uno más de la calle que se las buscaba por el lado siendo chota. Su relación con Lope era de años, y había culminado hace poco en amistad y hasta en cariño. Así como Pipo lo daba todo por Lope a la hora de incrustarse en el bajo mundo, también Lope hizo malabares en reiteradas ocasiones para proteger a Pipo de sí mismo. A su rescate acudió en varias ocasiones para sacarlo de algún aprieto o recoger de la acera su cuerpo desfigurado. Además, era alguien único y sin igual. Su loquera de Egipto, de los faraones y los alienígenas fue siempre música para los oídos de Lope, acostumbrados a tanta rutina pesada y a tanta realidad pendeja. Lo que pesaba ahora sobre su conciencia era que falleciera en su intento por conseguirle más información sobre el tal Yawó, información que ya resultaba innecesaria, y que hubiera fallado él en ponerlo sobre aviso. Debió insistir luego de que no le contestara las llamadas. Debió insistir luego de que no lo encontró por su casa. Entre lo que fuera que le tenía trastocado el cerebro, y el fracatán de gestiones que le acaparaban, algo iba a quedarse en el tintero, y ese algo fue Pipo... Sea la madre, puñeta, se dijo.

—¿Sabemos cómo pasó? —le preguntó a Marcial, acercándose a la camioneta rodeada por la cinta amarilla.

—Testigos del negocio de ahí —Marcial señaló hacia el origen de la estruendosa música— dicen que el ahora occiso se encontraba estacionado aquí, acabando de montarse en su troca, cuando le pasó otro carro por el lado, se ve que bien pegadito porque no hay agujeros en la carrocería, y lo roció por la ventana. Tremenda puntería. En la cara todos. Se parece a otra puntería que conocemos ¿Quiere verlo? —Lope miró a Ulises y supo por su cara que no debía ver el cadáver. Le bastó con la descripción.

—¿Tenemos descripción del vehículo?

—Sí. Había bastante gente ahí parada y todos lo vieron. Una...

—¡Espérate! —interrumpió Lope—, no me digas, una 4Runner negra con aros oscuros —Ulises abrió los ojos como si acabara de ver a un mago desaparecer un elefante—. También puedo hacerte una buena descripción del sujeto que lo asesinó. Se llama Luis Meléndez, o tal vez sea su hermano, el que no vimos y que debió estar escondido en la casa cuando nos tirotearon, o vino a recoger a su hermano. Porque, aunque pienso que fueron dos, pudo también ser uno muy diestro con las armas, que, como vemos, destreza de ejecución no les falta.

Marcial miraba desconcertado. Era evidente que no sabía del tiroteo. Ulises permaneció un momento en silencio, en su cerebro ocurriendo silogismos y premisas lógicas.

—¿Y de dónde reconoces el carro?

Lope le explicó que fue con quien cruzó mirada de carro a carro saliendo de la carretera después de su encuentro con Pipo.

Debieron seguir a Pipo, velarlo y concluir que era el informante suyo.

—Aquí hay grandes intereses de por medio para que en un día se limpien a dos que pudieran dar información contra Jockey —aportó Ulises.

—También —concordó Lope, comenzando a relacionar aquello con su hermano y su deuda gigantesca. ¿Sería acaso el Bebo quien hizo el tumbe que le achacaron al capitán dominicano del barco?—. Marcial —recordó preguntarle—, la noche de la matazón, ¿llegaste a hablar con la prensa?

—No. Si llegaron, fue después de nosotros irnos.

Como se imaginó. No fue Marcial quien coló la información.

Alejándose de aquella escena personalmente dolorosa para Lope, fue a refugiarse del sol castigador a la sombra de un palo de mangó que crecía frondoso al lado opuesto del camino. Allí comenzó a sentirse realmente mal. Aquella muerte le dejaba una amargura pesada en el alma, una mermelada de culpa que no lograba despegarse del cielo de la boca. Sentía el pecho pesado, como si tuviera un hipopótamo sentado encima, y las extremidades como llenas de hormigón. Su carne, su conciencia, su sustancia, su vida entera de repente le agobiaban. El aire, quizás a modo de protesta por su negligencia, penetraba con dificultad en sus pulmones. Tampoco estaba cerca de romper en llanto allí, pero sin duda un sentimiento muy profundo lo embargaba viendo el cadáver de Pipo dentro de aquel carro frente a él.

Aunque había fumado cigarrillos en varios periodos de su vida, el tabaco y Lope jamás fueron amigos. Fumar en seco, de día, con el sol encima, era para él casi inimaginable. Pero a veces, cuando la ansiedad se concentraba toda en un solo sitio, como una lupa los rayos solares sobre la paja seca, un cigarrillo, no importaba la hora, lo descomprimía. Como Ulises era de darse un cigarrillito esporádicamente, le pidió uno. No tenía, pero fue directo hasta uno de los muchachos de forense y trajo uno ya encendido.

En cuclillas, la espalda contra el árbol, postura cómoda para él desde la adolescencia, se fumó el cigarrillo con lentitud hasta recuperar el sosiego. Era imprescindible recomponer sus pensamientos, abrumados por la acumulación de eventos alrededor de este caso. Le matan al testigo estrella en el hospital. Le matan al informante estrella y amigo. Tenía a su hermano bajo amenaza por los mismos matones. Básicamente sin caso, y encima un lío familiar a punto de reventar.

—Milagro que Negroponte ni Yolanda estén aquí.

—Ya aparecerán, si es que la noticia de Harry los desocupa.

—¿Qué Harry?

Ulises lo miró sorprendido de que no supiera.

—¿Cómo que qué Harry? ¿Y tú no eras el gurú de las tormentas?

—No me jodas que ya tiene nombre.

—Sí te jodo. Es tormenta todavía, pero se desarrolló más rápido de lo esperado y viene directo para acá, tal como lo predijiste. La llamaste, cabrón. Es tu culpa.

Para qué enumerar la avalancha de preocupaciones adicionales que en el acto espachurraron a Lope. Tal y como se temía, su futuro estaba en juego, el futuro que llevaba meses forjando, su Plan A. Ahora, si todo se iba a la mierda con la tormenta, tendría que activar su Plan B, que era quedarse en la Policía, seguir fingiendo que era posible perseguir el crimen en un sistema donde la justicia era la excepción, pero de algo tenía que vivir. Patético desenlace sería aquel. Casi imposible de aceptar.

—Tenemos que movernos rápido —le dijo a Ulises al terminar el cigarrillo—. Hay que ejecutar la orden de allanamiento en la casa de Pacho que tengo conmigo, sobre todo en la casita, donde están las brujerías, porque ya el celular lo tenemos.

—¿Lo tenemos? —preguntó Ulises sorprendido.

—Sí, está en la patrulla. Lo encontró Lucimar, la hija, ayer, y se lo pasó a la tía, que me llamó para entregármelo. Entrégaselo a Marcial como evidencia para el análisis forense. Dile que terminando aquí organice un equipo de peritos para ir a la casa de nuevo a cotejar los calderos y buscar el celular. Hay que fingir que lo encontramos allí, para no calentar a la nena, aunque algo me dice que ya está al tanto de que lo tenemos y que no va a estar allí cuando vayamos.

De lejos, apenas acercándose a la casa, era evidente que no había nadie. Ulises llamó al número que Pacho le dejó a Belinda para contactarlo, pues su teléfono dizque estaba perdido, pero el número salía ahora desconectado. Tampoco respondía nadie en el teléfono de la casa. Tal y como se imaginó Lope, ya sabía que el teléfono perdido estaba en sus manos, bien fuera por vía de su hija o por vía de sus seres.

Lope tomó su teléfono y llamó al número desde el cual recibió su última llamada de Carmiña. Le contestaron del Holiday Inn. Después de intentar el cuarto, lo pasaron al área de la piscina, donde se encontraban tía y sobrina. No pudo evitar pensar que era demasiado relajamiento para tragedia tan cercana. Las imaginó más bien en el cuarto, quizás viendo televisión, consolándose, no en la piscina solazándose.

—Teniente, qué gusto oírle —dijo tras Lope identificarse—. Salí con la niña a almorzar aquí a la terraza del hotel para coger un poco de brisa, que allá en el cuarto la encerradera nos tiene enzorradas.

Presumiendo que decía la verdad, y que no estaba en tanga bocabajo sobre una toalla, Lope tuvo que aceptar que erró en sus especulaciones. Sintió que últimamente erraba mucho, y hasta un poco de culpa le vino de imaginarla tomando el sol casi desnuda.

—Sí, hay que tomar un poco de aire, salir, coger sol, vitamina D, importante para el sistema inmunológico —le comentó, yéndose por la tangente del bienestar general.

—Tiene razón, teniente —aceptó con tono de acabar con el tema—. Dígame, ¿en qué le puedo ayudar? ¿Le sirvió de algo el teléfono?

—Por supuesto. De mucho. El problema es que el teléfono de contacto que dejó Pacho ahora está desconectado. Tampoco está en la casa, porque aquí estamos ejecutando una orden de allanamiento y no está por ninguna parte. ¿Las contactó a ustedes en algún momento después de anoche?

—Llamó a la nena horita y estuvo hablando frente a mí. Ella le mintió sobre el celular. Él insistió en que hiciera memoria, que intentara recordar, pero puede estar seguro de que de nuestro maíz ni un grano.

—¿Me puede pasar el número desde el cual le habló a la nena, si no le es molestia?

—Ninguna. Ahora se lo consigo. Déjeme buscar aquí en las llamadas entrantes. Aquí está.

Era el mismo que ahora salía desconectado. El supuesto teléfono limpio.

—Si vuelve a llamar dígale que se comunique de inmediato conmigo. Y de nuevo, chitón con lo del teléfono.

—Descuide, teniente —se despidió sin incurrir en la coquetería de la noche anterior.

Acto seguido, llamó a Bernie.

—Bernie, aquí estamos frente a la casa con la orden. El tipo no está y tampoco responde. El teléfono de contacto, con el cual habló hace poco con su hija, ahora está desconectado. No da cara. ¿Qué hacemos? ¿Entramos?

—Como ya tenemos el teléfono, que es lo que había que buscar en la casa grande, ahora solamente hay que buscar la covacha de atrás, donde están las cosas dizque religiosas. ¿No es así? Aunque tenemos las fotos que tomó Forense del cráneo y de los fetos el primer día, necesitamos la prueba material. Además de que el sospechoso anda evitándonos, y que la Justicia…

Bernie sonaba tan desencantado con el sistema como él. Dudó, sin embargo, que, como él, tuviera también un plan de escape. Su posición en la jerarquía no se lo permitía. Pensó incluso que tal vez, en el caso suyo, el ascenso denegado fue una bendición en disfraz. Si hoy fuera capitán, no tuviera su Plan A.

—Bueno, pues vamos para encima. A ver qué queda, si queda algo.

—Tomen videos del proceso mientras hacen la búsqueda. Que aparezcan siempre a la misma vez todos los que intervengan, no vayan a alegar después que les plantamos algo.

Tomada cuenta de las instrucciones, Lope dio la orden de entrar. Volvieron a llamar un par de veces más para cerciorarse, y ante el silencio rompieron el candado del portón de abajo, el mismo que mandó Pacho dejar abierto la noche de los asesinatos. Entraron junto al equipo forense que los acompañaba, subieron la cuesta del *driveway* hasta la casucha, rompieron el candado de la casucha y entraron en grupo, grabándose.

Cruzaron el primer cuarto, donde ocurrieron los asesinatos. La mesa plegadiza contra la pared del fondo y el resto del espacio inmaculado. Se dirigieron a la segunda sección de la casucha, la parte tenebrosa de los calderos, el llamado *munanzzo*, pero del umbral de la apertura que dividía ambos espacios Lope ya no pudo pasar. En el acto le faltó el aire. Comenzó a sudar copiosamente y a tomarlo un malestar similar a la pálida. Luego le vino un escalofrío, y las piernas, sobre todo las rodillas y las coyunturas de los tobillos, comenzaron a dolerle con un dolor artrítico, al punto de trancárseles y no querer avanzar más. El malestar se transformó en náusea general. A duras penas salió de la casucha, temblando, adoloridas las coyunturas, amarrada la espalda baja.

Afuera, el aire y la brisa le hicieron un bien instantáneo. Pronto se le esfumaron los malestares, quedándole solamente una sed atroz, parecida a la que sintió la última vez que estuvo aquí y que entonces sació con el agua embrujada. Recuperado por fin, analizando la situación, Lope por fin tuvo la sensatez de aceptar que era cierto que algo extraño lo afectaba, y que se intensificaba al acercarse a los calderos. Sería demasiada la negación si no hiciera la relación entre las sensaciones físicas que acababa de sentir aquí y las que sintió en la casa de los Meléndez. Además, la lengua pesada en la casa del babalawo, la virazón de las cosas en las mañanas, y los eventos raros durante el día de ayer, de los cuales su cóccix le recordó uno al instante. Sin mencionar, por supuesto, el tema oracular del palo y el cencerro, que lo ponía sobre aviso sobre lo que ocurría a nivel espiritual. Estaba, como decían ellos, «prendío», y ciertamente, tal acumulación de eventos, tanta rareza, hacían flaquear las certezas.

Al poco rato de sentirse mejor salió Marcial de la casita.

—Nada, ¿verdad?

Marcial negó con la cabeza.

—Pendejo le dicen —dijo Ulises, saliendo detrás de Marcial.

—¿Cráneo, fetos, nada?

—Nada, teniente, nada —confirmó Marcial, mientras realizaba su ritual de sacar del bolsillo su cajetilla de Merit 100 mentolados, extraer el cigarrillo con sus dedos de morcilla, tomarlo por la punta y encenderlo con una humareda impresionante.

—Tienes el teléfono, ¿verdad?

—Sí, el agente Pi me lo pasó.

—Bien. Necesito que me apures a los digitales allá, que me saquen una transcripción de las conversaciones escritas lo antes posibles, que eso es una matraquita de teléfono que no sirve para más nada.

Apenas regresaron a Comandancia, lo esperaba Belinda para ir a encontrarse con Cruz. El día parecía no terminar nunca. En el carro, camino a las oficinas ejecutivas de Ponderosa, Lope aprovechó para tocar tierra con las cosas importantes, las trascendentes, las que perduran. Día largo, dos muertos, uno amigo suyo, la carga estaba pesada, necesitaba aferrarse de algo.

—¡Papa! —contestó su propio teléfono celular que no hacía mucho le regalara de cumpleaños su padrastro, con su anuencia, por supuesto. Lope, a diferencia de Genoveva, conocía la madurez de Patricia para tener su propio teléfono. Ambos papás de la niña la conocían mejor que su mamá. Además, se trataba de un teléfono sencillo, estrictamente para hacer llamadas y enviar mensajes, casi como la matraquita que usaban los bichotes.

—¿Cómo está la nueva Miss Maple?

—¡La nueva Herculesa Poirot, papá! Miss Maple es un poco boba…

—Si no te he llamado es porque ando con la lengua por fuera con el casito de los santeros que me tiene del tingo al tango. Hoy estuve en San Juan entrevistando a un babalawo.

—¿Baba qué? —le preguntó cambiando un poco la voz como para subrayar lo extraño de la palabra.

—Babalawo, un sacerdote santero que estuvo involucrado con los implicados en el caso, poco antes de los eventos. Muy loca la cosa.

—¿Y qué es? ¿Como un brujo negro?

—Pues no. Es blanco, pero me consta que los hay negros, que son los originales. Y tampoco puedo decir que fuera brujo. Es una mezcla bien rara de médico, psicólogo y místico.

—Me tienes que contar, papa. Eso me intriga. ¿Cómo es que se escribe?

Se lo deletreó. La curiosidad natural de Patricia le venía de él, sin duda, se dijo.

—A propósito, quería decirte que tenías razón. La pista de los criadores de perros nos llevó a uno de ellos por lo menos.

Lope miro a Belinda y le echó una guiñada en señal de complicidad, que le respondió con una sonrisa, al tanto de sus consultas detectivescas con Patricia. Belinda lo miró, un poco extrañada de que compartiera aquellas confidencias con su hija.

—¡Ja! —gritó—. ¡Lo sabía, papa, lo sabía!

—Eres la dura de las duras. No hay quien te pase gato por liebre.

Al otro lado de la línea se escuchaban grititos de regocijo de parte de ella.

—¿Y qué pasó con ellos? ¿Los atraparon?

—Casi casi. Te dejo, corazón de mi vida, que tengo mucho que hacer todavía. Te llamo luego. Un besote. Te amo.

No quiso preguntarle sobre las primas y su tía Nina, y si su mamá habló con ella sobre el tema. Preguntárselo sería abrirle las puertas a su curiosidad, que a su vez activaría su sistema deductivo, que era un peligro.

—Yo a ti te amo más, papito. Te sobreamo —le dijo Patricia antes de colgar.

Las oficinas centrales de Ponderosa se ubicaban en un edificio adosado a la parte posterior de su restaurante de la avenida Las Américas. Se trataba de un edificio sencillo de dos pisos, mucho cemento y poca ventana, dedicado entero a oficinas: un cajón de concreto que hería la mirada, al cual se accedía a través del restaurante. Belinda lo dejó en la entrada mientras estacionaba.

Apenas logró descubrir el mango de la puerta del restaurante para poder abrirla, oculto como estaba tras un enorme crespón amarrado a ella como un colosal príncipe negro. Por lo deshilachado de las cintas dedujo que han sido muchas las manos hambrientas que lo habían zarandeado también buscando el mango, manos desesperadas de carne asada con papas majadas.

Justo al entrar, recordó no haber probado bocado desde que salió en la mañana. Entre el viaje, el babalawo, el palo y el cencerro, las muertes, el allanamiento, no había tenido siquiera tiempo su estómago de sentir hambre. Pero tampoco había tiempo ahora para saciarla. El interior del restaurante era más bien lúgubre. O tal vez fuera que, viniendo de aquel sol de septiembre de las cinco de la tarde, que todavía parecía un punto de soldadura viva, el interior más oscuro del restaurante le tuvo a Lope un aire de catacumba. Estaba vacío. Ni un cliente en fila o consumiendo. Las dos cajeras observaban sin pestañar, cachetes con chapas coloradas, manos recogidas en puños sobre los labios, un televisor en miniatura ubicado en la trastienda, en la zona gerencial, que se veía desde donde se encontraba Lope y mostraba claramente un mapa del océano Atlántico y del mar Caribe atravesado de líneas que coincidían todas sobre o en los alrededores inmediatos de la Isla del Encanto. Cada vez pintaba peor la cosa, y dados los avances tecnológicos en los pronósticos, era de espanto lo que se mostraba. Las chicas lo miraban sin verlo, sumidas en el terror que les causaban las imágenes. Lope les sonrió y mostró su carné. Ellas le respondieron al unísono, a modo de gemelas, haciendo ambas el mismo gesto afirmativo con la cabeza, y, como si estuvieran al tanto de que lo esperaban al fondo del restaurante, una de ellas apuntó hacia allá. Frente al mapa se movía la figura de la meteoróloga explicando la trayectoria del fenómeno ciclónico y sus posibles variantes.

—¿Qué dicen? —preguntó Lope antes de proseguir a su encuentro.

—Que podría estar aquí en tres días hecho huracán peligroso —contestó una de ellas mordiéndose la uña del pulgar.

Nos va a partir como a un bacalao, se dijo Lope observando las posibles trayectorias.

—Dice la meteoróloga que se fortaleció y puso más lenta la… ¿traslación es que le llaman?

—Sí, traslación —le confirmó, sorprendido por el interés de la joven en la palabra, acostumbrado a que solo Patricia fuera la marciana en un mundo de jóvenes con poca curiosidad o deseo de saber—. ¿En qué categoría está?

—Todavía es tormenta.

La noticia lo puso al borde de la crisis. Debía tocar base con Vicente cuanto antes. Salvar el equipo del desastre. La lancha, sobre todo la lancha, que no había salida para él de aquel infierno si perdía la lancha.

Antes de alcanzar la mesa más recóndita del lugar, donde a una figura masculina con las manos en la cara y los codos sobre la mesa lo sacudía el llanto, mientras otra, femenina, lo consolaba con una mano en la espalda, Cruz lo interceptó a cierta distancia para hablarle sin ser escuchados por ellos.

—Jefe, este señor está bien afectado. Se lo resumo antes de que le hable: además de haber sido jefe de Ángeles por los pasados tres años, era su amante hace dos. Aparentemente conoce todo lo que ocurría en ese matrimonio, y lo que había era senda loquera.

—¿A loquera religiosa te refieres?

—Y también de dinero. Según él, el pilar económico de la casa era ella. El marido es tremendo tarambana. Fue empleado de la Autoridad de Energía Eléctrica, se lastimó, o eso dice, y desde entonces anda con licencia sin sueldo cogiendo beneficios por incapacidad, dedicado de lleno a la brujería, a traquetear con los ahijados, que al parecer son todos gánsteres, y a comerse a las ahijadas —y al decir esto último hizo con el brazo y el puño de la mano un gesto vulgar de pistón. Nunca le quedaba bien a Cruz salirse de su papel de santo cristiano y asumir el de hombre mundano.

—Entonces…

—Entonces ella cogió miedo, y se sacó un seguro de vida. De ella, personal, no corporativo. Y esa fue la manzana de la discordia. El seguro fue de medio millón, y lo sacó a nombre de sus dos hijas sin decirle nada a él, en caso de que algo le ocurriera a ella, como en efecto le ocurrió.

—Y él se enteró de que estaba fuera del seguro —especuló Lope.

—Exácticamente…

Aquello de *exácticamente* sacaba de quicio a Lope. Cruz estaba cundido de pequeñas cositas que lo enervaban, y dejar de enervarse por las cosas de Cruz era otro de los grandes beneficios de dejar aquel trabajo. Belinda llegó y saludó a Cruz.

—¿A quién tenemos? —preguntó.

—El amante de la occisa, hecho un mar de llanto, con una historia interesante —le informó Cruz.

—Hablemos con él entonces —dijo Lope pasando junto a Cruz obligándolo a moverse un poco para darle paso, dejándolo casi con la palabra en la boca. Aunque pasmado, estaba acostumbrado, así que rápido se recuperó y se adelantó para hacer las presentaciones.

—El señor Armando Pou, ejecutivo de Ponderosa —dijo Cruz apresuradamente señalando con un brazo al hombre que con sus manos cubría su angustia, porque angustia era lo que expresaba su rostro entero al retirar las manos para saludarlos—. El teniente Lope Laguna y la agente Belinda Santos.

Lope estrechó la mano de aquel individuo que más bien era un pescado resbaloso, mongo y frío. Pou era un hombre destrozado. Apenas logró presentarles a la amiga que lo consolaba, empleada de confianza, joven, morena, delgada, espejuelos, pelo cogido en bola compacta sobre la cabeza, apariencia de ser la eficiencia encarnada. Belinda se sentó frente a la chica y Lope frente al sujeto. Cruz, de pie, resumió lo que el hombre ya le relató para evitarle la pena de contarlo de nuevo. Tras recuperarse un poco de su congoja, el hombre por fin habló.

—Un día vino el tipo, quiero decir el esposo de Angie, de la covacha donde decía Angie que guardaban los calderos de brujo, hecho una fiera. Fue directo donde se encontraba ella en la cocina y, sin mediar palabra, le sopló una bofetada que la lanzó contra la hornilla y después otra que la tiró al suelo. La agarró por los pelos, la levantó en vilo y, sin soltárselos, la arrastró a las malas hasta el cuarto, la lanzó en la cama y cerró la puerta. Entre lágrimas, ella lo vio treparse en la cama, alcanzar la parte alta del armario donde guardaba ella sus cosas, las cajas de zapatos, las maletas, los documentos, ir directo a una caja de zapatos, y sacar de su interior, además de los zapatos que le lanzó a la cara y por poco le saca un ojo con un taco, un papel que alzó en gesto de victoria: el certificado del seguro.

—¿Y cómo supo dónde estaba? —preguntó Lope.

—Y que se lo dijo el muerto, o un tal Zarabanda. No sé. Yo no entiendo nada de eso —respondió el hombre con mezcla de temor con pena.

—El famoso muerto —se repitió Lope, un poco más al tanto ahora de lo que aquello significaba.

—La prenda que le llaman —especificó él, más al tanto de lo que Lope se esperaba—. Curioso que les llamen prendas a cosas tan horribles.

Curioso también que no utilizara al mismo muerto para encontrar el teléfono extraviado, pensó Lope. ¿Poderes menguados? ¿Sinvergüencería?

—¿Y entonces?

—Al principio ella se resistió. Pelearon como perro y gato. Pero a la larga, como embrujada, porque estoy seguro de que la embrujó, lo puso a él como solo beneficiario, en contra de los consejos de su hermana y de los míos. Hasta le subió el seguro a un millón. En aquel tema, Angie pasó de ser una víbora a ser una burra. Les digo, estaba como hipnotizada. Algo le hizo él. Algo le dio a beber. Algún polvo le sopló, porque un buen día hizo lo que hizo sin encomendarse a nadie —otra vez le volvió a Lope la imagen del puto vaso de agua con sabor a bicarbonato que le dio a tomar el hijo de puta.

—Y ese Zarabanda, o muerto, ¿no le informaba de la relación entre ustedes? —intervino Belinda.

—Supongo que sí, pero nunca dijo nada. Si sabía, consentía. De todos modos, él se acostaba con sus ahijadas, lo cual viola los preceptos mismos de la religión suya. Pero como es un tipo sin escrúpulos, pues se vale todo…

—En ese sándwich de salchicha —intervino Cruz. Lope lo miró incrédulo de que intentara hacerse el gracioso en aquellas circunstancias. También Pou miró a Cruz con extrañeza.

—Después de que ella lo puso en el seguro, que eso no fue hace tanto —continuó—, las cosas entre ellos se calmaron por un tiempo. Entonces fueron a una ceremonia, hace unas semanas atrás, y ahí explotó la bomba. Y todo porque ella se empeñó en hacerse la ceremonia, porque si por él fuera las dejaba por siempre sin «protección espiritual». Aparentemente allí se las cantaron sobre el comportamiento de su esposo, y le aconsejaron que se fuera de su casa cuanto antes, cosa que ya yo le había recomendado. Yo no entiendo cómo exactamente es que le dicen eso, o lo averiguan, pero lo que sí fue que volvió cambiada, diciendo que se iba de la casa y que se venía a vivir conmigo... —se le quebró la voz al amante, que más que amante era su verdadero esposo, y todo su rostro se estrujó en una mueca que casi le robó su apariencia humana.

—¿Y por qué ella se empeñó en las ceremonias? ¿Era santera? ¿Palera? —continuó Belinda el interrogatorio cuando se recompuso.

—Ella no era nada, pero al parecer, como un año antes, vinieron los babalawos de San Juan a hacerle una ceremonia a Pacho y algunos ahijados suyos, bichotes como siempre, allí mismo en la casa de ellos, Angie quedó impresionada con aquellos hombres, jóvenes todos con sabiduría de ancianos y gran profesionalismo, y fue tan certera la consulta, la adivinación o lo que sea que le hicieron a su marido y a los otros, que al par de años ella insistió en que quería hacérselo también ella. Tanta fue la insistencia que Pacho tuvo que acceder, y fueron para San Juan, junto a varias personas, para la ceremonia, donde explotó todo en mil pedazos... Después de eso, dos semanas apenas, cuando más cerca estaba de la mayor felicidad de mi vida, a punto de vivir con la mujer que más he amado, la desgracia me visita...

El ejecutivo no pudo más y rompió a llorar sin consuelo. Su asistente o empleada le echó el brazo sobre el hombro mientras el tipo hundió nuevamente la cara en el pozo de sus dos manos. Cruz, Belinda y Lope se miraron con el reconocimiento de que el motivo estaba claro. Faltaba ahora encontrar la prueba concreta para ligar motivo con hechos.

—Asegúrate de que te den las copias de los videos de las cámaras de seguridad de aquí del restaurante. La noche de los hechos. Dos horas antes y dos horas después de las nueve. Tenemos que corroborar una coartada —instruyó Lope a Cruz antes de partir sin explicarle de qué coartada se trataba.

—Sí, ya las pedí. Ulises me dio la encomienda. Me las están copiando.

Cuando quería serlo, Cruz era diligente y atento. El motivo mayor de la antipatía de Lope era por la cosa religiosa, ese tener que estarle dando a todo un apellido divino. Cruz se había percatado de aquel desagrado de su jefe e intentaba hacer un esfuerzo por controlarse.

—Perfecto —le confirmó Lope.

20

Sonó el teléfono. Por la hora, supo que era Marrero, para joderlo. Cuando vio la pantalla, era Ulises.

—Dime, Ulises. ¿Por qué tan temprano la llamada? ¡No me asustes!

—Papi, tengo confidencia de mis amigos en Narcóticos. Está en proceso una escena de rehenes o algo por el estilo en un caserío de Yauco. Adivina qué: según los vecinos, se parece bastante al boceto que hice del hermanito Meléndez.

A fuerza de sirena y bocinazos, cruzando mares de tapones y de gente sacada a la calle por las noticias del huracán, cortando por caminos secundarios y cagándose en la puta madre de cada obstáculo que se le interponía, Ulises llevó la patrulla en tiempo récord hasta el caserío Las Hortensias de Yauco donde ocurrían los hechos.

Al llegar, Lope estaba ya exhausto por el esfuerzo doble de contarle a Ulises la historia del amante de la occisa y criticar su forma de guiar. Para colmo, el cuartito de Perco que se tomó antes de salir no le había hecho efecto todavía, y aquella conducción disparatada de Ulises le tenía la espalda baja hecha un majarete. Y dado que, de unos días para acá, estaba hecho un imán humano de eventos raros, apeándose de la patrulla, de la nada, sin darle tiempo siquiera a reaccionar, sintió un impacto salvaje en el lado izquierdo de la cabeza. Aturdido, ignorante de lo ocurrido, sosteniéndose la sien como si hubiera recibido un tiro, Lope miró a su alrededor buscando una explicación. A sus pies, Ulises ya observaba en el suelo el objeto que impactó. Volviéndose hacia él con cara de genuina preocupación, agarrada por una alita, le mostró a Lope una reinita muerta. Un hilito de sangre le bajaba a Lope por la sien.

—No, papi, aquí hay algo demasiado raro que tú tienes que atender —dijo Ulises mirando a Lope con ojos de espanto mientras le pasaba su pañuelo para que se limpiara la sangre—. *What the fuck.*

Atolondrado, Lope miró sin entender. Sintió por dentro vibrarle el cerebro literalmente como un cencerro golpeado por un palo. Tras examinarle la sien, Ulises le informó que el impacto le dejó un huequito por donde salía un poco de sangre. Al parecer, el piquito penetró la carne.

Prematuro canto de victoria, se dijo Lope creyéndose ya curado tras no experimentar ningún evento inusual o sensación extraña desde el episodio de la lengua paralizada. Recostado contra la patrulla un momento, se sobó bien la sien hasta dolerle menos. Por fortuna, fue un pajarito de cabeza minúscula. Llega a ser un ave de pico grande le penetraba el cráneo y revolvía el cerebro. Un rato más se apretó el pañuelo a la sien hasta cesar el aturdimiento y el sangrado, y hasta que la extraña sensación titilante dejó de estar presente.

Apenas media hora que comenzó la balacera y ya la policía tenía rodeado el edificio. El problema ocurría en el tercer edificio, el piso tres, apartamento 12. Aparentemente, pistolero solitario con rehén que de cuando en cuando pedía auxilio. Bajo un cielo azul sin nubes, un sol de acero y un calor de madre incluso a aquella hora mañanera, la policía mantenía a los vecinos a raya de la zona, fuera del alcance de algún proyectil que pudiera provenir desde alguna de las ventanas del apartamento. Apenas llevaban Lope y Ulises tres minutos allí cuando escucharon una ráfaga, un minuto después la segunda, y al poco rato, otra. Y entre ráfaga y ráfaga los gritos de ella, la rehén, que a Lope le sonaron decididamente fingidos. Cierta modulación repetida de la voz la delataba, casi la misma modulación del llanto que a oídos de Lope delató a Pacho la noche de la matazón.

—Esos gritos… —dijo Ulises, apretando la comisura de los labios en señal de duda—. Reconfortaba saber que los pensamientos de Ulises corrían paralelos con los suyos—. Parece gritar más por complicidad que por necesidad.

De lejos, por la camisa blanca, identificaron al oficial a cargo del operativo. Parapetado tras uno de los edificios, observando de lejos la situación, radio portátil en mano, estiraba el cuello cautelosamente para seguir los acontecimientos. Tras mostrar sus placas al cruzar el cordón de seguridad y agacharse tras unos carros, llegaron hasta él. Estamos de suerte, se dijo Lope.

—Capitán Hernández, saludos —fue directo hacia él, confiado en su buena relación de varios años, mucho mejor que con el capitán que lo supervisaba.

—¡Lope, qué gusto verte! —y le extendió su mano que Lope estrechó con gran efusividad—. Ya tú ves, aquí un casito medio retorcidito.

Al capitán Raúl Hernández lo conocía de mucho antes que a su propio jefe, incluso antes de ser policía, cuando todavía era estudiante en Río Piedras y él estudiante en la Academia. Se conocieron en un lugar por completo ajeno a ambos ambientes, el Coabey, famoso salón de baile de salsa, donde Lope iba con una novia de entonces y Raúl con su esposa. Al lugar siempre iba la misma gente los viernes, y allí, viéndose las caras, poco a poco se conocieron y trabaron amistad. Cuando Lope ingresó en la Academia unos años después, lo procuró, pero ya se había graduado. A los años se volvieron a encontrar, esta vez cuando Lope ingresó a la Uniformada, en la que Raúl ya era teniente. Luego se vieron esporádicamente, de picada, como ahora, cuando ambos coincidían en un mismo caso. Era un hombre alto, picando los cincuenta, tez criolla, armazón grande sin ser gordo, bigotón, como era la moda entre la alta jerarquía policial, antebrazos peludos y fornidos tipo Popeye, pero el resto del cuerpo más bien flácido. Con los zapatotes negros que lo aupaban, el gorro de capitán que realzaba su tamaño, las gafotas oscuras estilo piloto, seguro lucía mucho más imponente allí de lo que veía su mujer salir de la ducha en las mañanas.

—¿Qué te trae por aquí, Lope?

—El secuestrador.

—¿Ah, sí? ¿Y qué sabes de él?

—¿Ya lo vio?

—Todavía, pero el tipo es de aquí y lo conocen. Parece que está embalado con alguna sustancia.

—Nos llegó una confidencia anónima, presumo de aquí mismo, que es el tipo que quiso hacernos queso suizo a mí y al agente Pi hace un par de días.

—Supe del evento. Les acribillaron una patrulla y todo, pero no supe que eras tú. El tipo parece que está medio loco. Grita incoherencias. Cambia de voz como poseído...

—¡Saramaya! —se burló Ulises por lo bajo.

—Poseído por el *crack* quizás, que es la típica... —añadió Lope, a lo que Hernández asintió con la cabeza.

—Por los gritos de las vecinas, sabemos que le dicen *Transformer B*. De la chica todavía no sabemos nada.

Transformer B, se repitió Lope, haciendo la relación: rostro angular, cejas brotadas, quijada sobresaliente, manzana protuberante: un robot humano. Le pidió a Ulises que buscara el dibujo en la patrulla.

—Casi seguro que este es el tipo —Lope le mostró el retrato a lápiz a Hernández.

—Sí, ya me lo mostraron —lo miró por encima corroborando que era el mismo que ya vio.

—Al parecer tiene un hermano, así que son dos *Transformers*, presumo que el otro será *el A*, aunque solo conozco a uno —llegó Lope a conclusiones.

—¿Nombre?

—Luis Meléndez fue el angelito que conocimos. De la información que tenemos sabemos que el hermano se llama Javier Meléndez.

—Bien. Te dejo. Déjame compartir la información. Te veo luego —y se dirigió hacia los oficiales a cargo de la operación.

—Vamos donde están las *cheerleaders* —señaló Ulises a un grupo de vecinas al otro lado del edificio, quienes, desde un ángulo, le gritaban a la pareja, unas alentándola a continuar y nunca rendirse, casi siempre con un toque de risa y malevolencia en sus exhortaciones, otras a entregarse, a dejar de retar la justicia y a convencerla de que no había salida. Los gritos se escuchaban distantes, siendo el tono tan agudo que hasta hería tímpanos.

Llegaron hasta ellas y al verlos callaron.

—¿Conocen al muchacho? —preguntó Ulises, quien, por ser más joven, quizás ofrecía más confianza.

—Sí, claro, es el novio de Yayi. *Transformer B.*

—¿Viven juntos?

—No. El apartamento es de ella.

—¿Y por casualidad se parece a este sujeto? —intervino Lope, mostrándole al grupo el dibujo.

—Pues por casualidad sí, es él, Javi, a menos que sea su hermano Luis, que es idéntico, pero lo dudo —dijo una de ellas.

—¿Meléndez?

—Afirmativo —contestó, burlándose del habla policiaca.

—¿Y por qué dudas que sea Luis?

—Porque el novio de Yayi es Javi, no Luis. Esos son los gemelos que más pelean entre ellos.

Entonces eran gemelos, y gemelos que no andaban juntos, cosa rara entre ellos. Pudiera ser que Javi nada tuviera que ver con las cosas de su hermano Luis. De todos modos, buenas noticias eran, casi mejores que si fuera Luis, y estando peleados, seguro podía sacarle buena información.

—¿Y qué le pasa que está como poseído? —preguntó Ulises.

—Poseído por los celos será —dijo otra de las muchachas, la que más seria parecía—. Su novia, Yayi, se la pasa con el hermano, Luis, *Transformer A*, y con el padrino ese que tienen que según dicen es un puerco. Se la pasan aquí metidos, matando pollos y palomas, y ahora tienen tremendo bochinche entre ellos y por eso el tiroteo —completó la información la misma chica.

—¿Bochinche? —Lope indagó más.

—Sí. Yo no sé mucho, pero se cuenta que el padrino se enamoró de ella, y ella le siguió el juego, y se lo siguió tanto como para el padrino pensar que el bebé es suyo.

—¿Y el bebé de quién es? ¿De *Transformer B*?

—La bebé. Eso cree él, pero nadie sabe…

Lope miró a Ulises con extrañeza.

—¿Cómo que nadie sabe?

Hombros subidos, cejas elevadas, ceños fruncidos, labios sellados. Las chicas continuaron como antes, las desalentadoras, por supuesto, porque las alentadoras no se atrevían continuar con el relajito frente a ellos.

Una de las mujeres, la de mayor edad entre todas, se despegó del grupo y se acercó a Lope discretamente hasta estar tan cerca que en voz baja pudo escucharla.

—La bebé no es ni del novio ni del padrino. Ella es la chilla de un bichote.

—¿Ella es una flaquita, indiecita, bonita, labios gruesos? —indagó Lope.

—Tetona —completó ella como si se lo hubiera leído en las pupilas. Era obvio que se trataba de la Flaca, a quien único vio allí con un bebé.

—¿Y el bichote quién es?

—Uno ahí. No sé si es de Guánica o de aquí de Yauco, pero del caserío no es.

Sonó otra ráfaga de tiros, seguida de gritos desquiciados requiriéndole a la policía retirarse. La señora regresó al grupo de mujeres. En la muchedumbre había gran movimiento y más gente salía de los apartamentos para averiguar.

Esta última información dejó a Lope confuso y pensativo. Conque hay otro bichote detrás de todo esto, o al menos detrás de ella, la supuesta ahijada de Pacho, madre de su alegada hija. Obviamente, la Flaca estaba rotando por al menos tres camas. Y pensando en bichotes, recordó los videos de Raulo.

—¿Cruz te pasó los videos de las cámaras de seguridad de Ponderosa?

—Sí, ayer tarde. No he podido verlos.

Y de pronto, como si sus pensamientos lo materializaran, por esas circunstancias de estar en el lugar correcto en el momento adecuado, Lope observó, colándose por la esquinita del edificio, como viniendo de uno de los estacionamientos, y queriendo pasar desapercibido, a Raulo, el mismo grandulón del Barrio el Cerro de Yauco. Todo iba cayendo en su lugar. Ya podían comenzar a sospechar quién era el bichote amante de la Flaca.

Ulises, que observaba otra parte del drama, recibió un codazo suave de parte de Lope para indicarle que mirara hacia donde él miraba. También lo vio y se volteó bruscamente hacia Lope, ojos exageradamente abiertos, boca igual, cabeza ladeada, incrédulo.

La mujer que dio los detalles también se dio cuenta del personaje y, desde la distancia, se volteó hacia ellos apuntando con la boca hacia donde se encontraba Raulo. Haciendo contacto visual con ella y fugazmente mirando hacia allí, Lope le hizo un guiño de complicidad y con la cabeza un gesto de agradecimiento.

—Esto se complica.

—Sip —Ulises miró a Raulo y movió la cabeza con descreimiento—. Vamos a quedarnos aquí a ver qué pasa.

—No —le contestó instintivamente Lope—, vámonos para el otro lado, que si nos quedamos aquí a campo abierto nos detecta tarde o temprano y seguro se retira. Es más, apúrate, no sea que nos haya visto ya.

Arrastró a Ulises por un brazo hasta detrás de uno de los edificios, en dirección a las posiciones de la policía.

—Así que Raulito resultó tener más tentáculos que un pulpo —Ulises sabía complacer la imaginación de Lope con metáforas marinas—. Y eso que se cantó ser más santo que la monja de Calcuta.

—Ahora nos queda esperar a que esto se resuelva, y corroborar la identidad de la supuesta novia, que ya casi sabemos quién es.

—Sí, te escuché describirla. ¿Quién es?

—Fue la muchacha que me recibió al día siguiente de la matanza, cuando fui a entrevistar al padrino, que se comportaba ya como la jefa de la casa. Una flaca tetona bonita del tipo que embellaca a casi todos los hombres.

—Sí, creo que sé de quién me hablas. Estuvo allí también aquella noche. Me llamó la atención un momento que subí a la casa para hablar con Belinda.

—Yo rápido deduje que era la que el padrino supuestamente preñó, según relató nuestro testigo estrella antes de ser apagado, la que estaba pariendo en el hospital el mismo día de la supuesta primera pelea entre Pacho y su mujer. Con ella se las pegaba a su mujer, y por ella, aparentemente, cometió la locura de asesinarla. Además, claro está, del milloncito del seguro del que ya sabemos. Pero si ahora resulta que la Flaca también es la novia de este chamaco loquito, y también la chilla del Raulo…

—El bebé entonces a saber de quién de los tres es.

Del lado de la policía notaron cierto nivel de caos. Varias patrullas, mal colocadas, fueron alcanzadas por proyectiles y quedaron averiadas. El capitán Hernández hablaba con alguien por teléfono a gritos, obviamente ofreciendo una reprimenda u objetando a una reprimenda que recibía. Desde acá Lope veía el fuego que le corría por las venas.

—Corroborado, capitán. Se llama Javier Meléndez, apodado *Transformer B*. Es el hermano de nuestro atacante —le dijo Lope a Hernández cuando colgó la llamada—. Tenemos motivos para creer que también está relacionado con los asesinatos de la noche de los santeros.

—Buenas noticias al menos. Tengo a mi jefe, el coronel Barrada, encima mío tratando de empujarme un comando de federicos para que se encarguen de este asunto aquí. ¡Como si nosotros no supiéramos bregar con esto, puñeta!

—¡Barradas! El pobre vive de rodillas frente al Americano, como viven todos los que ocupan posiciones de poder en el Gobierno —lo consoló Lope con sus palabras, reavivando la confianza entre ellos—. Mi jefe es otro ya sin carne en las rodillas. No en balde ven siempre al Americano como gigante.

—¿Marrero?

—¿Lo conoces?

—¡Claro que lo conozco! ¡Ese se pone de rodillas y se la mama a los gringos sin que se lo pidan!

Sus risas fueron de súbito cortadas por otra ráfaga de metralla.

En ese momento vieron llegar la guagua de la Unidad de Operaciones Especiales de la Policía, la cual tomó las riendas del operativo para rescatar a la secuestrada, arrestar al delincuente y desalojar el apartamento. Provisto con la información de nombre y apodo, y con el retrato que ahora le pidió a Lope prestado, Hernández se movilizó hacia las unidades recién llegadas para darles la información y coordinar el operativo.

Transmitida la información y delegada la acción, Ulises y Lope se convirtieron en poco más que espectadores del evento, por lo que Lope sugirió moverse de nuevo con discreción hacia el lado de allá, el de los vecinos, y ver si ubicaban de nuevo a Raulo o si aparecía por el entorno alguno de los otros implicados. Eso hicieron y apenas llegaron a la esquina del edificio, desde donde observaban de refilón el grupo de vecinas que a la vez azuzaban y desanimaban a *Transformer B* en aquella aventura sin futuro, descubrieron a Raulo, en la misma esquina donde lo dejaron, discutiendo a voz en cuello con el mismísimo padrino desaparecido.

—Mira quién está ahí, puñeta —le señaló Lope a Ulises con la boca hacia la pareja que discutía.

—¡Míralo! ¡El desaparecido! ¡Escondiéndose aquí de nosotros! Raulo, a quien veían de frente, más alto que Pacho, vestido completo de blanco, brazos cruzados sobre el pecho, torso echado hacia atrás en actitud de desafío, cara de no te creo, negaba con la cabeza sin hablar. Pacho, de espalda a ellos, hablaba con insistencia, haciendo grandes aleteos con los brazos como necesitando ademanes exagerados para apoyar sus palabras. Por supuesto, la distancia que conservaron era suficiente para evitar ser vistos por Raulo, pero al parecer no para evitar ser detectados por los seres de Pacho, o, como dicen ellos, sus muertos, quienes debieron alertarle en aquel momento de la presencia de ellos en el lugar, o así al menos lo interpretó Lope, quien, de no creer en nada de esto hace apenas unos días, comenzaba a encajar razonamientos en base a la existencia de aquellos fenómenos. Y no solo de su presencia se percató el padrino sino también del lugar exacto donde se encontraban, porque, como en un sueño, o más bien una pesadilla, desde aquella distancia considerable, Pacho se volteó lentamente hasta clavarles a ambos la mirada. No supo Lope si fue el efecto de la impresión que le causó aquel evento tan dramático y extraño, pero, a pesar de la distancia, pudo verle su cara diabólica casi en cada detalle como a través de un telescopio, los dientes dorados, los tatuajes espantosos del cuello, los ojos vidriosos como de alcohólico, las venas brotadas.

Y no hizo el tipo más que verlos que hincó a correr, supuso Lope que en dirección de los estacionamientos que rodeaban los edificios del caserío. Raulo, que también se dio cuenta, desapareció en la misma dirección, aunque no con el gesto de correr de Pacho sino al ritmo lento de no importarle un carajo nada. Dado que el residencial público estaba ubicado en una especie de loma, los edificios ocupaban distintos niveles y se conectaban entre sí por medio de un enramado de aceras y escaleras que, para quien no lo conocía, podía serle laberíntico.

En un instante se repartieron las tareas. Ulises, pistola en mano, arrancó hacia el lugar donde estaban reunidos los personajes, mientras Lope embaló por la acerca que rodeaba el complejo y que conectaba los distintos estacionamientos. Según sus cálculos, a menos que subiera hacia la parte alta de la loma, lo verían bajar por alguna de las escaleras o de las aceras superiores. Pero Lope, que siguió corriendo más allá de donde pudiera haber escapado, no vio nada. A no ser que fuera un verdadero atleta de pista y campo, que no lo era, debió esconderse en algún edificio, o subir hacia los estacionamientos de la parte alta, que era lo más probable. Al minuto vio aproximarse corriendo la figura de Ulises. Le hizo señas para subir hacia los estacionamientos de la parte alta de la loma, pero apenas se encaminaron en esa dirección vieron salir volando bajito un carro sedán de cuatro puertas americano, marca y modelo desconocido para ambos por ser bastante viejo, cristales ahumados, aros de níquel, remodelado como para ferias de carros antiguos, que sin duda alguna conducía Pacho sin preocuparle la condición casi museística del vehículo. Intentó tomarle el número a la tablilla, pero el ángulo no se lo permitió.

—¿Y el grandulón?

Lope acompañó la pregunta con gestos de los brazos para indicar altura mientras llegaba ya trotando donde Ulises.

—Se escurrió por alguna puerta. Debe estar en algún apartamento.

—Hay que hablar con Bernie y proceder con una orden de arresto contra este mequetrefe del padrino.

—¿Y arresto por qué? ¿Por salir corriendo?

La extrañeza de las preguntas le hizo ladear la cabeza en señal de duda.

—Por ser persona de interés en un crimen, por no responder a las llamadas de la Policía, por ser el único beneficiado de un seguro de vida de su mujer, por la evidencia que lo incrimina en los crímenes y por obstrucción a la justicia.

Casi nada, se dijo, extrañado de sí mismo, a sabiendas de que ninguna de aquellas acusaciones se sostenía sin un testigo o sin una evidencia contundente, y el mensaje del teléfono no lo era.

Sonaron detonaciones, granadas de aturdimiento, ráfagas de tiros, se vieron nubes de gases lacrimógenos y hasta se respiró en el aire causando piquiña en la tráquea. El operativo estaba en proceso. Terminaba el melodrama. Terminaba la pantomima del hermanito Meléndez y lo que Lope ya intuía que era un falso secuestro.

Trotaron de vuelta hacia el lugar de la acción donde encontraron una gran humareda de gases saliendo por las ventanas del apartamento del secuestrador, cargada por la ventolera y esparcida por todas partes afectando a policías y vecinos por igual. El mismo capitán Hernández, huyéndole al viento, vino hacia ellos.

—Ya los estamos sacando —nos dijo tosiendo.

—Eso veo —comentó Lope mientras salían por la puerta del edificio, a través de la humareda blanca, varios agentes con pasamontañas y máscaras de gases, trayendo a empellones a un flaco sin camisa, muy blanco de piel, torso lleno de tatuajes, pelo negro lacio revuelto y despeinado, mahón rojo ceñido las piernas flacas cuya forma combada parecía ajustarse al tórax de un caballo, quien tosía como a punto de morirse de asfixia. Detrás venía la muchacha, también ahogada y tosiendo, pequeña entre dos agentes gigantes que la escoltaban.

A ella Lope la identificó fácil, y no se equivocó: era la Flaca. Al muchacho, el secuestrador, lo identificó al acercarse, primero por el dibujo, que casi sustituyó la imagen en su recuerdo, y luego por el recuerdo mismo de ayer, cuando él o su gemelo los recibió en su casa. Eran gemelos idénticos, no mellizos.

Estaba visiblemente afectado por algún tipo de narcótico o evento psiquiátrico, psicológico o psíquico, o una combinación de todos ellos. Varios agentes contenían su desbordamiento de violencia interior. Parecía que un toro le corriera por dentro, o un lobo, o una cabra. Contorsionaba la cara de mil formas, en ocasiones quitándole toda apariencia humana. Las arterias y venas del cuello parecían al borde de la explosión. Los ojos, vidriosos, cundidos de caminitos rojos, miraban sin ver lo que les rodeaba. Lucía quizás un poco más flaco que su hermano, lo cual era decir mucho. La cara más huesuda y hundida. Lope entendió claramente por qué les llamaban *Transformers*. El estado de aquel muchacho le recordó el yeyo que le dio a la chica en el restaurante de César y Fela hacía unos días. Desde luego, interrogarlo en aquella fase, fuera psicótica o narcótica, sería inútil mientras durara.

La Flaca, sin embargo, estaba tranquila. Bebía agua mientras se recuperaba del efecto de los gases. En medio de aquello, atravesando la capa de lágrimas, mocos y saliva que la cubrían, se percató de la presencia de Lope. Fue un instante fugaz, mínimo, una micra de un segundo de reconocimiento, pero fue, y al instante se hizo la loca.

—Capitán, necesito entrevistar a la chica. ¿Usted cree que puedan llevarla a Comandancia Sur? Ella es parte de nuestra investigación, y el chico también, pero obvio que él no está en condiciones, al menos por ahora no.

—Adelante, teniente, daré las instrucciones. Y de una vez los procesan allá.

Sin tener que decirle nada, con tan solo escuchar a Lope, Ulises ya estaba en el teléfono con Belinda para que recibiera en Comandancia a la muchacha. En lo que la llevaban, Lope se le acercó.

—Veo que te acuerdas de mí —le dijo sin preámbulos ni protocolos.

Moviendo en afirmativo la cabeza de forma rápida y nerviosa, como si fuera una indígena capturada por blancos, aceptó conocerle.

—Tendrás que acompañarnos a la Comandancia en Ponce. Tenemos que hacerte algunas preguntas. En la casa del padrino te vi con un bebé. ¿Dónde está? ¿Quién lo tiene?

—La tiene mi mamá. Ella la está cuidando.

—Bien. Llámala y dile que lo cuide un rato más porque vas a estar aquí conversando con nosotros un tiempito.

En ese punto, el clamoreo de los cables, del micrófono, del mazo de llaves, el ruido mecánico unido a su jadeo biológico, sofocado, de obeso que lucha por alcanzar el aire, le anunciaron a Lope la llegada de Jorge Negroponte.

Jorge era el hombre orquesta de la prensa. A veces era reportero, a veces técnico de sonido, a veces maquillista y editor de audios, pero la mayoría de las veces era todos a la vez. Además, era uno de los reporteros más renombradamente corruptos y mentirosos que había en el país. Amigo de los políticos más notorios por chanchullos y corruptela, íntimo de su jefe Marrero y, según sospechaba, miembro de la misma nómina fantasma, cuando Negroponte llegaba era para complicar una investigación.

Por fortuna, caminando a su habitual paso seguro y sosegado, sin el agite ni el sudor ni la hiperventilación ni el escándalo del equipo guindándole del cuerpo, también se acercó Yolanda Loyola, reportera del Canal 6. Con su camarógrafo a la zaga, vestida con elegancia y sobriedad, sin una gota de sudor ni de brillo en la piel, tranquila de actitud, apaciguada en el andar, Yolanda era el polo opuesto del drama exagerado de su colega radial.

—Llegaron los buitres —miró Ulises acercarse a los periodistas.

—El buitre, querrás decir —corrigió Lope, viendo acercarse a ambos reporteros—. Vamos a atender primero a Yolanda y después al energúmeno.

Antes de que Negroponte lo interceptara, Yolanda, astuta, viéndolo complicado con el equipo, se adelantó y lo interceptó primero.

—Cancelé una entrevista con el alcalde de Mayagüez porque me enteré de que te estabas batiendo a tiros tempranito en la mañana con los implicados en la masacre de los santeros —le dijo a Lope, enredada en el cable del micrófono que se le encajó en la falda, alzándola un instante para mostrar unos muslos más que impresionantes.

Sobra decir que Yolanda era una mujer súper guapa, además de una dama de primera. Lope se babeaba con ella y cada vez que la veía recordaba lo mucho que hubiera querido haberse encontrado con ella antes en la vida. Aparte de las piernas, que le desenfocaron un instante, le extrañó su comentario. ¿Cómo sabía eso ella? ¿Quién le dio la confidencia? Era evidente que alguien en la Policía soplaba información confidencial. Solamente el capitán Hernández sabía el detalle, y quizás algún subalterno suyo. A no ser que la misma llamada anónima que dio la confidencia original a Ulises en Comandancia alertó también a la prensa. Todo podía ser.

—¿Tiros yo? Ninguno. A no ser el tiro que me dio un pajarito.

Lope le sonrió y ella también, aunque sin saber de qué estando fuera de su vista la pequeña herida en su sien. Apenas lo mencionó sintió de nuevo palpitarle la sien y tuvo que hacer esfuerzo por controlar la mano que quería sobarse la herida.

—Teniente Laguna, usted que está a cargo… —lo interrumpió Negroponte al llegar a ellos.

—Con tu permiso, Jorge, te atiendo ahora, estoy atendiendo a la reportera primero.

—Pero ¿por qué? Los dos estamos aquí buscando la misma información, ¿verdad, Yolanda?

—*Ladies first*, Jorge. Yo sé que tú eres un poco cerrero, pero esa es lección básica.

Negroponte sonrió como queriendo decir que no le importaba, y Yolanda, comprendiendo la situación en que el idiota de Negroponte colocaba a Lope, accedió a que ambos lo entrevistaran a la vez. Lope accedió de mala gana, sabiendo que, de todos modos, tendría que repetirle a la bestia lo que la bella captaba de una.

Les explicó que el operativo no lo dirigió él sino el capitán Hernández, de la región de San Germán. Que se enteraron por una confidencia anónima que el personaje involucrado en el tiroteo era de los involucrados en el caso de los santeros. Sin siquiera dejarlo terminar, mirando hacia arriba como si su exposición no cumpliera sus expectativas, Negroponte lo interrumpió bastante groseramente:

—Teniente Laguna, ¿es cierto que la Policía, y usted directamente, han recurrido a la ayuda de astrólogos, brujos y mentalistas para resolver este caso?

21

—Te voy a decir cómo es que van los tiros en esta historia —comenzó Lope a explicarle su teoría a Ulises en la patrulla camino a la Comandancia donde los esperaba Belinda con la Flaca—. Ramero, nuestro jefe, y Pacho, el palero, se conocen. Y no que se conocen meramente, se conocen bien, cuidado si son amigos. Solo así se explica por qué mandó abandonar la escena del crimen, por qué mandó donas y café a los agentes del hospital en lo que despachaban al testigo, por qué sabe el mamalón de Negroponte de nuestra visita de ayer al babalawo. Ramero lo tiene informado a él y a Jockey de todo lo que hacemos. Obviamente, es Jockey quien le soba la mano a Ramero. Los únicos que conocen de nuestra visita somos tú, Cruz, Belinda, el babalawo, su esposa, la prima de Belinda, su esposo y yo. Entre unos de nosotros está la coladera. Yo me elimino, y a ti te elimino también. Igual a la prima de Belinda y el esposo, por ser una conexión demasiado remota. Al babalawo habría que eliminarlo, a no ser que Pacho lo llamara para averiguar si estuvimos ahí, lo cual dudo, conociendo su relación. Belinda está eliminada, salvo que pusiera algo en el registro de la patrulla, lo cual dudo. Nos queda Cruz.

—Quizás el palero tenga otras formas de averiguar. Ya vimos que pudo conocer dónde estaba escondida la póliza del seguro de vida.

—Sí, pero esa misma facultad no le permitió conocer dónde estaba el teléfono. ¿Por qué en unos casos sí y en otros no? Algún espacio hay aquí de engaño y charlatanería.

—Tal vez supo por su hija que estás al tanto de la historia de los babalawos. Y nada, hizo la suma, la resta, la división y alertó a Ramero.

—Tal vez fuera así —reconoció Lope, aunque sin convencerse—. Hay que cotejar con Belinda si dejó especificado en el registro de la patrulla para qué íbamos a San Juan.

—¿Qué iba a poner? ¿Viaje a San Juan para entrevistar brujo?

—No, pero viaje a San Juan para entrevistar implicados en caso de santeros. A buen entendedor…

—Podría ser. Marrón indagó en el registro, le preguntó a Pacho a quién podrían estar entrevistando en San Juan, y él, que no es ningún pendejo, rápido supo que era al babalawo. ¿A quién más?

—Hay que indagar con el agente a cargo del registro de patrullas a ver si Ramero estuvo por allí cotejando, y con Belinda, a ver lo que puso. Conociéndola, seguro puso gestiones oficiales —porque Belinda, igual que Ulises y Lope, sabía de la pata que cojeaba Marrón.

Lope sacó el teléfono y sin perder un instante marcó el número de Belinda.

—Hola, Belin, te pregunto, ¿qué pusiste en el registro de la patrulla ayer cuando fuimos a San Juan?

—Visita a San Juan. Gestiones oficiales.

—Ya. De todos modos, necesito que vayas al registro y cotejes si el agente a cargo es el mismo de ayer, y si el capitán Marrero, en su fase de Ramero, hizo indagaciones sobre nuestro viaje. Si no es el mismo agente de ayer, rastréalo. Recuerda, discreción absoluta.

—Entendido.

—¿Ya está ahí la muchacha, la Flaca?

—Sí. La tenemos aislada.

—¿Y el muchacho?

—También.

—¿Se le bajó la cosa loca, o la nota que tenía?

—Sí, ya está más coherente.

—Bien. Comienza con ella. Cuando lleguemos lo entrevistamos a él.

Colgó y miró a Ulises que lo miraba indirectamente, sin sacar los ojos de la carretera, pero mirándolo.

—Nos queda Cruz.

—Hmmm —dijo Ulises en la afirmativa con un sonido del fondo de la garganta.

—Voy a necesitar que le montes un pequeño operativo de vigilancia a Cruz a ver qué se trae, si se encuentra con Ramero a solas, si se llaman.

Se mantuvieron en silencio un rato, cada uno cavilando respecto a la vigilancia propuesta. Lope miró el perfil de Ulises y le tuvo cara de que no sabía ni por dónde empezar.

—Debe ser el muerto, como dicen ellos, el espíritu del caldero que se lo choteó al palero —opinó Lope.

—La prenda... —susurró Ulises con gran misterio, lo cual hizo sonreír a Lope.

—No vaciles, Ulises, que si te cuento de ayer, sobre todo de la consulta con el oráculo que me hizo el babalawo, para la cual casi me obligan de tanta insistencia, verás que he debido poner en pausa muchas de mis dudas. Obvio que aquí ocurre algo que no vemos, al menos no con nuestros ojos.

—¿Consulta, cabrón? ¿Cómo que consulta? ¿De qué carajo tú me hablas? —lo miró Ulises con el ceño fruncido, obviamente resentido de que, pasadas tantas horas y llevando tanto rato juntos, no le comentara nada del tema hasta ahora.

—Sí, el babalawo me consultó a mí, a insistencia de su esposa, por las cosas que tú sabes que me están pasando. ¡Bueno, el pájaro de horita! Y ni te cuento que mientras estuve allí, se me trancó la lengua, o se me durmió más bien, y no pude hablar por un rato, cosa que nunca me ha pasado. Ella, la esposa, dijo que me vio encima una cosa mala desde que entré por la puerta, y tanto insistieron que entre ella y Belinda me convencieron.

—¡Cabrón! ¿Y por qué no me contaste?

No le había contado por bochorno, habiéndose cantado toda la vida de ser el más grande escéptico de estas prácticas. Habiéndose burlado de las barajas, de los vasos con agua, de las bolas de cristal, del que escribe garabatos, del que tira caracoles, del que lee la borra del café o el humo del tabaco, tachándolos de supersticiosos, y ahora venirle con que se sometió a una sesión de adivinación, sin duda contrastaba, por no decir que era una contradicción plena. Desde luego, siendo tantas las indicaciones, le fue evidente que algo le estaba afectando en lo personal, y al final, más por curiosidad que por convencimiento, se sometió al proceso. El oráculo le confirmó que todos aquellos extraños eventos los provocaba una fuerza maléfica superior impulsada por Pacho, que le tenía, como dicen, la cruz puesta, o en lenguaje de ellos, *prendío*.

—Si me llegas a decir tú hace tres días que iba a terminar sentado frente a un adivino, me hubiera reído en tu cara. ¡Tú lo sabes! Pero con lo que me está pasando de allá para acá, estoy por convencerme de que aquí hay fuerzas o energías invisibles a mis ojos actuando.

Ulises lo miraba intermitentemente, sacando la vista de la carretera para hacerlo. Con el ceño plano, demostraba que las palabras de Lope le causaban más pena que sorpresa.

—Acaba y cuenta qué te dijo, que me tienes aquí al borde del barranco.

—Si te digo que entendí plenamente cómo funciona aquello y lo que pasó allí te mentiría. La comunicación con el oráculo, que ellos llaman Ifá, se establece a través de una cadena, que más bien parece un collar, y de unos objetos que uno coge en las manos. De lo que sí te puedo hablar es del mensaje que recibí, resumido en que tengo un gran enemigo en la calle que me tiene bajo el poder de su brujería y me quiere ver muerto. Que ese enemigo es Pacho, el palero, y que, de no seguir las recomendaciones de Ifá, tarde que temprano, la brujería que me acecha, si no me alcanza a mí alcanza a mi familia, entrándome por donde más me duela, advirtiéndome que no era bueno ignorar la brujería después de estar bajo aviso porque se hace más fuerte.

Ulises lo miró ahora entre incrédulo y curioso.

—¿Y cómo te dieron ese mensaje?

—En la forma de un cuento.

—¿Un cuento?

—Sí, cabrón, un cuento súper extraño sobre un cencerro, tú sabes, la campana que les ponen a las vacas para saber dónde están.

—La que tiene Ramero en su escritorio, que usan también las orquestas de salsa.

—Eso —le confirmó—. Pues la historia va de que un cencerro que fue a consultarse con el oráculo.

—¿El cencerro mismo, con dos patitas, fue a consultarse…?

Lope asintió y procedió a narrarle la historia entera del cencerro y el palo y su desenlace.

—Figúrate que es como una fábula, uno de esos cuentos con moraleja donde los animales y las cosas hablan. Pues el cencerro fue por adivinación porque estaba pasando muchas penurias. Allí se reveló que el cencerro tenía un enemigo, el palo, que andaba buscándolo para matarlo a golpes. Se le recomendó que hiciera sacrificio para librarse de aquel peligro y vencer a su enemigo.

—¿Y a qué te refieres con sacrificio?

—Lo que ellos llaman *obras*. El propósito del sacrificio era lograr que, por duro que el palo dé al cencerro, el palo siempre se rompa primero.

Sin sacar la vista de la carretera, echado un poco hacia el frente como impulsado por aquellos conceptos, Ulises reflexionó en silencio sobre la historia.

—Obvio que el cencerro eres tú y Pacho el palo…

Lope aceptó con los párpados en silencio.

—La verdad es que más claro no puede estar. Tú, cencerro, estás bajo el acecho del palo, a través de sus brujerías, que es lo que te tiene así.

—¿Qué piensas? ¿Qué moraleja ves aquí?

Ulises reflexionó sin mirarlo.

—Que como detective y policía siempre tendrás enemigos en la calle.

—Cierto. También eso puede ser.

—Para mí que hay que ser parte de esa religión para que una mierda así te afecte. ¿Tú no crees? ¿Cómo te puede afectar una brujería que ni conoces ni crees en ella?

—Yo pensaba lo mismo, y no sé si lo pienso todavía. La verdad que estos males que me están golpeando, estos eventos extraños, nunca los he conocido antes.

—¿Y qué conlleva el sacrificio?

—Creo que matar unos gallos y no sé qué otras ñoñas. No sé. A mí me da no sé qué cosa con todo esto…

—¿Y lo tienes que matar tú? ¿Cómo es la cosa?

—Lo mismo pregunté yo y me dijeron que los sacrifica el babalawo, una vez hecha *la obra*.

—¿Te los matan encima?

—Ni puta idea. De todos modos, ¡a mí que no me maten nada encima!

—Pues siendo tan claro el mensaje, aunque sea rara la medicina, imagino que la cura debe ser también efectiva. Si yo fuera tú lo hacía. ¿Hay que pagar?

—Él insistió que lo hiciera, que no podía darme el lujo de dejarlo pasar, que la desgracia estaba tocando a mi puerta. Sí, hay que pagar algo, pero tampoco me pareció tanto. Incluso me propuso hacerlo todo allí en el momento, porque el tipo tiene jaulas con gallos en el patio, pero me negué e insistí en regresar. Digo, tampoco es que tuviéramos tanto tiempo libre aquella mañana.

—Bueno, no lo hagas si no quieres, pero estás advertido.

—Ustedes andan más perdidos que un juey bizco —rompió el silencio Javi Meléndez después de media hora de interrogatorio.

Ulises llevaba la dirección del interrogatorio, con paciencia y agilidad, reconociendo que el chico no estaba todavía estable, viniendo de un episodio de loquera a todo tren. Los calmantes que le suministraron para bajarle la tormenta narcótica comenzaban a hacerle efecto. Recostado contra la pared, las manos en los bolsillos, Lope escuchaba.

—¿Sí? ¿Y en qué estamos tan perdidos, según tú? —indagó Ulises desde el otro lado de la mesa sentado frente al muchacho, acompañando la pregunta con un gesto breve de mostrar las palmas de las manos.

—En casi todo. Pero vamos por partes. Yo no soy mi hermano Luis, ni comparto su negocio de cría de perros, ni su religión, ni los negocios en los que él ande. Yo tengo lo mío y me muevo por mi cuenta. Seremos gemelos, pero no trabajamos juntos. Cada cual tiene lo suyo. Lo único en común que tenemos es a Yayi, mi jeva.

—¿Y de qué manera Yayi te une con tu hermano?

—Yayi es mi jeva, pero se la presté a un amigo para que cumpliera una venganza contra el padrino, Pacho, el palero, que también es padrino de mi hermano. Ahí la conexión.

La prestó como se presta una bola de baloncesto, un taladro, una escalera, se dijo Lope.

—Buen amigo debió ser.

—Buen amigo fue lo que me pagó.

Sonrió de boca entera mostrando los ganchos dentales, detalle que aportaba fuertemente a su apariencia de *Transformer*.

—¿Y para qué la quería? ¿Cuál era la venganza?

—La razón de la venganza no la sé. Una historia vieja, tengo entendido. La quería para enamorar al padrino hasta obligarlo a dejar a su mujer, y después que la dejara, regresar conmigo.

—¿Así de fácil?

—Así de fácil.

—¿Y qué pasó?

—¿Que qué pasó? Pasó que me la chingaron el padrino y el amigo, cada uno por su lado, además de lo que yo también me la chingaba por acá. Resultado, preñada la Yayi. El padrino se volvió loco creyendo que era suyo. El amigo lo reclama también. Y yo, que soy quien la llena de leche a diario, estoy seguro de que es mío. El resto es historia, papi.

Por historia se refería al desenlace de la misa de coronación, pensó Lope, pero preguntó. Igual se refería al bebé, o la bebé. Casi lucía como que los tres padres estaban dispuestos a dividírsela casi al estilo Salomón.

—¿Y qué papel juega tu hermano en todo esto, además de ser ahijado de Pacho?

El chamaco miró a Ulises que le preguntaba, y luego a Lope, como si no entendiera la pregunta.

—¿Mi hermano? ¡Qué sé yo! Como le dije, yo no me meto en sus cosas. Él es ahijado del mismo padrino que Yayi. Más allá de eso, no sé nada. Es más, a Yayi la conocí por mi hermano, hace un tiempo, una noche que le dio pon a ella de sus actividades religiosas y pasó a buscarme.

—La Flaca sabe jugar todas las bases.

—¿Pero usted no la ha visto? —dijo el chamaco con una sonrisa de orgullo.

—Hablemos por nombre —intervino Lope antes de que entrara en insinuaciones—. Ese que tú dices que es tu amigo, que te compró tu mujer para una venganza personal y también se acostó con ella, me imagino que tiene nombre y apellido. Recuerda que por cualquier mentira que nos digas en este momento podremos acusarte de obstrucción a la justicia —el chico lo miró con cara de haber escuchado eso antes—. Ese amigote tuyo, ¿es por casualidad Raulo, el bichote del barrio el Cerro de Yauco?

El chico lo miró sin hacer gesto. Esa no la vio venir.

—Podría ser —contestó después de un rato tan prolongado que otra contestación sería inverosímil.

Lope se cruzó con Belinda en las escaleras, él viniendo del interrogatorio donde dejó a Ulises y ella de la oficina, ambos parte del río de gente que bajaba hacia el patio donde fueron convocados por el coronel López Jiménez. Dado que el aire acondicionado central del edificio seguía dañado, no había forma de reunirse en el salón de conferencias, el llamado teatrito, por lo que la reunión se convocó afuera. El tema era el ciclón que se acercaba.

—¿Qué te pasó? —le preguntó Belinda a Lope acercándosele para ver mejor la herida que le dejó el pajarito en la sien.

—Me impactó una reinita. Después te cuento.

—¿Reinita? ¿Cómo que una reinita? ¿Al ave te refieres? —Lope aprobó con la cabeza y puso cara de haber probado algo amargo. Era evidente que estaba pensando en el palo y el cencerro—. Eso parece más brujería que reinita. Tienes sangre fresca, por si no lo sabes.

Se tocó y regresaron los dedos manchados. En efecto, sangraba, poco, no suficiente para chorrear, pero algo.

—¿Qué tal la chica?

—Más trancá que una almeja —movió la cabeza en la negativa—. No suelta prenda, digo, información. Es sueca experta. Nunca ve nada ni sabe nada. Dice que es novia de Javi Meléndez, *Transformer A*, el supuesto papá de la bebé. Alega no entender ni por qué la secuestró, ni por qué la gritería que formó ni el tiroteo. Pura nota loca que le dio al tipo. Y ella, pura agua mansa.

—Sí, claro, porque el cuadro que pinta el novio es bien distinto. Senda hija de su madre que es ella. Así flaquita y bobita que aparenta ser, juega tres o cuatro bases a la vez, con un tipo distinto en cada una.

Lope hubiera querido decirle que en cada base había una pinga, pero su amistad con Belinda, por mucha confianza que existiera, no llegaba a tanto, y menos en el ambiente profesional.

—¿Y ya explicó el muchacho la razón del secuestro?

—Eso tampoco está claro. Allá dejé a Ulises trabajando el caso, a ver qué más le saca. Pero la verdad es que, si ella no lo acusa de secuestro, pues no sé qué diantre va a pasar aquí. Se irán por ley de armas y batirse a tiros con la policía, y si se declara loco seguro sale por la puerta ancha.

El edificio se vaciaba de empleados escaleras abajo como una hemorragia humana que se derramaba en el patio. Salían de todos los pisos como tributarios de un río de cuerpos que los arrastraba en su crecida por las escaleras. Lope ya tenía la espalda baja latiéndole, y aquel descenso con aquel paso de ser arrastrado por la masa se lo exacerbaba.

—¿Hablaste con el agente de turno ayer en el registro de patrullas?

—Sí. Me dijo que Marrero no ha indagado sobre nuestro viaje.

—¿Lo viste en persona, o hablaste por teléfono?

—En persona. No me pareció que mintiera.

—¿Qué sabes de Cruz? ¿Lo has visto hoy?

—No sé nada de él. Habló algo de gestiones de casos viejos, porque no tenía tarea para el de los santeros.

Lope movió la cabeza en la negativa sin decir nada, y Belinda comprendió que pensaba que Cruz aún le debía la información sobre Jockey que le había solicitado.

Llegaron por fin al patio, una zona entre húcares con bancos de cemento donde por lo común iban los fumadores. Allí por lo menos soplaba un poco de brisa y había algo de sombra. El coronel y los altos oficiales, colocados en fila, aguardaban la llegada de todos. Marrero no estaba por todo aquello. Tampoco Cruz. Mientras esperaban, Lope le contó a Belinda sobre el comentario del mentalista que hizo Negroponte y el porqué de sus indagaciones sobre el registro y sobre Cruz.

—¡¿Cómo es?! —Belinda se echó hacia atrás, como si la información fuera tan grande que requiriera espacio para abarcarla.

—Tal como lo oyes. Todavía no me lo explico, pero tengo mis teorías —y procedió a explicarle lo que discutió con Ulises.

—Este casito se ramifica cada vez más —opinó Belinda, y eso que estaba en la oscuridad respecto al tema del hermano de Lope y su deuda con Jockey.

En ese momento llegó Marrero, tarde como siempre, y se colocó al micrófono. Lope miró a Belinda, miró a Marrero, miró a Belinda de nuevo y le dijo:

—La ramificación mayor.

—¡Atención todo el mundo, atención! —chilló Marrero pidiendo silencio—. El coronel pidió reunirnos acá, al fresco, porque adentro no hay quien esté, y menos en un grupo apiñado… Acérquense, acérquense, para no tener que gritar.

Tampoco era que estuviera mucho más fresco donde se encontraban, pues ya comenzaba a sentirse el efecto de succión del aire de la atmósfera que se experimentaba al cruzar las tormentas por la zona. Un silencio pretormenta se escuchaba alrededor.

—Como imagino que ya saben, todo parece indicar que la tormenta Harry nos afectará directamente en los próximos días, convertida en huracán de alta categoría.

Con tantos eventos consecutivos, Lope había descuidado un par de horas las noticias de la tormenta y ahora ya todo era como lo vislumbró desde un principio. Al instante, pensó en Vicente y en su esperanza de que tuviera adelantados los preparativos. Como enterada de la situación, la espalda baja le dio un apretón como de pitón enroscada en la cintura.

—Todavía no se sabe exactamente por dónde, ni cuándo, ni con qué fuerza entrará a la Isla. Se espera que sea por algún punto de la costa sureste dentro de las próximas cuarenta y ocho a setenta y dos horas. Será un monstruo para entonces.

Lope intentó contenerlo, pero el dique del pesimismo se le rompió encima. En un instante vio la película entera: los libros aleteando como un bando de gaviotas por la bahía, los troncos del mangle roto encima de la casa, las puertas y ventanas dando bandazos, las planchas de cinc convertidas en guillotinas voladoras, las cataratas de agua cayendo en el medio de la sala. Procurar a Vicente sería lo primero que haría al terminar aquella reunión. Ver cómo asegurar la lancha, ver si hay tiempo para ponerle tensores a la casa para que el techo no vuele. Aunque hablaron hace unos días de la posibilidad, y Vicente quedó de encargarse, ahora la cosa era en serio. De todos modos, necesitaba que Vicente le echara una mano, aunque fuera con las cosas básicas, clavar paneles principalmente, que ya muchas veces le había reiterado estar disponible para ayudarle en cosas más que la mecánica de la lancha. En su mente comenzó un proceso organizativo de prioridades y acciones que le bloquearon la voz de Ramero, que seguía hablando.

—A lo que voy —reconectó con Ramero, que hablaba en nombre del coronel, que seguía allí parado como un mojón gigante con cara de estar improvisando—, estamos activando el protocolo de emergencia. Se suspenden las vacaciones. Todo el personal de la Policía debe presentarse a trabajar. Recuerden que somos la primera línea de defensa cuando el ciclón pase, así que cada uno de ustedes debe tomarse las próximas horas para prepararse y preparar bien sus casas, cosa de estar disponibles para salir a la calle tan pronto las condiciones del tiempo lo permitan. Los tenientes, sargentos y todos esos agentes que les encanta la ropa civil, desempolven los uniformes y pásenles cepillo, porque tenemos que andar uniformados. Por lo demás, léanse las guías del plan de emergencia y el protocolo, que yo sé que nunca nadie las lee. Léanlas, que ahora sí llegó la hora. Todos los casos y todas las investigaciones quedan suspendidas hasta nuevo aviso, por supuesto.

Lope miró a Belinda y alzó la ceja derecha. Ulises, que llegó un poco tarde y se unió al grupo, aupó también hombros y cejas. Es decir, que la alta oficialidad, según el protocolo de emergencia, acababa de mandar a echarlo todo por el roto de los casos irresueltos. Dos mujeres inocentes, una adulta y otra niña, asesinadas vilmente, y no pasará nada. Un bichote acribillado, un informante asesinado y un testigo ejecutado, y síguelo por ahí andando. Borrón y cuenta nueva. Así era como funcionaba la cosa en el reino de Marrón Ramero. Porque suspender investigaciones equivalía a permitirle al tiempo destruir la evidencia, confundir los testimonios y enfriar los casos. Tiempo que pasa, verdad que huye, máxima de máximas del trabajo investigativo.

Pero sí, aquella era la instrucción que daba Marrero, acompañada por la excusa de que las limitaciones presupuestarias hacían imposible que el cuerpo de seguridad del país hiciera sus dos funciones básicas a la vez: investigar casos criminales y garantizar la seguridad en cualquier circunstancia. Y allí mismo, precisamente en aquel momento, confluían y cuajaban todas sus objeciones sobre aquel trabajo tan infame al cual había dedicado tantos años de su vida, en el cual, el proceso de esclarecer un caso, llevarlo a juicio y probar el delito se había convertido más en un acto imaginario que en una acción ejecutable. Con tanto abogado soroco por el país buscando un recoveco por donde colarse, cualquier mequetrefe traía una batería de ellos, no quedándoles a los agentes otra opción que tergiversar un poco la verdad para que la justicia triunfara sobre los tecnicismos. Sin duda que irse es pescar con turistas y ponerse a escribir novelas policiales era mejor opción que quedarse allí, cocinándose a fuego lento en la olla de la frustración.

—Cada cual es responsable de su oficina —prosiguió el desagradable personaje—, de proteger documentos y materiales de evidencia, en caso de que se rompan las ventanas y se meta el agua. Métanlo todo en bolsas plásticas. Cuando pase la emergencia habrá que retomar las investigaciones, así que no queremos pérdidas.

Lope no supo si era mero sentido de persecución, pero le pareció que mientras lo decía, Ramero, desde allá, lo miraba fijo a él como queriendo descifrar sus pensamientos.

Sonó el teléfono. Genoveva. Lo dejó sonar en silencio. Volvió a sonar. Genoveva otra vez. Le pareció raro. Se apartó del grupo para tomar la llamada. Apenas entendía nada. Gritaba desesperada.

22

¡Las llaves! ¡Las putas llaves!, se cagó en la puñeta Lope, desesperado. ¿Dónde dejó las cabronas llaves? Golpeándose los bolsillos alrededor del cuerpo, no sintió nada, nada sonó. La oficina,
se dijo, y hacia allá salió disparado, tropezándose, tambaleándose
como mareado. Sintía las piernas fallarle, pero aun así prosiguió,
subiendo los escalones de tres en tres. Entró. Buscó con la vista
sobre el escritorio. Nada. Con el antebrazo lo tiró todo al suelo
para ver si las escuchaba. Nada sonó. Otra vez cotejó los bolsillos.
¡Algo sonó! Allí estaban todo el tiempo ¿Cómo coña? Bolsillo izquierdo. Bien al fondo. Encapsuladas en la punta del bolsillo. Mi
vida, mi enana, mi princesa, se decía…

Bajó las escaleras brincando en dirección el carro. Apenas
veía escalones o pasamanos. Un paso mal dado casi lo hizo irse de
boca en el rellano de las escaleras. Se levantó. Por poco se rompe
los dientes. Afuera se cruzó con Ulises primero, detrás Belinda.
Ambos reconocían en la cara de Lope la tragedia. A Belinda se
le torció el rostro como de algo que no debió ver en él. Ambos
se le fueron detrás.

—¿Qué pasa? ¿A dónde vas? —escuchó la voz de Ulises.

—Patricia… —apenas dijo.

Sintió el suelo empujarlo mientras corría, como inclinándose detrás suyo. Sintió de nuevo que se iba de boca. Le brinca-
ban los músculos solos, como a los caballos. Llegó hasta el carro,
las manos actuando en desconcierto, queriendo meter la llave
y fracasando. Sentía el tiempo encogerse mientras lo intentaba.
Cada segundo esfumado era sentencia de muerte para su hija, y

también para su propia vida, que era ella. ¡Enana, vive!, gritaba su mente. Si no vivía ella, tampoco a él le interesaba seguir aquí. Le bajaban las lágrimas. Casi podía morderse el corazón entre los dientes. Náuseas, compresión interna. La llave por fin halló el hueco y entró, encontrando rápido el segundo hueco, la ignición.

Conducía en automático, sin entender la acción. Apretó el acelerador por instinto y se subió en la acera para salir más rápido. El retrovisor le mostraba a Ulises y Belinda en la patrulla tras de él. Genoveva gritaba cuando llamó. Apenas escuchó en cuál hospital estaba. ¿Asilo de Damas? ¡Mierda! ¿Qué pasó? ¿Cómo fue? Debía ser una equivocación. Seguro no era ella. El mero pensamiento le causaba dolor en el cerebro. Las lágrimas le tapaban la visión. Apenas lograba ver las líneas divisorias de la carretera. Se metió al paseo. Cruzó luces rojas y pares. Ulises y Belinda lo seguían de cerca. Escuchó la sirena tras de él. Fue directo a Damas. Debió ser aquí, algo recordaba a Genoveva gimiendo ese nombre. Recordó que dijo tiros también, herida. ¡Tiros, herida! Tuvo ganas de vomitar.

La pendeja la dejó montarse con su tía, eso fue, se dijo. ¡Por más que se lo advirtió! Y el maricón de Fermín tampoco sacó el valor para hablar con Nina. Ambas cosas combinadas son los padres de esta tragedia. Se cagó en la vida de ambos. Si Patricia le faltaba, si Patricia quedaba mal, si a Patricia se le dañaba la vida, los dos pendejos le verían su peor lado. Poco le importaba ya que fueran su hermano y su exmujer. La relación con ellos había cambiado. En un instante, nada podía volver a ser lo mismo. Se sintió de pronto capaz de hacer cosas que apenas unos minutos antes no las hubiera siquiera pensado… Porque si dejó a Patricia montarse con su tía, contra sus indicaciones, para ir a tomarse *selfis* con las amigas en la piscina mientras los maridos se rompían los lomos en la oficina, se iba a cagar en su vida. ¡¿Por qué?!, se preguntaba Lope sumido en el colmo de la ansiedad. ¡¿Por qué a ella, por qué a su nena?! ¿Por qué a la fuente de su vida, a su razón de ser? ¿Por qué al máximo depósito de su amor sobre la Tierra? Debió ser en ella en quien confiara, se recriminó, decirle que no se montara más con su tía Nina. Seguro que lo entendía mejor que los imbéciles adultos en quienes confió. ¿Y por qué confió en ellos? ¿Por qué, sabiendo lo que dan, lo dejó en sus manos?

Se lo advirtió el babalawo, que si la mierda no lo tocaba a él tocaría lo más suyo. ¡Y su estúpida duda que no lo dejó hacerle caso! Por eso la insistencia de que hiciera lo que le indicaba el oráculo. Lo puso sobre aviso, y no le hizo caso. Y ahora Patricia pagaba las consecuencias... La luz de sus ojos, inocente, ajena a todo. Donde más te va a doler, recordó las palabras del babalawo. La vio en su recuerdo al nacer, pequeña, envuelta en sangre y placenta. La vio a sus tres años, cuando parecía una muñeca con vida. Pero sobre todo la vio a su edad actual, su carita pecosa flotando frente a sus ojos leyendo un libro. Solo su carita veía, superpuesta a las calles que atravesaba, los carros que rebasaba, los semáforos que cruzaba. Sin duda que era ella donde más le dolía. ¡Después de esto, el maldito palero con su brujería se irá al carajo! Cuando se venga a dar cuenta, será tarde. Seré como la flecha, que llega sin anuncio. A él y al maldito Jockey, o Yawó, o como carajos le digan, a ambos pensaba barrerlos de la faz de la tierra. Uno matao y otro morío, se dijo, recordando cuando de niño mataba hormigas con el pulgar. Pase lo que pase con Patricia, el Lope de antes dejó de existir.

Dejó el carro prendido en la entrada del hospital y corrió hacia la sala de emergencia. Alguien allí sabría. Las enfermeras lo reconocieron y al momento lo atendieron. Sí, aquí estuvo su hija. Ya la subieron a cirugía. Los mejores médicos están con ella.

Atravesó pasillos corriendo, perdido, como en sueños, cruzándose con sombras, con siluetas andantes o estacionarias. Jadeando, llegó a la sala de espera de cirugía. Al principio solo vio puertas cerradas. Tras de ellas, en el quirófano, sintió la presencia de su hija forcejeando con la muerte. Le faltaba el aire. Quisiera estar ahí con ella, dando la pelea, pero ahora lo abandonaban las fuerzas, sentía desplomarse. Aferrado a la pared, pegada como un sudario la ropa al cuerpo, convertidos los surcos de la cara en ríos de lágrimas con sudor, sintió rugirle por dentro un silencio de muerte.

Al voltearse, lo cegó la luz que atravesaba los ventanales. El sudor, las lágrimas y la luz crearon en su visión aureolas alrededor de las figuras allí paradas. Tras limpiarse los ojos, percibió las caras. Todas lo miraban, llenas de lástima y expectativa. Del primer vistazo no reconoció a nadie. Sentada entre otras figuras, escuchó un gemido. Era ella, Genoveva. La observó con un desprecio incalculable que debió alcanzarla, dado que parecía no atreverse a subir la cabeza, como si supiera que estaba siendo escrutada por su mirada asesina. Por fin reaccionó, alzándola para dirigirle la mirada más lánguida y arrepentida que jamás hayan disparado sus ojos. Pero aquello no hizo mella en su cólera, que era ya del tamaño de una montaña. El desprecio le rezumaba por la piel, por los poros. Un odio atronador e irascible, que ni comprende ni perdona, a poco estuvo de ocasionarle un estallido interior. Ella bajó la mirada y se hundió otra vez en llanto. Pero el odio sin saciar de Lope buscaba ahora a quien quería encontrar, a su antes hermano Fermín, que en algún lugar de aquel hospital debía hallarse.

No fue ardua la búsqueda. Apenas recorrió su mirada la sala de espera lo descubrió en la parte de atrás, pegado a los vidrios del ventanal, nublada su figura por la resolana que entraba por ellos, tirado hacia atrás en la silla, antebrazo sobre la frente, la misma postura dramática que asumió cuando le contó de su mierdero con Jockey. Rápido, mediante un cálculo geométrico instantáneo, identifico la ruta más directa para llegarle. Brincando una hilera de sillas, impulsándose con ellas y apoyándose en el hombro de no sabía quién, le cayó encima como desde un árbol una pantera. Tomándolo por el cuello con una fuerza misteriosa, lo lanzó sobre la hilera de sillas detrás suyo, cayendo de espaldas contra el suelo con el peso de Lope encima. Encajándole el antebrazo izquierdo debajo de la mandíbula, lo apretó como una palanca hasta cortarle la vía respiratoria. Fermín lo miraba aterrorizado. No lo reconocía. Por su expresión, supo que vio en su rostro el rostro de la muerte.

—Nunca le dijiste a Nina, jodío cobarde —le dijo, a punto su mano derecha, fuera de control, de soplarle un puñetazo salvaje—. ¡No cumpliste, rata cabrona! Y ahora mira dónde está mi hija por culpa tuya, *fucking* infeliz.

La mano descargó su violencia en forma de bofetada. Fermín comenzó a sangrar por labio y nariz. Lo próximo, se dijo Lope, puñetazos hasta matarlo.

Ulises y Belinda, que siguieron en patrulla a Lope en su carrera desesperada hacia el hospital, entraron a la sala en ese momento y se toparon con la trifulca. Belinda, desconcertada, se quedó paralizada; Ulises, sabiendo de qué se trataba, actuó rápidamente, empujando a Lope con todo su peso y zafándolo del cuello de Fermín. Encima de Lope ahora, intentó contener su rabia. Abrazándolo con todas sus fuerzas, lo inmovilizó hasta que dejó de dar resistencia.

Un llanto sin freno invadió a Lope. Gemía sin aire. Enroscado en posición fetal, lo abandonó el tacto y se sintió flotar en el vacío. Mientras Ulises le sujetaba los brazos, Belinda le acariciaba la cabeza. Se sentía morir. Olió las luces. Probó el sabor del suelo. Todo le supo podrido. Algo de su esencia lo abandonaba, quizás un escrúpulo, quizás una reserva, quizás un valor o un sentimiento, o quizás era que una línea roja dentro suyo fue atravesada… Por lo pronto, solo quedaba vivo en él la grave situación que atravesaba su hija, y la resolución de vengar aquella agresión.

23

Café en mano, sentado en las últimas mesas de la cafetería del hospital, afectado todavía por los acontecimientos, Lope citó a Ulises para conversar a solas. La cara de Ulises, que debía reflejar la suya propia, llevaba comprimida toda la gravedad del momento, así como la incertidumbre de las circunstancias que enfrentaban. A través de los vapores que salían de sus vasos de café mientras bebían, Ulises le trajo otras malas noticias.

—Ya es huracán. Categoría 4. Disminuyó su velocidad de traslación. Lo tenemos encima en cuarenta y ocho horas. De esta parece que no nos salva ni tu babalawo.

—Primero que no es mi babalawo, y segundo que te lo advertí desde que era un mazo de nubes saliendo de África, pero me tildaste de pesimista —pensativo un rato, añadió—: Me va a partir la vida, la vida que me quede después de esto. De todos modos, Ulises, te necesito más que nunca, como amigo y como aliado —le dijo mirando la taza humeante atrapada entre sus manos. Ulises guardaba silencio, no de duda sino de aprobación—. Necesito que me hagas la labor de inteligencia que nunca hizo Cruz, conseguir todo lo que haya en Drogas y Narcóticos sobre Jockey. Quiero las direcciones de sus residencias, la alquilada y las de testaferro, ya sea apartamento en caserío, casa en urbanización, lo que sea, las quiero todas, quiero todo sobre él.

Ulises comenzó a mirarlo con cara de preocupación, pero Lope le sostuvo la mirada el tiempo necesario para que entendiera que hablaba en serio.

—¿O tu piensas que Marrón Ramero y el coronel Jiménez y toda esa trulla de corruptos van a hacer algo para descubrir a los autores de esto y encausarlos? ¿Piensas en serio que tienen la capacidad de ofrecerme la seguridad y la justicia que yo requiero en este momento? ¿Y para colmo, con un huracán catastrófico encima? No, papi. Tú y yo sabemos de sobra que esta justicia y esta seguridad para Patricia y para mí tengo que procurármela yo solo, misión para la cual te estoy reclutando, convocando todos los privilegios de nuestra amistad de tantos años.

Ulises continuó mirándolo en silencio, pálido como un papel, demostrando cierta dificultad para tragarse su propia saliva. Era evidente que sabía lo que esto implicaba, y le aterraba. Primero por Lope y lo que esto pudiera acarrearle, y luego por él, por lo que implicaba y debían hacer juntos.

—¿A qué te refieres? —tuvo el coraje de hablar y exigir explicaciones.

—Tú mejor que nadie sabes cómo funciona la calle. Jockey sabe que me golpeó, y aplicando la ley de la calle, imagina que haré lo necesario para golpearlo de vuelta, es decir, para sacarlo de carrera. Así que, antes de que intente joderme él de nuevo, lo voy a madrugar yo.

Ulises estaba ahora como sobaco de monja de lo pálido.

—¿*No more Mr. Nice Guy* entonces, como dicen por ahí? —preguntó con cara de haber visto un fantasma.

—*No more* —le contestó Lope—. Manos a la obra —añadió sin darle demasiado tiempo al pensamiento—. Tenemos que movernos y es ya. Hay que aprovechar la tormenta para actuar.

—Entendido —dijo por fin Ulises en voz baja, sin duda colocado ante un dilema extremo.

—Necesito también que le dediques tiempo a Marrero. Hay que encontrarle el lado flaco, neutralizarlo. Y a Cruz. A ese chupa biblia no le cuentes nada más allá de lo necesario. No quiero que sospeche que sospechamos de él.

En eso llegó Belinda a la mesa y se sentó con cara de circunstancia.

—Mejor sea que me pongan al tanto de lo que está pasando. Quedé bruta con la pelea con tu hermano.

Lope lanzó a Ulises una mirada con el mensaje de ponerse en movimiento, mientras él se encargaba de poner a Belinda al corriente sobre Fermín. Ulises se puso de pie, se despidió de ambos, de Lope con un abrazo afectuoso y de Belinda con un chocar de puños.

—No te conté de Fermín y sus líos por no mezclar mis asuntos personales con los profesionales. Lo menos que me imaginé fue que se fueran a mezclar ellos solos —Belinda frunció el ceño con cara de no estar muy convencida—. Ulises está al tanto por no quedarme más remedio, pero créeme que con el bochorno que esto me causa…

Procedió a relatarle todo lo concerniente a Fermín y las amenazas de Jockey, lo cual dejó a Belinda mirándolo con cara de incredulidad y de cierta molestia general.

—Me lo debiste decir antes. No en balde el babalawo dijo que corría peligro lo más tuyo, si Patricia estaba casi en la línea de batalla —dijo Belinda, dilatados los huecos de la nariz, apretada la quijada, brotadas las venas del cuello. Lope bajó la mirada y no dijo nada. Tenía razón Belinda. Él mismo no pudo convencerse de que fuera posible que una cosa sobre él actuara sobre Patricia—. Pero tú, por no creer ni en la luz eléctrica, apuesto que les pusiste cero pensamiento a las advertencias del babalawo. A mí no se me hubiera pasado esa, si llego a saber que corría tanto peligro.

—De eso mismo quería hablarte. Sé que tal vez sea imposible a estas alturas, con el ciclón encima y todo el mundo en preparativos, pero necesito que te comuniques de nuevo con el babalawo, le expliques lo ocurrido y le preguntes si podrá recibirme para hacer lo que dictó el oráculo. Sin duda que me previno de algo como lo que acaba de ocurrir. Tampoco voy a tapar el sol con el dedo. Me advirtió que la brujería del palero hijo de puta podía alcanzar a alguno de los míos, pero nunca pensé que podía manifestarse así, tan rápido. De cinco personas que iban en el carro, solo mi hija salió herida. No sé si sirva para algo ahora que ya pasó, pero hazme la gestión, te lo suplico.

No es que deseara que hubieran sido Nina o una de las nenas de Fermín la herida, que al menos tenían vínculos directos con la culpa y la razón del tiroteo, pero que fuera Patricia, su vida, el ángel de su existencia, que fuera ella quien corriera con el daño de una falta ajena, era algo que antes podía caer en el renglón de lo inexplicable, de la injusticia divina, pero que ahora, recibidas las advertencias del babalawo, podría caer en el renglón de las causas y los efectos. Solo que, en esta ocasión, las causas eran de difícil comprensión, por no decir duras de creer, y los efectos, devastadores. Pero igual, por difícil que le fuera creerlo, era la única explicación con la que contaba al momento, que a su vez le explicaba también las raras experiencias de los días anteriores.

—Va a estar duro —Belinda se pasó los dedos por el pelo, pensando en los apuros que estaría pasando en aquel momento el babalawo para prepararse—. Y más para él, que tiene que salvar el bohío donde tiene los santos.

—Inténtalo, aunque sea. Mira a ver. Tal vez tenemos suerte. Tal vez se apiade de mí.

Belinda aceptó con varios movimientos rápidos de la cabeza. Se notaba en su expresión que estaba preocupada por su jefe y amigo. Desde luego que ver a Lope, ajeno como ha sido siempre a cualquier manifestación espiritual, de repente pidiéndole piedad al representante de una religión que hasta hace unos días desconocía, desconcertaba a cualquiera.

—¿Y qué vas a hacer ahora?

—Todavía no sé. Después de que sepamos el resultado de la operación, coordinar con Vicente para ver si logro salvar algo de lo mío. Obvio que pasaré la tormenta aquí con Patricia.

Belinda subió y bajó la cabeza, mirándolo con una conmiseración que casi lo abochorna.

—Pero antes debo darles seguimiento a los hijos de puta que ocasionaron esto, sobre todo al padrino, que seguro me llevará hasta su ahijado, Yawó hoy, Jockey ayer, que es con quien debo ajustar cuentas. No me importa si la orden es poner en pausa los casos. Este caso no tiene pausa.

Belinda apretó labios y miró a Lope con ojos húmedos.

—Necesito que me gestiones un par de agentes para velar la puerta del cuarto de Patricia. Búscate a dos agentes jóvenes sin familia, que puedan hacer el sacrificio. Estos jodedores son gente peligrosa. No paran en nada. En menos de veinticuatro horas han hecho dos asesinatos y un atentado. No podemos dormirnos con ellos.

—Entendido. Cuenta con eso.

—Si Marrero te pone peros, le explicas que te lo pedí yo. Que me llame a mí si tiene algún reparo, que yo me encargaré de cagármele en la madre.

Belinda estiró su mano a través de la mesa y tomó la de Lope en acto genuino de solidaridad y cariño, mirándolo directo con aquellos ojos grandes y avellanados que tanto impresionaban. Ante la mirada, ante el gesto de su mano que resumía toda la angustia solidaria de la amiga que sufre por la desgracia del amigo, a Lope le costó mantener la ecuanimidad, y viéndola a ella tan compungida por las circunstancias, bajó la cabeza y volvió a llorar en silencio mientras ella le apretaba la mano.

Calmado de nuevo, tras despedirse de Belinda, llamo a Carmiña al número celular que tenía de ella.

—Hola.

—Saludos, dama, le habla el teniente Laguna.

—Saludos, teniente, estaba por llamarlo.

—¿Tenemos noticias del desaparecido?

—Sí. Está en la casa. Me acaba de montar una tángana terrible aquí en el *lobby* del hotel.

—¿Qué hizo?

—Se llevó a la nena. Parece que tienen actividad religiosa esta noche en la casa y quiere a la nena allá. Lucimar lloró amargamente y él me echó la culpa a mí de virarle las hijas en su contra. Lo escuché que le dijo a la nena, al oído como para que yo no escuchara, que tenía que darle cuentas a Zarabanda por lo que había hecho. Me imagino que se refiere a lo del teléfono. Y la nena aterrorizada con la idea.

Lope recordó aquel nombre de su entrevista con el palero como de una de sus deidades congas, como ellos le llamaban. También recordó que la nena le comentó algo de subírsele Zarabanda a su papá, o algo en esa línea. Al parecer, querían sacarle la confesión a la niña de dónde estaba el teléfono y cómo fue que llegó a manos de la policía.

—¿Hace cuánto de esto?

—Media hora a lo sumo. No lo llamé todavía porque del escándalo que me montó ese infeliz en el *lobby* salió el personal del hotel para ofrecerme ayuda y seguridad si la necesitaba. Después tuve que darles cuenta de lo que pasó, asegurándoles que Lucimar era su hija y que no la había secuestrado.

Eran casi las siete de la noche. Patricia estaba por salir de sala. Estaría bajo los efectos de la anestesia y los sedantes durante varias horas todavía. Tenía que actuar. No iba a perder su tiempo ni dárselo al enemigo para que actuara antes que él. Le dio las gracias a Carmiña por la información y se despidió de ella, quedando en mantenerla informada, lo cual solo sería cierto en caso necesario. Desde luego, en el tono de su voz, Lope no detectó ya ni el menor rastro de aquel sutil juego de seducción liviana.

Justo ahí llegó un enfermero hasta ellos para avisarles que Patricia salió de la sala de operaciones. Lope corrió para escuchar el informe del cirujano. Tenía buena cara, pero un poco seria para su gusto.

—De modo que tenemos que esperar a que despierte para comenzar a evaluar el resultado de lo que hicimos. Todavía es muy temprano para tener seguridad.

—¿Seguridad de qué, doctor? —preguntó Lope, aterrado.

El doctor lo observó en silencio, ahora con una tristeza preocupada en la expresión, consciente de quién provenía la pregunta.

—De que vuelva a caminar.

24

Belinda y Lope llegaron a la casa del maldito brujo de mierda, como le llamaba Lope, en pleno apogeo de la actividad religiosa. Como le adelantó Carmiña, celebraban algún tipo de ceremonia o festividad que, a juzgar por el repicar frenético de tambores que se escuchaba desde la calle, tenía un fuerte componente musical. A no ser que la intención fuera convocar a los seres para que espantaran el huracán, a Lope le extrañó el destiempo de aquel festival religioso. Una gran concurrencia de gente se esparcía hasta la calle.

Belinda estaba nerviosa, y Lope, aunque intranquilo, no lo mostraba. Tal vez el escepticismo todavía latente en él, o la adrenalina de la cólera interior que lo abrasaba, no dejaban que el ambiente lo afectara tanto como a ella. La excusa para estar allí, cuando fueran descubiertos, era citar a Pacho a una entrevista en la Comandancia a primera hora mañana, dado que andaba desaparecido y su teléfono estaba desconectado. Los objetivos de Lope, claro, eran otros, aunque aún no sabía cómo proceder para alcanzarlos. La noticia de que Patricia tal vez nunca recuperara la movilidad de sus piernas lo dejó en tal estado de postración emocional, rota el alma a tal punto, que quedaron aniquilados en él, de un zarpazo, la prudencia, el remordimiento y la razón. Decir que estaba en sus cabales sería ir contra la verdad. Decir que sabía cómo actuaría al encontrarse con Jockey, o con Luis Meléndez, sería también engañarse, pero saber que sería a las malas como se resolvería aquel asunto era para él una certeza. De aquella grieta gigante que se abrió bajo sus pies solo lo rescataba la noción de que debía enfrentar al culpable de su desgracia y despacharlo por la vía rápida. La rápida, sí, porque la lenta involucraba a su jefe, involucraba luchar contra una burocracia corrupta que igual protegía a sus adversarios, involucraba arriesgarse a perder. Solo su camino llevaba al lugar donde vivía la Justicia. Solo el suyo era expedito y seguro, aunque fuera del amparo de la ley, que ya le importaba más o menos un comino. Por supuesto, de la profundidad de sus intenciones Belinda no estaba al tanto, como tampoco estuvo al tanto de que estaría en medio de una fiesta de tambores africanos cuando le pidió que lo acompañara un momento a la casa del palero para citarlo a una entrevista.

La pregunta era qué hacer al momento de enfrentarlo. Seguía sin respuesta, pese a encontrarse ya muy cerca del objetivo. ¿Acusarlo de ser el autor de la desgracia de Patricia? Locura. ¿Arrestarlo por atentado espiritual? Demencia. ¿Ultimarlo en el lugar? Tal vez. Si bien no tenía claro aún cuál sería su proceder, sabía que no sería ya el mismo de antes, y que ahora sus opciones eran distintas y limitadas. En su mente moral ocurrió un deslizamiento, una avalancha, que la reajustó a nuevas perspectivas, a nuevas soluciones. Lo que antes no podía ser, ahora era posible. Lo que antes tachaba de crimen, de atentados contra la ley, de repente era su única vía para alcanzar seguridad y justicia para él y su hija. Mucho de lo que hacía apenas unas horas pensaba sagrado, inmutable, era ahora ante sus ojos una iglesia quemada. Su tragedia era un océano salvaje y embravecido, y sobre esa superficie caótica flotaba su conciencia moral como una yola sin velas, remos ni motor.

—Debemos llegar sin mucho ruido —le dijo a Belinda—, a ver si pululamos un rato antes de que nos reconozcan. Seguro están aquí todos los personajes implicados. El hermanito Meléndez que nos tiroteó seguro que al vernos intenta fugarse o nos tirotea. Estate pendiente a un tipo pequeño, delgado, tipo indio, vestido de blanco. Ese es Jockey, o Yawó.

Belinda se detuvo y permaneció en silencio, mirándolo. Entendía sus instrucciones, pero era evidente por su cara, tensa la expresión, como estirada hacia atrás la piel, que estaba temerosa. Sudaba a mares y su piel oscura brillaba a la luz de las bombillas como un espejo. La cantidad de gente hacía casi imposible guardarse las espaldas lo suficiente.

—Tranqui. Aquí no va a pasar nada. Venimos a identificar a los personajes y a citar a Pacho para mañana —le dijo ahora sabiendo que tal vez le mentía, tomándole la mano y apretándosela un instante en un intento de brindarle confianza—. Si quieres regresa a la patrulla y lo hago yo solo...

Belinda lo miró con una ceja subida y la cara de estar escuchando algo que no comprendía.

—Estás tú loco que te voy a dejar aquí solo. Mi pregunta es, ¿qué entrevista vas a hacer mañana, con Patricia en el hospital y el huracán encima?

—No sé. Tampoco importa. Tal vez Ulises y Cruz puedan. El tema es el celular. *Ya está aquí*, decía el mensaje que yo leí dirigido a Yawó, *el portón de abajo está abierto*. Presumo que se refería al Bebo. El padrino es el arquitecto de las dos muertes. Hay que citarlo mañana a primera hora en Comandancia. Si se presenta, dependiendo de sus contestaciones, procederemos.

—¿Procederemos a qué, Lope, en medio del huracán? ¿Citarlo dónde en Comandancia?

—Proceder a no sé... interrogarlo en uno de los cuartos para interrogaciones.

Belinda lo miró con duda, con reticencia.

—¿De verdad quieres proseguir con esto, con el salpafuera que hay ahora mismo en Comandancia? —le preguntó, de veras dudosa si Lope estaba pensando con su habitual lógica implacable—. Marrero se va a poner como una fiera.

—No hay de otra, Belin.

El asunto de su hija, evidentemente, lo había descarrilado de sus habituales procesos deductivos, llevándolo a imaginar escenarios totalmente improbables en aquellas circunstancias. Pese a temer que aquello fuera a ponerlos en peligro, sabía que no había forma de convencer a Lope de cancelar el operativo, al tanto ahora de la fragilidad de su estado emocional.

La noche estaba prieta y como ahuecada, a pesar de que la iluminación de la calle esta vez funcionaba. El poste más cercano se encontraba bastante distante del portón de entrada de la casa, por lo que la gente que iba y venía por las aceras eran más bien siluetas que atravesaban la negrura. Complicaba la identificación de las personas el hecho de que la mayoría vestía colores oscuros o abigarrados. En aquel ambiente, la piel tan blanca de Lope resaltaba en la oscuridad, aunque les favorecía que también vestían de oscuro. Belinda, claro, pasaba casi desapercibida, pero muchas miradas se volteaban hacia él. Algo en él, además de la pinta de policía, delataba que no pertenecía a aquel lugar. Algo en él no combinaba con el lugar, pese a que, de su mismo color, había otros allí. Al tope de la cuesta del *driveway*, hacia el lado de la casucha donde ocurrieron los hechos, se escuchaba un repique intenso de tambores que tocaban a un ritmo frenético. Los participantes de la ceremonia subían y bajaban la cuesta tranquilamente, como si nada fuera de lo ordinario ocurriera arriba y como si tampoco un huracán estuviera a las puertas de la isla.

El calor de la noche era asfixiante, y el esfuerzo de subir la cuesta lo exacerbaba. Era el calor típico de los días previos a la llegada de una tormenta. No se movía una hoja. Ni siquiera los coquíes cantaban. Se tenía la sensación de que el aire era succionado del ambiente, incluso del interior de los pulmones, por el ciclón que se aproximaba. La concurrencia se abanicaba con cartones adheridos a tablitas delgadas con estampas de vírgenes y santos católicos, obviamente comprados a granel y repartidos entre los presentes.

—*Sala malekun* —les dijo una pareja de jóvenes con quienes coincidieron en el tope de la cuesta. Lope bajó la cabeza, pero

Belinda, mejor enterada que él de aquellas formas, o con mejor intuición, repitió las palabras.

—¿Por qué el árabe?

Belinda subió las cejas y frunció el ceño en señal de no entender. De hecho, no sabía que aquello era árabe, y tampoco tenía por qué saberlo. Era una joven mujer cristiana, con una educación más técnica que humanista, sin ninguna conexión con el mundo árabe o islámico. De hecho, Lope, con toda y su educación humanista de la UPR, solo conocía esos vocablos, por ser el saludo tradicional árabe. De ahí que le pareció tan fuera de lugar, o más bien de contexto, y hasta una equivocación de su oído al escucharlo. Pero al rato vio que todos se saludan de igual forma, respondiéndose *malekun nsala*, y comprendió entonces que aquel era también el saludo tradicional de aquella comunidad religiosa. Rarísimo todo. Evidentemente, al no contestar como era, quedaron identificados como ajenos a la religión, curiosos tal vez, colaos, como dicen.

Al repicar de los tambores lo acompañaba una clave tocada por algo metálico sobre algo metálico. También sonaba un chequeré, especie de maraca al revés o güiro grande revestido con una malla atada con cuentas grandes que, al sacudirse, creaban un sonido como de aguacero breve. Sobre estos sonidos acompasados se elevaba un canto, incomprensible por la distancia, producido por una voz y un coro que le respondía. El ritmo de la música era rápido, igual que el canto, y una notable concurrencia asistía al espectáculo musical como hipnotizada por los repiques. Los olores eran variados, pero prevalecía el del humo de tabaco, que varias personas fumaban, y el de fragancias vaporosas tipo Agua Florida que le trajeron a Lope el recuerdo de su abuela.

Analizando con detenimiento lo que allí veía, comenzó a comprender mejor lo que les explicó el babalawo de que la *casa de palo* de Pacho, como ellos llamaban a las *familias* que están bajo un mismo *tata* o padrino, era del tipo *palo-cruzado*, es decir, que practicaban palería mezclada con santería. Le impresionó sobremanera la cara de una parejita de jóvenes, sentados en un banco juntitos agarrados de manos, él más blanco que una estatua de mármol, ella de piel más oscura que Belinda, él tapado con sombrero blanco completo tipo jinete de paso fino sobre pañuelo blanco amarrado a la cabeza, traje blanco de tres piezas, correa blanca, pañuelo blanco en la solapa, medias y zapatos de charol blancos, ella con turbante blanco muy lucido, traje de falda y manga larga blanco, chal blanco sobre los hombros, medias blancas y zapatos bajitos igualmente blancos. La pareja impactaba tanto por sus vistosos trajes como por el contraste de sus pieles, destacándose en ambos los ojos de susto y la inmovilidad que le recordaron a Lope las estatuas de Francisco y Francisca en la casa de doña Infausta. Parecían estar presenciando aquello por primera vez, o quizás estar poseídos por alguna entidad que los tenía en una especie de suspensión anímica. Salvo por una pierna de él que le temblaba, no se les movía una molécula en el cuerpo. Ni siquiera pestañeaban. Parecían de cera. Lope supuso que, de estar allí, Jockey sería otro de los vestidos de blanco, de los *iyawo* de la santería.

Atravesando la penumbra que dominaba el ambiente, bordearon la periferia de la concurrencia guiándose con la poca luz que salía por la puerta de la casucha. La atmósfera estaba tan cargada que la estática elevaba los cabellos de algunas mujeres. De allí, de donde mismo se escuchaba la música, también observaron el relumbrón de una luz variable cuya fuente parecía ser una flama en el suelo. Las pieles brillaban. Las manos batían las estampas católicas en palito o pedazo de cartón buscando refrescar las caras. La música mantenía a la multitud en estado de expectación, de agitación contenida. Sin todavía verlos, sentían en los huesos retumbar del ritmo de aquellos tambores exaltados, y sobre todo Lope sentía el eco en su cerebro del tintineo metálico de la clave.

Una mujer negra, alta, delgada con panza que por su edad se sabía que no era de preñez, pañuelo negro amarrado a la cabeza, faja de colores a la cintura, traje amarillo de una pieza hasta las rodillas, descalza, portando un palo recto, grueso y liso de cuya punta colgaban cintas de colores que terminaban en cascabeles, se movía entre la muchedumbre como una especie de centinela, marcando una especie de perímetro invisible con golpes del palo contra el suelo que dejaban flotando en el aire la lluvia de los cascabeles. Con sus ojos saltones y separados como de pez de fondo, la papada doble, los labios carnosos y una actitud de ser pieza clave en el futuro de la Humanidad, la señora comandaba un respeto absoluto. Aquella policía espiritual, encargada del perímetro sagrado, pasó frente a ellos varias veces sin mirarlos, y sin incluirlos dentro del espacio místico.

Observando alrededor, Lope no identificó a nadie conocido, ni a Pacho, ni a la Flaca, ni a ninguno que pudiera ser Jockey, ni tampoco al hermanito Meléndez. Retirándose un poco de la masa compacta de gente colocada como coraza alrededor del lugar donde ocurría la música, se movieron hacia una posición más ventajosa, una reata de cemento construida alrededor de un almendro desde donde podían observar mejor. Desde allí, veían salir del área sagrada a hombres y mujeres al borde del desmayo, rodeados por otros que los abanicaban y secaban el sudor con pañuelos. Algunos, idos por completo, eran cargados por los sobacos, mientras otros, convulsos, caminaban de forma extraña, como si algo les hiciera brincar el cuerpo en distintos puntos sin patrón o sentido. Lope dedujo que la música los hacía entrar en aquel estado, y, a juzgar por sus expresiones faciales, no era bienestar lo que sentían.

Colocados sobre la reata, elevados por encima de la concurrencia, los eventos se hicieron más claros. Se miraron sin hablar, pero con el entendimiento de tener todos los sentidos en alerta máxima, pendientes a los personajes importantes, que hasta el momento no se mostraban. Observando ahora unas siluetas que cruzaban tras la sábana blanca que tapaba la entrada de la casucha, Lope tuvo la certeza de que al menos una de ellas era la de Pacho.

—Ojo pelao. Baqueta abierta —le recalcó a Belinda casi sin abrir la boca por la comisura derecha, modo ventrílocuo. Por supuesto, la peligrosidad del hermano Meléndez justificaba el comentario, aunque Lope pensaba en otra circunstancia, en otra encomienda, que compartió con Ulises pero no con Belinda, sabiendo que la confianza con Ulises, el panismo, la hermandad de tantos años, lo obligaría a bajar una vara moral que Belinda llevaba muy alta.

El calor aumentaba. El aire de la noche quedó estancado. En la penumbra frente a la casucha donde ocurrieron los crímenes, frente a la sábana que tapaba el umbral de la puerta y tras la cual se veían las siluetas, tres hombres, dos negros y uno blanco, golpeaban una conga y dos cajones cuadrados sobre los cuales se sentaban, creando entre los tres un ritmo enloquecedor que llevaba a algunos del público al punto del frenesí. Junto a los tambores, de pie, un hombre flaco y alto, facciones blancas pero piel oscura, tocaba el chequeré a la misma velocidad de los tambores, con tal destreza y movimientos corporales que hacían su cuerpo parecer hecho de hule. A su lado, sentado, un hombre pipón con cara de pocos amigos, gafas oscuras como de ciego, repantingado, actitud de quien hacía aquello todos los días, marcaba la clave con una llave inglesa que golpeaba contra la guataca de una azada pillada entre sus dos gordas piernas. Este sonido metálico, que a Lope al principio le pareció curioso y que luego le preocupó cómo se acentuaba en su oído, terminó atornillado en su cerebro.

Los músicos sudaban a mares. Sus expresiones de absoluta seriedad apenas se quebraban por algún destello de gozo musical. No había humor en ellos, ni entretenimiento, solo expresiones graves, de funeral o de tragedia, o de estar frente a la deidad. Dentro del perímetro sagrado, observaron ahora a varios danzantes estremecerse. La señora, con su cara de estatua bantú, sacudiendo el palo como para amedrentar con el sonido de los cascabeles, impedía que los danzantes estremecidos abandonaran la zona. Nadie osaba meterse con ella. Parecía poseída, y tal vez lo estaba. Se movía alrededor de los danzantes a modo de árbitro o juez, garantizando el orden dentro de aquel rito un poco desordenado.

De pronto, cesó la música. Echándose hacia atrás en actitud de descanso, los tamboreros se despegaron de sus instrumentos. El del chequeré lo puso en el piso mientras se daba un trago del pico de una botella y se limpiaba el sudor de la cara, y los danzantes, recuperando el ritmo normal de la vida, regresaron a la concurrencia. Solo el señor grueso, encargado de mantener el ritmo de la música con el sonido que le sacaba a la guataca, permaneció igualito, sin moverse en su lugar. Y desde allí, tomando una gran bocanada de aire que le infló los pulmones y llenó la barriga, soltó con gran voz:

—¡*Macaca!*

—¡*Guandioma!* —respondió al unísono la concurrencia con igual ímpetu, como si esperaran aquel llamado.

—¡*Macaca!* —repitió.

—¡*Guandioma!*

—¡*Mocutu locuaye!*

—¡*Unkuén dayeto!* —fue la respuesta grupal.

—¡*Bandiame kuneiyaya!*

—¡*Sacrificio eró!* —contestó el público, mezclando español con lengua africana.

—¡*Salakimbonda!* —continuó el hombre, la excitación de su voz en subida.

—¡*Kimbonda kuenda sala!* —contestó con igual entusiasmo el coro del público que le rodeaba.

Comenzaron ahí los tamboreros un repique suave y rápido, al tiempo que el cantor golpeaba con delicadeza la llave inglesa contra la guataca. Lope miró de reojo a Belinda y la vio extasiada con el espectáculo, observándolo todo con una intensidad casi mística, no ya la mera observación policiaca. Los ojos le brillaban de la emoción que le causaba la música, o tal vez por descubrir en aquellos ritmos algo en ella muy profundo, muy remoto, perdido en su memoria ancestral. Quizás la cristiana que vivía dentro de Belinda y que de vez en cuando le salía, esta vez andaba de paseo. A la vez, Lope comenzó a sentir detrás de las orejas, por la mandíbula, la misma sensación rara de días anteriores, que ahora le hizo mover la quijada y bostezar casi sin poder evitarlo.

De todo el conjunto sonoro, el golpe metálico agudo de la llave inglesa contra la guataca comenzó a penetrar su oído como una aguja esculcándole la cóclea. ¿Cómo frenar aquellas sensaciones nuevas que experimentaba su cuerpo? ¿Qué hacer con la piquiña, con el hormigueo dentro del cráneo? Hubiera querido un dedo largo y fino que entrara por el canal auditivo para rascarse el cerebro, para matarse las hormigas. Intentó cerrarse a aquella vibración sonora, pero una afinidad mística, una resonancia cósmica, no se lo permitía. Quiso no escucharla, pero era lo único que escuchaba. Intentó rascarse el oído izquierdo, que era por donde más directo le entraba el retintín, sin alivio. Sacudió la cabeza con violencia, pero quedó mareado y con un zumbido. Miró a Belinda que seguía embelesada con la escena ante sus ojos, ajena a la experiencia que él vivía.

Regresaron los danzantes frente a los tambores. El ritmo de la música aumentaba, igual que la masa de bailantes. Uno que otro sacudía su cabeza como queriendo rascarse la misma piquiña interna que sentía Lope. Entre la concurrencia que entraba y salía de la zona del baile, una joven se fue apoderando del protagonismo del baile hasta ser la única danzante. El pelo electrificado, la piel oscura brillando como espejo líquido, los ojos en blanco, descalza, giraba sobre un solo pie hacia un lado y luego hacia el otro, a la vez desplazándose como un trompo hacia los tambores y en retirada. Su frenesí, que iba en aumento, parecía transmitirse o contagiar a algunos alrededor de ella, que comenzaron también a hacer movimientos similares.

Lumbeee, lumbe, lumbee
Lumbeee la cueeeva en nganga
Si sarabanda da seres ere
Palooo pa'que me llama awé.

Aquel canto aumentó la sensación rara detrás de las orejas de Lope y la vibración del cráneo, moviéndosele sutilmente las piernas en vaivén acompasado. Él mismo, que jamás había dado un paso de baile, no se reconocía, pero sin duda aquel ritmo algo despertó también en él, algo sin duda misterioso, esotérico, espiritual, algo que quizás llevaba por dentro sin saberlo. A Belinda, por el contrario, pese a la emoción que revelaban sus facciones, la música no parecía afectarle como a Lope. Permanecía firme, ninguna cadencia la absorbía, los ojos bien abiertos, el rostro en expresión de alerta.

La danzante bailaba ahora dentro de un círculo de fuego azul en el suelo, una flama lenta, como de alcohol o de alcoholado. Sin quemarse, sin transgredir la flama, la chica realizaba ahora volteretas y saltos que más bien parecían de insecto gigante. Y justo cuando lucía que el baile y la música alcanzaban su máxima intensidad, se corrió la cortina de súbito y apareció en escena la figura de Pacho, el padrino, luciendo un sombrero de colores dorados y rojos en forma de bombacho que casi parecía una corona. Mirando los tambores, sonrió de oreja a oreja y gritó palabras que Lope no pudo captar. Con los gritos del padrino, el baile de la chica tomó aún más vuelo, y el público, que repetía sin cesar las estrofas del cantante, alcanzó un estado de agitación rayando en la locura.

Desde donde estaban, protegidos por la oscuridad y el ángulo, resultaba difícil para el padrino verlos, pudiendo observar Lope por debajo de su brazo que mantuvo la sábana alzada, lo que ocurría dentro del cuartito. Un grupo de hombres sin camisa, pantalones blancos enrollados a las rodillas y sombreros blancos tipo bombacho, bailaban en círculo frente a lo que lucía como uno de los calderos. Uno de ellos llevaba alrededor del cuello una piel gruesa color marrón que, al dar la vuelta, vio que se trataba de un chivo vivo agarrado al frente por las patas casi a modo de collar. Quien lo llevaba era un tipo pequeño, enjuto, cuarentón, piel oscura quemada de sol, rasgos indios, cuya apariencia

general coincidía en cada punto con la descripción que conocían de Jockey. Antes de la sábana caer y los personajes dentro
del cuarto volver a ser siluetas, Lope vio un destello de luz brillar
entre los labios del personaje. También Belinda lo observó. Era él.

—Atenta.

En ese instante, la danzante lanzó un grito agudo al cielo,
saltó fuera del fuego y cayó postrada frente a los músicos, quienes, en el acto, detuvieron música y canto. La chica, con el rostro
transformado en extraña mueca, se levantó del suelo y, dando
unos pasos como si con cada uno brincara una valla invisible,
saludó con un abrazo a cada uno de los músicos. Terminados los
saludos, se volteó y dirigió hacia la multitud, donde esperaba la
señora del palo con un tabaco encendido que la chica tomó de
sus manos y comenzó a fumar ansiosamente creando una gran
humareda a su alrededor. La señora le ofreció también un sombrero de paja tipo pava, que ella se puso sin pensarlo. Moviéndose con los mismos pasos exagerados, se perdió entre la gente y
de ella solo se veía el sombrero flotando sobre las demás cabezas.

Arrancó de nuevo la música, otro ritmo, otro canto, más contagioso que el anterior. Lope continuaba con sus vaivenes inter-
nos, exacerbados ahora con aquella nueva canción. La espesura
del ambiente y las reacciones de su cuerpo le hicieron olvidar
sus circunstancias. Se dio cuenta de que llevaba bastante rato sin
pensar en Patricia ni agobiarse por ella. El canto, los tambores, la
música, el entorno entero lo colocó en un presente puro que in-
fundió en él una especie de trance.

La música, ahora frenética, lanzaba a los danzantes en espi-
rales y acciones convulsas que los hacía chocar unos con otros.
A Lope aquel espectáculo le resultó a un mismo tiempo familiar y
exótico, familiar por el lugar donde ocurría, el *driveway* y la marquesina de una casa de cemento común y corriente como en la
que se crio, exótico por los ritos y la música, totalmente ajenos a
su pasado. Raro desfase sentirse a la vez lejos y cerca. Del fondo
de su memoria infantil regresaron las películas exóticas que veía

de niño en la tele, *Mogambo*, *Las Minas del Rey Salomón*, mezcladas con láminas del *National Geographic* que su papá recibía por correo. Esto y los poemas de Palés Matos eran todo lo que conocía de aquel mundo negro. Pese a ser oriundo del área sur, en el barrio negro de San Antón solamente había estado una vez para atender un asesinato, y en Loíza Aldea, allá en el norte, nunca.

La muchacha reapareció, todavía con su pava puesta, todavía andando como si saltara las vallas, todavía fumando el cigarro gigante, dando gritos extraños entre la nube de humo que levantaba. Comenzó a bailar frente a los tambores sin perder un compás, como si la música y ella fueran la misma materia. Los otros bailadores se apartaron para darle espacio a que hiciera sus movimientos de brazos y piernas tan poco humanos, sus saltos y contorsiones acompañados por gritos como de espanto, sin caérsele la pava de la cabeza o apagársele el cigarro pillado entre los dedos a veces, entre los dientes otras. Atraídos por la música y la emoción, los presentes se arremolinaban alrededor de ella, pero la proximidad con su baile frenético tocaba a algunos como por un fluido invisible de energía, haciéndoles caer en trance también y dar violentas sacudidas. El calor que brotaba de aquella masa apretada de cuerpos bailando al borde del delirio, sumado al calor de la noche, hizo que Lope sintiera que le faltaba el aire.

—Esto está bien *heavy* —le comentó Belinda al oído. Lope le respondió afirmando con la cabeza, incapaz de responderle con palabras, fija la mirada en el lugar de la acción. Las raras sensaciones eran ya malestar pleno, tipo preámbulo de pálida. Se sintió vulnerable, al borde del peligro, obligándose a realizar un gran esfuerzo mental para no caer en el malestar completo.

—Atenta a la casita. Adentro están los personajes. A ver cómo intervenimos aquí. Está complicado —le dijo a Belinda, dominándose.

La música, tan animada y armoniosa, cambió su ritmo a otra más rústica, burda, primitiva, con toques rápidos y toscos acompañados de sacudidas simples del chequeré y un tintín monótono de la guataca. Tras esta pequeña introducción musical, los músicos, al unísono, elevaron un canto oscuro, veloz, que le puso a Lope los pelos de punta.

> *Aaaabre la pueeerta nganga*
> *Que los perros ya llegaron*
> *Que los perros ya llegaron*
> *Que los perros ya llegaaaron.*

El público, con la muchacha a la cabeza, repetía las estrofas a un ritmo tan rápido que provocaba hiperventilación entre algunos, o al menos a Lope comenzó a provocársela. En medio del baile, la música y la posesión, en aquel ambiente de rareza amplificado por el calor y la quietud anterior a la tormenta, se escuchó dentro de la casucha una conmoción casi imposible de describir, combinación de grito desgarrador y monstruoso como de quien acaba de parir un súcubo, con sacudida de la casucha entera como si algo demasiado grande dentro de ella quisiera acomodarse. Se apagó la música. Los bailadores, poseídos, detuvieron sus vueltas y pararon sus brincos. La muchacha se acercó a la puerta e hizo mueca de acercar su oído para escuchar lo que adentro ocurría.

—Tranquilo, papá, tranquilo. No maltrate la materia, papá, no la maltrate —se escuchó una voz que Lope reconoció ser la de Pacho exhortando a quien fuera que hacía el maltrato a que desistiera. Se escuchó adentro el ruido de una cadena rodar por el suelo y el gruñido de animal más cercano al oso o al lobo que al perro.

Aquellos sonidos desencadenaron en Lope la tormenta de sensaciones extrañas, aumentándosele el ritmo cardiaco y el malestar general. Los chorros de sudor que le bajaban ya no eran por el calor.

—¿Qué te pasa? ¿Te sientes bien? —Belinda lo tomó por el brazo—. Estás verde.

—Me siento raro. Un poco mareado.

La música arrancó de nuevo. Otra vez el perro pedía entrada a la casucha, lo cual era contradictorio, escuchándose adentro la presencia de un gran perro. Todo volvió a la locura y al frenesí. Los bailadores regresaron a sus movimientos convulsos y la chica poseída, sin perder los atributos de su atuendo, se acopló otra vez al ritmo.

De súbito, un brazo del interior de la casucha, otra vez el brazo de Pacho, corrió la sábana que tapaba la entrada. Sacando ahora la cabeza por fuera, comenzó a escudriñar la concurrencia. Por alguna razón, Lope supo ahí y en ese momento que era a ellos a quienes buscaba su mirada. Algo allá adentro, uno de aquellos seres invisibles, debió alertarle de su presencia. Con un solo pase de la mirada dio con ellos, fijándola en Lope, cargada mitad odio, mitad sorpresa. Casi al unísono, como una bestia de un solo ojo, la concurrencia completa, incluida la chica poseída, se volteó hacia ellos. Dejando caer la sábana, el padrino desapareció de nuevo.

En la percepción de Lope, lo que ocurrió a continuación ocurrió de forma simultánea. Primero sintió como que temblaba la tierra. Adentro, el padrino gritaba comandos en su distorsionada lengua africana, y el lobo o perro o bestia que fuera que había adentro le respondía con potentes ladridos o gruñidos. La cadena que se escuchaba rodar creaba la imagen del animal intranquilo dando rondas. A la vez, todas las manifestaciones del malestar que venía sintiendo desde que llegó se le presentaron de una, haciéndole sentir que perdía el control de sus facultades, principalmente el habla, pues la lengua la tenía otra vez adormecida, y la movilidad, sintiendo los miembros densos como llenos de arena. Había gritos en varios lugares. La chica poseída se retiró de la entrada de la puerta con muestras de susto, mientras la mujer con el palo limpió de gente el espacio frente a la entrada de la casita.

La sábana volvió a retirarse y de adentro brotaron varias cosas a la vez. Salió corriendo una persona cuya descripción correspondía exactamente a la de Jockey, el mismo personaje que vieron adentro bailando con el chivo vivo en los hombros. A la vez, andando en cuatro patas, transformado en algo que Lope no pudo ni explicar ni concebir bien qué era, reconoció los rasgos huesudos y pronunciados de la cara de Luis Meléndez, pese a que la violencia y salvajismo de la posesión se la desfiguraban. Tomada por la mano del padrino, la gruesa cadena terminaba en el grueso collar de púas que llevaba Luis alrededor del cuello, a quien le chorreaba la saliva por los dientes.

En ese punto, Lope dejó de ver las cosas claras, tomado del todo por el malestar. Belinda, percatada de la situación, lo sostuvo por la axila, pero no logró evitar la embestida de aquel muchacho transformado en perro feroz, quien, obediente al comando del padrino y dando un aullido de espanto, cruzó a todo galope en cuatro patas a través de la gente y se le echó a Lope encima.

Lope se fue del aire. Apenas recordaba imágenes borrosas. Supo, por Belinda, que no perdió el conocimiento, pero estuvo ido, atontado, teniendo ella que sacarle de encima al chamaco con golpes repetidos en su cabeza con la culata de la Glock y casi arrastrarlo fuera de allí. Sin fuerza, sin voluntad, sin discernimiento, sangrando por la pantorrilla, con una turba de gente molesta alrededor de ellos habiéndole Belinda rajado la cabeza al poseído, llegaron hasta la acera. Por suerte, Ulises apareció en el lugar justo cuando caminaban hacia atrás por no darle la espalda a la muchedumbre belicosa que les daba persecución. Salvada la situación, lo llevaron al hospital, donde vino a recuperar el sentido de ubicación y de sí mismo cuando le suturaban las heridas que le dejó el mordisco. El dolor en la pantorrilla era insoportable, pero ahora suturado y anestesiado resultó llevadero. La espalda baja le latía también, como si el corazón se le hubiera mudado a esa región. En medio de la emergencia de asesinos y huracanes, se le complicaba hasta el andar.

En el hospital, la doctora se espantó con la herida. Aunque la mordida era obviamente de humano, la profundidad y la manera en que se espetaron los dientes del individuo, sobre todo los colmillos, semejaba demasiado la mordida de un perro. Las suturas principales fueron los puntos cogidos en cada hueco de colmillo, puesto que en el resto de la mordida no hubo desgarramiento profundo de piel. Aunque, por fortuna, el mordisco no llegó al músculo, toda la zona quedó resentida e hinchada.

—Nada, antibiótico por boca y no apoyar mucho la pierna son las recomendaciones cautelares —dijo la doctora al concluir su trabajo—. Y cero futbol o triple salto mortal —añadió, chisteando, sin saber que la situación de Lope no tenía de chiste ni un grano—. Y nada de riesgos innecesarios en medio de la tormenta —añadió luego—. Reposo, mucho reposo.

Reposo que tendrá que esperar un poco, se dijo Lope mientras la escuchaba.

Apenas salió de aquel estupor, de la nada, lo visitó en su oído interior, de manera insistente, una cancioncita que venía acompañada por un ritmo similar al de la música que escuchó aquella noche.

A la niña Zoila,
Se la llevaron anoche.
¡Se la llevaron de noche,
se la llevaron en coche!

La estrofa se repetía en su mente como un mantra inapelable. Lope pensó que debió ser una de las muchas canciones que escuchó allí. ¿De dónde más podía venirle? Aunque bloqueado el recuerdo de su origen, persistía molestosamente, incluso en medio de las circunstancias en que se hallaba.

—Estás de suerte —le dijo Belinda al verle más espabilado, con los ojos a atentos a lo que ocurría—. El babalawo puede atenderte y sacarte eso que tienes encima. Hay que hacerlo, Lope, hay que romper el vínculo con esa energía que te tiene trastornado. Mira nomás hasta dónde hemos llegado.

Lope aceptó con la cabeza. Ahora sí que hacía lo que fuera con tal de romper con lo que ya tenía poca duda que era el origen de su desgracia.

—Vas a tener que pagarle bien, eso sí. Está dejándolo todo, en estos momentos de huracán, para venir a atenderte.

Lope aceptó con el movimiento lento de los párpados.

—Patricia. ¿Cómo está Patricia?

—En sala de recuperación. Tu madre está con ella.

—¿Y Harry?

—Casi encima. Disminuyó su velocidad de traslación, así que tenemos como doce horas adicionales, pero aumentó fuerza de vientos. Afuera ya está el clima tempestuoso, pero sin lluvia. Mucha ventolera.

Y en ese instante lo aplastó el peso de las preocupaciones. Él allí en el hospital, semi sedado, su madre abajo con Patricia, la casa y los preparativos al garete. En su imaginación vio las varas de pesca volando como jabalinas, la lancha puesta de sombrero a los mangles, sus libros en el fondo de la bahía educando a la vida marina. Solo esperaba que Vicente, con quien no se comunicaba hacía días, hubiera tomado en serio lo que hablaron cuando la tormenta todavía era un embrión de nubes rebeldes en la costa africana.

Se la llevaron en coche,
se la llevaron anoche.

El sonsonete lo visitaba a cada rato, y también lo visitaba en su memoria el toque incesante de la llave inglesa contra la hoja de la azada, cuyo mero recuerdo le perturbaba el cerebro y causaba un leve desbalance.

—¿Cuándo viene el babalawo?

—Mañana en la mañana —le contestó Belinda al escape, casi loca porque le preguntara.

—¿Y Harry?

—Mañana en la noche.

Lope la miró sin verla.

—¿Trayectoria?

—Entrando por Arroyo y saliendo por Arecibo.

—Rajados por la mitad. Va a estar apretado.

Lope pensó en todo lo que debía hacer y para lo cual ya no había tiempo. No le quedó más que confiar ciegamente en que Vicente tendría las cosas bajo control en la casa.

—¿Y Ulises?

—Volvió a Comandancia. Tenía gestiones que realizar allá, me dijo. Parece que aquello allá es un caos, un corre corre de sellar puertas y ventanas y guardar documentos para que no se mojen.

Apoyado en una muleta, se trasladó con Belinda hasta al tercer piso donde se recuperaba Patricia de la cirugía. De camino indagó con ella sobre la cancioncita que tenía sembrada en la mente y si fue alguna de las que escucharon allí. Se la cantó varias veces como mejor pudo, imitando, dentro de sus capacidades, la melodía que la acompaña.

—No la recuerdo. Pero igual, con tanta loquera y tanta música rara que hubo allí, no la pasé por alto.

Ni modo. De alguna manera se le introdujo en el cerebro e insistía en manifestarse. Algo debía significar. Alguna razón debía tener para estar alojada tan insistentemente entre sus neuronas.

Al llegar a la sala de espera se toparon con la madre de Lope hablando con Genoveva. Lope se detuvo y las miró. Ellas lo miraron de regreso. Clavó la mirada en Genoveva y ella recibió el mensaje de sus pupilas, por lo que procedió a retirarse para que Lope hablara a solas con su madre, que ahora salió a su encuentro.

—Ay, nene, ¿qué te pasó en las piernas? ¿En qué líos estás metido?

La señora estaba agobiada y temblorosa, ciega, perdida en un laberinto, sin idea de lo que ocurría. Si Fermín no le había dicho nada a Nina, menos le contaría a su madre. Ella le pasó las manos por la cara, observándola como queriendo leer entre sus surcos la historia de su tragedia.

—¿Qué sabemos de la nena? —le preguntó Lope desconcertado.

—Todavía nada. No hace mucho que salió de anestesia. Todavía está sedada.

Miró la sala de espera, resignado a hacer de aquel lugar su residencia por los próximos días. Seguro permanecería allí durante la emergencia del huracán.

—¿Ya ustedes se prepararon? —indagó sobre los preparativos para el huracán.

—Sí, tu papá está en la casa clavando los paneles y colocando las tormenteras con la ayuda de Quique, el hijo de la vecina.

Le sonó el teléfono en el bolsillo. Ulises.

—¿Qué tal estás? —le preguntó sin mediar saludos.

—Mejor, aunque tengo la batata pulsándome.

—No es para menos. Si te llegas a ver. Estabas ido. Como si hubieras visto la muerte. Cuando llegué al sitio venía Belinda arrastrándote, aturdido como un manatí golpeado por una lancha. Ahí mismo los recogí, los monté en la patrulla y arrancamos. Me contó Belinda lo que pasó arriba. Esa gente sabe que estamos puestos para ellos y no se van a quedar cruzados de brazos, Lope. Ahora sí que sí.

Tenía razón Ulises, aunque la manera como lo dijo le dio a entender que sabía algo. Había que actuar con rapidez, con mayor rapidez que ellos. Pero con el huracán encima, no se le ocurría qué podía hacer a aquella hora.

—Adivina qué —continuó Ulises.

—¿Qué?

—Sin siquiera buscar al ratón, lo atrapé.

—¿A qué te refieres?

—¿Cuál tú dirías que es mi manía mayor? —Lope buscó en su mente y no tardó en dar con ella.

—No gustarte cagar en baños públicos ni casas ajenas.

—Me conoces bien. Pero siendo el caso que a menudo paso aquí tantas horas, ¿cómo resolví este dilema?

—Cagando en el bañito pequeño del quinto piso que queda al final del túnel de los archivos.

—Exactamente. Al que no va nadie. ¿Y adivina quién entró, obviamente buscando un lugar seguro donde hablar sin ser escuchado, justo cuando me proponía hacer mis descargas?

—No me digas. ¿Cruz?

—Nope. Ese es un arriero. Estoy hablando de la rata suprema.

—Marrón Ramero —no dudó en responder.

—Afirmativo —la emoción le tensó la piel de la cara.

—Explícate.

—Como me quedaban par de horas en Comandancia (ya me encargué de la oficina y de asegurar la ventanita), en medio del salpafuera que hay ahí, me entraron ganas de echar una criolla que no podía aguantarme hasta casa. Así que hice lo que hago en estos casos, subí al quinto piso. Acababa de bajarme los pantalones y sentarme en el trono cuando escuché la puerta abrirse. ¡Sea la madre!, pensé al principio, pasmada la caca, pero la manera de respirar del intruso me pareció familiar y al toque supe de quién se trataba. Apreté, trepé piernas al borde de la taza, por si tenía la previsión de mirar por debajo para corroborar su soledad, lo cual hizo, y agucé oído a la espera de una conversación que él no deseaba compartir con nadie.

—«Habla ahora», dijo, mientras yo escuchaba los gritos que alguien le daba por el teléfono. «Cálmate, cálmate», le decía. «No sé nada de lo que me estás diciendo. Eso no fue ningún operativo policial. Fue un operativo propio de él. ¡Cabrón, casi le matas la hija! El tipo anda suelto buscándote, eso es todo. Cabrón, aquí hay tanto caos como en la calle. Lo primero es sobrevivir lo que nos viene encima y después bregamos con el resto. Amárrate tú y clávate en tu casa». Eso le dijo, a lo que el tipo le respondió con más gritos. Después de un rato, Marrón le dijo que lo que le pedía estaba fuera de su alcance, pero que podía echarte sucio, a ti, Lope, de otros asuntos. Pero Ramero le explicó que eso le iba a salir más caro, que su trabajo no era liquidar a los mismos suyos. Al parecer, con quien hablaba estuvo de acuerdo. Quedaron en encontrarse en el *parking* del centro comercial de Yauco hoy a las dos de la madrugada. Allí estaré para filmarlo todo, llueva, truene, relampaguee o soplen vientos de tormenta. Papi, te quieren liquidar. A ti. ¡Marrón mismo!

Y de nuevo el sonsonete visitándole el cerebro.

A la niña Zoila se la llevaron anoche.
Se la llevaron de noche,
se la llevaron en coche.

25

Belinda lo recogió temprano en el hospital y lo llevó a su casa. Pasó la noche en la sala de espera de los pacientes en cuidados intensivos, donde se encontraba Patricia en recuperación, y despertó en la mañana con el cuerpo hecho un saco de dolamas, sobre todo la pantorrilla afectada y su calvario de la espalda. Patricia seguía intubada y sedada, por lo que apenas pudo verla a través de los vidrios antes de que el corazón se le encogiera demasiado y lo obligara a abandonar el lugar. Llegó a su casa sintiéndose casi enfermo, hecho un manojo de nervios, incapaz de concentrarse en otra cosa que la situación de su hija. No obstante, pese a que la recuperación de ella era el objetivo principal de su vida, a partir de ayer por la tarde garantizarla requería atender ciertas situaciones urgentes de seguridad propia.

El nuevo día no borró de su mente el sonsonete de la niña Zoila que se llevaron de noche en un coche. Seguía ahí en sus pensamientos, persistente, ingresando en ellos tortuosamente cada cierto número de minutos. Volvió a preguntarle a Belinda si fue parte del repertorio que escucharon durante la ceremonia, tarareándola de nuevo sin que Belinda la reconociera.

Al llegar a su casa con Belinda y ver Lope el estado avanzado de los preparativos para recibir la tormenta respiró con ese alivio que se siente como un sobo de cuerpo entero. Era una dicha contar con gente capaz, que lo quería y respetaba, se dijo Lope pensando en Vicente, cuya inteligencia natural le permitía hacer las cosas bien de una.

Arrancando, Lope no pudo explicarse cómo hizo lo que hasta entonces llevaba hecho. Debió contar con la ayuda de algún primo o sobrino. Básicamente tiró tres líneas de tensores de alambre grueso sobre el techo a dos aguas de la casa y dos líneas adicionales perpendiculares a las primeras, creando sobre las planchas de cinc una cuadrícula de alambres que hacía difícil que el viento las zafara o arrancara el techo entero. Los cables estaban atados a argollas de acero que Vicente taladró en el asfalto alrededor de la casa, no sabía Lope cómo ni cuándo. El cuartito de cemento debajo de la casa, con todo el equipo de pesca, las varas carísimas, los carretes que valían un ojo de la cara, los anzuelos hechos a mano durante horas de empeño, las millas de líneas, todo el atuendo de pesca y hasta el motor de la lancha, estaba completamente sellado, con plástico en la junta de toda la puerta y bolsas de arena entremedio tapando la entrada. Y, para colmo de adelantos, boca abajo sobre la plazoleta de cemento del costado lateral de la casa, Vicente ató el casco de la lancha también con tensores.

Mientras observaba aquellos preparativos, que para él eran un prodigio y a la vez un milagro, Lope respiró con la certeza de que podía quitarse de encima muchas preocupaciones que hasta ahora lo paralizaban. Al subir a la casa se encontró a Vicente, solo, clavando unos paneles de madera sobre las ventanas del balcón. Lope miró alrededor con curiosidad y lo confirmó, solo haciéndolo todo. Tan pronto lo vio entrar dejó de martillear y se le acercó con paso rápido, no para darle la mano a Lope sino para abrazarlo.

—Me enteré de Patricia. Yo también estoy destruido, Lope. Y no por ti solamente, también por mí, que tú sabes cómo Patricia es conmigo.

Mientras lo apretaba con fuerza, poniendo su frente sobre su hombro, Lope tuvo que suprimir el llanto. Ahora parecía él quien consolara a Vicente.

—Gracias, hermano mío. Yo sé cómo ustedes son de juntilla. No me lo recuerdes, que me descojono aquí mismo y tengo que hacer, tengo que hacer… —se le despegó Vicente, quien se pasó la mano por la cara y se recompuso—. Salió de sala de operaciones hace poco —continuó Lope—, así que todavía no sabemos cómo responderá. Estoy aterrado, Vicente, créeme, pero hay que estar positivo de que va a salir bien de esta.

Le temblaba el pecho mientras lo decía.

Se miraron con la complicidad que solo comparten los grandes amigos. Ni amantes ni familiares generan esa mirada. No hubo necesidad de más detalles. Había que atender otros asuntos de inmediato.

—Buen día, Vicente —dijo Belinda que subió detrás de Lope.

—Buen día, hasta que dure —le contestó mirando las nubes del cielo sobre la bahía que se movían como manadas de paquidermos que huyeran de un fuego en la pradera. Vicente miró ahora las muletas de Lope.

—Después te cuento —lo despachó, no habiendo realmente tiempo para ese relato en aquel momento—. Veo que adelantaste bastante con los preparativos que hablamos. ¿Cómo está tu casa? ¿Quién te ayudó aquí?

—Mi casa está lista antes que esta. Lo de aquí lo hice yo solo en un ratito. Chin-chin-chin, chan-chan-chan, con paciencia y saliva el elefante se lo metió a la hormiga.

—¿Y cómo tiraste los tensores por encima del techo?

—Amarrados a una piedra.

—¿A una piedra? —y miró sus brazos enclenques, imaginando el tamaño de la piedra necesaria para arrastrar aquel cable por los aires, reconociendo en el acto que el pudor le impedía decirle que alguien le echó la mano con aquello, por aquello de que no pensara que debió ser él quien se la echara.

Lo miró más que con sorpresa, con respeto. Vicente ya le había demostrado antes una capacidad descomunal para solucionar y hacer cosas, pero nada le preparó para comprender que él mismo era una fuerza de la naturaleza. O poseía facultades de telekinesis para mover objetos mediante energías magnéticas que brotaban de él, o sencillamente era un iluminado para quien la materia no tenía sustancia. Pensó en Pipo y en su rol en la construcción de las pirámides de Egipto. También él reclamaba que los ingenieros egipcios a cargo de aquella obra movían las piedras gigantes con magnetismo.

—¿A qué hora es que nos azota el animal? ¿Qué es? ¿Categoría 4? —preguntó Lope, por primera vez ajeno a los detalles de una tormenta, dadas las circunstancias que le habían tocado vivir en las pasadas horas.

—Categoría 4, sí. Dicen que a las seis es que empieza la cosa, pero a juzgar por los rabojuncos —Vicente apuntó hacia los pájaros negros de cola bifurcada y alas aerodinámicas, también llamados tijerillas, que surcaban los cielos—, súmale seis horas más. Esto es un fenómeno de medianoche, si acaso.

Si acaso dijo, como si dudara de que el ciclón los fuera a afectar tal y cual se pronosticaba. Rabojunco en tierra, tormenta en la mar, recordó el refrán pescador que había escuchado a Vicente mismo repetir mil veces.

—Vicente —le dijo, cambiando el tema—, por ahí vienen unos santeros a hacer unas ceremonias. No quiero que me juzgues ni me tomes por loco. Son cosas que tengo que hacer para salvar a Patricia, y quizás para salvarme a mí mismo. Así que te voy a pedir la mayor discreción del mundo.

—No te ocupes de mí, Lope, que yo nunca juzgo, y a los amigos menos. Usted haga lo suyo, que yo me encargo de dejar esto aquí listo para enfrentar lo peor. Además, yo también tengo mis cositas que atiendo en casa.

Cositas que atiende dijo, queriendo decir, imaginó Lope, que hace rituales o tiene altares para sus seres, revelación que le sorprendió por no haberle dado nunca Vicente la menor señal de conexión espiritual alguna. Ni modo, se dijo, confirmando que, en el campo de las creencias, en aquel país, quien no raspaba, guayaba.

Terminando de clavar las planchas de madera, Vicente bajó y no lo vieron más aquella mañana.

El babalawo y su ahijado llegaron poco después, él vestido con una especie de pijama de colores muy vistosa que luego resultó ser un traje tradicional africano, su ahijado todo de blanco, ambos ataviados con la pulserita y collar verde y amarillo habituales. El ahijado resultó ser un hombre joven, en sus treinta, alto, delgado, oscuro de piel, tímido y reverencioso, con unos espejuelos redondos que le daban cierto aire de intelectual. Tras los saludos iniciales, Lope les agradeció efusivamente a ambos por venir, sobre todo con un huracán encima.

—Ni lo mencione, teniente. Mi mujer ya tiene todo listo. Y mi ahijado también lo dejó todo listo anoche para poder estar aquí conmigo hoy. Como verá, para nosotros Ifá tiene prioridad siempre. Además, el mismo Ifá nos advirtió que este huracán será como tantos otros: nos rozará, pero no nos azotará. Será más susto que tragedia —aquellas palabras, misteriosamente, reconfortaron a Lope, y en un fogonazo de la imaginación vio su casa y todo su equipo de pesca salvado de aquella catástrofe que todos, menos el oráculo, vaticinaban que los destruiría.

—Joel James, mi ahijado, conoce al teniente Laguna —los presentó formalmente el babalawo. Estrecharon manos con firmeza mirándose con simpatía—. A él es a quien vamos a hacer el *ebbó* —le dijo a Joel, y luego a Lope—: Joel es recién iniciado en Ifá. Babalawo en adiestramiento, en capacitación, como le llaman ahora. Es el más reciente de mis ahijados en Ifá. ¿Hace cuánto ya? ¿Dos años, Joel? —Joel confirmó efusivamente con la cabeza y, sin decir más, puso manos a la obra.

Y manos a la obra fue requerirle a Lope, primero, un lugar en el suelo donde ubicarse. Los llevó a la sala donde hizo espacio en un rincón contra la pared. Allí el joven colocó una estera de paja que trajo enrollada debajo del brazo, sobre la cual puso una bandeja redonda de madera que trajo debajo del otro brazo, de bordes tallados con figuras de caras y animales y centro plano y liso. De un vistoso bulto tipo cartera que traía en bandoleras, adornado con cuentas de colores con otras figuras entre las que

Lope reconoció camaleones y pájaros, sacó lo que al principio parecía un chino de río, que resultó ser una pequeña carita en forma de piedra hecha de cemento, con ojos, nariz, boca y oídos de caracoles y una plumita roja saliéndole del centro de lo que sería la cabeza. Del mismo bulto sacó luego una especie de paquete pequeño hecho de papel de estraza que, al abrirlo y desplegarlo, mostró su contenido de gran variedad de cosas, entre ellas una hoja grande y verde forrando el fondo, un pedazo de pan sobre esta junto a otras sustancias encima del pan, entre las que Lope reconoció granos de maíz tostado, polvos marrones y verdes, cuentas de muchos colores, caracoles y otros materiales adicionales todos mezclados. Había también en el paquete tiras de tela negra y roja y un muñequito de trapo. Mirando una libretita que llevaba en la mano, Joel cotejó tenerlo todo. Con mucho formalismo, le pidió a Lope una pieza de ropa usada que estuviera dispuesto a perder. Lope le entregó una media sucia que sacó de la canasta y que Joel colocó dentro del paquete junto con las demás cosas. Luego, con un hilo que también sacó del bulto, le midió la estatura como un sastre, cortó el hilo, lo enrolló y echó en el paquete. Con otro pedazo del mismo hilo le midió la circunferencia de la cabeza y lo echó en el paquete. Añadió una trampa de ratón, un cuchillo en miniatura, una flecha en miniatura y un arco con flecha en miniatura, todo lo cual extrajo del bulto milagroso. Cerró el papel de estraza formando de nuevo el paquete, colocándolo frente a la bandeja redonda. Cuestionado sobre todos esos elementos, el joven babalawo le indicó que cada uno tenía un valor simbólico, esotérico, queriéndole decir que, dentro del paquete, significaban algo que no significaban fuera.

Cubrió la superficie lisa de la bandeja con un polvito amarillo muy fino casi talco sobre el cual con el dedo del corazón trazó una cruz. Sobre la cruz colocó el paquete.

Al escuchar el sonido y ver moverse el bulto, Lope quedó boquiabierto cuando, acto seguido, sacó de adentro agarrado por las patas un hermoso gallo de plumaje casi todo rojo que daba grandes gritos y aleteos. Aquello era ya mucho con demasiado, y Lope pensó que igual podía sacar de allí una salamandra o un tigre. Tras arrancarle diestramente plumas de distintas partes, (cabeza, pecho, alas, patas), tocar a Lope con ellas en las partes correspondientes (cabeza, pecho, manos, pies) y echarlas dentro del paquete, susurró al oído del gallo algún tipo de encantamiento que lo hizo caer en trance, colocándolo suavemente sobre la estera al lado de la bandeja donde permaneció acostado con los ojos abiertos sin aletear ni moverse en lo más mínimo durante más de una hora. Lope quedó asombrado con aquello. En efecto, no se movía. Finalmente, sacó del bulto los demás elementos del ritual, que colocó alrededor de la bandeja, colocó la cabecita de piedra o cemento junto a la puerta de entrada.

—Ya está todo listo —le indicó el joven babalawo al babalawo mayor, quien se mantuvo en la terraza conversando con Belinda, presumió Lope que de los eventos de la noche. La seriedad y meticulosidad de Joel le demostraron su compromiso y compenetración con aquella práctica.

—Usted, mi hermano, pasó por cosas que pocas personas han pasado, visto y vuelto para contarlas —le dijo Damián mirándole cojear mientras se les acercaba—. Esa gente está totalmente al garete. Qué bueno que Joel está con nosotros, porque él puede explicarle mejor lo que son estos fenómenos. Joel fue *tata nkisi malongo* antes de ser babalawo. De él es de quien le hablé. Lo poco que sé de palo lo sé por él.

El mismo muchacho que Lope hace unos segundos dio por recatado, estudioso, nuevo en estas lides, resultó venir directo de los calderos. Lo miró ahora con una nueva óptica, admirado por la manera tan misteriosa como las apariencias engañaban.

—Pero antes de hablar de esos temas, procedamos con el *ebbó* para salir de eso y poder regresar para San Juan lo antes posible —añadió el babalawo mientras se dirigió al rincón donde yacía el gallo inmóvil junto a los demás materiales del ritual que se iba a realizar. Mirándolo desde arriba primero como cotejando en su mente que estuviesen todos los elementos presentes, procedió a arrodillarse frente a la bandeja, tocando el borde superior con su frente y besándola, sentándose luego en la estera del lado opuesto, con la espalda contra la pared y la bandeja entre las piernas. Tras pedirle que besara también el borde de la bandeja que él llamaba tablero, Lope se sentó en una silla frente a él.

Lo próximo fue un ritual muy complejo que duró poco más de una hora, de un nivel de abstracción y extrañeza del cual apenas le quedaron a Lope rastros en su memoria. Si la mecánica de la consulta le pareció extraña, la de aquel ritual era sencillamente indescifrable. Consistía mayormente del babalawo hacer infinidad de marcas con los dedos sobre el polvito amarillo dejándolo como si le hubiera cruzado por encima una jauría de cachorros, y luego de hacer girar circularmente el paquete sobre el polvito del tablero mientras cantaba y rezaba en su lengua africana, pasándoselo a Lope periódicamente por la frente y por las palmas de las manos. Durante el tiempo que duró el ritual apenas lo escuchó decir palabra alguna en español. Al gallo poseído, en un momento dado, le sacó plumas como en la primera ocasión, esta vez para echarlas encima de la bandeja en una parte compleja del ritual. Al final, el babalawo se le acercó al gallo, que permaneció entre dormido e hipnotizado, y diciéndole algo al oído salió de súbito del trance e intentó fugarse, pero ya estaba atrapado entre sus manos. Yendo con él hasta la puerta de entrada y cantando en su lengua, con un cuchillo largo que le proveyó su ahijado lo sacrificó sobre la piedrita en forma de cara que luego supo Lope representaba al *orisha Eshu* o *Elegbá*, el cual quedó totalmente cubierto de sangre. Muerto y decapitado el gallo, echado sobre la sangre un chorro de un líquido anaranjado y otro chorro de miel, soplado con ímpetu sobre el dios un buche de ron, Joel lo cubrió con las plumas que le arrancó al cuerpo ya sin vida y sin cabeza del gallo.

—Dios no es —respondió el babalawo a su pregunta de que cuál dios era aquel—. Dios es uno y se llama Oloddumare. Eshu es un *orisha*, un espíritu superior, una obra de Dios que funciona como intermediario entre la Naturaleza y Él. Eshu es el mensajero de Oloddumare, quien da cuenta de los sacrificios y acciones que realizan en la Tierra los humanos para triunfar en sus destinos.

El ritual terminó con el babalawo utilizando la cadena para preguntarle al oráculo si el ritual fue hecho satisfactoriamente, y si su resultado estaba garantizado, a lo cual respondió positivamente en ambas ocasiones. El paquete, transformado ahora en una especie de sorullo gigante, se le entregó a Lope para que lo tirara desde el balcón hacia el mar frente a su casa. Al regresar de la encomienda, no sabía si por sugestión o por realidad, sintió un extraño alivio, la herida de la pierna le dolía menos y hasta la espalda descomprimió. Pudo incluso apoyar la pierna sin muletas.

—El *ebbó* surtió efecto. Usted y los suyos han sido liberados de ese espíritu encadenado que le echaron detrás para matarlo. Y créame que contra un espíritu de esa índole no hay runa, ni baraja, ni cuarzo, ni agua florida que valga. Eso solo lo rompe un tablero de Ifá, o algún otro *tata* con conocimiento —explicó el babalawo.

—Sí, el perro de prenda, que fue lo que le echaron detrás, es un espíritu controlado por un *ngangulero* para hacerle daño a una persona, ya sea físicamente, o mentalmente, desquiciándolo. El palero que se lo hizo sabe lo que hace. Ese lo quiere ver a usted en el valle de los acostados —añadió Joel a la explicación.

—¿Pero qué espíritu exactamente? No entiendo.

—Eso depende —continuó Joel, quien era el perito en el tema—. Por lo común son espíritus de personas que en vida padecieron discapacidades mentales o deficiencias cognitivas severas, es decir, fáciles de manipular, y también agresivos. El tata o *ngangulero* que monta un perro de prenda, además de la carga kármica que eso implica para él, tiene que saber cómo controlarlo, pues puede acabar matándolo a él y a su familia. En realidad, es como tener un perro bravo amarrado con una cadena. O más que un perro, un lobo bravo, una hiena. A esa hiena hay que atenderla, y alimentarla, para mantenerla fiel a ti y a tus órdenes. Y si tienes un *montador* del perro, entonces sí que la cosa puede ser más peligrosa, como usted mismo pudo ver.

—Montador se refiere, imagino, al que se posee por el espíritu —indagó Lope.

—Sí. El tipo que le mordió a usted la pierna.

Poco a poco comenzaba a entender aquel lenguaje.

—Y esos espíritus, ¿cómo los capturan?

—Los *levantan* del cementerio. Hacen estudios bien detallados de la vida de algún fallecido, y mediante procedimientos que solo conocen los *nganguleros*, capturan a ese espíritu para que camine con ellos y sea su esclavo. Eso aquí en Puerto Rico se hace, pero poco. Hay que ser un tata muy conocedor. Para mí que ese perro de prenda el tata lo consiguió cruzando frontera.

—¿Cruzando frontera?

—Sí, cruzando la frontera entre República Dominicana y Haití. Ese muerto seguro lo levantaron en Haití.

—¿Y por qué en Haití?

—Porque en Haití sí te garantizan un perro de prenda bien levantado.

A Lope le sorprendió la complejidad de aquellos procesos, y agradeció de lo que se había librado.

—¿Y qué hacen con ese muerto?

—Lo acoplan en una prenda que llaman *prenda judía*, es decir, un caldero que entierran en algún lugar del monte que solo ellos conocen, a donde acuden de cuando en vez y de vez en cuando para alimentarla.

—¿Alimentarla? —preguntó Belinda, siguiendo de cerca la conversación.

—Sí, mayormente le ofrecen gato negro, pero en otros tiempos le daban cosas peores.

—¿Peores? —continuó ella el interrogatorio.

—Pues imagínese usted qué puede ser peor que un gato o un perro… —dijo Joel sin intención de abundar en los detalles.

—Quiero que entiendan algo —intervino el babalawo—, y corrígeme, Joel, si me equivoco. No vayan a creer que la *regla conga*, como se le llama a esta religión, es una religión para el mal. Por el contrario, la gente seria, que son la mayoría, la utiliza correctamente para su bienestar o el bienestar ajeno. Ninguna de esa gente anda montando perros de prenda porque sí. Créanme. Ninguna.

—Totalmente cierto —afirmó Joel, sintiéndose aludido por las palabras de su padrino.

—¿Y qué le hizo cambiar de religión? —dirigió Lope su pregunta hacia el joven.

—De religión no, en todo caso de regla, como decimos nosotros. Pasé de la *regla conga* a la *regla de osha*, y luego a la *regla de Ifá*. Como verá, es una escala ascendente del conocimiento —Lope no lo veía, pero no dijo nada—. Sin embargo, a pesar de haberse fundido en muchos lugares, los contenidos místicos del palo monte y la santería son muy distintos. En la santería, los códigos de deberes de los iniciados se ritualizan a través de su fe, lo cual implica que las cosas se resuelvan en lo cotidiano de la vida, sin grandes traumas. No sé si me explico. La *regla conga* o *palo monte* es más pragmática, más materialista, digamos. La fe en el palo se tiene, pero se tiene cuando se necesita, en cambio, en la santería la fe está presente siempre. Quizás esta explicación sea muy enredada, o muy simple.

La voz de Joel le brindó calma a Lope, confianza, a medida que comenzaba a comprender a través de él, un practicante, los fundamentos filosóficos de aquellas creencias.

—Sigo sin entender qué le motivó a abandonar la fe del *palo monte* para adoptar la de acá —repitió Lope aquella pregunta que obviamente lo corroía.

—Precisamente lo que le explico. El tipo de fe y de relación con Dios que ofrece la santería es más profunda y trascendente. Verá, la *regla conga* es una religión de pelea entre hombres, guiados por un *nfumbi* o muerto, apoyado por *mpungos* o espíritus de la naturaleza, y todo con el permiso de *Inzambi*, el dios supremo. Es una religión básicamente creada por las necesidades de supervivencia que impuso la esclavitud en Cuba —aquella ráfaga de nombres lo aturdió, pero reconoció el nombre de Inzambi de la conversación previa con el babalawo, y también el de *mpungos*.

—Inzambi es su dios, ¿verdad? —preguntó Belinda.

—Inzambi es el nombre que dan a su Dios, sí, a su manifestación del todo. Ni una hoja se mueve en un árbol sin que Inzambi lo apruebe —contestó el joven, primero dirigiéndose a ella y después a ambos—. *Mpungos* son manifestaciones divinizadas de Inzambi en la naturaleza, y el *nfumbi* o muerto con el cual se pacta y que vive dentro de la *nganga* o prenda, compone su centro místico.

Al momento le vino a Lope la imagen del cráneo humano que observó el primer día en el fondo de uno de los calderos y que luego desapareció cuando se hizo el posterior allanamiento.

—¿Pactar con el muerto usted dice? —Lope tenía en la mente la idea popular de que meramente se iba al cementerio y se robaban los huesos.

—Sí, pactar. Con el *nfumbi* se pacta. El muerto no es algo que sencillamente se toma y se lleva como un mango de un árbol o un caracol de la playa. Recuerde que, aunque acabada, una vida humana vivida permanece, tiene atributos y propiedades, pues nada de lo ya ocurrido puede restársele a lo existente. Deben ustedes entender un concepto básico: el muerto sigue siendo, en la muerte, algo equivalente de lo que fue en vida, porque, desde su muerte, el *nfumbi* es vivo, tan vivo como el propio palero que lo procura e invita, y hasta más que el palero, en tanto que tiene igual la experiencia de la vida como la de la muerte. Y esto es así, y este pacto es uno real y verdadero, porque ambos, palero y *nfumbi*, son concreciones vivas de Inzambi. Y el pacto es posible porque el muerto, estando ya en Inzambi, pretende continuar siendo en vida, donde no se encuentra ya, mientras que el palero pretende lo mismo, pero en la muerte, donde no se encuentra todavía. No sé si me explico…

—¿Y por qué la necesidad de hacer este pacto para vivir bien la vida? —preguntó Belinda, compartiendo las dudas de Lope.

—Debemos tener claro que esta religión, y también la santería, nos llegan a nosotros desde Cuba. Fueron las respuestas de los africanos traídos como esclavos a un sistema que los deshumanizaba. El pacto fue el medio de salvación del esclavo para obtener su validación como ser humano mediante el acercamiento permanente a un muerto, que representa la muerte y que es propiamente la muerte. Quiero decir que ese *nfumbi* representa a todos los muertos, y así, sustituye la referencia perdida de los ancestros abandonados en África. Se establece una especie de relación simbiótica de mutua correspondencia entre el tata y el *nfumbi* que quizás podamos reducir a estas dos frases: vivir no es más que darse en la muerte, y morir no es más que darse en la vida.

Joel era un joven anciano, o al menos la profundidad de su pensamiento era de gente mayor, y dejó a Lope y a Belinda aturdidos. Todo aquello, no obstante, les picó la curiosidad, pareciéndole el momento adecuado para aclarar algunas dudas y comprender mejor aquellos fenómenos espirituales en los que se veía involucrado.

—¿Y cómo ocurre el pacto? ¿Dónde ocurre? —preguntó.

—El cómo no puedo decirle. Eso pertenece a los misterios y conocimientos esotéricos del tata. El dónde es sencillo: en la *nganga* ocurre el pacto, en la prenda, en los calderos que usted ya conoce. En el centro del fondo de la *nganga*, es decir, en el centro del fondo del Universo, ocurre esa disyuntiva inaplazable en que se vio Inzambi instantes antes de crear todo lo existente: necesitar del otro para ser en sí; ejercer su libertad para no dejar de ser en su existencia. Cuando el palero crea una prenda está participando de ese momento de la soledad de Inzambi, el único límite de su propio poder. En ese momento, profundamente adentrado en los misterios de la regla conga, el tata se encuentra en posición de extraer lo trascendental de lo trivial, hacer visible lo invisible oculto en lo visible común y habitual de todos los días.

El clima parecía corresponder con la oscuridad y complejidad del tema, porque mientras hablaban afuera comenzaron a soplar ráfagas cada vez más intensas, el sol quedó tapado por nubes gruesas y prietas que surcaban el cielo a gran velocidad sin todavía sudar su carga y un olor a tierra húmeda les inundó las fosas nasales. Aunque era frecuente que horas antes de la llegada del fenómeno hubiera sol radiante y hasta clima seco, caluroso y sin viento, ya esa parte seca previa de la tormenta parecía pasar y aproximarse la mojada. Afuera, los mangles crujían con las ráfagas, y si ese crujir era con ráfagas, cuando llegaran los vientos huracanados quedaría todo destrozado. A pesar de los vaticinios del oráculo de que sería otro más de tantos que rozaban la isla sin impactarla, había que prepararse para lo peor, pues hasta donde alcanzaba el conocimiento de Lope, los pronósticos meteorológicos andaban más certeros que los vaticinios oraculares. A pesar de las condiciones climáticas, y de que el babalawo y su ahijado Joel debían partir hacia San Juan cuanto antes, quedaban asuntos por saberse.

—Volviendo a lo malo, a la llamada prenda judía. Dijo que le sacrifican gatos y perros y otras cosas peores. Me quedé pensando en eso.

—Pues piense un poco más —le indicó el babalawo. Era evidente la contestación.

Lope miró a Belinda con genuino espanto, y ella a él comprendiendo sus pensamientos.

—No que esto sea una práctica común. No quiero que me malinterprete. Pero se ha conocido de gente totalmente desquiciada, de paleros verdaderamente desajustados, que dicen haberlo hecho. Por supuesto, es una práctica opuesta a nuestra religión, pero hay algunos tatas que se piensan por encima de los designios de Inzambi, justificándolo con que se ha hecho en el pasado. De hecho, en la tradición de palo congo se conoce una canción que narra la última vez que tal cosa se hizo en Cuba, durante el siglo XIX, en una hacienda llamada La Adelaida. La canción cuenta que allí le ofrecieron a una *nganga* a una tal niña Zoila.

La mención del nombre dejó a Lope sin aliento. Se le fue la sangre de la cara. Belinda lo miró con genuino terror en los ojos. La pierna comenzó a latirle fuertemente. Mareado, se recostó contra la baranda del balcón.

—¡No puede ser! —dijo Belinda, retorcida la expresión de su rostro.

—¿Qué pasa? —preguntó el babalawo, mirándola primero a ella que se quedó como congelada en mitad de un cálculo mental, y luego a Lope que estaba más jincho que un muerto.

—¿Y cómo es que va esa canción? —apenas logró Lope formular aquella pregunta, descompuesto como estaba, temblando con lo que ya temió ser la respuesta.

Joel lo miró ahora con cara de preocupación, o quizás de reconocimiento, entendiendo quizás el terror que lo poseía en aquel momento.

—*A la niña Zoila se la llevaron anoche,*
se la llevaron en coche,
se la llevaron de noche…

Volteándose hacia el mangle, incapaz de digerir aquellas palabras cantadas, Lope expulsó por la boca los líquidos que contenía su estómago. Todos lo miraron con cierto espanto, Joel, sobre todo.

—Ahí lo expulsaste por fin —le dijo Damián a Lope, a quien el malestar no le permitió contestar el teléfono que comenzó a sonarle en el bolsillo. Luego fue a Belinda que le sonó. Ella sí contestó.

—Teniente, es Ulises —le dijo Belinda con la cara totalmente descompuesta—. Se ha emitido una alerta Ámber. Acaban de secuestrar a una bebé en Yauco. ¿Adivina dónde?

—Caserío Las Hortensias —dijo Lope limpiándose la boca.

—Sí.

—¿La nena de la Flaca?

—Sí.

—¿El padrino?

Movió la cabeza, afirmando.

26

En la patrulla, a toda velocidad camino a casa de Pacho, atravesando carreteras casi vacías, estando la población entera bajo techo a la espera del embate del Harry, llamó a Carmiña.

—Teniente, ¡qué bueno que llama!

—¿Dónde se encuentra?

—Estoy aquí en la casa de mi hermana con mi sobrina. Me tuve que venir para acá por lo del huracán. Me sacaron del hotel. Aquí están pasando cosas bien raras.

—¿Raras en qué sentido?

—El papá de Lucimar, que no puede verme ni en pintura, de quien no sabíamos porque no le contestaba el teléfono ni a su hija, apareció horita por aquí con grupo de gente, me imagino que sus ahijados. Algo se traen porque cuando me vio ni se inmutó, limitándose a gritarnos que nos metiéramos en la casa. Subieron por ahí y se adentraron en el monte. No los hemos visto más. Lucy dice que deben estar en la cueva donde su papá tiene la prenda judía, que no me pregunte qué demonios es, pero algo del demonio sin duda tiene.

—Estamos de camino. Pendientes.

Ulises apenas se había apeado de la patrulla cuando Belinda frenó frente a los portones de la casa de Pacho. El babalawo y su ahijado Joel, estimando que la situación era crítica y tal vez requiriera la intervención de ellos, dado que estaban bregando con alguien desquiciado y delirando con la religión, insistieron en seguirlos en su carro. No hubo forma de disuadirlos. Llegaron justo detrás de ellos.

—Seguro que el mismo perro de prenda es que lo tiene así —opinó Joel sobre el delirio del palero—. Esos espíritus tienden hacia la locura, y trastornan a los tatas. Por cosas como estas fue que entré en Ifá. A la larga, aun bien llevado, el palo es el reino de la miseria, y ese muerto, por malo que sea, también quiere luz para llegar a Inzambi, mientras que el tata lo mantiene atado a la vida, lo cual odia, por haber sufrido tanto en ella.

El clima estaba ya tempestuoso, con ráfagas violentas y nubes oscuras surcando el cielo a velocidad, pero todavía sin lluvia. De repente caía alguna llovizna, pero no lo suficiente para mojar el suelo. Lo que se dice llover, todavía no. Según el informe, el huracán era compacto e intenso, con poco campo de lluvia antes y después, pero mucho viento. Lope miró su pierna y se pasó la mano por la batata afectada. Entre el antibiótico y el segundo cuartito de Perco al que tuvo que recurrir antes de emprender aquella aventura, apenas le dolía. Torciendo la cintura corroboró que tampoco la espalda se sentía afectada.

Ulises dio las primeras voces, y Carmiña y Lucimar aparecieron de inmediato en lo alto del *driveway*. La niña bajó hasta el portón para abrirlo, pero no hubo necesidad porque los últimos en pasar lo hicieron con tal prisa que se llevaron el candado consigo.

Estando Ulises ya allí, y anticipando lo que se encontrarían, Lope le pidió a Belinda que pasara por el hospital y cotejara la situación de Patricia antes de irse para su casa, a su mujer, que seguro la esperaba.

—¿Cómo es? —le preguntó, totalmente contrariada, abriéndole los ojos como dos platos y contrayendo la boca de forma que supiera que su mujer ya no la esperaba tanto como él creía.

—No podemos bajar la guardia con Patricia, y aunque ella no es testigo de nada, nunca se sabe cómo puedan actuar estos desalmados.

—Le puse dos agentes para vigilarla.

—Sí, pero ya viste lo que le hicieron al testigo estrella, con todo y vigilancia en el hospital.

—Estás buscando excusas para sacarme.

Belinda puso cara de tranca inapelable.

—No son excusas, chica. Además, tienes que ir donde tu esposa, que seguro te espera —le repitió lo de su mujer para hacerle hincapié en el asunto y también para sacarla de la verdad, la verdad siendo que no quería implicarla en aquel asunto.

—Hablé con ella. Tiene todo bajo control. Llegaré allí cuando tenga que llegar.

—Como te digo, es mi decisión. Tú te quedas, Ulises va conmigo. De todos modos, no quiero que te expongas más. Ya lo de anoche estuvo bastante cabrón.

—¿En serio? —dijo, alejándose de él un poco para mirarlo de cuerpo completo.

—Belin, por fa, no me lo pongas difícil. No sabemos en qué pueda acabar esto. Allá adentro se trama algo bastante macabro. Contigo seríamos una comitiva. Además, tenemos un huracán encima. Y tampoco quiero comprometerte, tú sabes…

—¿Comprometerme con qué? —la constitución molecular de la cara de Belinda pasó de expresar rechazo a mostrar alarma.

—No sé, Belin, a lo que sea que haya que hacer…

Ella lo miró unos segundos a los ojos fijamente en silencio. Otra vez tenía la piel muy tersa y brillante. Y con la cara más larga que una pista de aterrizaje, se dio la vuelta y caminó hacia la patrulla, en la que se montó y se fue sin decir más nada.

Ahora le tocaba despedir a los religiosos.

—Don Damián, Joel —se dirigió a los babalawos que saludaban a la niña, a quien conocían—, hasta aquí llegan ustedes. No queremos comprometer a civiles en este operativo policiaco. Nos corresponde a nosotros ahora encargarnos de este peo. Mejor que regresen a San Juan antes de que Harry no se los permita.

—Si fuera para llegar hasta el portón del peligro, nos hubiéramos ido ya, teniente. Ustedes necesitan asistencia, y no de este mundo. De todos modos, como le dije, a Harry no hay que temerle. Ya Ifá declaró cuál será su destino.

Mirándolos con total seriedad, sabiendo ser cierto lo que decía, sin hacer un gesto o producir un sonido, comunicándose más allá del lenguaje, Lope aceptó su ayuda, que casi equivalía a acudir al mentalista para solucionar el caso. Si se enteraban Negroponte o cualquier carroñero de la prensa lo freían vivo en el sartén de los medios. Una cosa era atender su caso personal, allá en su casa, y otra bien distinta involucrarlos en un asunto criminal de la policía. Pese a ello, las circunstancias se imponían, y ante los ventarrones y el mal tiempo, los perros de prenda y las prendas judías, las normas podían flexibilizarse. Y eso que no quería comitivas, pensó, pero ni modo. Al presentarles a Ulises, quedó constituida.

—El sargento Ulises Pi, mi asistente, mano derecha y encargado oficial de este caso —Ulises bajó la cabeza y juntó las manos frente al pecho a modo de reverencia, que también pudo ser de burla, se dijo Lope, conociéndolo y viéndolo cómo observaba los atuendos—. Te presento al babalawo, don Damián, y su ahijado, Joel. James, ¿verdad? ¿Papá gringo?

—No, bisabuelo inglés —le respondió mientras le daba la mano a Ulises.

Remontaron la cuesta del *driveway*, Lope pensando que la última vez que bajó por ella lo hizo con un perro de prenda pegado a la batata. Llámesele adrenalina, llámesele urgencia, llámesele eficacia del ebbó consumado, ciertamente la energía que sentía Lope en aquel momento debía tener su origen en algo.

Arriba los esperaba Carmiña, que recibió a cada uno con un saludo personal. A pesar de la situación y la ventolera, lucía perfecta, tacos y todo, como si fuera para la oficina, o para la disco, que hoy día un mismo *outfit* servía para ambos destinos. Como no tenía medias ni botas puestas, Lope se fijó por primera vez en la pulsera de cascabeles en su tobillo izquierdo, plateados, pero cascabeles. El sonido familiar que escuchó con su andar eran, en efecto, cascabeles, no los mismos negros de Pacho, pero cascabeles en el mismo tobillo. En el acto, toda una multitud de conjeturas se reunió en su mente. La observó completa y la vio distinta, cuestionándose ahora Lope si acaso era ella una mera pieza de aquella trama, o una biela esencial de su engranaje.

Tras las debidas presentaciones de Ulises y los babalawos, Lope le pidió a la niña que les indicara el lugar por donde entraron al monte. Lucimar los llevó hasta donde comenzaba la maleza, justo al final del terreno de la casa.

—Ellos se meten siempre por ese caminito para adentro —y señaló una apertura entre dos mazos de yerba de guinea.

—¿Y cómo llegamos a la cueva? —preguntó Lope, confrontado con la pared verde del pastizal que se alzaba ante ellos.

—No sé. Nunca he ido. Solo he oído. Pero sé que es como un laberinto de caminitos y no sé cuál de ellos se toma.

Todos se miraron con total desconcierto. ¿Y si se perdían, en mitad del huracán? Y Lope, con la pierna mala, aunque caminara con paso más firme ahora. ¿Era sabio hacer aquello?

—¿Queda lejos la cueva?

—Tampoco sé. Le digo que nunca he ido. Pero siempre que regresan de allá regresan sucios y sudados.

—¿Como cuántos andan con tu papá? —preguntó Ulises.

La niña miró a su tía buscando corroboración de datos. La tía contestó por ella.

—No vimos bien. Como cuatro o cinco.

Mayor angustia en las miradas. Cinco gánsteres, seguro que armados hasta los dientes, contra un policía cabal y armado, otro armado y semi cabal por cojo, y dos seres místicos desarmados. Tenían las de perder.

—*Shit* —analizó la situación Ulises. A menudo, en circunstancias extremas como aquella, los pensamientos de Ulises y de Lope corrían a la par.

—Joel —le dijo el babalawo a su ahijado en tono de comando—, *Atipa*, tela roja.

Del mismo bulto del que ya Lope vio salir cantidad de cosas sorprendentes, sacó Joel primero un saquito alargado de tela negra que le pasó a su padrino, y luego un pedazo de tela roja, el cual, sin turbación, metiéndole diente por una esquina, comenzó a rajar en tiras largas que fue metiéndose en el bolsillo. Mientras tanto, del saquito el babalawo extrajo algo que Lope tuvo que mirar de cerca para saber de qué se trataba.

—*Atipa*, un gran espíritu de consejo y dirección que vive en este artefacto que usted ve aquí. En esencia, es un buscador de plantas y elementos medicinales. También lo utilizan los cazadores para saber dónde se encuentran las manadas de bestias que persiguen. Aquí lo usaremos para algo similar. Encontrar bestias —Lope no entendía ni papa de aquel discurso—. Este *Atipa* fue consagrado por los más grande *oluwos* de África y regalado a mí por un babalawo nigeriano, gran amigo, que está *ibayé* —y se pasó la mano por la cabeza de la frente hacia atrás como limpiándosela—. Es de mis posesiones más preciadas. Con la ayuda de *Atipa* encontraremos la cueva.

Desenrollado y fuera del bolso, *Atipa* era más bien una especie de mantel rectangular hecho de tabloncillos finos de madera amarrados entre sí por una red de hilos blancos y negros que preservaba la flexibilidad del conjunto. En los lados cortos del rectángulo, los hilos terminaban amarrados a pequeños caracoles que lo adornaban; sobre el tabloncillo central se observaba una especie de tubo casi del mismo largo, cubierto con una sustancia negra y, al parecer, pegajosa. Al doblarse por ese punto como un libro, oculto el tubo en el interior, quedaba constituido el llamado *Atipa*.

—Ya lo verán en acción —les anunció el babalawo.

Antes de proseguir, Lope sacó a Ulises aparte. Quería un informe del supuesto encuentro de Marrero con los mafiosos para pedirles más dinero.

—Tengo fotos de todo —le dijo contento—. Son brutos con cojones, o demasiado confiados. Me fui con el agente Irizarry de

Inteligencia, que es mi pana, y un súper zoom que tiene su cámara. ¿Adivina con quién andaba?

—No me tienes que decir. Detrás de ese cristianismo panderetero y talibán casi siempre hay una hipocresía cabrona.

En efecto, confirmó Ulises con la cabeza.

Quedando atrás tía y sobrina con instrucciones de meterse en la casa y guardarse del huracán en el cuarto más seguro, partieron hacia lo desconocido, esperanzados en llegar al lugar antes de que se consumara la barbarie, y antes de que les cayera el huracán encima. Sin duda que aquella niña, aquella infanta por cuya vida arriesgaban las suyas, representaba para Lope a su propia hija Patricia. Preservar aquella vida era un imperativo más fuerte que preservar la propia, y estaba seguro de que, para el resto de ellos, también les importaba la vida de la niña más que la propia. En el caso de Lope, además de evitar la catástrofe que esto implicaba, era también una forma de aplacar la culpa, de compensar por haber permitido, indirectamente, que la desgracia alcanzara a su hija. La culpa que le embargaba por no tomar en consideración las advertencias del oráculo, y por dejar en manos de dos adultos irresponsables la vida de su niña, pudiendo haber confiado en ella misma, que, pese a su juventud, era más madura que ambos adultos combinados. Estos pensamientos lo impulsaban hacia adelante como empujado por la espalda. La bebé era, para él, la infancia misma, amenazada por el salvajismo y la brutalidad del mundo de los adultos. Representaba no solo la infancia viva sino la que estaba por nacer. La infancia posible, la infancia en potencia. Rescatar aquella vida que apenas comenzaba lo redimía, siquiera mínimamente, de la culpa que lo atormentaba, haciéndole justicia, siquiera simbólicamente, al montón de víctimas inocentes de gatillos fáciles que casi nunca la recibían.

Entraron por la apertura entre los dos matojos grandes de yerba que les indicó Lucimar y al instante estaban en la espesura. Dado el clima ciclónico, el sol alumbraba con apenas un resplandor tenue, y dada la fronda espesa, entraron de lleno en la penumbra. Chispeó un poco, por lo que todo brillaba y emitía un calor húmedo. Por suerte, el camino seguía firme, siendo el fango un serio reto para la pierna averiada de Lope. Siguieron la única senda, Ulises al frente, Lope siguiéndolo, los babalawos detrás, todos en silencio. Anduvieron unos cinco minutos sin encontrar bifurcaciones en el camino. Arriba, las ráfagas del viento cruzadas y entrecruzadas estremecían los árboles ominosamente, pero seguía el ambiente en fase pretormenta. No obstante, metía miedo, y por momentos temieron que alguna rama arriba se rompiera y les cayera encima. Por fin llegaron a la primera bifurcación, ambos caminos idénticos sin que las huellas de quienes les precedieron se distinguieran.

En este punto, *Atipa* en mano, el babalawo mayor cruzó desde el final de la fila hasta el principio, donde estaba la bifurcación del camino.

—La única manera de saber cuál camino tomar es de esta forma, así que tendrán que confiar —advirtió, mirándolos con seriedad.

Dado que estaban metidos en la espesura del monte, la ventolera que traía el mal tiempo todavía estaba sobre sus cabezas, de modo que abajo, el aire estaba más bien quieto, lo que permitió al babalawo ponerse en cuclillas, tomar *Atipa* en sus manos y, apretándolo bien con los dedos por el centro del lomo doblado, colocarlo perpendicular sobre el suelo. Tras alzar una plegaria en su lengua africana, le preguntó en español cuál camino llevaba a la cueva de la prenda del brujo. Levantándolo suavemente del suelo, al instante, *Atipa* cobró vida y, con un movimiento certero como de culebra, todo lo que componía aquel instrumento, tiras de madera entrelazadas con hilos y caracoles, se movió decididamente hacia la derecha. Lope lo vio y quedó paralizado del susto. La piel se le erizó y los pelos de la cabeza se le alzaron. Sin viento, sin manipulación del babalawo. Ulises lo vio también y siguió con la vista el aparato con la boca abierta, hasta por fin mirar a Lope con expresión de total descreimiento de lo que acababan de ver.

—Es por aquí —dijo el babalawo indicando el camino que señaló el artefacto. Joel, el joven, sacó una tira de tela y la amarró visiblemente a una rama del camino por donde venían.

Ulises tomó la delantera, ahora con el babalawo siguiéndolo, detrás Lope y Joel a la zaga. El silencio entre ellos se ahondó. Incluso el poco ruido de sus pasos lo aplastó el escándalo de la fronda sacudida sobre sus cabezas. Además, no había mucho que decirse hasta llegar, y habiéndose manifestado aquel objeto tan extraño, estaban mudos Ulises y Lope. Para evitar que el asombro lo aturdiera, Lope giró de nuevo sus pensamientos hacia Patricia, convaleciendo en el hospital con la tormenta encima, y pensó en las preparaciones que debió hacer el hospital para enfrentar el fenómeno. Presumió que tenían la planta eléctrica al día, y que los sistemas continuarán funcionando a pesar de las condiciones climáticas. ¡Puñeta, era el mejor hospital de la zona! ¡Mejor fuera que lo tuvieran todo al día! Estaba ansioso por concluir aquella aventura cuanto antes, y de la mejor forma. Quería estar allá, abrazado a ella durante la tormenta.

En la próxima encrucijada ocurrió lo mismo. El babalawo se adelantó. De rodillas, desplegó *Atipa* perpendicular contra el suelo. Le habló en su lengua, le preguntó en español, lo levantó y al instante se torció hacia la derecha. El joven babalawo volvió a colocar una cinta en el camino por el que venían y otro por el que iban. El trayecto hasta llegar a la cueva estaba lleno de encrucijadas, resultando ser un verdadero laberinto para despistar a quienes intentaran llegar a la cueva, como les adelantó Lucimar. Todas las primeras veces, *Atipa* se torció a la derecha, lo que llevó a Lope a pensar que estuviera trampeado hacia ese lado. Pero luego se movió hacia la izquierda par de veces y, a partir de ahí, se turnaron los lados al punto que perdió la cuenta de hacia cuál viraron más. Lo cierto fue que aquel aparato, inanimado de por sí, se movía de una manera tan biológica, tan viva, tan veraz, que verlo le atraía y le asustaba. Pese a ello, mientras se adentraron, la fe de Lope de que encontrarían el lugar comenzó a flaquear. Ciertamente, el camino resultó tan enrevesado y confuso que quien no lo conociera seguro se extraviaba, por lo que dudó que los asesinos temieran que alguien anduviera tras sus pasos.

De pronto, Ulises, que encabezaba la comitiva, se detuvo. Agachándose, dio con la mano la señal para que el resto también se agachara mientras sacaba lentamente la Glock de la baqueta del sobaco. Llegaron. *Atipa* los trajo. No falló ni en una de las más de diez encrucijadas. Sacudido por la experiencia, Lope comenzó ahora incluso a aceptar el vaticinio del huracán, lo cual lo tranquilizó más todavía, al menos por el momento. Igual el viento no había aumentado, ni tampoco la lluvia, que no pasaba de llovizna.

Agachado, se movió hasta Ulises, que observaba con detenimiento a través del matorral.

—La boca de la cueva está como a cien pies. No se ven desde aquí, pero escucho las voces y se ven luces. Tal vez estén adentro —le susurró Ulises.

Lope miró por donde le indicó Ulises, un hueco abierto a través de un enramado tupido, y, en efecto, vio una iluminación agitada por sombras en una especie de entrada o perforación en la ladera de un monte.

—El aparatito ese no se equivoca —susurró Lope para comentar la proeza.

—Nope —concordó Ulises, sin quitar la vista de la cueva—. ¿Qué procede?

—Procede que tú y yo nos vayamos acercando cuidadosamente, por si tienen veladores, lo cual dudo, con el clima como está y el laberinto para llegar.

En ese momento escucharon algo alentador y aterrador al mismo tiempo: el llanto de la bebé amplificado por la resonancia de la cueva. Se miraron con alivio. La barbarie no estaba consumada, aunque, a juzgar por la desesperación del llanto, quizás no por mucho tiempo. Urgía avanzar.

—Una vez estemos seguros de que no hay veladores —prosiguió Lope—, les caemos de sorpresa. Dispara con cuidado, porque hay una bebé que queremos salvar, pero no lo pienses dos veces. Dispara, que esto ya no es un operativo policial común y corriente. Nada de manos arriba, ni esta es la policía. Sin darle *break* a nadie.

Cejijunto, fruncido el ceño, Ulises lo miró con cara de genuina pregunta.

—¿A qué te refieres?

—A lo que te digo precisamente, que vamos a entrar dando tiros, velando por quien tiene la bebé. Es importante cogerlos infraganti, que no tengan tiempo de usar de rehén a la niña. Yo entro primero y tú me sigues.

—Entramos juntos entonces.

Volteándose hacia los babalawos, ambos agachados y con caras de espanto, susurrando, les impartió las instrucciones.

—Ustedes se quedan aquí. Si la cosa evoluciona de modo distinto al planeado, tal vez los necesite. De lo contrario, después de los tiros, si los hay, permanezcan aquí hasta que volvamos por ustedes. Si en cinco minutos de los tiros no volvemos, regresen a la casa y esperen allí. Si no hay tiros y no hemos vuelto en diez minutos, regresen. ¿Entendido?

Ambos aceptaron con la cabeza, aunque Lope dudó que entendieran a cabalidad. Algo le decía que regresarían a la casa apenas Ulises y él se perdieran.

Agachados, lentamente empujando la yerba, ramas o lianas que colgaban, tapados sus sonidos por el conveniente ruido de la ventolera que sacudía los palos y el follaje, se acercaron a la boca de la cueva lo suficiente para distinguir varios personajes en plena faena. Aunque era apenas la una de la tarde, las nubes de la tormenta habían tapado el sol casi por completo, y hasta en la boca de la cueva los maleantes necesitaban una linterna para alumbrarse. Colocaron un foco grande en el suelo dirigido hacia el techo de la cueva, con lo cual, por rebote, amplificaron el efecto lumínico. El techo ampliaba también los sonidos, por lo que el llanto de la bebé les llegaba cada vez más claro y real.

La primera figura que Lope reconoció fue la de Pacho, afanado preparando algo en el suelo donde observaron, a ras de tierra, varias velas encendidas. Daba vueltas y más vueltas en torno a lo que fuera que había en el suelo, poniendo una cosa aquí, quitando otra allá y trayendo aquella para acá. La segunda figura que entró en su campo visual fue la de un hombre vestido de blanco, pequeño, delgado, quien se puso de espaldas a ellos sosteniendo algo en frente suyo que, a juzgar por la posición de los brazos y el movimiento, debía ser la bebé. Aquel hombre parado junto a Pacho, mirando lo que este hacía en el suelo, absorto con aquella tarea que no parecía tener fin, era sin duda Jockey.

Les faltaban dos o tres personajes por ubicar de los cuatro o cinco que les dijo Carmiña que subieron con Pacho. Pero no tuvieron que buscarlos demasiado. Pronto descubrieron a uno, que estaba justo detrás de ellos.

—¿No andarán inspeccionando jaulas de perros por aquí a esta hora, verdad, teniente? —preguntó la voz detrás de Lope, echándose a reír sin esperar respuesta. La voz, por supuesto, era conocida para ellos. Se voltearon sin sorpresa y allí estaba la cara burlona del gemelo Luis Meléndez, *Transformer A*, apuntándoles con una AK, riéndose con los dientes saliéndosele de la boca, los mismos dientes separados que pocas horas antes se le enterraran ferozmente en la pantorrilla, vendada la cabeza por los golpes que le dio Belinda con la culata de la pistola—. Pongan las pistolitas en el piso y las manos sobre las cabezas, si son tan amables —apenas se movieron—. ¡Ahora, puñeta! ¡Jodíos mamabichos! —gritó. Cumplieron la orden, lentamente—. Muy bien. Ahora dense la vuelta, hombro con hombro, y vayan marchando hacia la cueva.

Aquí nos jodimos, se dijo Lope, sabiéndose vencido en astucia. Se confiaron demasiado, ignorando de las primeras leyes detectivescas, ver en la confianza el peligro.

—A dios, pero si aquí hay dos más escondidos —se escuchó otra voz decir en un lugar más distante. Mierda, se dijo Lope, ahora sí nos jodimos. Descubrieron a los babalawos. Ulises y

Lope se miraron con algo más que preocupación en los ojos. Necesitaban un plan, allí, en aquel momento, porque de la cueva era poco probable que salieran ilesos, si salían. Y como se temían, en medio segundo la cosa pasó de mala a peliaguda.

La maleza se movió y vieron aproximarse a los babalawos, ambos con cara de ñame sancochado y más blancos que un pañuelo. Detrás venía otro individuo, desconocido hasta ahora, sosteniendo una AR-15 con la que les apuntaba por la espalda. Dos aquí, más dos en la cueva, eran cuatro, se dijo Lope. Debían ser todos. Aunque la cara no le dijo nada, al verle la espalda en un momento en que se volteó, la manera como le caían los hombros hacia adelante, y una leve cojera, lo reconoció sin saber todavía de dónde. Imaginó que tal vez fuera uno de los pistoleros de la noche del crimen, o tal vez el chofer del carro, porque obviamente era alguien cercano. Alto, flaco grasoso, desgarbado y desaliñado, ropa grande, parecía que tuviera cierto grado de discapacidad mental por la manera como hablaba y se reía, dejando la boca abierta por un borde por donde fluía un cordón de saliva que se secaba de continuo con la mano libre. Tenía una actitud despreocupada, que igual podía ser producto de una nota de pepas, lo cual era habitual entre los cacos, como de una familiaridad total con aquel tipo de cosas macabras. Tal vez fuera el tal Eloín que mencionó el babalawo, el mismo que participó en la ceremonia de Ángeles y de Lucy y que vino con Jockey.

—¡Caray! —dijo Luis—. ¡Pero mira quiénes son! ¡Los señores babalawos! Recoge las pistolas de estos dos, que están ahí en el piso, y coteja que no tengan otras armas escondidas —le ordenó Luis al chamaco, apuntando con el rifle como si fuera una varita hacia el lugar en el suelo donde dejaron las pistolas. Un instante de descuido, un instante de inexperiencia, o un instante de nota de pepas fue suficiente para Ulises intentar arrebatarle el rifle al gemelo y para Lope meterle un empujón al personaje que amenazaba a los babalawos, quien resbaló y se fue de espalda al suelo, dejando escapar hacia cielo una ráfaga de metralla que asustó a los religiosos, impidiéndoles actuar para neutralizarlo como Lope esperaba que el sentido común les dictara. Ulises también resbaló en el forcejeo, y antes de Lope poder ayudarlo, pues entre la pierna herida y la pequeña nota que tenía el cuartito adicional de Perco que se metió, el cuerpo le respondió con lentitud excesiva, permitiendo que el gemelo le pusiera la boca del rifle sobre la sien.

—Estense quietos, puñeta, me cago en la madre que los parió. ¿O quieren que los vuele en cantos aquí ahora mismo? —gritó el gemelo, de nuevo en control de la situación, mientras el otro individuo se incorporaba del matorral donde cayó sembrado. Aprovechando que, por el revolú que se formó, o quizás por la nota que ambos tenían, olvidaron el tema de las pistolas, Lope las pateó discretamente con la pierna buena hacia el matorral.

Ulises se levantó y, antes de poder reaccionar, o casi de incorporarse del todo, el gemelo, sin encomendarse a nadie, se sacó una pistola que llevaba pillada con el pantalón en la espalda y le sopló un tiro en la pantorrilla.

—Eso para que no jodas más, canto de puerco cabrón —le dijo a Ulises, que cayó al suelo, torcida la cara de dolor, apretándose la herida con ambas manos entre cuyos dedos manaba sangre abundante.

Joel se sacó del bolsillo trasero una de las tiras de tela roja que le sobraron, y casi por acto reflejo se la pasó a Lope, que a su vez se la pasó a Ulises quien, con gran dolor, se aplicó un torniquete por debajo de la rodilla que detuvo bastante la hemorragia, aliviándole mínimamente el dolor, al menos por el momento—. ¡Ayúdalo, cabrón! —le gritó el gemelo a Lope para que hiciera lo que ya había comenzado a hacer, ayudar a Ulises a ponerse de pie—. Y agradece que no te metí con el rifle, so pendejo, que no tendrías pierna si llego a hacerlo.

Ahora eran un cojo ayudando a otro cojo, o más bien un cojo ayudando a un lisiado, porque Ulises estaba malherido y en dolor, mientras que Lope podía agenciárselas mejor. Había lloviznado un poco y todo estaba ahora más resbaloso y empezando a enfangarse, lo cual hizo más cautelosa la caminata de los cojos. Pese a la llovizna, el calor de la humedad era sofocante, lo que hacía difícil saber si lo que los mojaba era sudor o llovizna. El corazón le palpitaba fuertemente, y la tensión de la situación le hacían la cara arder y latir la herida.

En la boca de la cueva les esperaban Pacho, encabronado con los tiros y queriendo saber a qué se debían, y Jockey, detrás suyo, bebé en brazos. Lope lo reconoció no tanto por la descripción de su físico como porque, al verlos a Ulises y a él salir de la maleza empujados por el cañón del rifle del gemelo, abrió la boca para cagarse en la madre del demonio y en ese instante escapó de su boca un destello de luz brillante reflejada en el diamante que habitaba entre sus dos dientes frontales. Pacho, volteándose con las manos en la cabeza y cagándose en la madre de todo, se perdió de vista cueva adentro, mientras Jockey permaneció inmóvil mientras se acercaban. Cuando vio a los babalawos venir detrás, encañonados por el segundo individuo, dijo que eran ya muchos y parió la abuela.

—¿Se puede saber quién les dio puta vela en este entierro a ustedes dos? —se dirigió a los babalawos, a quienes evidentemente conocía—. Ahora resulta que Ifá colabora con los *achelú*.

Esas fueron las primeras palabras que escuchó Lope de la boca de Jockey, dichas en un tono para nada amistoso. Por *achelú* presumió que se refería a ellos, y, por ellos, a la policía.

—Ifá colabora con la vida, y más si es la de una inocente —dijo el babalawo mayor, sin amilanarse.

—Sí, claro. Ifá sabe acomodarse. Algunas veces se va del lado de los maleantes para evitar al *achelú* y otras anda con el *achelú* para encontrar a los maleantes. Parece que Ifá no sabe decidirse entre la sabiduría y la conveniencia —dijo el cizañero de Jockey, obviamente tirando aquellos dardos venenosos para el consumo de Lope y de Ulises. El babalawo, descifrando sus intenciones, no le abrió espacio a la duda.

—De mí no estarás hablando —aclaró, tuteando a Jockey.

—¿No? ¿Y de quién va a ser? —dijo con la intención de sembrar duda entre ellos y fomentar división entre aliados. La estrategia clásica.

—¿De quién? —insistió el babalawo.

—Usted sabe, *oluwo*. No se haga el pendejo ahora.

El babalawo no dijo más nada. Dado que estaba detrás de Lope, no podía ver su expresión, pero presintió que estaba a la espera de un contacto visual con él. Y en efecto, al voltear la cabeza, allí encontró su mirada de resignación con la maldad de aquellos comentarios.

—Parece que el Yawó conoce bien el manual de los asesinos —le dijo Damián, moviendo la cabeza en la negativa, arqueando las cejas y aupando los hombros.

Lope supo allí, en aquel punto, que la relación de Ifá con el bajo mundo era complicada y, en ocasiones, problemática. El tema lo tocaron antes por encima en la casa del Damián, cuando la visita oficial de hace unos días terminó en consulta personal. Lope no pasó juicio. Si de su experiencia con aquellos babalawos se trataba, no dudó en catalogarlos casi de doctores o abogados. Eran gente de gran respeto, y si se equivocaba, pues ya se enteraría, esperaba que del lado de acá, el de los vivos.

Encañonada, en fila india, la caravana de cojos y místicos penetró en la cueva, abriendo el cortejo Lope llevando a un Ulises herido y cerrándolo el perro Meléndez y el muchacho nuevo, ambos con sus armas largas que, en aquellas caras primitivas, lucían fuera de contexto, como decir teléfonos celulares en manos de cavernícolas. Pasándoles el dedo por el gatillo casi sin percatarse, era evidente que la nota que tenían les dificultaba el manejo de aquellas armas, lo que aumentaba las posibilidades de un accidente, hiriéndose entre sí o hiriéndolos a ellos. Seguro estaban acostumbrados a esos accidentes y ni por graves los tenían. Lope sentía un poco de mareo por el cuartito adicional de Perco que se metió para lidiar con la pierna herida, pero aquellos chamacos estaban volando bajito.

—Agarren bien los cabrones rifles, puñeta, que se les van a disparar por descuido, me cago en la puta madre —dijo a ambos Jockey con una cara de piedra—. ¿Cuántas veces les tengo que repetir la misma puta cosa? —añadió sin despegar las muelas al decirlo, incluso apretando la quijada, lo que añadió a sus palabras una severidad a la que ambos respondieron de inmediato tomando con ambas manos los rifles y apuntando correctamente a los rehenes.

Según el cotejo visual de Lope, las únicas armas de fuego, al menos a la vista, eran los dos rifles y la pistola de Luis. Ni Jockey, que sostenía a la bebé entre brazos como si fuera propia, ni Pacho, que andaba todavía por el fondo de la cueva trajinando con cosas y maldiciendo, parecían tener una. Jockey resultó tal y cual lo describían los informes, flaco y menudo, por lo que cualquier arma que tuviera escondida abultaría suficiente para notarse. Tampoco por el suelo ni por otra parte observó armas adicionales. Miró a Ulises y corroboró que, pese a sus gemidos, justo en aquel momento acababa de hacer el mismo conteo.

Les ordenaron sentarse en el suelo frente a aquellos palos y picas y cadenas que brotaban del piso y los separaban de Jockey y de Pacho.

—¿Nadie trajo una cabrona soga? —preguntó Pacho desde el fondo de la caverna mientras rebuscaba entre bultos y bolsas plásticas. Nadie le respondió—. Pues entonces quítenles los zapatos y amárrenles los tobillos y las manos atrás con los gabetes. No hay de otra.

Los individuos armados se miraron como determinando a quién le tocaba cumplir aquella orden, concluyendo ambos que a ninguno. Pero no hizo Jockey más que montar el principio de una cara de fiera que el nuevo saltó a realizar la faena. Poniendo a un lado el rifle, Lope lo observó moverse alrededor para llegar hasta ellos y en ese momento lo reconoció. Era el tipo que entró al hospital vestido de médico y que las cámaras captaron de espaldas, el asesino del testigo estrella. El mismo andar un poco torpe, hacia el frente, como si las piernas se le quedaran rezagadas del tronco, o como si echara el pecho hacia adelante para cruzar una meta. Cada cual fue atado de pies y manos con sus gabetes, unos más fuertes que otros. El amarre de Lope, por ejemplo, era débil, por ser los suyos de unos tenis viejos que se puso en la casa al escape. Los de los babalawos eran fuertes por ser de tenis nuevos. Y los de Ulises eran como los de Lope, un poco estirados y viejos, pero como estaba herido y débil le eran más fuertes. A Lope era a quien tocaba zafarse primero.

—Regresa al escondite, por si algún otro curioso anda merodeando —le ordenó Jockey al falso médico al terminar de amarrar a Joel. Con sus movimientos raros, tomó su rifle y, sin decir palabra, salió de la cueva y desapareció entre los yerbajos caminando hacia atrás en acto de falsa reverencia—. Jodío payaso —añadió Jockey sin reírse.

—Arrodíllalos, Luis, vamos, que de todos modos tienen que estar de rodilla para sacrificarlos —dijo Pacho acercándose y sin dar la menor muestra de estar chisteando. Nadie dijo nada sobre el comentario. Ciertamente, la amenaza, aunque risible en aquella circunstancia, requería una toma de acción casi inmediata por parte de los futuros inmolados. Luis, en su nota que le iba y le venía, no se inmutó, como si las implicaciones de lo que acababa de decir el padrino fueran demasiado terroríficas para hacerles caso. Los babalawos lo miraban todo reconcentrados, el mayor por saber la historia entera y lo que había detrás, el menor por conocer ya el ultraje religioso que se pretendía realizar allí. Luis, finalmente, saliendo de su nota narcótica, dio un brinco y se colocó detrás de ellos, obligándolos uno a uno mediante empujones por la espalda a arrodillarse frente a todo aquello que brotaba del suelo, incluso a Ulises, a quien el dolor apenas le permitía mantenerse en posición erguida.

Afuera, el clima no había variado desde hacía un rato. Seguía soplando con llovizna intermitente, pero no más fuerte ni con más lluvia. Dentro de la cueva no sentían los efectos, pero el ambiente tormentoso era la visión de fondo, su ventana al mundo. No por fe, pero habiendo dado por cierta la profecía de Ifá sobre Harry, a Lope se le fue de encima una gran carga, lo que le permitió dedicar sus pensamientos a resolver aquella situación tan peliaguda.

Por la descripción que le hizo en la casa aquella mañana el joven babalawo, y por haber visto los calderos, Lope comprendió que aquello enterrado en el suelo ante ellos era la llamada *prenda judía*. Se componía de muchos de los mismos elementos que ya vio antes, palos, plumas, piedras, carapachos de tortuga, cuernos de toro, cabeza de perro, cabezas de pájaros, etc. Lo que resultaba particular en este caso eran las cadenas, muchas cadenas de distintos grosores y tipos apiladas en el mismo centro, y sobre estas, como si fuera la pieza central del conjunto, un cráneo obviamente humano, atravesado por el cuello y la cuenca del ojo por una vara o pica de metal terminada en puya proveniente del mismo centro y fondo del caldero que, pasando por aquella mezcolanza de cosas, sobresalía unos tres pies por encima del resto. Lope presumió que se utilizaba para ensartar cosas allí sobre el cráneo, tal vez otros cráneos, de animales muertos tal vez, o hasta de la propia bebé que se proponían sacrificar. Formando un triángulo alrededor de todo aquello ardían tres velones negros.

—Usted está a punto de cometer la mayor violación a los preceptos religiosos que puede imaginarse. La mayor ofensa contra Inzambi —le dijo a Pacho el joven babalawo y antiguo palero.

El tipo ni se dio por aludido, continuando lo que parecían preparativos para algo que todavía no se manifestaba. Mientras cortaba con los dientes una tira de tela blanca, con la tela en la boca, comenzó a cantar burlonamente:

A la niña Zoila se la llevaron anoche,
se la llevaron en coche, se la llevaron de noche...

La bebé, como si entendiera aquel destino atroz, y pese a los intentos de Jockey por calmarla, gritaba como una punta de alfiler rompiendo tímpanos.

—Apúrate ahí, cabrón —le ordenó Jockey al padrino, con cara de estar harto de aquel llanto. La relación padrino ahijado lucía bastante deteriorada.

El padrino hacía como que se apuraba por un momento, para luego volver al ritmo confuso que daba la apariencia de no saber ni lo que tenía entre manos. Finalmente trajo los cuchillos, un par de ellos bastante largos y afilados, envueltos en hojas de papel periódico que abrió en el suelo cerca de la prenda enterrada.

Cada segundo que pasaba la cosa se agravaba. La mente de Lope volaba en todas direcciones, examinando qué opciones tenía para detener aquella barbarie que se pretendía consumar allí y que, arrodillados con las manos amarradas a la espalda, no parecían demasiadas. Tenía a su enemigo de frente, el responsable de intentar troncharle los sueños de la vida a su hija y casi cortarle la luz a la suya. Ahí lo tenía, ante él, dispuesto a continuar con su salvajismo, a punto de ponerle fin a la vida de otra inocente. ¿Cuál propósito tenía aquel sacrificio? Solo ellos en su oscuridad religiosa lo sabían.

Fuera lo que fuera que debía hacerse para escapar de aquella situación, debía hacerlo él solo. Ulises estaba inutilizado, apenas logrando mantenerse de rodillas por el dolor que le aumentaba en aquella posición. Con los babalawos tampoco podía contar para realizar una acción concertada. No eran, por tanto, muchas sus opciones. Asumiendo que más nadie estuviera armado, quedaba inutilizar de alguna forma al hermanito Meléndez, que, ahora que estaban amarrados, dejó de apuntarles con el rifle. ¿Y cómo puñeta hacerlo? ¿Un milagro? ¿Un rayo de Ifá que entrara por la boca de la cueva fulminándolos a todos? Debía aferrarse a lo certero, y lo único certero con que contaba en esos momentos, al menos mientras lograba zafarse, eran sus palabras.

—Se emitió una alerta Amber por la desaparición de la niña. Está todo el país buscándola. Aquí no hay forma de salirse con las suyas.

—Sí, claro, en medio de un huracán, el país entero buscando a una niña desaparecida... —dijo riendo Pacho—. Además, usted se ve que no conoce bien el poder de mi *prenda judía*. Este animal se los va a comer a todos juntos de un bocado. Y si encima de ofrecerle la niña le ofrezco además a ustedes cuatro, no va a haber dios que me ponga un dedo encima. No existirá en este país una *nganga* más poderosa que esta. Eso se lo puedo asegurar hoy como que el sol sale mañana.

—Y yo le puedo asegurar a usted —intervino Joel—, que usted no verá ese sol de mañana si se empeña en proceder. Eso se lo prometo, no ya como *awó de Orúnmila*, sino como *tata nkisi malongo guandiamo nganga*.

Ante la mención de los títulos, y comprendiéndolos, Pacho miró a Joel con seriedad un instante, para luego desplegar una sonrisa de pura demencia.

—¡Ea! Pero si además de un *oluwo* y dos *achelú*, tenemos un *tata* entre las ofrendas. Repito, ¡no habrá *nganga judía* más feliz en toda la Isla que la mía! ¡Papá —se dirigió a lo que fuera que estaba enterrado en el suelo—, qué banquete vas a darte!

—Avanza, puñeta, padrino, que no tenemos todo el jodío día, me cago en Dios —dijo Jockey perdida la paciencia, mirándolo sin el menor gesto de andarse con chiquitas.

Aquello de me cago en Dios como que no iba allí, se dijo Lope, pero Pacho no protestó, o no lo oyó, o era una muletilla de Jockey a la que ya estaba acostumbrado. Porque Dios, allí, era Inzambi, y a Lope no le pareció que Inzambi estuviera muy contento con que en nombre suyo se sacrifique a un ser humano por alguien que, para colmo, se cagaba en Él.

Era evidente que Pacho hablaba por hablar dado que, de los cuatro que allí estaban, ninguno tenía capacidad para controlar físicamente a tres hombres y medio, considerando que Ulises estaba malherido, para llevar a cabo aquella amenaza. A no ser que los hirieran de bala antes de sacrificarlos, que Lope imaginó sería por degollación, y tampoco lo veía factible. ¿Quién iba a aguantarlos para aquello? ¿Jockey, a quien Ulises o Lope podían coger en vilo y restrellarlo contra el piso de lo liviano que lucía? ¿El gemelito Meléndez que los custodiaba, con aquella nota que tenía que hasta un hilo de baba le caía de la boca? Sacrificarlos, degollarlos, al mejor estilo de los cárteles mexicanos o los antiguos aztecas, no sería opción allí, se dijo Lope, convencido. Porque a un bebé cualquier adulto lo degolla, pero a un adulto despierto y con fuerza pocos. La única en peligro inminente era la bebé, que lloraba con gritos ahogados, no se sabía si de hambre, si de miedo o si de ambos. Mientras la única arma desplegada fuera el rifle en manos del loquito Meléndez, Lope estimó que tenía posibilidades.

La clave era sus pistolas, dejadas en el pasto no muy lejos y olvidadas por los dos guardianes, volando bajito como estaban. Tampoco Pacho ni Jockey preguntaron por ellas. Los nervios, las mentes saturadas de otras cosas, presumió Lope. Raro, sin duda, que no pensaran más en las armas. Llegar hasta ellas tomará cierta astucia, pero se podía, sobre todo cuando quien único tenía los medios para impedirlo se babeaba, haciéndosele difícil incluso estarse erguido. Afuera, de pronto, el temporal arreció, lo que puso nervioso a Jockey, pero no a Pacho, que continuó sus preparativos, poniendo potes y botellas con líquidos de distintos colores en el suelo junto a la prenda.

Pese al torniquete, o quizás por lo rústico que era, Ulises continuó perdiendo sangre, lo cual comenzaba a reflejarse en su semblante. Era obvio que cada vez se sentía peor, y que el dolor iba en aumento. ¿Cómo proceder, se preguntó Lope, atado de pies y manos como estaba, con un cordón endeble, pero atado? Procedía, por supuesto, desatarse, y velando el progreso en la nota del hermanito Meléndez, comenzó a mover las muñecas.

Al mismo tiempo, Pacho comenzó sus rezos, aquella mezcla de español con lengua africana que antes escuchó Lope en la fiesta de tambores, intentando imponerse sobre los gritos de la bebé, los cuales, aumentados por la reverberación de la cueva, creaban una sensación de urgencia y desesperación en el ambiente que hacía difícil concebir pensamientos claros.

Ulises finalmente cayó hacia un lado de la posición de rodillas en que se había mantenido, quedando con la pantorrilla herida hacia arriba y las manos atadas a la espalda. Por estar herido fue el único a quien no le amarraron los tobillos. Ninguno de los agresores se inmutó. La situación se volvía cada vez más desesperada al costarle a Lope zafarse del amarre más de lo que pensó, y sin ocurrírsele mientras tanto qué más hacer para ganar tiempo que no fuera intentar convencer a Pacho de la locura que iba a cometer, lo cual tampoco lucía como un remedio muy eficaz para el momento.

—Bueno —dijo Pacho—, estamos listos.

La bebé lloraba en brazos de Jockey, que se acercó con ella hacia la prenda a la misma vez que el padrino, cuchillo en mano.

—¿Usted de verdad piensa proceder con esta locura? —lo cuestionó Joel, los ojos brotados, sudando, espantado.

—Nosotros no estamos aquí con ñañañá ni con chiquitas, amigo —le respondió—. Allá usted si le cagan las cosas más fuertes de la religión.

—Estas no son cosas más fuertes de la religión, son aberraciones. Yo espero que usted sepa que eso que va a hacer lo va a matar a usted, igual que al caballero que le está aguantando la niña. Ambos actúan contrario a Inzambi y sus *mpungos*, y esa prenda se los comerá a los dos juntos.

—La niña es el fruto de la maldad y de la venganza, lo cual manda el sacrificio de su alma.

—¿Fruto de qué maldad? ¡Esa niña no es más que una bebé inocente y pura, canto de hijo de la gran puta! —le gritó Lope.

—Tú no sabes nada, pendejo —le dijo Pacho a Joel ignorando a Lope—. Ni ustedes tampoco, partida de cabrones —les dijo a ellos—, y usted menos, *oluwo* —se dirigió al babalawo—. Ifá le advirtió clarito a mi mujer lo que estaba arriba de ella, pero a mí no me advirtió un carajo de lo que estaba arriba de mí.

—Quien fue a Ifá fue ella, no usted.

—¡Yo también he estado ante Ifá antes, analfabestia! —gritó con el cuchillo en la mano, temblando, fuera de sí—. De todos modos, esta niña es el fruto de una venganza vieja, y es la culpable del descabronamiento de mi vida. No tengo nada que perder. Mi única responsabilidad ahora mismo es con mis seres, que me la pidieron como sacrificio para aplacar la maldad del Chinonegro.

¿Chinonegro? ¿Maldad del Chinonegro? ¿Y quién carajo era este personaje, que de repente era el culpable original, la primera causa?, se cuestionó Lope. Primera vez que escuchaba el nombre. Miró a los babalawos, cuestionándolos con la mirada, y ambos alzaron las cejas. Debía ser mucha la maldad del Chinonegro para que otra maldad como la que estaba por ocurrir la aplacara. Hasta el mismo Jockey puso cara de extrañeza al mencionarse el nombre. A saber si también era la primera vez que lo escuchaba.

—Con este sacrificio, mi *perro* se comerá primero a la Flaca, después al maricón de Raulo, y por último al mamabicho de Chinonegro.

Ninguna mención de lo que hará por Jockey, lo que provocó una mirada desconcertada de él, pequeña fisura que se abría en ese instante, espacio casi molecular del que Lope pudo percatarse. El pobre tipo está fundido, se dijo Lope. Si no fuera por lo atroz de sus intenciones, casi le daba lástima.

Ambos, Pacho, cuchillo en mano, Jockey, beba en brazos, se encorvaron sobre la prenda enterrada. Luis, rifle en mano, se colocó detrás de Jockey, más pendiente del sacrificio que de ellos, los rehenes, observando con el morbo perverso del verdadero asesino.

—Les advierto que si ustedes proceden con esto, que esto aquí hoy termina fatal —alertó Lope, intentando de alguna forma ganar tiempo. Igual, consumase o no el sacrificio, la catástrofe estaba asegurada.

Pacho lo miró sin inmutarse y hasta le sonrió levemente. La beba, cuyo cuello expuesto Jockey acercó al cuchillo de Pacho, colocada sobre la prenda como para verter la sangre encima de ella, gritaba desesperada.

Entonces se desató una concatenación de eventos que, a ojos de Lope, ocurrieron casi en cámara lenta, algunos de los cuales logró predecir con nanosegundos de anticipación y que cambiaron de súbito el desenlace de aquella tragedia ya casi gestada. Comenzó con un intercambio de tiros en el monte. Primero varios corridos, de pistola, luego automáticos de rifle, luego intercambio y, finalmente, dejó de sonar el rifle. Los últimos tiros de la pistola sonaron como a que alcanzaron carne y hueso. Cualquier policía con calle reconocía el *zump* del proyectil penetrando materia orgánica.

Alzando su mirada hacia el bosque, Pacho detuvo el avance del cuchillo hacia el cuello de la bebé. Lo mismo ocurrió con las cabezas de Jockey y el gemelo Meléndez, que se voltearon al unísono hacia la entrada de la cueva. Pacho bajó el cuchillo y se irguió. Jockey también se irguió, ambos mirando en la dirección de los tiros. El gemelo, que a duras penas lograba mantenerse de pie, movió tan bruscamente la cabeza hacia el sonido que sus pupilas, fijas en el acto de la degollina, se quedaron como rezagadas al movimiento de la cabeza, lo que hizo que luciera una fracción de instante como el muñeco de un ventrílocuo. Jockey, bebé en mano, torcida la expresión, desencajada la quijada, miró al gemelo.

—¡Cabrón! —le gritó—, ¿qué haces ahí parado como una estaca? Arranca pa'l carajo y averigua qué pasó y qué fueron esos tiros.

Aprovechando la confusión, sin poder siquiera comenzar a especular a qué se debían y de dónde provenían, Lope aceleró el forcejeo con sus amarres, hasta por fin, en ese esfuerzo supremo, zafarse, fingiendo estar todavía atado.

Y ocurrió entonces lo que no estaba planificado que ocurriera, el error que nunca debió pasar, y fue que el gemelo, atormentado por las pastillas, incapaz de sumar dos más dos en aquel momento, hizo un rodeo que lo puso pasando entre ellos y la prenda enterrada. Lo lógico, lo que cualquier ser coherente en aquella circunstancia hubiera hecho, era girar a la izquierda y salir directo hacia la boca de la cueva, pero él giró en dirección opuesta, tomando la ruta larga, la ruta de la muerte, llevado como por un impulso errado o la sinrazón de la nota, o tal vez fueran los rituales de aquella mañana, la bandeja con el polvo amarillo, el paquete lanzado al mar, el gallo sacrificado a la cabecita de cemento...

Y fue en ese cruzarse por frente de ellos que la oportunidad que esperaba Lope se presentó, y fue Ulises, en el piso, en posición fetal gimiendo calladamente, quien la identificó. Fingiendo estar fuera de combate, midiendo bien la aproximación del hermanito Meléndez camino hacia la salida, haciendo los cálculos necesarios, cuando lo tuvo a tiro de pierna, reaccionó con una doble patada y un grito por el dolor que le causó la acción. El individuo recibió las patadas por detrás de la rodilla perdiendo el balance. Intentó recobrarlo, lo consiguió muy brevemente en un pie, pero la nota no lo ayudó y, volteándose de lado como un barco al hundirse, se fue de pecho sobre la puya de acero que sobresalía del centro de la prenda. Allí estuvo un instante, moviendo pies y manos como un cangrejo ensartado, todavía aferrado al rifle, haciendo sonidos guturales como de líquido que se desborda por un tubo grueso, mezclados con gritos de dolor agudo. Y justo antes de que Ulises, de pie no se sabía ni cómo, zafadas las manos, la pierna sana sobre la espalda del individuo, le diera el empujón de gracia que hacía falta para que la puya lo traspasara y le saliera entre los omoplatos, el tipo soltó una ráfaga de metralla que dio sin puntería en la maleza fuera de la cueva. Justo ahí apareció Belinda en estado de precaución y agitación extremos, apuntando hacia todos lados con la pistola.

Zafado también Lope, saltó hacia el rifle del chamaco, el cual le arrebató en pocos segundos de sus manos muertas, y apuntó a Pacho, quien sostenía ahora a la bebé con el cuchillo sobre su garganta.

—¿Dónde está Jockey? —preguntó Lope en voz alta percatándose de su ausencia. Todos se miraron. Era obvio que, en la refriega, hábilmente, se escurrió entre la maleza. Lope se cagó en la mierda diez millones de veces. El momento, su mejor momento para retirar de circulación a aquel salvaje y asegurarse de que no repetía con nadie lo que hizo con su hija, se le hizo sal y agua. Solo en su hija pensó en aquel momento, ya no en su hermano. Cojeando y todo, pero más veloz y ágil de lo que pareciera capaz, Ulises se lanzó a su persecución, perdiéndose entre la maleza.

Entre tanto Pacho, apretando ahora el filo del cuchillo sobre la piel blanquísima de la bebé que se desgañitaba llorando, se movió hacia atrás. En un instante, la bebé pasó de ser víctima de un sacrificio a ser rehén de un asesino.

—Suéltala.

—Suelta tú el rifle, mamabicho.

El filo del cuchillo estaba tan próximo a la carne de la pequeña que no había forma de hacer nada sin ponerla en peligro. Suavemente, sin apartar su mirada de la mirada de Pacho, que era la mirada de un vesánico, colocó el rifle frente a él, donde pudiera recuperarlo con facilidad.

—Ponga la pistolita en el piso al lado del rifle, señorita —le ordenó a Belinda, que obedeció, alzando las manos para que viera que no llevaba ninguna otra arma escondida. A Lope no le sorprendió en lo más mínimo que Belinda contraviniera sus órdenes. Es más, le pareció casi imposible que no lo hiciera. La conocía demasiado bien, conocía los niveles de porfía, conocía la dureza de su cabeza cuando le daba coco con algo, y aquí la tenía, complicándolo el momento, quizás salvándolo—. Llama al otro, que no debe estar muy lejos —le ordenó a Lope refiriéndose a Ulises—, y que traiga las pistolas de ustedes, que en algún lugar las dejaron allá afuera.

Lope lo observó un rato en silencio, retándolo, pero le obligó el filo del cuchillo apretando la carne de la bebé.

—¡Ulises! —gritó no muy duro, sabiendo que debía andar cerca maquinando. Repitió el llamado y al poco rato se abrió la yerba de la maleza y salió con ambas manos en alto, una pistola en cada una. Renqueando más que antes, llegó hasta ellos sin decir palabra y colocó las pistolas en el suelo, junto a la de Belinda.

—¿Estás bien? —le preguntó Lope. Jadeando, le contestó en la afirmativa con la cabeza. Sudaba de la coronilla a los pies, o quizás lo mojó la lluvia. Lope especuló que la adrenalina del momento debió bloquearle el dolor de la herida para tirarse tanta acción.

A su lado ahora, Belinda miró a Lope primero con cierto orgullo de estar allí para sacarlo de aquel aprieto, y luego con el terror de que les saliera mal la maroma y terminara la bebé degollada. Era evidente que al palero ya no le interesaba tanto su propia vida, pero estaba dispuesto a llegar hasta las últimas consecuencias.

—Suelte a la bebé y ríndase —le ofreció Lope a Pacho la única salida que tenía, y la que debía tomar si no quería estrellarse contra el muro de la calle sin salida hacia el que se dirigía con la fuerza de un bólido.

—No cometa la atrocidad que quiere cometer, amigo. Se lo digo como *tata nkisi* para que me crea: de ahí donde usted quiere ir, no se regresa —se escuchó la voz de Joel advertirle, cuya presencia, igual que la del babalawo mayor, en medio de la escaramuza, Lope casi olvidó. También ellos lograron zafarse sus amarres.

—Sí, Pacho. De esa cruz nadie baja vivo, y menos cuando la víctima más inocente no puede ser —esta vez era el babalawo, la voz de la sabiduría quien lo conminaba.

—Ya le dije que esta víctima lo menos que tiene es de inocente. Es la píldora venenosa que destruyó mi vida, y ahora pagará por eso.

—Esa bebé no pudo hacer nada de lo que le achacas. ¡Es una bebé, por Olofin, una bebé! —protestó Damián, la voz temblorosa, desesperado.

—Ella es el fin de una cadena de venganzas que comienza muy lejos, en Connecticut, entre gente que ustedes, por supuesto, ni conocen. Proviene de mi padrino, uno de los *tatas nquisi* más poderosos de Cuba, de quien aprendí todo y a quien olvidé por un chocho. Ahora míreme aquí. Al fin me alcanzó su venganza directa, más que su brujería. El chocho está muerto, y el chocho sustituto resultó ser la traidora. Pero se la voy a virar de vuelta a ella. Créanme, así sea la última cosa que haga, se la voy a virar, cueste lo que cueste, con la sangre de su propia hija.

Por sus palabras, por lo rojo de los ojos, por lo ronco de la voz, por lo apretado de la mandíbula, por la cantidad de sudor que producía, por el temblor de un párpado, muestras todas, por sí solas y combinadas, de cuán fuera de sus cabales estaba Pacho, Lope supo que no había comunicación posible con aquel individuo. Tal vez fuera blanco de algún ataque espiritual que desconocía, pero por dondequiera que lo miraba, el tipo estaba de atarlo, lo que eliminaba cualquier intento de razonar con él. Su demencia, su estado de sinrazón, eran de tal nivel que ni su propia madre que allí apareciera y le implorara hubiera logrado cambiar su mente. A lo sumo, lo que más lograría aquella conversación era dilatar el momento mientras encontraba la forma de salvar a la bebé.

Lope miró las pistolas y el rifle frente a él y se dijo que tal vez un movimiento veloz… La beba estaba por perder la vida si no hacía algo, y si lo intentaba tal vez la salvaba. Era ahora o nunca. Un error, una torpeza, un cálculo mal hecho…

En ese momento desesperado, justo cuando Lope estaba por actuar, comenzando ya el palero a mover la hoja del cuchillo, apareció el punto rojo sobre su frente. El impacto fue instantáneo. El punto rojo se transformó en flor, en flor viva, en rosa roja de pétalos de carne que en fracción de segundo estalló en mil pedazos que se esparcieron por la cueva.

Brincando sobre la *prenda* y sobre el cuerpo que yacía encima de ella, con un instinto nuevo y desconocido, Belinda acudió al rescate de la beba, que lloraba entre los pies del cuerpo sin vida y sin cabeza de lo que fuera Pacho, el brujo maldito.

Al instante, entre la maleza, detrás de ellos, aparecieron en escena dos figuras con trajes negros de pies a cuello y pasamontañas en la cabeza, apuntándoles con las miras láser de sus AR-15, una escena de película.

—Quietos todos. Nadie se mueva —el tono de la voz de quien habló, suave, controlado, les ofreció confianza. Al menos no eran los locos que acababan de ser eliminados.

Una tercera figura, vestida igual que las otras dos pero desarmada, se abrió paso entre la maleza. Lope no tuvo más que mirar su estatura, su manera confiada de andar, el ritmo de sus pasos, para reconocer detrás de aquellas vestimentas a Raulo, el bichote del barrio El Cerro de Yauco que luego vieron en la trifulca del caserío.

La figura de Raulo caminó tranquilamente hacia Belinda y, sin decirle nada, le extendió los brazos pidiéndole con el gesto que le entregara la bebé. La bebé lloraba a gritos en los brazos de Belinda, quien dudó si colocarla en aquellos brazos desconocidos. La aferró a su pecho, alejándola de los brazos que la buscaban. La confusión la acaparaba. Miró al individuo con desconfianza y luego miró a Lope igualmente turbada.

—Todo está bien, Belin —le dijo Lope, en cuclillas, pidiéndole con sus manos que le entregara la bebé—, dásela.

Tras pensarlo un momento, como desprendiéndose de lo más preciado que tenía en su vida, colocó la bebé en manos de aquella figura encubierta y desconocida, y, como por efecto de un ensalmo, la criatura dejó de llorar. Belinda quedó extasiada con la escena, como siendo testigo por primera vez del milagro de la vida. A su vez, mirando a la bebé, el hombre de negro bajó la cabeza y, a través de la tela de la máscara que ocultaba su rostro, la besó.

Bebé en brazos, la figura de Raulo observó ahora su entorno. Dirigiéndose primero al cuerpo sin vida de Pacho, lo saludó, inclinándose.

—*Nsala malekun*, padrino.

La voz lo delató sin lugar a duda. Lope miró a Ulises y Ulises a él.

Luego se dirigió a los babalawos.

—*Iború iboyá ibocheché.*

Y, finalmente, a los detectives, los policías encargados de aquella situación.

—Buen trabajo, teniente —miró a Lope—, agentes —miró a Ulises y a Belinda—. Tómense quince antes de salir. De todas formas, ya no hay apuro. Los últimos informes de Harry indican que se desplazó hacia el norte más de lo esperado. No tendremos impacto directo.

27

Junto con la noticia de que el país se había salvado de Harry por un pelo, apenas sufriendo inundaciones el noreste de la Isla, el rescate milagroso de Yanytzia, que así se llamaba la bebé, hizo las primeras planas de todos los periódicos, los titulares televisivos y radiales, y fue el tópico más comentado en las redes sociales. Belinda, Ulises y Lope fueron elevados a la categoría de héroes nacionales. Ulises especialmente, y no por ser el único herido del lado de los buenos, ni por ser el agente encargado oficial del caso, sino por los actos de valentía que realizó estando herido. El país entero estaba horrorizado con la historia de lo que estuvo por ocurrir, en pleno siglo XXI, y todos suspiraron de alivio. Por supuesto, la presencia de los babalawos en la escena cambió el enfoque sobre el complicado tema de las religiones de origen africano. No todo era en blanco y negro como algunos pensaban, ni eran unos tan buenos ni otros tan malos, ni unos tan víctimas y ni otros tan brujos. Eran, sencillamente, sistemas de creencia distintos, aunque mezclados y recombinados, formales, informales, estructurados, improvisados, hechos populares entre las clases más pobres, donde florecían los negocios ilícitos, y también hechos famosos por su mala práctica, como en este caso. Al final, quedó claro para el público que Pacho, el eje de la locura, no era un palero que incidió en el crimen, sino un criminal que incidió en la palería, y que la práctica religiosa no hace al criminal, y así como había banqueros, ingenieros, maestros, abogados que también eran *tatas* y tenían prendas, había cristianos a granel que eran asesinos y criminales.

Los segundos secuestradores de la bebé, Raulo, aparentemente su padre, y sus muchachos, la llevaron directo a los brazos de su madre, resolviéndose la cosa de la mejor manera. Aunque la conocían, ni Ulises ni Lope ventilaron sus sospechas sobre la identidad del encapuchado que rescató y devolvió a la niña. En cuanto a los heridos, solo estaba Ulises, de bala, pues el falso doctor, el tal Eloín, que se batió a tiros con Belinda, fue herido en el cuello y murió antes de que lo sacaran del monte. Ulises estaba bien, aunque cojeó por algún tiempo en lo que se reparaba el músculo. En cuanto a Jockey, se emitió una orden de captura en su contra. Por el momento era el hombre más buscado del país. Tal vez estuviera en alguna otra cueva, o quizás en alguna inocua casita de urbanización de clase media, o quizás ya se encontraba en el valle de los acostados.

Marcial se encargó de la escena, donde hubo tres muertos, dos en la cueva y uno en la maleza. Por supuesto, ni la autopsia ni Marcial pudieron determinar que el muerto sobre la prenda recibió el empujón de gracia que le dio Ulises, que igual debió ser a Lope quien le tocaba darlo. La mancha de sangre en la espalda tapó por completo la huella del pie de Ulises, y si Marcial se percató de tal huella bajo la sangre coagulada, hizo chitón. Por supuesto, tampoco los otros presentes mencionaron nada. Todos coincidieron en que cayó ensartado en la vara al darle Ulises la patada y perder el equilibrio. Ulises y Lope lo comentaron en privado, en el trayecto de regreso de la cueva, cuando, llevándolo cargado, Lope le expresó su admiración por su valentía y el amor por su amistad. Aquel empujoncito de gracia que le dio Ulises con el pie al cuerpo ya ensartado del gemelo fue la manera final y contundente de demostrarle a su amigo que compartía su mismo pensamiento y estaba dispuesto a compartir también su mismo destino. El sentido de las vidas humanas que allí se perdieron hacía mucho que estaba extraviado, por más que un tribunal o un fiscal opinara lo contrario. Y esas vidas terminadas también pusieron punto final a los días de Lope en la Uniformada.

A fin de cuentas, las historias más reveladoras fueron de la señora que se les acercó cuando el revolú del caserío, y la del segundo gemelo Meléndez. La señora le abrió los ojos a la relación de tres aspirantes a la paternidad de la niña, y la preferencia de la Flaca por el bichote, obviamente Raulo, de quien se hizo amante, quien, al parecer, era el verdadero padre. No había prueba de paternidad más certera que la manera como la niña se tranquilizó al llegar a sus manos, aun cuando no pudiera reconocerlo por la máscara. Quizás el olor, la voz, la manera peculiar de agarrarla. Todo señalaba que la Flaca había sido el señuelo que un grupo de antiguos paleros le pusieron a Pacho para hacerle la vida talco. Una rencilla que venía de cuando vivía en los Estados Unidos, donde conoció y aprendió lo que sabía de *tata* de parte de otro *tata* mayor, el tal Chinonegro que mencionó en la cueva, quien fuera su padrino y a quien traicionó por Ángeles, la occisa, de quien se enamoró perdidamente y cuyo asesinato acabó coordinando.

La venganza del Chinonegro tardó años en madurar, pero al final se consumó por medio de Raulo, el jodedor de Guánica, que también pasó un tiempo en Connecticut, donde se inició en el culto a Inzambi, haciéndose *tata nkisi* como Chinonegro y su más fiel ahijado. Raulo luego hizo familia acá y montó su imperio en la región sur. Pertenecía al corillo de los jodedores notorios de la zona a quienes las autoridades todavía no habían logrado echarle el guante. De dicho corillo, el más notorio era Jockey.

A la Flaca la conoció Raulo por verla de continuo en el caserío Las Hortensias que él controlaba. Poco después se enteró de que era la jeva de Javi Meléndez, hermano de Luis, que era ahijado de Pacho. Lope supuso que en este punto, al enterarse Raulo de dicho vínculo, hizo la llamada pertinente a su padrino Chinonegro y entre ambos concertaron la venganza. Eso, por supuesto, nunca lo sabrán a ciencia cierta. Lo que sí fue cierto es que, siendo el bichote del lugar, procuró a Javi para comprarle la jeva y poner en acción su plan. Una suma razonable llevó a Javi a estar de acuerdo con la propuesta de Raulo. En el entremedio, por supuesto, Raulo se la chingó. Los labios carnosos, los senos aupados, las nalgas compactas, en un ambiente de bellaquera de caserío, fueron para él demasiada tentación. De modo que no fue por casualidad que la Flaca llegó a la casa de Pacho para llevar a una amiga que necesitaba consultarse. Ella sabía de Pacho por ser la novia del gemelo de Luis, que era ahijado de la casa. A Pacho no le importó, intentando convencerla de que se consultara también, a lo que ella no accedió. Parte del proceso de seducir a Pacho era hacerse la difícil al principio, e ir soltando poco a poco.

La Flaca, ahora enchulada de Raulo, disfrutando del poder que le confería ser la mujer del bichote del caserío, o al menos la que el bichote se tiraba en el caserío, estaba dispuesta a todo por él. Y todo fue metérsele en la casa a Pacho, hacerse su ahijada, y seducirlo hasta destruirle su hogar y su familia. Y a tal encomienda se dedicó durante varios meses, cada día metiéndosele más y más por los ojos hasta tenerlo tan completamente embrujado y adormecido con sus encantos que, descartando los principios de la ética religiosa que prohibían las relaciones carnales entre padrino y ahijadas, se enredó con ella. En las religiones africanas, las ahijadas eran consideradas hijas, y así debían verse, según Damián. Una relación con alguna de ellas a nivel carnal constituía incesto a nivel espiritual. Tanto así que, cuando quedó preñada de Raulo, usaron la preñez para darle el jaque mate a Pacho, que apenas se acostó un par de veces con ella. Si los espíritus o muertos o seres o prendas de Pacho le advirtieron o no de la trampa que se urdía, nunca se sabrá. Bien dice el viejo y vulgar refrán que un pelo de crica hala más que una yunta de bueyes.

Pacho no solo permitió la discordia entre Jockey y el Bebo, sino que, estratégicamente, pensando varias movidas con anticipación, la fomentó, sabiendo que llevaría a una situación en la que él pudiera resolver su problema y Jockey el suyo. Estaba el asunto de la religiosidad de Jockey, a quien le había coronado el santo unos meses atrás y quien jamás iría contra un hermano de santo. Por eso su insistencia al padrino de que no procediera con la coronación del Bebo, y por eso también la insistencia del padrino de proceder, habiendo concebido ya la idea de un asesinato doble, con su esposa como segundo sujeto disfrazada de muerte colateral. De modo que manipuló a Jockey, señalándole el día en que sería el santo y que aquello no podía detenerse por riñas callejeras. Eventualmente, en una especie de pantomima, se pusieron de acuerdo ambos, advirtiéndole Jockey a su padrino que no le permitiría al Bebo llegar al santo, y su padrino señalándole el día y hora de la misa de coronación, último momento que tendría para intervenir antes de ser coronado. Al final, incluso le avisó de la llegada del Bebo a su casa aquella noche, y hasta le dejó el portón de la calle abierto para que entraran sin problemas a consumar la matanza.

Dentro de la casucha o *munanzzo* donde ocurrió lo que ya conocemos por la testigo herida y el testigo asesinado, se encontraban el Bebo, la madrina, Ángeles, esposa de Pacho, y los espiritistas que resultaron heridos. Los dos pistoleros, encapuchados, llegaron hasta la puerta de la casucha donde ocurría la misa. Uno de ellos, que pudo ser Eloín Santiago, el falso médico, disparó contra el Bebo primero, acribillándolo, mientras que el segundo, el gemelo que terminó ensartado en la pica de la prenda en la cueva, parado encima de la *firma de palo* que dibujó Pacho en el suelo, se activó con el encantamiento que este dijo al momento de entrar y, poseído, digamos que esclavizada su voluntad, disparó contra Ángeles.

Carmiña, por su parte, regresó a su vida en Connecticut, y Lucimar con ella. Tras años de separación, las hermanas, ahora huérfanas de padre y madre, vivirían juntas de nuevo. Lope vio a Carmiña por última vez la noche de los sucesos, al regresar de la cueva. Se despidieron con un abrazo y pocas palabras, rotas por la emoción de los eventos. La conmoción en la casa en aquel momento era grande, y no hubo ni tiempo ni espacio para una mejor despedida, al menos la despedida que ahora Lope hubiera deseado. Y fue en ese momento, despidiéndose de ella mientras se montaba en la patrulla, que se percató con toda claridad de la pulsera de cascabeles negros que llevaba en el tobillo. La miró por última vez a través de la ventanilla mientras arrancaba la patrulla, parada frente al portón de la casa, abrazada a su sobrina, despidiéndose con la mano y una sonrisa, y ya no pudo ver a la misma mujer de antes.

Tras lo ocurrido y ganar sus nombres tanto reconocimiento dentro y fuera de la Policía, se le ofreció a Lope la plaza de capitán que antes se le negó. Pero ya era tarde para sanar aquella cicatriz. Por fortuna, el desvío de Harry evitó un cambio radical de sus planes. Nada del equipo de pesca se perdió ni hubo daño alguno, de modo que su salida de la Policía se concertó tal y cual fue planificada. Su compañía de pesca turística arrancó con paso firme, y pronto tuvo más trabajo en las manos de lo que se esperaba, trabajo del bueno, del que no frustra ni comprime. De todos modos, la resaca que le dejó aquel caso volcó a Lope hacia Patricia y su rehabilitación, en la que estaba totalmente confiado, habiendo dado señales importantes de recuperación. Tenía fe, una gran fe, una fe inquebrantable, de que Patricia caminaría de nuevo, y más con el apoyo de Damián, su ahora padrino de Ifá, que también participaba de aquella encomienda.

Fermín, su hermano, no tuvo tan buen desenlace. Poco después de lo ocurrido se divorció de Nina, quien se quedó con las niñas. Rechazado por su familia, por su hermano, y en la bancarrota, se fue a vivir afuera. Andaba por Nueva Jersey de empleado en una compañía de seguridad. Tenía poco contacto con sus hijas y exmujer. Dejó de cumplir con la pensión que le impuso el tribunal para sus hijas, por lo que tenía una orden de arresto al llegar a la Isla, si alguna vez regresaba.

Lope tuvo la dicha, o más bien dio la buena pata, de que los arrestos de su exjefe, el capitán Marrón Ramero, y de su exayudante, el agente Santiago Cruz, por cargos de corrupción, soborno y extorsión, así como obstrucción a la justicia y participación en organizaciones delictivas, ocurrieron su último día en la oficina, justo mientras recogía sus cosas y las acomodaba en cajas. Belinda, en silencio, lo ayudaba, mientras Ulises, para suavizar la tristeza del momento, hacía comentarios jocosos y burlones sobre su nueva vida de pescador y escritor, a la Hemingway, decía. En eso pasaron en tropelía por el pasillo un grupo de agentes federales, causando gran conmoción en todo el edificio. Fueron directo a la oficina de Marrero, que en ese momento estaba reunido con nada más y nada menos que el agente Santiago Cruz, el santurrón de la unidad de Lope. Uno diría que todo estuvo coordinado para que así ocurriera, y para la satisfacción personal de Lope. Una especie de regalo, para que al menos partiera con el hermoso recuerdo de aquellos arrestos: Marrero, esposado, convertida ahora su usual expresión de arrogancia en cara de desconcierto, y Cruz, mirando a Lope con ojos de vaca cagona, los mismos con los que miraba hipócritamente el crucifijo, ambos siendo llevados esposados pasillo abajo. No hubo palabras al cruzarse, solo miradas. El tiempo de contacto visual entre Marrero y Lope fue suficiente para hacer la guiñada perfecta, la que llevaba escrita «te gané, so pendejo». Ulises, por supuesto, se encargó de humillar a Cruz mandándole un beso por el aire que le tuvo que saber a hiel. Gran momento. Lope sabía que aquello no era coincidencia, teniendo que ser un plan concertado por Bernie, su amigo y confidente, y también jefe de los fiscales del sur. Era quien único tenía los recursos para coordinar aquello de forma tan perfecta. Hizo nota mental de llamarlo para agradecerle el detallazo.

Belinda fue ascendida al rango de sargento, quedando a cargo de la supervisión del grupo, tarea que realizaba Ulises anteriormente. Ahora restaba que asignaran dos nuevos agentes a su unidad de investigaciones especiales. Su situación con Juliana también mejoró al explotar aquella noticia, conmovida ella con la actuación heroica de Belinda. Ya estaban hablando de adoptar una bebé juntas, pese a las dificultades. Una bebé, sí, porque Juliana quería nena. Se le notaba a Belinda el alivio, y pese a que estaba triste con la partida de su jefe, su alegría personal era mayor que su pesadumbre aquel día.

En cuanto a Ulises, aunque compartía el hastío de Lope con las condiciones de empleo en la Policía y con la imposibilidad de hacer el trabajo, era joven todavía. El arresto de los corruptos le dio esperanza, y el ascenso a teniente y jefe de la unidad especializada lo llenó de ambición. Estaba por verse cuánto le duraba el entusiasmo. De todos modos, en sus horas libres, cuando la carga del trabajo se lo permitía, sobre todo los fines de semana, trabajaba con Lope y Vicente en el negocio de pesca de macacos y hacía su dinerito extra. Como Lope, se hizo también fanático de la caza marina de macacos, así que procuraba acompañarlos siempre que podía. Y mientras pescaban, era fanático, como Lope, de echarse a la sombra de un manglar, bendecidos por la brisa marina y el día radiante, viendo a los turistas hacer lo suyo mientras velaban los *plugs* que dejaban flotando sobre el agua por si picaba algún peje.

A Vicente le encantaban los turistas japoneses. Con su inglés macarrónico y casi imaginario, se comunicaba con ellos mejor que si fuera el *shogun* de Edo, respondiéndole siempre ellos con grandes sonrisas y genuflexiones. Él les explicaba a su manera el detalle minúsculo de los anzuelos que él y Lope fabricaban, y ellos le contestaban con halagos en japonés que para Vicente eran solo sonidos de admiración y asombro.

Un sábado de luz radiante y brisa fresca, a la sombra de uno de esos mangles de aguas turquesas en el Cayo de María Langa, mientras esperaban por un grupo de japoneses que dejaron con Vicente en un banco de arena, se supo la noticia. Era un bajo de arena lleno de talacia al noreste del María Langa, por donde hacía mucho que Vicente, mejor conocedor de aquellas aguas, sabía que pasaba siempre a la misma hora una escuela gigantesca de macacos. Puesto que el macaco no se come por espinoso, simplemente le parecía curioso, pero Lope fue quien lo puso al tanto de que eran de los peces más buscados para pesca recreativa por la buena pelea que daban, siendo su pesca lo más parecido a la caza marina. A partir de entonces, Vicente descubrió macacos en casi todos los cayos y los bajos locales, cayo la Matei, cayo Palomas, cayo Caribe, cayo Ratones y cayo María Langa, que era su centro de operaciones. Tras anunciarse en las revistas de los fanáticos de la pesca, ahora estaban desbordados de trabajo.

Dejados los japoneses en el bajo con Vicente, Lope y Ulises regresaron a María Langa donde, desde la sombra y el fresco, echaron sus propias líneas, habiendo siempre por aquellas aguas robalos para comer o sábalos para pelear. Desde la distancia, las figuras de Vicente y sus japoneses, sus sombreritos, los mamelucos de goma negra, las largas varas, flotaban sobre al agua azul turquesa como una alucinación o una pintura.

Ulises tenía puesta la radio. Música suave, para amenizar, mientras conversaban de temas variados. Algo de mujeres, por supuesto, porque a Ulises el asunto lo tenía loco, siendo protagonista de varios líos amorosos a la vez. A Lope también el dilema de las mujeres lo estremecía, aunque en tiempos recientes, aparte de Magui, con quien se encontraba casualmente, no veía a nadie. Hablaron, además, del trabajo de Ulises en la Policía y de cómo no había mejorado en nada el récord de casos de asesinato que llegaban a los tribunales. Seguían siendo dos de cada diez. Comentaron sobre la actividad física que realizaba Lope para aplacar de una vez y para siempre sus dolores de espalda y cortar su dependencia con los analgésicos. Finalmente cayeron en el tema de los macacos, tema favorito, y de la pesca en general. Y en ese ambiente de relajación y camaradería, de frescura tropical y luz radiante, la radio interrumpió la programación musical para dar la noticia.

«El cuerpo sin vida encontrado ayer flotando en el cayo Ratones de Ponce fue identificado hoy como el de Edwin Serrano Pérez, mejor conocido como Jockey, el prófugo más buscado del país hasta el momento. El cuerpo del notorio criminal no presenta señales de violencia, y fue encontrado ayer entre los arrecifes por unos pescadores. La Policía investiga las causas de su ahogamiento. A Serrano Pérez se le acusa de ser el autor intelectual de la masacre de los santeros y la cueva bruja, como se le conoció a este incidente que tanto impactó al país».

—¡Ea! —dijo Ulises, abriendo boca y ojos, subiendo hombros, expresando falsa sorpresa.

—¡Anda! —dijo Lope, haciéndole eco a su farsa.

—Mira —señaló Ulises hacia las largas varas de pesca que, a modo de seña, los clientes agitaban en el aire contra el cielo azul prístino—, nos llaman los japoneses.

Acerca del autor

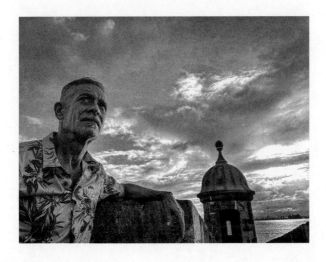

Juan López Bauzá (Ponce, Puerto Rico, 1966) es escritor, ensayista, traductor y editor. Su carrera literaria comenzó con la publicación de varios cuentos en revistas literarias y antologías de Puerto Rico e Hispanoamérica. Su primer libro, *La sustituta y otros cuentos*, publicado por Editorial de la Universidad de Puerto Rico, recibió en 1997 el premio del Pen Club de Puerto Rico como mejor libro de ficción publicado ese año en el país. Tras un largo periodo de trabajo, en el año 2013 vio la luz su primera novela, *Barataria*, que recibió el Premio Las Américas del Festival de la Palabra y el Premio del Pen Club de Puerto Rico en la categoría de novela. En el año 2016 publicó *El Mar de Azov* y en el año 2018 entregó su tercera novela, *El Resplandor de Luzbella*, a Editorial Planeta, que ese mismo año también reeditó su novela *Barataria*. En 2022 se le otorgó la beca Letras Boricuas, auspiciada por Mellon Foundation y la Fundación Flamboyán de Puerto Rico. En 1998 se consagró a la práctica de Ifá y ha sido babalawo practicante desde entonces.